LE COMTE
DE VALMONT,
OU
LES ÉGAREMENS
DE LA RAISON.
TOME TROISIEME.

LE COMTE
DE VALMONT,
OU
LES EGAREMENS
DE LA RAISON.
LETTRES
RECUEILLIES ET PUBLIÉES
Par M...

Nouvelle Édition revue & augmentée.

One Almighty is, from whom
All things proceed, and up to him return,
If not deprav'd.

Milton. Parad. lost. Book. v.

TOME TROISIEME.

A PARIS,
Chez MOUTARD, Libraire de la Reine,
de Madame & de Madame la Comtesse
d'Artois, Quai des Augustins,
à Saint-Ambroise.

M. DCC. LXXV.

Avec Approbation, & Privilege du Roi.

LE COMTE
DE VALMONT,

OU

LES EGAREMENS
DE LA RAISON

LETTRES

RECUEILLIES ET PUBLIÉES

Par M....

Nouvelle Édition revue & augmentée.

One Almighty is, from whom
All things proceed, and up to him return,
If not deprav'd.

Milton. Parad. lost. Book. v.

TOME TROISIEME.

A PARIS,

Chez MOUTARD, Libraire de LA REINE, de MADAME & de Madame la Comtesse D'ARTOIS, Quai des Augustins, à Saint-Ambroise.

M. DCC. LXXV.

Avec Approbation, & Privilege du Roi.

Il est un seul Tout-Puissant de qui toutes choses procedent, & vers qui elles remontent, si elles ne sont pas dépravées.

Milton. Parad. perd. Liv. v.

EXPLICATION
DES FIGURES.

VIII. Sujet de la premiere Figure du troiſieme Volume.

Cette Eſtampe repréſente le Baron de Lauſane au moment où il vient d'expirer. On voit encore ſur ſon viſage les traces du déſeſpoir. Le Comte de Valmont eſt aux pieds de ſon lit dans l'attitude du ſaiſiſſement & de la douleur. Des Domeſtiques, frappés d'un tel ſpectacle, reculent, pénétrés d'horreur & d'effroi.

IX. Sujet de la ſeconde Figure du troiſieme Volume.

La Comteſſe de Valmont, preſqu'à l'article de la mort, conſole ſon époux, le fortifie par ſon exemple, & s'attache à lui faire puiſer dans la Religion ces motifs de réſignation qu'on ne trouve qu'en elle.

X. Sujet de la troisieme Figure du troisieme Volume.

Cette Estampe, dont le sujet est pris de la page 267, peint l'amour des François pour leur Roi, cet amour qui, selon l'expression du Marquis de Valmont, s'identifie dans leur cœur avec celui qu'ils ont pour la Patrie. Le Monarque paroît à cheval pour rendre l'effet plus saillant & l'image plus sensible. Une Femme, qui est à la tête du cheval, & qui l'embrasse, rappelle un trait qui se trouve consigné dans le Siecle de Louis XV: *Car c'est ainsi que les plus petites choses en apparence suffisent quelquefois pour peindre de grands sentimens.*

Fautes à corriger.

PAGE 18, ligne 6, combien. *liſez* comment.

Page 147, lig. 16, développées, *liſ.* dévelop-pés.

Page 258, lig. 14, ce qu'elle leur a coûté, *liſ.* ce qu'elle lui a coûté.

Page 318, lig. 12, Ah! tes crimes, tes crimes, *liſ.* Ah! tes crimes.

Page 383, lig. 23, qu'on a pu fairer, *liſez* qu'on a pu faire.

Page 401, lig. 20, ne porten, *liſ.* ne portent.

Page 419, lig. 13, de pitié, *liſ.* de piété.

P. 522, lig. 15, antogoniſtes pour antagoniſtes.

Page 523, lig. 8, qu'il n'y a, qu'il n'y ait.

Nous ne marquons pas les fautes moins eſſentielles, telles que celles-ci, page 61, hiſtore *pour* hiſtoire; page 72, au payens *pour* aux payens; page 357, ſoviennent *pour* ſouviennent, &c.

LE COMTE DE VALMONT, OU LES ÉGAREMENS DE LA RAISON.

LETTRE XLIII.

Du Comte de Valmont à ſon Pere.

NON, mon pere, ne me parlez plus de Religion, de vérité, de vertu. Je ne veux plus rien entendre. Mon cœur flétri par la douleur & l'opprobre ſe refuſe à toutes vos leçons, & dans l'état où je ſuis tout ſecours me devient inutile. Il n'y a plus rien de sûr, rien de vrai..... Emilie m'a trompé. Emilie ! quelle honte ! quel oubli d'elle-même ! ô noirceur ! ô trahiſon ! ô comble d'horreur !.... Oui, Lauſane.... Le perfide Lauſane...... par-tout il triomphe de ſa conquête ; & le feroit-il, ſi, par la ſageſſe de ſa conduite, Emilie l'eût toujours forcé à la reſpecter ? Ah ! puiſqu'il m'enleve mon épouſe, l'honneur.... qu'il m'arrache donc la vie, ou qu'il ſe prépare à me donner la ſienne.

A l'égard d'Emilie.... Mais hélas ! je voudrois pouvoir douter encore, malgré les rapports qu'on m'a faits. Je voudrois, malgré l'évidence, pouvoir conſerver d'elle la même idée que vous. Ah ! quand je vous ai expoſé mes ſoupçons, vous ne m'avez point écouté ; trop prévenu en ſa faveur, vous m'avez condamné ſans ménagement : en liſant votre Lettre je me trouvois avili à mes propres yeux. Mes ſoupçons ſe vérifient cependant... ils ſe vérifient.... Peut-être me trompai-je encore. On croit trop aiſément, me direz-vous, ce que l'on craint vivement : & où ſont en effet ces preuves ſi conſtantes, ces juſtes fondemens de l'accuſation la plus odieuſe, la plus injuſte, ſi Emilie eſt toujours ce qu'elle nous a paru, l'ame la plus belle & la plus vertueuſe ? Quoi, de ſimples délations pourront flétrir la plus pure vertu !.... ô mon pere, je crois vous entendre me parler ainſi, & par toutes ces réflexions j'aide tour-à-tour à me flatter & à me tourmenter moi-même. Il eſt des inſtans, où, rapprochant toutes les circonſtances, toutes les preuves, je crois tout, & alors toutes les paſſions me dévorent ; je ne reſpire que haine, que vengeance, que fureur : la rage, l'enfer eſt dans mon cœur. Il en eſt d'autres où plus tranquille, & je le deviens en m'entretenant avec vous, je m'accuſe de trop de précipitation & d'emportement ; je me condamne ; j'ai honte des tranſports qui m'agitent, des paſſions qui m'aveuglent, du délire où je ſuis; je ſuſpends toute réſolution, & je crains autant de faire éclater des ſoupçons mal fondés, que j'appréhende d'être trop facile à les rejetter. Ainſi toujours balancé par des ſentimens contraires je ne ſais à quoi m'arrêter...... Ah! du moins puiſſé-je être aſſez ſage pour attendre des lumieres plus ſûres encore! mais auſſi, une fois convaincu,... Si Lauſane, ſi Emilie ſont coupables, ah! c'eſt dans leur ſang..... O mon pere! ſoyez touché du triſte état de votre malheureux fils. N'inſultez point à ſa douleur: répandez ſur des plaies trop vives pour un cœur ſenſible ce baume ſalutaire que vos Lettres y ont fait couler juſqu'ici. J'eſpere que juſqu'à votre réponſe j'aurai bien la force de contenir mes craintes & mes tranſports. Quoi que j'aye pu vous dire dans l'ivreſſe de ma paſſion & l'égarement de mon eſprit, ne ceſſez de me donner des conſeils qui me deviennent plus que jamais nécessaires ; & parlez-moi toujours de cette Religion, dont les caracteres sont en effet si frappans, dont le dernier sur-tout me remplit d'étonnement, & que je commence si vivement à admirer malgré moi, quoique si peu disposé encore à la suivre.

LETTRE XLIV.

Du Marquis à son Fils.

MON fils, ô mon fils! que ne suis-je près de toi! que ta situation présente me rend mon exil douloureux & pénible! Cher Valmont, je voudrois si bien être à portée de calmer tes craintes; & rien ne peut suspendre les miennes. Ta Lettre me fait trembler. Ce n'est point le défaut de réserve & de sagesse dans Emilie que je crains; c'est toi, c'est ta vivacité, ce sont les dispositions où je te vois. Cher ami, crois-en un pere qu'un long usage du monde a instruit & qu'aucune passion ne transporte : crois-en un ami, tel que moi, & qui, sans risquer de se tromper, se fait garant de la sagesse de ton épouse. Il y a des femmes vertueuses, Valmont, quoi qu'en disent le libertinage & la frivolité; & la tienne est certainement de ce nombre. Je l'ai toujours suivie dans ses démarches depuis sa plus tendre enfance ; dans ſes Lettres, depuis que je ſuis loin de vous : l'hypocriſie n'a point cette marche conſtante, uniforme, cette ſimplicité noble & pure, qui font le caractere d'Emilie. Non, la fauſſe vertu ne ſe contrefait point ainſi. Ah ! ſi tu ſavois toutes les allarmes que ta liaiſon avec le Baron lui a cauſées dès le temps de mon départ ; toutes les préventions, d'ailleurs ſi bien fondées, qu'elle a toujours eues contre lui ; toute la violence qu'elle s'eſt faite pour le recevoir & pour t'obéir ; tous les ſecrets preſſentimens dont elle me faiſoit part, & qui ne ſe vérifient que trop bien ; tout ce qu'elle mettoit de circonſpection dans ſes diſcours & dans ſa conduite ; ô mon ami ! tu la reſpecterois autant que tu la chéris. Au nom de ſa tendreſſe & de ſon amour pour toi, au nom de toute la mienne, modere les ſaillies d'une paſſion trop ardente, & qui ne voit plus, qui n'entend plus que ce qui ſert à multiplier & à groſſir les phantômes qu'elle ſe fait. N'accable point une épouſe délicate & ſenſible, par l'idée désolante & cruelle de tes inquiétudes & de tes soupçons; ménage son état & les momens critiques dont elle est proche. Sur-tout prends du temps pour te mieux instruire; ne te fie point à des espions envieux ou mercenaires, qui s'embarrassent peu des conséquences, pourvu qu'ils te perdent, ou qu'ils te fassent payer cherement leurs prétendus services & leur noire trahison.

Lausane peut être coupable de légereté, de présomption, de forfanterie même, puisque tel est son caractere; mais non pas au point où tu le crois: & quelque coupable qu'il puisse être, as-tu droit de l'en punir? Est-ce à toi qu'appartient la vengeance? Faut-il te répéter, dans l'ivresse des transports qui t'agitent, ce que j'avois autrefois moins de peine à te faire entendre de sang-froid; que la vie d'un autre homme, non plus que la tienne, n'est point à toi; que tu ne la lui as non plus donnée que tu ne te l'es donnée à toi-même; qu'il faut étouffer la voix de l'humanité & le cri de la na-

nature, méconnoître tous les droits de l'Etre suprême & commencer par défier sa justice & son pouvoir, renverser toutes les loix, rompre tous les liens de la société qui nous rassemble & nous protege, fouler aux pieds toute autorité, détruire toute espece de subordination, & s'arroger des titres qui n'appartiennent qu'à la puissance publique, pour oser se faire l'arbitre & le vengeur d'une offense particuliere. Prétendre d'ailleurs en laver l'affront dans le sang de celui qui nous l'a faite; quel horrible préjugé! quel phantôme d'honneur, auquel on sacrifie, plus en furieux qu'en vrai brave, tous les biens & l'honneur véritable! Eh, mon ami, le vrai honneur consiste à être à ses propres yeux sans reproche, & constamment vertueux; & peut-il y avoir quelque vertu réelle, sans la soumission aux loix de Dieu & de son pays? Ah! sois brave, cher Valmont, mais en faveur de ta patrie, comme je me flatte de l'avoir été; & ne méprise point des conseils que quarante ans d'un courage ſuffiſamment éprouvé m'ont acquis le droit de te donner.

Si cependant en voulant te venger de propos indiſcrets, que peut-être on n'a pas tenus, tu péris, ô mon fils! je frémis. Dans quel état iras-tu te préſenter à ton Créateur, à ton Juge, & lui rendre une vie qu'il t'ordonnoit de conſerver, dès qu'il ne te la demandoit pas? Quelle cataſtrophe pour Emilie, pour le fruit de ſes entrailles, pour ton pere! ſi c'eſt ton ſemblable qui périt par ta main; tout ſouillé de ſon ſang, cruel homicide! quels remords tu te prépares! quelle image ſanglante va te ſuivre en tous lieux! quelle autre ſource d'amertume pour ton épouſe, pour tes enfans & pour moi! quel renverſement de toute eſpérance! ſuccombant ſous le crédit d'une famille puiſſante & en faveur, dépouillé, banni, flétri peut-être, quelle honte réelle pour ſauver une honte imaginaire! quelle perte de toutes les eſpérances & de tous les biens pour un honneur, pour un bien qu'on ne ſonge point à t'enlever, ou qui cesse d'être un bien digne de si grands sacrifices, s'il n'est fondé que sur l'opinion (*a*). Ah! s'il étoit question de sacrifier à la vertu, à l'Etat, au bien commun, je te tiendrois un autre langage, & je t'aurois déja offert mon exil pour exemple & pour leçon.

O mon fils! pese toutes ces réflexions, si tu es en état de les faire. Tranquillise-moi, je t'en conjure, en me renvoyant au plutôt l'exprès que je fais partir. Dans peu tu recevras la Lettre que tu desires, & que j'ai déja préparée sur la suite des caracteres de la Religion Chrétienne. Je n'ai pas la force de l'achever dans cet instant, & ne veux d'ailleurs mettre aucun délai à celle-ci. Tu commences à admirer, dis-tu, la Religion malgré toi: ne t'expose donc pas à te repentir un jour de l'avoir si indignement violée. En enfreindre les loix les plus sacrées, quelle disposition seroit-ce pour la recevoir; ou quelle source de regrets ne seroit-ce pas après l'avoir reçue! Adieu, mon ami; je vais compter les jours, les momens, & qu'ils seront longs & amers pour moi !

NOTE.

PAGE 11.

(a) *S'IL n'est fondé que sur l'opinion.* » Gardez-vous de confondre le nom sacré de l'honneur avec ce préjugé féroce qui met toutes les vertus à la pointe d'une épée, & n'est propre qu'à faire de braves scélérats.... Vit-on un seul appel sur la terre, quand elle étoit couverte de héros ? Les plus vaillans hommes de l'antiquité songerent-ils jamais à venger leurs injures personnelles par des combats particuliers ? César envoya-t-il un cartel à Caton, ou Pompée à César, pour tant d'affronts réciproques ? Et le plus grand Capitaine de la Grece fut-il deshonoré pour s'être laissé menacer du bâton ?... Si les peuples les plus éclairés, les plus braves, les plus vertueux de la terre, n'ont point connu le duel, je dis qu'il n'est pas une institution de l'homme, mais une mode affreuse & barbare digne de sa féroce origine. Reste à savoir si, quand il s'agit de sa vie ou de celle d'autrui, l'honnête homme se regle sur la mode, & s'il n'y a pas alors plus de vrai courage à la braver qu'à la suivre !.... Rentrez en vous-même, & considérez s'il vous est permis d'attaquer de propos délibéré la vie d'un homme, & d'exposer la vôtre, pour satisfaire une barbare & dangereuse fantaisie, qui n'a nul fondement raisonnable ; & si le triste souvenir du sang versé dans une pareille occasion, peut cesser de crier vengeance au fond du cœur de celui qui l'a fait couler. Connoissez-vous aucun crime égal à l'homicide volontaire ? Et si la base de toutes les vertus est l'humanité, que penserons-nous de l'homme sanguinaire & dépravé, qui l'ose attaquer dans la vie de son semblable ? Souvenez-vous que le citoyen doit sa vie à sa Patrie, & n'a pas le droit d'en disposer sans le congé des Loix ; à plus forte raison, contre leur défense. O mon ami ! si vous aimez sincerement la vertu, apprenez à la servir à sa mode, & non à la mode des hommes. Je veux qu'il en puisse résulter quelque inconvénient : ce mot de vertu n'est-il donc pour vous qu'un vain nom ? & ne serez-vous vertueux que quand il n'en coûte rien de l'être ? Mais quels sont au fond ces inconvéniens ? Les murmures des gens oisifs, des méchans, qui cherchent à s'amuser des malheurs d'autrui ; voilà vraiment un grand motif pour s'entr'égorger ! Quel mépris est donc le plus à craindre, celui des autres en faisant bien, ou le sien propre en faisant mal ? Croyez-moi, celui qui s'estime véritablement lui-même, est peu sensible à l'injuste mépris d'autrui, & ne craint que d'en être digne ; car le bon & l'honnête ne dépendent point du jugement des hommes, mais de la nature des choses ; & quand tout le monde approuveroit votre prétendue bravoure, elle n'en seroit pas moins honteuse. Il est faux d'ailleurs qu'à s'abstenir d'un duel par vertu, l'on se fasse mépriser. L'homme droit, dont toute la vie est sans tache, & qui ne donne jamais aucun signe de lâcheté, refusera de souiller sa main d'un homicide, & n'en sera que plus honoré. Toujours prêt à servir la Patrie, à protéger le foible, à remplir les devoirs les plus dangereux, & à défendre, en toute rencontre juste & honnête, ce qui lui est cher, au prix de son sang, il met dans ses démarches cette inébranlable fermeté qu'on n'a point ſans le vrai courage. On voit aiſément qu'il craint moins de mourir que de mal faire, & qu'il redoute le crime & non le péril. Si les vils préjugés s'élevent un inſtant contre lui, tous les jours de ſon honorable vie ſont autant de témoins qui les récuſent; &, dans une conduite ſi bien liée, on juge d'une action ſur toutes les autres.... L'honneur d'un homme qui penſe noblement n'eſt point au pouvoir d'autrui; il eſt en lui-même, & non dans l'opinion du peuple : il ne ſe défend ni par l'épée, ni par le bouclier, mais par une vie integre & irréprochable; & ce combat vaut bien l'autre en fait de courage. En un mot, l'homme de courage dédaigne le duel, & l'homme de bien l'abhorre. «

» Je regarde les duels comme le dernier degré de brutalité où les hommes puiſſent parvenir. «

M. Rouſſeau, qui s'exprime ainſi, a certainement raiſon, & il le prouve bien. Mais quand il eſt queſtion de modes & de préjugés, quelque honteuſe que ſoit leur origine, le commun des hommes raiſonne-t-il! Et ici, comme ſur tant d'autres objets, n'auroit-on pas droit de s'écrier : *O homines servum pecus !*

Si d'ailleurs auprès de bien des gens le langage de la raison est insuffisant, voici une autorité qui, pour eux, doit être de quelque poids : c'est celle du Comte *de la Noue*, surnommé *Bras de fer*, dont Henri IV fit un si bel éloge, en disant, *que c'étoit un grand homme de guerre, & encore plus un grand homme de bien.* » La cause de la fureur des duels, dit ce héros, si dignement loué par un si grand Roi, gît en nos erreurs & folies, & en un faux honneur. Si la noblesse continue de marcher ainsi égarée, tant en paroles qu'en faire, elle ira toujours profanant la vertu & les armes en se consumant. Il seroit bon que le Roi, les Princes & les Seigneurs blâmassent en public ceux qui auront ainsi ensanglanté leurs armes, & montrassent qu'ils les abhorrent comme gens qui n'ont autre plaisir que de s'exalter par la mort d'autrui. . . . . C'est aux guerres qu'on doit montrer sa valeur & hasarder libéralement sa vie. Les gens d'honneur doivent servir généreusement leur Patrie ; & ceux qui exposent leur vie tous les jours pour elle, ne doivent pas à son service être chiches des biens de fortune. Pour moi, tandis que j'aurai une goutte de ſang & un arpent de terre, je l'employerai pour la défenſe de l'Etat auquel Dieu m'a fait naître. . . Mais quant à ceux qui vont précipitant leur valeur dans les querelles perſonnelles, ils font croire qu'ils ne s'eſtiment pas de grand prix. « *Vie du Comte de la Noue.*

Le Comte *de Sales*, attaqué par un faux brave, dont il avoit repris les blaſphêmes, lui répondit, » qu'après avoir oſé défendre la » cauſe de Dieu, il ne devoit pas la trahir » pour les fauſſes maximes d'un honneur » mal entendu. « Il y a plus d'un exemple de cette nature de la part de Militaires, qui, en genre de bravoure, avoient fait leurs preuves. Mais ils ne ſeront jamais imités que par un petit nombre d'ames fortes, tant que nous ne ceſſerons pas de mettre de la contradiction entre nos inſtitutions & nos mœurs: & qu'après avoir fait de belles loix contre le duel, nous continuerons à flétrir de la tache du deshonneur celui qui, ayant toujours vécu ſans peur & ſans reproche, aura cru, d'après ſa conſcience & les loix, devoir mépriſer les propos d'un fat ou d'un étourdi.

LETTRE XLV.

Du même.

Tu as été frappé, mon fils, des premiers caracteres que je t'ai fait appercevoir dans la Religion Chrétienne, & sur-tout de son unité. Joignons-y maintenant sa perpétuité ; & admire plus que jamais combien ce magnifique ouvrage que la main des hommes n'eût pu faire, est continué de siecle en siecle par la même puissance toute divine qui l'a commencé.

Reprenons à la venue de Jesus-Christ l'ensemble surprenant que cet œuvre admirable nous présente. Ici la suite des faits parle assez d'elle-même, & la Religion se trouveroit démontrée par elle, indépendamment des livres du nouveau Testament, qui continuent pour les premiers temps le récit de ses merveilles. Mais pour ne te laisser rien à desirer sur ce qui peut aider & confirmer ta croyance, discutons un moment l'authenticité de ces livres, avant que de développer les principaux faits qu'ils renferment.

Je pourrois d'abord, cher Valmont, appliquer aux Auteurs ſacrés toutes les regles de diſcuſſion qu'on emploie avec tant de confiance dans les jugemens que l'on porte des Auteurs profanes, & te faire obſerver les différens rapports qu'ont nos livres à ceux dont ils portent les noms, aux temps où ils les ont écrits, aux lieux, aux perſonnes, aux uſages, au gouvernement civil, à l'état de la Religion, aux affaires publiques dont ils parlent: car tu n'ignores pas ſans doute qu'il eſt impoſſible, moralement parlant, qu'un impoſteur ne ſe trouve en défaut ſur quelques-unes de ces circonſtances.

Mais il ne s'agit pas ici de faire un traité ſur la Religion. Il ne s'agit pas d'entrer de nouveau dans des détails ſur leſquels les Chrétiens eux-mêmes ont porté cent fois le flambeau de la plus ſévere critique. Pour terminer plus ſurement & en peu de mots toute conteſtation, conſidere cette chaîne de témoins, qui d'âge en âge, depuis la naiſſance du Chriſtianiſme, dépoſent en faveur des livres du nouveau Teſtament, les attribuent aux Apôtres & à leurs premiers diſciples, & ſouvent même emploient dans leurs écrits les faits & les maximes les plus eſſentielles de ces livres dont ils empruntent juſqu'aux expreſſions. Si tu prétends pouvoir en nier l'authenticité, oſe donc prétendre également que les noms & les écrits de S. Polycarpe, de S. Ignace, diſciples des Apôtres, que ceux de S. Juſtin, de S. Clément, de S. Irenée, qui ont été inſtruits par ces premiers diſciples, qu'après eux les noms & les écrits d'Origene, d'Euſebe, de S. Jérôme, qui ont examiné ſi ſcrupuleuſement dans les premiers ſiecles cette partie des divines Ecritures, ſont des noms & des écrits ſuppoſés. Ici, comme par-tout ailleurs, tout ſe ſoutient dans la Religion; & la tradition la plus ancienne, la moins interrompue, la plus univerſelle, la plus conſtante, vient à l'appui de nos livres ſacrés & des premiers monumens.

Considere ensuite l'intérêt qu'avoient les premiers Chrétiens de tout état & de tout rang, avec tant de préjugés & de passions contraires, de ne pas recevoir sur de simples présomptions ce qui devoit servir de fondement à leur Foi, ce qui devoit être la regle de leur conduite, & ce qui les obligeoit à sacrifier ce qu'ils avoient de plus cher, & à voler au martyre. Ce n'est pas au reste dans un siecle d'ignorance, mon fils, ce n'est point pour des peuples grossiers & des hommes sans lettres qu'ont été faits les écrits des Apôtres. C'est vers le siecle d'Auguste qu'ils ont paru; c'est à Rome, c'est à la Grece, c'est à ce qu'il y avoit de plus policé & de plus sage qu'ils ont été adressés.

Interroge d'ailleurs, s'il le faut, les ennemis mêmes de la Religion, Juifs, Payens, Hérétiques, tous ceux qui, dans ces premiers siecles, ont attaqué par toutes sortes de moyens les vérités contenues dans nos livres; & dis-moi s'ils ont osé nier ou révoquer en doute que la plus grande & la principale partie de ces livres fût des Auteurs auxquels nous les attribuons; si du moins Marcion & Manès, les seuls qui aient eu assez d'ignorance & de témérité pour le faire, ont pu, lors même qu'on les en a défiés, apporter en preuve contre les écrits des Apôtres, le plus léger indice de fausseté, & donner un fondement tant soit peu raisonnable à leur opinion.

Dis-moi enfin s'il y a aucun livre dans le monde entier qui ait autant excité l'attention de tous les hommes, l'intérêt des partis les plus opposés, les recherches profondes des Savans de tous les siecles, que nos livres sacrés, sans qu'on ait pu en affoiblir l'autorité.

Dans quel temps en effet ces livres auroient-ils été supposés? Leve, si tu le peux, toutes les contradictions que cette supposition renferme; fixe une époque où elle ait été possible. Ce ne sera pas pendant la vie des Apôtres: auroit-on reçu des livres que les Apôtres eux-mêmes eussent démentis? Ce ne sera pas aussi-tôt après leur mort: comment faire passer alors de fausses pieces sous leur nom? comment faire recevoir tant de fausses épitres à tant d'Eglises, à qui elles n'eussent pas été adressées du vivant des Apôtres? comment les faire adopter sans opposition dans un temps où il y avoit encore un si grand nombre de leurs disciples & de personnes qui avoient conversé avec eux? Sera-ce donc vers le second siecle? Mais nous voyons dès-lors ces livres cités par les Auteurs contemporains, révérés comme sacrés, traduits dans plusieurs Langues, reçus unanimement, du moins quant aux parties les plus essentielles du nouveau Testament, lus dans toutes les Eglises, qui en conservoient, au rapport de Tertullien, les exemplaires, tandis qu'elles rejettoient avec soin toutes les nouvelles productions, en leur opposant leur seul caractere de nouveauté.

Et ne dis pas, mon fils, que ces livres ont pu être altérés par la suite: les mêmes preuves qui nous démontrent qu'ils n'ont pas été supposés nous assurent aussi de leur intégrité. Sous les yeux de tant d'hommes, dont les intérêts étoient si différens, des écrits si publics, si chers à tous les Chrétiens, si discutés par les Hérétiques, les Juifs & les Payens, pouvoient-ils souffrir la moindre altération, sans qu'il s'élevât de toutes les extrêmités du monde mille voix pour réclamer, & sans qu'on prît soin de les confronter avec les exemplaires authentiques? » Marcion » prétend, disoit Tertullien, que l'Evan- » gile dont je me sers est corrompu; qui » sera notre juge? Ce seront les anciennes » Eglises qui ont reçu les Evangiles de la » main des Apôtres: allons les consulter, » & celui dont l'Evangile se trouvera con- » forme à ces exemplaires ne se sera point » trompé, puisque la vérité doit être plus » ancienne que le mensonge. «

Si après d'aussi fortes preuves, il peut encore te rester quelque doute, je t'offre un dernier moyen de conviction. Confronte les variantes, compare les diverses leçons, je dis même de tous les siecles, comme l'ont fait dans le siecle dernier

nier les plus ſavans critiques; & vois s'il en réſulte au préjudice de nos livres une ſeule différence eſſentielle dans tout ce qui a rapport à l'hiſtoire, à la doctrine & aux mœurs.

Il eſt donc vrai, cher Valmont, aux preuves poſitives que nous apportons de l'authenticité des livres du nouveau Teſtament, on ne peut oppoſer & l'on n'oppoſe tous les jours que des doutes, que les paſſions élevent & fomentent, mais que la raiſon déſavoue. Laiſſe, mon fils, laiſſe l'incrédule s'aveugler lui-même, ſans vouloir imiter ſon aveuglement; & une fois convaincu de l'authenticité de nos livres, aſſuré que le témoignage qu'ils renferment eſt parvenu juſqu'à nous dans toute ſon intégrité, permets que je m'arrête quelques momens à te faire obſerver combien ce témoignage eſt digne de foi, combien il eſt inconteſtable.

Il l'eſt ſans doute, ſi ceux qui l'ont rendu ne ſe ſont pas trompés; & ſi d'ailleurs ils n'ont ni voulu ni pu nous tromper. Mais en premier lieu, qu'ils ne ſe ſoient pas trompés, c'eſt ce qui eſt évident par la nature même de leur dépoſition : tous ou preſque tous ſont des témoins oculaires; nous ne rapportons, te diſent-ils, que ce que nous avons vu, que ce que nous avons entendu, que ce qui s'eſt paſſé conſtamment au milieu de nous : c'eſt ce qui l'eſt encore par la nature des faits qu'ils racontent; puiſque ce ſont de ces ſortes de faits, qui, par leur continuité & par leur certitude au jugement de tous les ſens, ne ſont pas ſuſceptibles d'illuſion.

Mais au moins n'ont-ils pas voulu nous tromper. Pour répondre à cette queſtion, examine bien, mon fils, ce projet qu'on leur ſuppoſe d'en impoſer à l'Univers, par un aſſemblage de faits auſſi difficiles à inventer, à combiner, à faire quadrer ſi juſte & avec les livres de l'ancien Teſtament, & avec de certains faits principaux qui ne dépendoient pas d'eux, qu'ils n'étoient les maîtres ni de faire naître ni d'empêcher, ni de ſupprimer, ni d'altérer, & qui dès-lors devoient entrer nécessairement, & malgré eux, dans l'unité du plan qu'on veut bien leur prêter. Un seul homme, pour un petit nombre de faits qu'il invente, a tant de peine à faire accorder la vérité avec le mensonge: eh, que sera-ce donc lorsqu'il sera question de plusieurs hommes, écrivant comme les Apôtres en différentes circonstances & à diverses reprises; lorsqu'il s'agira d'un grand nombre de faits compliqués; & sur-tout, lorsqu'il sera question de faits liés à beaucoup d'autres, qui ont précédé, qui ont dû suivre, & qui n'eussent pu que se trouver en contradiction les uns avec les autres, dès qu'ils n'eussent été liés entre eux que par l'imposture? Non, on n'imagine point, on n'invente point comme les Apôtres; & sur des objets aussi étendus dans leurs combinaisons & leurs rapports, la fiction ne fut jamais si bien d'accord avec la vérité.

Au reste, mon fils, juge de ce prétendu projet de nous en imposer, conçu par les Apôtres après la mort ignominieuse de leur Maître, juges-en par l'éducation qu'ils avoient reçue, & par l'état vil & abject où ils vivoient presque tous avant leur apostolat; par ce ton d'ingénuité, de candeur, d'intégrité, qui brille dans leur personne comme dans leurs écrits, & ne s'y dément jamais; par ce caractere de droiture qui regne dans leurs mœurs, mœurs douces & simples, chastes & pures, exemptes de tout levain d'intérêt, d'ambition & de révolte; par toute leur vie humble, pauvre, laborieuse, mortifiée, & telle en un mot, que leurs plus grands adversaires ont été forcés de la respecter.

Eh, mon fils, quel motif eût porté les Apôtres à vouloir nous tromper, quand bien même ils eussent été de caractere à l'entreprendre? Les humiliations, les souffrances & la croix de Jesus-Christ avoient-elles donc par elles-mêmes tant d'attraits pour eux? & pouvoient-ils attendre autre chose de toutes les passions, de tous les intérêts & de tous les hommes conjurés à la fois contre leur Maître & contre ceux qui oseroient encore après sa mort en paroître les disciples?

Mais enfin, ſuppoſons-les intéreſſés à nous tromper, & de caractere à vouloir le faire. L'euſſent-ils pu? Ici, mon fils, combine ſelon les loix les plus rigoureuſes, les plus propres à faire naître la certitude en genre de faits, & je dis même l'évidence en genre de preuves & de raiſonnement, combine tout à la fois leur nombre, la diverſité de leurs caracteres, les différentes épreuves par leſquelles ils ont paſſé; & dis-moi comment le ſecret eût pu demeurer impénétrable, au milieu de douze Apôtres, de ſoixante & douze Diſciples, d'un ſi grand nombre de témoins qui publioient hautement ce qu'ils diſoient avoir vu, entendu, touché à tant de repriſes & ſi conſtamment; & que cependant, ſoit dans la multiplication de cinq pains pour ſervir à la nourriture de cinq mille hommes, ſoit dans la guériſon ſubite d'aveugles de naiſſance, connus pour tels de la Sinagogue, ſoit dans la réſurrection de pluſieurs morts & celle de Jeſus-Chriſt même, accompagnées de circonſtances qui les ont rendu publiques, ni aucun d'entre eux, ni personne d'entre les Juifs, n'eût jamais ni touché, ni vu, ni entendu? Eh, oseroit-on seulement avancer faussement de pareils faits, lorsque c'est au témoignage de tant d'hommes & de presque tout un peuple qu'on en appelle?

Dis-moi ce qui pouvoit unir d'une maniere si étroite, & par des liens si durables, des hommes qui n'eussent eu d'autres liens réciproques que la fourberie & le mensonge; & comment le complot n'eût pas été découvert au milieu de tant de caracteres différens, toujours prêts à se diviser entre eux par l'effet des intérêts opposés, qui changent selon les temps, des passions diverses, d'un mécontentement, d'une jalousie, d'un desir de primer sur tous les autres?

Dis-moi enfin comment, ni les promesses, ni les menaces, ni les reproches de leur conscience, ni les sentimens de compassion pour ceux qui devenoient les malheureuses victimes de la foi qu'ils leur annonçoient, ni les fatigues & les peines continuelles, ni la crainte des tourmens, ni l'horreur de la mort, n'ont jamais pu modérer leur ardeur, rallentir leur course, leur arracher l'aveu de leur égarement, ou varier leur déposition ? On souffre, on meurt pour un sentiment que l'on croit vrai, & en genre de croyance, l'erreur a ses martyrs comme la vérité ; mais est-il dans la nature de courir de contrée en contrée aux peines, aux tourmens, à la mort, & de les soutenir avec une fermeté toujours égale, pour attester un fait que l'on sait être faux ? Car, voilà, cher Valmont, ce qu'il importe sur-tout de bien considérer ; voilà ce qui rend invincible la preuve que nous empruntons de ces premiers martyrs, & ce qui les met hors de toute comparaison avec ceux que par-tout ailleurs il plaît à l'incrédule de nous opposer ; c'est que, bien différens des enthousiastes de toutes les sectes, les martyrs du Christianisme naissant sont des martyrs de fait, & non pas d'opinion.

C'en est assez sans doute, mon fils, pour démontrer la certitude de tout ce que les livres du nouveau Testament nous enseignent sur la suite de la Religion. Mais je te l'ai dit, & tu seras forcé d'en convenir, je n'aurois pas même eu besoin de nos livres pour te convaincre; & la suite des événemens, leur enchaînement nécessaire entre eux, & avec ceux dont nous sommes aujourd'hui les témoins, cette correspondance mutuelle, qui est telle qu'ils se prêtent l'un à l'autre le plus ferme appui; en un mot, la perpétuité de la Religion Chrétienne, formeroit seule en sa faveur la démonstration la plus complette. Reprenons-les ces événemens si bien enchaînés, si bien liés; & qu'ils parlent d'eux-mêmes.

Déja les quatre grands Empires prédits par Daniel *, comme devant amener après eux l'Empire éternel du Christ, se sont succédés l'un à l'aure, & le dernier a triomphé de ceux qui l'ont précédé. Déja la prophétie de Jacob touche à son terme, & aux yeux de la nation étonnée le scep-

* Chap. 2 & Chap. 7 & 8.

tre s'échappe des mains du Juda pour passer dans celles d'un étranger. Le second temple ne subsiste que pour recevoir celui qui doit en faire tout l'ornement *. Les Juifs sont dans l'attente universelle du Messie, & le bruit de leurs espérances s'est répandu parmi les Gentils †. L'avénement de ce Messie tant desiré a été différé assez long-temps pour nous rendre sensibles les miseres de l'homme abandonné à lui-même : enfin le Messie paroît. Toutes les prophéties s'accomplissent en sa personne ; tous les caracteres du Messie se retrouvent en J. C. comme verbe, coéternel à son pere ; comme verbe fait chair, naissant d'une Vierge ; il est le rejetton de Jessé ; il est le fils de David ; il sort de la Tribu de Juda ; il naît à Bethléem ; il y reçoit le

* Prophétie d'Aggée, chap. 2.

† Voyez M. Bossuet, Discours sur l'Histoire Universelle, pag. 373 & suivantes, édit. de 1744, in-12.

nom de Jesus, ce beau nom de Sauveur, qui présageoit tout à la fois & la gloire qu'il alloit rendre à Dieu par la réparation du péché & le salut qu'il alloit rendre aux hommes. Une étoile brillante l'annonce (*a*); les Bergers & les Rois l'adorent; & ce qu'un Auteur célebre entre les Auteurs Payens nous a garanti (*b*), ce qui confirme de la maniere la plus solemnelle tout le récit des Auteurs sacrés, Hérode, instruit de sa naissance, immole à sa jalouse fureur une foule d'innocentes victimes, & par ses inquiétudes & ses craintes, rend ainsi malgré lui le témoignage le plus sensible à l'attente des Juifs & à la venue du Messie.

Jesus-Christ se soustrait à sa poursuite. De retour dans sa patrie, à peine le temps où il doit se manifester aux hommes est-il arrivé, que Jean-Baptiste (*c*), si digne d'admiration par l'austérité de sa vie, par la pureté de ses mœurs, par les effets de son zele, par la force de ses paroles, & que les plus sages d'entre les Juifs, cherchant par tout le Messie, eussent pris sans peine pour le Messie lui-même, se dépouille en sa faveur de sa propre gloire, s'anéantit en sa présence, & le fait reconnoître à ses Disciples pour l'Agneau de Dieu qui vient effacer les péchés du monde.

Le Sauveur enseigne aux hommes la doctrine la plus pure, & leur propose d'une maniere simple les vérités les plus sublimes. Il ouvre à ses Disciples, sans appareil & sans faste, les trésors de la plus haute sagesse; il leur révele les plus profonds mysteres sans en paroître étonné; il développe les idées les plus neuves & la morale la plus parfaite, comme des idées qui lui sont naturelles & qui coulent de source; il nous fait aspirer à une nouvelle béatitude; il rappelle notre ame à son origine & à sa fin, & la fait rentrer dans tous ses droits. Il tempere l'élevation de ses pensées & la hauteur de ses maximes, par la naïveté des images qu'il emploie, & l'onction secrette qui accompagne ses discours. Tout est grand, tout est aimable dans sa personne; il y réunit au ſouverain degré la douceur & l'autorité. Il donne les exemples les plus rares des vertus qu'il commande & de la perfection qu'il conſeille; & ce qu'il y a en lui de plus admirable encore, ſon ame noble ſait allier la plus haute élevation avec l'humilité la plus vraie. Son caractere eſt ferme & généreux; ſon cœur eſt tendre & bienfaiſant; ſa vie eſt pauvre & frugale; ſes manieres ſont ſimples & affables; ſes mœurs ſont irréprochables. Il ne ſe montre parmi les hommes que pour les éclairer & pour leur faire du bien. Sociable, humain, populaire, mais ſans familiarité & ſans baſſeſſe, il ſe met à la portée de tous, & s'en fait reſpecter. Il converſe, il ſe plaît avec les enfans; il accueille & prévient les pécheurs; il ne ſe rebute point de la groſſiereté de ſes Diſciples; il eſt bon, il eſt indulgent pour les foibles, & ne fait paroître de la ſévérité qu'envers les hypocrites. Il verſe des larmes ſur la mort de Lazare qu'il aimoit tendrement; il s'intéreſſe de la maniere la plus vive à la douleur d'une mere qui vient de perdre ſon fils; il fait grace à la femme adultere, & ne lui demande pour toute reconnoiſſance que de ceſſer d'être infidele. Dans l'entretien le plus intéreſſant, il inſtruit, il convertit la Samaritaine, & annonce un culte nouveau, l'adoration en eſprit & en vérité. Il voit avec une ſorte de tranſport couler les pleurs de Magdelaine; il ſe plaît à briſer le cœur du Publicain. Par-tout il enviſage la gloire de ſon pere; par-tout il maintient, il aſſure l'accompliſſement des devoirs, & l'ordre de la ſociété. Il nous apprend que ſon Royaume n'eſt pas de ce monde, & rend lui-même à Céſar le tribut qui lui eſt dû par ſes ſujets. Son regne eſt celui de la vérité, & en lui rendant témoignage devant Pilate, c'eſt à elle qu'il ſe ſacrifie. Opprimé, calomnié, couvert d'opprobres, mourant dans les ſupplices, il fait avouer à ſon juge ſon innocence, & fait voir ſur la terre la vertu malheureuſe, perſécutée, mais toujours également ferme, ſans tache, & ſe ſuffiſant à elle-même. Sa paſſion, ſa mort ont encore quelque chose de plus grand que sa vie ; & le Disciple célebre du plus sage des Philosophes, en voulant peindre le juste avec tout l'héroïsme de la vertu, a peint une vertu plus qu'humaine, & le Fils de Dieu sans le savoir (*d*).

Les merveilles les plus éclatantes viennent à l'appui de la sainteté de ses mœurs, ajoutent un nouveau poids à l'excellence de sa doctrine, & démontrent avec elle & avec le concours de tous les siecles qui ont préparé sa venue, de tous les genres de prophéties qui l'ont annoncée, la divinité de sa mission.

Envain m'arrêterois-je ici à disserter froidement sur la nature & la possibilité des miracles (*e*). Il est des faits, qui, bien avérés, tranchent toute difficulté, & parlent bien plus haut que de stériles & vains raisonnemens. Tels sont les faits & les miracles qui ont un rapport direct à J. C. ; faits sensibles & palpables ; faits publics & permanens ; faits réitérés & perpétués par-tout où l'établissement de la religion chrétienne & la gloire de son Auteur l'ont néceſſairement exigé ; faits & miracles avoués par ceux mêmes qui avoient l'intérêt le plus preſſant à les nier (*f*) ; avoués par les Juifs, qui, au lieu de les démentir, les ont confirmés, en les attribuant à je ne ſais quelle vertu ſecrette qui ſe trouvoit dans le ſaint nom de Dieu, ce nom inconnu & ineffable que J. C., diſoient-ils, avoit découvert, on ne ſait comment, dans le ſanctuaire ; avoués & reconnus, du moins en partie par les Payens, Hierocles (*g*), Julien (*h*), Celſe (*i*), Porphyre (*k*), & une infinité d'autres, qui, moins prévenus, n'ont pu réſiſter à la force des preuves qui les conſtatoient, & de Payens ſont devenus Chrétiens ; avoués & confirmés par les héréſiarques du temps même des Apôtres, les Judaïſans, les Nicolaïtes, les Cerinthiens, les Gnoſtiques, les Valentiniens, les Baſilidiens, &c., qui attaquant tout, confondant tout, diſputant ſur tout, n'ont jamais conteſté aux vrais Diſciples de Jeſus-Chriſt les miracles qu'ils lui attribuoient, ni oſé taxer d'impoſture ceux mêmes qu'ils opéroient en ſon nom ; faits merveilleux, évidemment au-deſſus des forces de la nature, tous bienfaiſans, tous utiles aux hommes, ou pour guérir les maux du corps, ou pour diſſiper les maladies de l'ame, ſes préjugés & ſes erreurs ; faits & prodiges bien différens par leur authenticité de ceux que l'incrédule oſe mettre en parallele avec eux *, bien différens par leur

---

* Voyez la note ſur Hieroclès.

Nul ſiecle n'a été plus fécond que le nôtre en paralleles auſſi odieux qu'inſenſés. De ce nombre ſont les comparaiſons biſarres qu'on a oſé faire des Miracles de Jéſus-Chriſt avec des tours de force & de prétendus prodiges au-deſſous même de ceux qu'on a vus à la Foire ou chez Comus ; avec des ſauts, des gambades & des contorſions, où la folie le diſputoit à l'indécence, & où tout étoit marqué au coin de la fripponnerie & de la ſuperſtition ; avec des guériſons ſouvent ridicules que rien ne prouvoit ou qui ne prouvoient rien, qui étoient preſque toujours démenties par des informations plus

caractere, & leur publicité de ces prestiges & de ces œuvres de ténebres par lesquels s'accréditent dans les esprits foibles, les superstitions, les schismes, & tant d'opinions aussi contraires à la vérité que dangereuses pour les mœurs.

Exposons-les donc en peu de mots ces faits & ces miracles, dont tout nous ga-

---

exactes, & dont la liste ressembloit à celle de ces Empiriques, qui, sans parler de tous ceux qui ont échappé à l'efficacité de leurs remedes, ou que leurs remedes ont tués, mettent sur le compte de leur art toutes les cures qu'a suppléées leur imagination, ou qui ont été faites par la nature. Triste aveuglement des Sectaires qui ont donné lieu à de semblables comparaisons, & des incrédules qui n'ont pas eu honte de les faire ! Voyez au reste sur cet objet les *Opuscules de Chirurgie par M. Morand de l'Académie Royale des Sciences*, seconde partie, chap. 6, qui renferme, d'après la demande de M. de Sartine, le *rapport des opérations faites à Paris par plusieurs personnes que l'on disoit faire des miracles en 1759 & 1760.*

rantit la certitude, dont tout confirme la réalité. Maître de la nature, d'un mot Jesus-Christ calme les tempêtes; il prescrit des loix aux élémens; il multiplie cinq pains, & en nourrit cinq mille hommes; il ouvre les yeux des aveugles de naissance; il délie la langue des muets; il rend l'ouie aux sourds; il guérit les malades par sa seule parole; il chasse les démons, & les force de rendre hommage à sa Divinité; la nature, la mort, l'enfer obéissent à sa voix. Il ressuscite le fils de la veuve de Naïm, dont le peuple accompagnoit la pompe funebre; la fille du Chef de la Synagogue, dont une troupe de Juifs pleuroit la perte; Lazare, enseveli depuis plusieurs jours. Il annonce sa mort, & sa résurrection; il prédit, ce que nous voyons accompli de la maniere la plus frappante, la prédication de l'Evangile, l'établissement de l'Eglise, l'indéfectibilité de sa foi, sa visibilité, sa perpétuité, le châtiment des Juifs, & la destruction de Jérusalem. Il est livré à ses ennemis, parce qu'il l'a bien voulu. Judas l'a trahi, mais la honte & le désespoir suivent de près son crime; il en reporte aux Juifs le salaire ; & le champ acheté de cet argent même pour la sépulture des étrangers est un monument destiné à instruire toute la terre de sa perfidie & de ses remords. Après avoir enduré de la maniere la plus heroïque & avec le plus noble courage les opprobres les plus humilians, Jesus-Christ meurt pour la réparation du péché, pour le salut des hommes, & la nature se trouble & se déconcerte quand il expire ; par des prodiges qu'attestent des Auteurs payens (l), elle reconnoît son maître. Il meurt sur la croix, & selon la promesse qu'il en a faite à ses Apôtres, cette croix devient l'instrument & le signe le plus éclatant de son triomphe.

Peu de jours après sa mort, il met le comble aux témoignages de sa puissance & de sa divinité par sa résurrection. Indépendamment des précautions que ses ennemis avoient prises pour empêcher que ses Apôtres ne pussent enlever son corps ; indépendamment des circonstances publiques, dont ce fait a dès-lors été revêtu, & d'après lesquelles on eût pu aisément convaincre les Apôtres d'imposture, s'ils eussent voulu nous tromper ; ce fait est confirmé par toutes ses suites, & la force des preuves va toujours en croissant.

Des Disciples, autrefois si timides, publient hautement le triomphe de leur maître ; & dans quel moment ? dans celui où tout paroît désespéré, & où ils n'ont à attendre d'un pareil témoignage que des affronts, des persécutions, des supplices & la mort. Mais encore, ces hommes qui vont opérer au nom de Jesus-Christ d'aussi grands prodiges que ceux qu'il a opérés lui-même (*m*), ces hommes qui vont éclairer le monde, le convertir à la foi, réformer ses mœurs, & changer la face de l'univers ; que sont-ils ? Des hommes sans nom, sans fortune, sans crédit & sans science, des hommes de la lie du peuple. Disons-le en un mot, & ne sois point choqué, cher Valmont, de la vérité de l'expreſſion, tels que ſeroient parmi nous des Batteliers de la Loire & de pauvres Pêcheurs, tels ſont ceux, qui dans toutes les langues, vont rendre témoignage à Jeſus crucifié.

Eh, que d'obſtacles s'oppoſent à leur miſſion & à l'établiſſement de l'Evangile! Obſtacles pris des vérités mêmes qu'il falloit prêcher, vérités difficiles à croire, plus difficiles encore à pratiquer : obſtacles de la part du peuple Juif dans ſes ſuperſtitions & ſes préjugés ſur la grandeur temporelle du Meſſie : obſtacles du côté des Payens, dans leur religion, leurs loix, leur politique, puiſque le culte des faux dieux, les aruſpices, les augures, les loix, les ſacrifices étoient liés étroitement à l'adminiſtration des affaires civiles; dans la vanité des Empereurs, devenus les dieux de la terre; dans l'orgueilleuſe ſageſſe des Philoſophes, qui s'en croyoient la lumiere; dans la corruption du monde entier, dont le chriſtianiſme renverſoit toutes les idées, & attaquoit tous les vices: obſtacles de la part des Apôtres eux-mêmes, que je t'ai fait voir dénués de tous talens extérieurs & de tout secours humain. Et malgré tant de difficultés, insurmontables à tous nos sages ensemble, quand ils n'entreprendroient que la conversion d'une seule cité, d'un seul hameau; insurmontables pour tout autre que pour un Dieu; le témoignage des Apôtres est reçu. Jesus est reconnu par tout l'univers pour le fils du Très-Haut; la croix triomphe; les mœurs des premiers fideles se font admirer de leurs plus grands ennemis (*n*); peuples, Philosophes, Empereurs, Sénateurs, Guerriers, tous cedent enfin, & l'univers est chrétien *.

---

* Qu'on oppose à cet établissement du Christianisme celui de la loi de Mahomet. Comme on l'a si bien observé, » l'ignorance » brute des peuples que Mahomet vouloit » soumettre à sa domination bien plus qu'à » sa doctrine, une ambition effrénée sou- » tenue d'un ardent enthousiasme, le glaive » plus persuasif encore que la parole, une

Les Oracles ſe taiſent (*o*); les Idoles ſont briſées; Rome, cette Capitale du monde, devient une Rome nouvelle, & acquiert pour la gloire de la religion un nouvel Empire. Toutes les prophéties ſur la converſion des Gentils ſont accomplies. L'Egliſe prend tous les caracteres que ſon divin Chef lui a aſſignés; poſée ſur des fondemens que rien ne peut ébranler, victorieuſe de tant d'ennemis qui n'ont ceſſé de la combattre, elle ſubſiſte malgré

» morale commode, un paradis ſenſuel, » voilà ſans contredit les véritables cauſes » de l'établiſſement & des progrès du Ma- » hométiſme. « Les Diſciples de Jéſus-Chriſt au contraire ont fait recevoir ſa loi dans les ſiecles & chez les peuples les plus éclairés; en employant la douceur, la ſoumiſſion, la patience, & non la force & la contrainte; en ſouffrant perſécution, bien loin de perſécuter eux-mêmes; en prodiguant leurs biens & leur vie, au-lieu de les arracher aux autres; en prêchant une morale ſainte & ſévère; en contrariant l'imagination, les paſſions & les ſens, au lieu de les flatter.

les efforts continuels de l'héréſie, de la fauſſe politique & de l'incrédulité. Elle ſubſiſte plus qu'aucun Empire, & près de dix-huit ſiecles d'orages & de tempêtes n'ont pu la renverſer. Chaque jour elle répare ſes pertes; chaque jour elle étend ou renouvelle ſes conquêtes, & vérifie en elle, de la maniere la plus ſenſible, les prédictions & les promeſſes de ſon divin époux.

Les Juifs forment de leur côté une preuve également complette & toujours ſubſiſtante de la divinité de Jeſus-Chriſt. Dès les premiers temps ils ont vu s'accomplir en eux cette terrible malédiction qu'ils avoient prononcée contre eux-mêmes, lorſqu'au tribunal de Pilate ils avoient oſé s'écrier, en maudiſſant le Chriſt, *que ſon ſang retombe ſur nous & ſur nos enfans.* Ils ont vu, comme le Chriſt le leur avoit prédit, renverſer, détruire de fond en comble, & ſans qu'il y reſtât pierre ſur pierre, les murs de Jéruſalem, & ſon temple fameux, que Julien s'efforça envain de rebâtir (*p*). Ils ont

ont vu s'exécuter en eux avec plus de rigueur & moins de ressources que jamais les menaces de leurs Prophetes, & ont été dispersés parmi les nations. Depuis plus de dix-sept cents ans, toujours au même état où les vengeances du Seigneur & les conseils de sa Providence les ont réduits, toujours sans Chefs, sans Patrie, sans Temple, sans Prêtres, sans sacrifice, errant de peuple en peuple, conservant par-tout une existence si précaire & continuée cependant depuis si long-temps sans mêlange & sans interruption (q), ils portent dans toutes les parties du monde la preuve manifeste de leur crime, & démontrent la divinité de ce Jésus qu'ils osent blasphémer. O mon fils ! que la lumiere brille enfin pour toi; que le voile qui t'en déroboit l'éclat se déchire, tombe aux pieds de celui que tu as trop long-temps méconnu, & adore avec moi Jesus-Christ; ce Jesus devenu le centre unique de l'un & de l'autre testament, le point de réunion de toutes les parties de la religion, la liaison essentielle du véritable Iſraélite & du Chrétien fidele; ce Jeſus, qui, attendu ou donné, a été dans tous les temps la conſolation & l'eſpérance des enfans de Dieu, & nous montre ainſi la religion la plus digne de notre admiration par ſon ancienneté, ſon unité, ſa perpétuité.

Eh, quoi donc, le Dieu ſaint auroit-il pu laiſſer prendre à l'erreur des caracteres ſi parfaitement ſemblables à la vérité; & ne puis-je pas dire à juſte titre, après tant de merveilles, que ſi ce que je crois maintenant pouvoit être une erreur, ce ſeroit Dieu même qui m'auroit trompé? Prends-y garde, Valmont, je n'ai fait que tracer rapidement, qu'ébaucher en quelque ſorte une ſuite d'événemens, qui s'amenent & ſe ſuppoſent les uns les autres, dont chacun en particulier, développé dans toute ſon étendue, formeroit une preuve ſuffiſante & complette, mais qui pris enſemble ſont au-deſſus de toute difficulté & de toute objection.

Quelle ſatisfaction pour le vrai fidele de repaſſer ainſi d'un coup-d'œil toute la ſuite de la religion, & tous les fondemens de ſa foi ! Au milieu de tous les aſſauts qu'on livre à ſa croyance, quelle conſolation pour lui de voir comment, & avec quelle évidence, des preuves que nous avons ſous les yeux, de l'état actuel des Juifs, de l'Egliſe & de la Religion, on remonte de ſiecle en ſiele, & par une ſucceſſion non interrompue de Pontifes dans l'Egliſe Romaine, par une liſte de noms connus, aux premiers jours du chriſtianiſme ; de-là encore, par une autre ſuite de Pontifes également conſtante, juſqu'à Aaron, juſqu'à Moïſe ; & de Moïſe, par un petit nombre de Patriarches, aux premiers jours du monde ! O la belle autorité que celle que nous offre la véritable religion ! la plus belle, la plus grande qui ſoit ſur la terre, & qu'aucune ſecte, aucun peuple ne peuvent imiter !

J'ai ſatisfait à ton empreſſement, cher Valmont, en te retraçant le troiſieme caractere de la Religion Chrétienne : ne tarde pas à ſatisfaire le mien ſur ce qui concerne ta situtation actuelle & tes plus secrettes dispositions.

NOTES.

PAGE 34.

(a) *Une étoile brillante l'annonce.* Chalcide, Philosophe Platonicien, qui fleurissoit au commencement du quatrieme siecle, dans son Commentaire Latin sur le Timée de Platon, Ouvrage très-estimé des Savans, parle en ces termes de l'étoile qui parut en Orient: » Il y a une autre Histoire, plus sainte & » plus digne de notre vénération, qui publie » l'apparition d'une étoile destinée à annon» cer aux hommes, non des maladies ou » quelque mortalité funeste, mais la venue » d'un Dieu, descendu uniquement pour le » salut & pour le bonheur du genre humain. » Elle ajoute que cette étoile ayant été ob» servée par des Chaldéens, distingués par » leur sagesse, & très-versés dans l'Astro» nomie, sa route nocturne les conduisit à » chercher le Dieu nouvellement né; & » qu'ayant trouvé cet auguste Enfant, ils

» lui avoient rendu les hommages qui étoient » dus à un si grand Dieu. « Il est aisé de sentir qu'on n'allégue point ici Chalcide, non plus que Macrobe dans la note suivante, comme faisant preuve par eux-mêmes, puisque ce sont des témoins bien postérieurs à l'événement, mais comme ayant recueilli les faits dans des sources non suspectes; dès que l'on sait qu'ils n'étoient pas Chrétiens, & que d'ailleurs on connoît assez leur discernement & leurs lumieres.

IBID.

(b) *Et ce qu'un Auteur célebre entre les Auteurs Payens nous a garanti.... Hérode instruit, &c.* Macrobe, Proconsul d'Afrique, Grand-Chambellan de l'Empereur Théodose le jeune, & qui vivoit au commencement du cinquieme siecle, parle ainsi de ce fait intéressant : » Auguste ayant appris qu'Hérode, Roi des Juifs, avoit fait tuer en Syrie un grand nombre d'enfans mâles, âgés » de deux ans & au-dessous, & que le propre » fils de ce Prince avoit éte enveloppé dans » ce massacre, dit : Il vaudroit mieux être » le pourceau d'Hérode que son fils. « (*Saturn. l. 2, c. 4, de Jocis Aug.*) Hérode étoit Juif, & on ſait que ſa Religion ne permettoit pas l'uſage de cet animal. La Syrie eſt miſe dans ce paſſage pour la Judée. On voit la même déſignation dans Tertullien : *Pontio Pilato Syriam tunc ex parte Romanâ Procuranti.* (Apologet.)

Dupleſſis-Mornay remarque comme une nouvelle preuve de l'apparition de l'Etoile miraculeuſe, que ce fut en conſéquence de cette étoile, & des informations qu'Hérode prit des Mages, que ce Prince cruel & ſoupçonneux fit tuer tous les enfans qui étoient au-deſſous de deux ans, croyant faire périr celui que l'étoile déſignoit. En ſorte que ces deux faits ſe trouvent liés enſemble & appuyés l'un par l'autre.

IBID.

(c) *Jean-Baptiſte ſi digne d'admiration*, &c. Joſeph, dans ſes Antiquités Judaïques, l. 18, c. 7, en parlant d'une guerre qu'eut Hérode contre Arétas, Roi des Arabes, dans laquelle ſon armée fut taillée en pieces, rend ce témoignage à Jean-Baptiſte, & fait connoître en même-temps le commencement du Chriſtianiſme. » On crut parmi les Juifs que la dé» faite de l'armée étoit une juſte punition

» de Dieu, au sujet de Jean, surnommé » Baptiste, que le Tétraque Hérode avoit » fait mourir, & qui étoit un saint homme : » car il exhortoit les Juifs à la vertu, sur- » tout à la piété & à la justice, & à se laver » dans les eaux du Baptême. Cependant il » les avertissoit que pour en rendre l'usage » agréable à Dieu, il ne suffisoit pas de s'abs- » tenir de quelque péché particulier; mais » qu'il falloit d'abord purifier son cœur par » la justice, en purifiant son corps par le Bap- » tême. Comme il se faisoit vers lui un grand » concours de peuple qui prenoit ses leçons » avec empressement, Hérode craignant que » le crédit de Jean ne fût une occasion d'é- » meute, prit le parti de le faire mourir. «

PAGE 38.

(d) *Et le Fils de Dieu sans le savoir.* Ce n'est ici qu'une expression simple & vraie du caractere de J. C.: mais on ne sauroit trop se rappeller ces beaux morceaux sur J. C. & sur l'Evangile, qui joignent à la plus exacte vérité tout le mérite du style le plus pur & de l'éloquence la plus sublime. » Non, ce n'est point avec tant d'art & d'appareil que l'Evangile s'est étendu par tout l'univers, & que sa beauté ravissante a pénétré les cœurs. Ce divin Livre, le seul nécessaire à un Chrétien, & le plus utile de tous à quiconque ne le seroit pas, n'a besoin que d'être médité, pour porter dans l'ame l'amour de son Auteur & la volonté d'accomplir ses préceptes. Jamais la vertu n'a parlé un si doux langage; jamais la plus profonde sagesse ne s'est exprimée avec tant d'énergie & de simplicité. On n'en quitte point la lecture sans se sentir meilleur qu'auparavant....

» Voyez les livres des Philosophes avec toute leur pompe; qu'ils sont petits près de celui-là! Se peut-il qu'un Livre à la fois si sublime & si sage soit l'ouvrage des hommes? Se peut-il que celui dont il fait l'histoire ne soit qu'un homme lui-même? Est-ce là le ton d'un enthousiaste ou d'un ambitieux sectaire? Quelle douceur, quelle pureté dans ses mœurs! quelle grace touchante dans ses instructions! quelle élévation dans ses maximes! quelle profonde sagesse dans ses discours! quelle présence d'esprit, quelle finesse & quelle justesse dans ses réponses! quel empire sur ses passions! Où est l'homme, où est le sage qui sait agir, souffrir & mourir sans foiblesse & sans ostentation? Quand

Platon peint son juste imaginaire, couvert de tout l'opprobre du crime, & digne de tous les prix de la vertu, il peint trait pour trait J. C. La ressemblance est si frappante, que tous les Peres l'ont sentie, & qu'il n'est pas possible de s'y tromper.

» Quels préjugés, quel aveuglement ne faut-il point avoir pour oser comparer le fils de Sophronisque au fils de Marie! Quelle distance de l'un à l'autre! Socrate mourant sans douleur, sans ignominie, soutint aisément jusqu'au bout son personnage; & si cette facile mort n'eût honoré sa vie, on douteroit si Socrate, avec tout son esprit, fut autre chose qu'un Sophiste. Il inventa, dit-on, la morale. D'autres avant lui l'avoient mise en pratique; il ne fit que dire ce qu'ils avoient fait; il ne fit que mettre en leçons leurs exemples. Aristide avoit été juste avant que Socrate eût dit ce que c'étoit que justice; Léonidas étoit mort pour son pays, avant que Socrate eût fait un devoir d'aimer la Patrie; Sparte étoit sobre avant que Socrate eût loué la sobriété; avant qu'il eût loué la vertu, la Grece abondoit en hommes vertueux: mais où Jésus avoit-il pris chez les siens cette morale élevée &

pure, dont lui seul a donné les leçons & l'exemple? Du sein du plus furieux fanatisme, la plus haute sagesse se fit entendre, & la simplicité des plus héroïques vertus honora le plus vil de tous les peuples. La mort de Socrate, philosophant tranquillement avec ses amis, est la plus douce qu'on puisse désirer; celle de Jésus expirant dans les tourmens, injurié, raillé, maudit de tout un peuple, est la plus horrible qu'on puisse craindre. Socrate prenant la coupe empoisonnée, bénit celui qui la lui présente & qui pleure; Jésus, au milieu d'un supplice affreux, prie pour ses bourreaux acharnés. Oui, si la vie & la mort de Socrate sont d'un Sage, la vie & la mort de Jésus sont d'un Dieu.

» Dirons-nous que l'Histoire de l'Evangile est inventée à plaisir? Ce n'est pas ainsi qu'on invente; & les faits de Socrate, dont personne ne doute, sont moins attestés que ceux de Jésus-Christ. Au fond, c'est reculer la difficulté sans la détruire; il seroit plus inconcevable que plusieurs hommes d'accord eussent fabriqué ce Livre, qu'il ne l'est qu'un seul en ait fourni le sujet. Jamais des Auteurs Juifs n'eussent trouvé ni ce ton ni cette morale, & l'Evangile a des caracteres de vérité si frappans, si parfaitement inimitables, que l'inventeur en seroit plus étonnant que le héros. « *M. Rousseau.*

Ibid.

(e) *Sur la nature & la possibilité des miracles, &c.* L'univers entier, chaque partie de l'univers est un prodige; mais puisqu'on entend, à proprement parler, par miracle, ce qui sort des loix de la nature & en surpasse évidemment les forces, qui peut douter, premiérement, que de tels miracles ne soient possibles à celui qui a fait la nature & qui n'a pas épuisé en elle son pouvoir *; secondement, que ces miracles ne puissent être dans l'ordre de sa sagesse, & avoir été reservés par elle, pour rappeller l'homme à son auteur par un genre de pro-

o » Il peut y avoir des Miracles, dit M. Hume, ou des violations du cours ordinaire de la nature, qui soient telles qu'elles puissent être prouvées par le témoignage humain. » *Essai sur les Miracles.*

» Il faudroit enfermer, dit M. Rousseau, ceux qui prétendent qu'un Miracle est une chose impossible. « *Lettres de la Montagne.*

» Ce n'est pas le défaut de pouvoir qu'opposent à Dieu

diges auxquels il n'ait pas été accoutumé ; & en dernier lieu, que ces miracles ne puissent être distingués suffisamment, & de ceux qui seroient contrefaits ou supposés, & de ceux qui ne paroîtroient des miracles à nos yeux que par notre peu de lumieres sur les forces & l'énergie de la nature. Celle-ci a des loix simples, constantes, uniformes, qui ont un cours régulier & suivi, qui se rendent sensibles aux hommes les moins éclairés, comme aux plus savans, & auxquelles la puissance divine, qui les a établies, peut seule déroger. En tout temps, en tout pays, la résurrection d'un mort bien constatée sera certainement un miracle. Voyez sur l'article des Miracles *le Déisme réfuté* de M. Bergier, & un petit Ouvrage très-bien fait, qui a pour titre, *Lettres écrites de la Plaine, en Réponse à celles de la*

» ceux qui contestent, avec Spinosa, la possibilité des » Miracles. Ils ne se fondent que sur son immutabilité. » Comme s'il n'étoit pas aisé de concevoir que Dieu, sans » changer de volonté, peut changer les loix de la nature : » le même décret qui est éternel, ayant embrassé tout-à » la fois & l'établissement & l'interruption de ces Loix. » *L'Incrédulité convaincue par les Prophéties*, par M. l'ancien Evêque du Puy.

Montagne ; à Amſterdam 1765. Voyez auſſi les *Penſées Théologiques*, ch. 16, ſur les Miracles.

PAGE 39.

(f) *Faits & miracles avoués par ceux mêmes*, *&c.* Nulle perſonne, un peu inſtruite, n'ignore le témoignage que Joſeph, Juif de nation, ſi connu par ſa belle Hiſtore des Antiquités Judaïques, & celle de la guerre des Juifs contre les Romains, a rendu à J. C.

» En ce même temps, « dit-il (parlant du temps de Pilate, Gouverneur de Judée) » parut Jeſus, qui étoit un homme ſage, » ſi toute fois on doit ſe contenter de l'appeller un homme, tant ſes œuvres étoient » admirables. Il enſeignoit ceux qui prenoient » plaiſir à être inſtruits de la vérité, & il » fut ſuivi, non-ſeulement de pluſieurs Juifs, » mais de pluſieurs Gentils. C'étoit ce Chriſt, » qui, ayant été accuſé par les Princes de » notre nation devant Pilate, fut crucifié par » ſon ordre. Ceux qui l'avoient aimé durant » ſa vie, ne l'abandonnerent pas après ſa » mort. Il leur apparut vivant, trois jours » après ſon trépas, ſelon que l'avoient prédit » les Prophetes qui avoient annoncé beau» coup d'autres merveilles de ſa vie ; & juſ-

» qu'à ce jour ses sectateurs ont continué de » subsister sous le nom de Chrétiens qu'ils » empruntent de lui. Vers ce même temps il » arriva encore un grand trouble dans la » Judée, &c. « *Antiq. Jud. l.* 18, *c.* 4.

On a voulu s'inscrire en faux contre ce passage si désolant pour l'incrédule, & on a prétendu qu'il avoit été ajouté à l'histoire de Joseph. Mais premierement les plus anciens manuscrits & les plus anciens livres rapportent ce passage tel qu'on vient de le citer. *Eodem tempore fuit Jesus*, &c. Ils le rapportent tous sans exception de la même maniere; le témoignage de ceux qui en ont écrit comme Eusebe, S. Jérôme, Sophronius, Ruffin, Isidore de Damiete, Sozomene, Cédrénus, est unanime en sa faveur. Secondement, comment peut-on supposer qu'un livre aussi estimé & aussi intéressant que celui de Joseph, un livre que les Chrétiens, les Juifs, les Payens (& parmi ces derniers, les Grecs qui en faisoient leurs délices) avoient sans cesse entre les mains, eût été falsifié dans tous les manuscrits, & dans l'endroit le plus capable d'attirer l'attention, sans que personne l'eût remarqué, & en eût prouvé la supposition? Troisiemement, il faudroit supposer aussi contre toute raison, qu'on a également inseré dans Joseph deux autres passages, qui tiennent nécessairement au texte, & où l'Auteur parle de la mort de S. Jean-Baptiste, dont il fait l'éloge, & de la personne de Jacques qu'il appelle *le frere de Jesus*. Qui ne voit en effet que si ces deux textes sont authentiques, comme ils le sont évidemment, celui qui regarde J. C. ne l'est pas moins ; puisqu'il seroit absurde de supposer que Joseph a parlé de S. Jacques & de S. Jean, sans parler de J. C. même, dont l'histoire & le caractere avoient fait incomparablement plus de bruit ?

Nous avons déjà rapporté plus haut (note *c*) le passage sur S. Jean-Baptiste ; voici celui sur S. Jacques.

» Ananus, qui, comme nous venons de » le dire, avoit été élevé à la dignité de » Grand-Prêtre, étoit un esprit audacieux, » féroce, de la secte des Saducéens, les » plus séveres de tous les Juifs dans leurs » jugemens. Il prit le temps de la mort de » Festus, & où Albinus n'étoit pas encore » arrivé, pour assembler un Conseil devant » lequel il fit venir Jacques, frere de Jesus, » nommé Christ, & quelques autres, les

» accusa d'avoir contrevenu à la Loi, & » les fit condamner à être lapidés. Cette » action déplut infiniment à tous ceux des » habitans de Jérusalem qui avoient de la » piété & un véritable amour pour l'obser- » vation de nos Loix. Ils envoyerent secret- » ment vers le Roi Agrippa, pour le prier » de mander à Ananus de n'entreprendre plus » rien de semblable, ce qu'il avoit fait ne » pouvant s'excuser. Quelques-uns d'eux al- » lerent au devant d'Albinus qui étoit alors » parti d'Alexandrie, pour l'informer de ce » qui s'étoit passé, &c. « *Antiq. Jud. l.* 20, *c.* 8.

IBID.

(g) *Hierocles*, Philosophe payen, qui fut Président de Bithynie & ensuite Gouverneur d'Alexandrie, non-content de persécuter les Chrétiens, composa un ouvrage intitulé, *Philaletes*, dans lequel, en avouant que J. C. avoit ressuscité des morts, & en reconnoissant l'authenticité de ses miracles, il osa les comparer avec les prétendus miracles d'Apollonius de Thiane; mais son avéu en faveur de J. C. subsiste dans toute sa force, sans donner aucun poids à la comparaison qu'il a voulu faire. Il ne parle que d'après

Philostrate qui a écrit la vie d'Apollonius ; & le témoignage de celui-ci n'a lui-même aucune autorité ; premierement, parce que bien-loin d'être un témoin oculaire, il n'écrit que près d'un siecle après la mort de son Héros ; secondement, parce que les faits qu'il rapporte sont demeurés inconnus pendant tout cet espace de temps qui a précédé le récit qu'il en fait ; troisiemement, parce qu'il est le seul qui nous ait conservé la mémoire de ces prodiges ; quatriemement, parce qu'il n'a rien fait pour confirmer la vérité de ce qu'il raconte ; bien-loin de là, il le rend douteux & très-suspect, & n'écrit, au reste, que dans la vue de faire sa cour à l'Impératrice Julie, passionnée pour la magie & pour les Romans.

Ce n'est pas sur de pareils fondemens qu'est appuyée l'authenticité des miracles de J. C ; ils sont rapportés par des témoins oculaires & contemporains, sous les yeux de tout un peuple, son plus cruel ennemi, qui auroit pu les traiter d'inventions absurdes, les rejetter comme les plus grossiers mensonges, & qui au contraire les a reconnus pour vrais : ils sont rapportés par un nombre de témoins plus que suffisant, & sont avoués, non-seulement par les Juifs, mais par les Auteurs payens, qui n'ont pu les contredire : ils ſont rapportés enfin par des hommes qui ont ſcellé de leur ſang la vérité de leur récit.

On peut faire à peu près les mêmes obſervations relativement aux autres prodiges que l'on oppoſe aux miracles de J. C., tels que ceux de Veſpaſien, qui, comme dit M. Fleury, ne s'élevent gueres au-deſſus de l'ordre commun des choſes naturelles, & n'ont d'ailleurs aucun caractere de certitude.

IBID.

(h) *Julien* fait un aveu formel des miracles de N. S., lors même qu'il cherche à en éluder la force. » Il n'a rien fait, dit-il, » qui mérite qu'on en parle, à moins qu'on » ne compte pour de grandes actions d'avoir » guéri des boiteux & des aveugles, & d'avoir » chaſſé les démons des poſſédés dans les » bourgs de Bethſaïde & de Béthanie ». *Julian. Opera lib.* 6, *p.* 191, *Edit. Colon.* 1688.

IBID.

(i) *Celſe*, Philoſophe Epicurien, fleuriſſoit vers le milieu du ſecond ſiecle, ſous l'Empereur Adrien. Il dit de N. S. J. C., que,

» pressé par la pauvreté, il s'étoit retiré en » Egypte, où il avoit puisé dans l'art magi- » que ce pouvoir merveilleux & cette pré- » somption qui lui avoient fait prendre en- » suite dans la Judée le titre de Dieu. «

Ibid.

(k) *Porphyre* n'a laissé échapper en faveur de J. C. que quelques traits, qui semblent prouver que les oracles des Payens eux-mêmes, à quelque cause qu'on les rapporte, lui ont été favorables, & que les Dieux des Gentils ont reconnu en quelque sorte son influence & son pouvoir. *Porphyr. apud Euseb. Præpar. Evang. l.* 5, *c.* 1, & *apud. August. de civit. Dei*, *l.* 19, *c.* 22.

PAGE 43.

(l) *La nature se trouble & se déconcerte quand il expire : par des prodiges qu'attestent des Auteurs Payens*, &c. tels que Phlegon, qui fleurissoit à Rome vers le milieu du second siecle, & Thallus, Auteur Grec qui écrivoit les histoires Syriaques dans le premier siecle de l'Eglise, & qui rapporte dans son troisieme livre celle des ténebres qui se répandirent sur la Judée, à la mort de J. C. Phlegon parle de ces ténebres comme d'une éclipse de Soleil, soit parce qu'il les croyoit l'effet d'une éclipse, soit parce que le plus grand nombre, avant lui, s'étoit exprimé ainsi sur ce phénomene. Voici ce qu'il en dit : » La » quatrieme année de la deux cent deuxieme » olympiade, (*qui est la même que celle de la » mort de N. S.*) il y eut une éclipse de » soleil, la plus grande qu'on eût encore » vue. Il se forma à la sixieme heure du jour » une nuit si obscure, que les étoiles pa- » rurent dans le Ciel. Il se fit de plus un grand » tremblement de terre qui renversa plusieurs » maisons de la ville de Nicée en Bithynie. « Ce qui met encore ce miracle dans un plus grand jour, de l'aveu même des Payens, c'est qu'il étoit rapporté dans les actes publics & dans les registres de l'Empire. Tertullien, dans son Apologétique (chap. 21.) en appelle à ces pieces solemnelles, comme à des monumens incontestables, & y renvoie les Gentils. *Eum mundi casum relatum in Archivis vestris habetis.* Lucien, Prêtre & Martyr, au rapport de Ruffin, disoit à ses Juges, *consulite annales vestros, invenietis Pilati temporibus dum pateretur Christus, mediâ die fugatum solem & interruptum diem.* (Hist. Ecclés. l. 9. c. 6.)

PAGE 44.

(m) *D'aussi grands prodiges que ceux qu'il a opérés lui-même.* Suetone (*in Nerone, c.* 16) appelle les Chrétiens une secte de magiciens ou d'enchanteurs ; ce qui prouve au moins le caractere merveilleux qu'on étoit forcé de reconnoître dans les choses qu'on leur voyoit opérer.

Sur quel fondement tant soit peu solide pourroit-on nier la vérité des miracles de J. C. & de ses Disciples, tandis que les Juifs & les Payens n'ont de ressources pour en éluder la notoriété, que de dire qu'ils étoient opérés par la magie ou par la puissance des démons ? » Aussi, dit un Auteur Anglois, » (Littleton) après les Apôtres & les Evan- » gélistes, les témoins les plus irréprochables » de l'évidence triomphante de cette vérité, » sont Celse, Julien, & les autres adver- » saires anciens de la Religion Chrétienne, » qui ne pouvant contredire ni nier l'authen- » ticité de ces miracles, se virent réduits à » en imaginer des causes aussi absurdes & » aussi ridicules. « *Considérations sur la conversion de S. Paul, p.* 109.

PAGE 46.

(n) *Les mœurs des premiers fideles se font admirer de leurs plus grands ennemis.* Pline, dans sa Lettre à Trajan, nous a laissé ce beau monument du témoignage que les Apostats eux-mêmes rendoient aux mœurs des premiers Chrétiens. » On me présenta un Mémoire où » étoient les noms de plusieurs qui affirment » qu'ils ne sont pas chrétiens, & qu'ils ne » l'ont jamais été. En effet, ils invoquerent » les Dieux avec moi, leur sacrifierent, & » de plus, ils donnerent des malédictions au » Christ : à quoi il est, dit-on, impossible » d'engager ceux qui sont véritablement chré- » tiens. D'autres encore, dénoncés, dirent » qu'ils étoient chrétiens, & le nierent in- » continent, disant qu'ils l'avoient été, mais » qu'ils ne l'étoient plus; & ils maudirent » aussi le Christ. Du reste, ils affirmoient » que leur faute ou leur erreur se réduisoit » aux points suivans; qu'ils s'assembloient, à » un jour marqué, avant le lever du soleil, » pour dire ensemble alternativement un can- » tique à l'honneur du Christ comme à un » Dieu; qu'ils s'engageoient par serment, » non à aucun crime, mais plutôt à ne com-

» mettre ni larcin, ni rapine, ni adultere, » à garder la foi donnée, à rendre religieu» sement un dépôt ; qu'ensuite ils avoient » coutume de se retirer, puis de se rassem» bler pour faire un repas, où ils ne pre» noient que des alimens communs & per» mis. « (*Epist.* 97, *lib.* 10.) Le témoignage de Lucien n'est pas d'un moindre poids. Au milieu des traits de satyre qu'il lance contre les Chrétiens, il lui échappe des traits de vérité qui leur font honneur. » Leur législateur, » dit-il, leur persuade qu'ils sont tous freres ;... » ils se séparent de nous, ils renient les » Dieux des Grecs ; ils adorent leur Docteur » crucifié, & conforment leur vie à ses loix. » Ils méprisent les richesses ; tout est com» mun entre eux ; & ils sont constans dans » leur foi.... Jusqu'à ce jour ils adorent » ce grand homme crucifié dans la Palestine. » *Lucian. de morte Peregrini.*

PAGE 47.

(o) *Les oracles se taisent.* La cessation des oracles vers le temps de J. C. & de ses Apôtres, du moins successivement & par degrés, mais toujours d'une maniere très-sensible, est attestée par la plupart des Auteurs Payens.

On a cherché à éluder & à affoiblir tant qu'on a pu la force de ce témoignage, sur-tout en rejettant ce silence des oracles, dans le temps dont il s'agit, sur d'autres causes que celle que nous lui attribuons. Mais que répondre au défi que les premiers Chrétiens faisoient au Payens en les provoquant à permettre publiquement, & devant les Tribunaux, l'épreuve du pouvoir que le nom de J. C. leur donnoit sur les démons & sur leurs oracles, sous peine à ceux d'entre les Fideles qui ne rempliroient pas leur promesse de subir le dernier supplice. Voyez l'*Apologétique de Tertullien.*

» Que l'on amene, dit Lactance, un homme véritablement possédé du démon, qu'on » nous présente le Prêtre même d'Apollon de » Delphes, ils frémiront l'un & l'autre au » seul nom de Dieu; Apollon sortira aussi » promptement de son Prophête que le démon du corps de ce possédé, & le Prophête, abandonné du Dieu que l'invocation du nom du Très-Haut aura mis en » fuite, sera pour jamais réduit au silence. « *Instit. Div. l. 4, chap. 27.*

Le même Lactance rapporte qu'un seul Chrétien, assistant sans être connu à la pompe d'un sacrifice, les Aruspices n'avoient pu tirer aucune

aucune lumiere des entrailles des victimes, ni rendre aucune réponse. Sur quoi le Prêtre s'étant écrié qu'il y avoit dans la foule quelque profane, le peuple animé par ce discours avoit excité une espece de tumulte.

» Venez, disoit S. Cyprien, & reconnoissez la vérité de ce que nous vous annonçons; & puisque vous faites profession d'adorer les Dieux, croyez-en au moins ceux que vous jugez dignes de votre culte. « *Lib. contrà. Demetr.*

» Les mauvais esprits, dit-il ailleurs, conjurés au nom du vrai Dieu, nous cédent sans hésiter, s'avouent vaincus, & sont contraints de sortir des corps qu'ils obsédent. «

» Que celui, dit S. Athanase, qui voudra l'éprouver, vienne,... il verra comment, au seul nom de Jésus, les démons fuient, les oracles cessent, & la magie avec tous ses enchantemens reste confondue. « *Lib. de Incarn. verbi Dei.*

Minutius Felix en atteste les Payens eux-mêmes. » La plupart d'entre vous n'ignore pas les aveux que les démons nous ont faits, toutes les fois qu'ils ont été forcés par nos exorcismes & nos prieres de sor-

» tir des possédés : . . . . mentiroient-ils pour » se deshonorer en votre présence ? Croyez-» en donc leur propre témoignage ; croyez » qu'ils disent la vérité , lorsqu'ils recon-» noissent qu'ils ne sont que des démons. « *In Octav.*

» Ce seul nom de Jésus , dit Arnobe , » met en fuite les mauvais esprits , [illegible] fait » taire les oracles. « *Advers. Gent.*

PAGE 48.

(p) *Et son temple fameux que Julien s'efforça en vain de rebâtir.* L'Empereur Julien voulut éterniser sa mémoire en relevant superbement le Temple de Jérusalem. » Mais, » dit un Auteur Payen , tandis qu'on pressoit » l'ouvrage avec plus d'ardeur , d'affreux » tourbillons de flamme sortirent des fon-» demens par des éruptions fréquentes, con-» sumerent une partie des Travailleurs , & » rendirent le lieu si inaccessible , qu'il fallut » abandonner l'entreprise. « Ce fait , rapporté par Ammien Marcellin, est encore cité comme notoire par des Auteurs contemporains & du plus grand nom parmi les Chrétiens , tels que S. Chrysostome , S. Grégoire de Nazianze & S. Ambroise.

PAGE 49.

(q) *Les Juifs.... conſervant une exiſtence ſi précaire, & continuée cependant depuis ſi long-temps, &c.* » Dans les révolutions des vaſtes Empires de l'Orient, on voit les peuples les plus fameux ſe précipiter les uns ſur les autres, & menacer tour-à-tour d'une ruine totale cette triſte Nation, qui, par un prodige inoui, ſubſiſte aujourd'hui plus nombreuſe que jamais au ſein de toutes les Nations de l'univers. On l'a remarqué cent fois, & l'on ne ſauroit trop le répéter, les Juifs vaincus, diſperſés & maudits, forment encore ſur la terre un peuple immenſe; & déja l'on n'y trouve plus, depuis des ſiecles, le moindre veſtige des Aſſyriens, des Medes, des Perſes, des Grecs & des Romains, qui les avoient réduits en eſclavage. Ils ſe ſont perpétués, malgré les affreuſes calamités qu'une main vengereſſe a répandues ſur leurs têtes; & ce qui a fait diſparoître leurs vainqueurs du milieu des Nations, ſemble être préciſément l'époque la plus féconde de leur accroiſſement. Les vues de Dieu ſur ce peuple infortuné ſe manifesteront dans les derniers temps, & le prélude de leur accomplissement a toujours été regardé comme une des preuves les plus frappantes de la vérité de notre Religion. « *M. Fréron. L'Année Littéraire.*

LETTRE XLVI.

Du Comte de Valmont à son Pere.

O mon pere! mon pere! tout est perdu pour moi. Lausane.... Emilie.... Quelle fureur!... Lausane est dangereusement blessé.. Emilie est mourante;.. son enfant vit.... Hélas! sous quels auspices il est né. Fils infortuné!... La mort lui eût mieux valu que la vie. Et moi, malheureux pere! malheureux époux! si Emilie meurt, moi qui en serai la cause, il ne me reste plus qu'à mourir.

LETTRE XLVII.

Du Marquis à son Fils.

MON cher fils ! ne te laiſſe point abattre, ne t'abandonne point à un lâche déſeſpoir..... Ne te reſteroit-il donc pas aſſez de force pour ſupporter la vie (*a*), au moins pour ton fils; pour un pere qui ne vit que pour toi ſeul; peut-être encore pour Emilie? Et ſi elle meurt.... Quelle plus juſte peine le Ciel pourroit-il t'impoſer dans ſa clémence que celle de lui ſurvivre?

Meſdames de Veymur, accompagnées du plus jeune des deux freres, arriveront preſque auſſitôt que Bazin qui te porte ma lettre. Ils volent en amis généreux à ton ſecours & à celui d'Emilie. Il ne reſte avec moi que le Comte, dans le ſein duquel je répands ma trop vive douleur. Dans ces momens ſi difficiles, ſi pénibles pour moi; il eſt mon ſoutien; & Dieu par deſſus tout. O mon fils ! il y a une Religion : il y a un Dieu juste, arbitre de notre sort : il y a une autre vie que celle-ci, pour satisfaire à sa justice. O Dieu souverainement équitable, mais Dieu clément & bon, ayez pitié de moi, . . . ayez pitié de mon fils !

NOTE.

PAGE 78.

(a) *Ne te resteroit-il donc pas assez de force pour supporter la vie.* M. Rousseau a mis dans la bouche d'un jeune homme, à qui la vie est devenue à charge, des sophismes en faveur du suicide, que malgré tout leur séduisant appareil il est aisé de détruire. » Plus » j'y réfléchis, dit le jeune homme, plus je » trouve que la question se réduit à cette » proposition fondamentale : chercher son bien » & fuir son mal en ce qui n'offense point » autrui, c'est le droit de la nature. «

La réponse est facile : *chercher son bien*, oui sans doute ; mais *son vrai bien* ; fuir son mal ; mais *son vrai mal* ; & dans un être tel que l'homme, l'un & l'autre ne se prennent pas du moment, mais d'une toute autre durée.

Chercher son bien, fuir son mal *en ce qui n'offense point autrui*, c'est-à-dire, en ce qui n'offense ni Dieu dans ses droits sur nous, ni les hommes dans les droits de la société ou dans ceux d'homme à homme; ce sera *le droit de la nature*. Mais la proposition ainsi énoncée condamne le suicide, bien-loin de l'autoriser. C'est ce que développe de la maniere la plus sensible la réponse de Milord à son ami.

» Pensez-y bien, jeune homme; que sont » dix, vingt, trente ans pour un être immor- » tel? La peine & le plaisir passent comme » une ombre; la vie s'écoule en un instant; » elle n'est rien par elle-même; son prix dé- » pend de son emploi. Le bien seul qu'on a » fait demeure, & c'est par lui qu'elle est » quelque chose. Ne dis donc plus que c'est » un mal pour toi de vivre, puisqu'il dépend » de toi seul que ce soit un bien, & que si » c'est un mal d'avoir vécu, c'est une raison » de plus pour vivre encore. Ne dis pas non » plus qu'il t'est permis de mourir; car autant » vaudroit dire qu'il t'est permis de n'être pas » homme, qu'il t'est permis de te révolter » contre l'Auteur de ton être, & de tromper

» ta destination.... Toi qui crois Dieu existant, l'ame immortelle, & la liberté de l'homme, tu ne penses pas sans doute qu'un être intelligent reçoive un corps, & soit placé sur la terre au hasard, seulement pour vivre, souffrir & mourir? Il y a bien peut-être à la vie humaine un but, une fin, un objet moral? Je te prie de me répondre clairement sur ce point.....

» Ta mort ne fait de mal à personne?... Tu parles des devoirs du Magistrat & du Pere de famille, & parce qu'ils ne te sont pas imposés, tu te crois affranchi de tout. Et la société à qui tu dois ta conservation, tes talens, tes lumieres; la patrie à qui tu appartiens; les malheureux qui ont besoin de toi; ne leur dois-tu rien? O l'exact dénombrement que tu fais! Parmi les devoirs que tu comptes, tu n'oublies que ceux d'homme & de citoyen.... Et que dis-tu de la défense expresse des loix? Les loix, les loix, jeune homme! le sage les méprise-t-il? Socrate innocent, par respect pour elles, ne voulut pas sortir de prison. Tu ne balances point à les violer pour sortir injustement de la vie, & tu demandes; quel mal fais-je?... Il te sied bien

» d'oser parler de mourir, tandis que tu » dois l'usage de ta vie à tes semblables ! » Apprends qu'une mort telle que tu la médites » est honteuse & furtive. C'est un vol fait au » genre humain. Avant de le quitter, rends-» lui ce qu'il a fait pour toi. Mais je ne » tiens à rien ? je suis inutile au monde ? Phi-» losophe d'un jour ! ignores-tu que tu ne » saurois faire un pas sur la terre sans y trou-» ver quelque devoir à remplir, & que tout » homme est utile à l'humanité par cela seul » qu'il existe ?... Insensé ! j'ai pitié de tes » erreurs. S'il te reste au fond du cœur le » moindre sentiment de vertu, viens, que » je t'apprenne à aimer la vie. Chaque fois » que tu seras tenté d'en sortir, dis en toi-» même : *Que je fasse encore une bonne action* » *avant que de mourir*.... Si cette considé-» ration te retient aujourd'hui, elle te retien-» dra encore demain, après demain, toute » ta vie. «

Voilà ce que la raison toute seule pouvoit dire. Mais à qui croit la Religion Chrétienne faut-il tant de raisonnemens ? Peut-on être bien convaincu de la réalité de ses menaces comme de ses promesses, & vouloir, pour se délivrer d'une vie mêlée de plaiſirs & de peines, s'ouvrir à l'inſtant, & à coup sûr, une éternité des plus affreux ſupplices ? Avouons-le, à la honte de l'incrédulité, c'eſt l'affoibliſſement de la Religion parmi nous, qui, de nos jours, a rendu ſi commun le ſuicide.

LETTRE XLVIII.

Du Comte de Valmont au Marquis.

EMILIE est toujours au même état. Lausane est mort. Sa famille, instruite de ce que l'on avoit tenu secret jusqu'alors, concerte les mesures qu'elle doit prendre pour me perdre, sans se compromettre *. Je suis caché dans la maison de Mesdames de Veymur, qui sont ici sous des noms empruntés. M. de Veymur ne me quitte pas un seul moment, & sa présence, ainsi que votre derniere Lettre, me soutient contre moi-même. Sa femme est sans cesse au chevet du lit de sa chere Emilie, à qui sa vue semble apporter un

* Selon les loix, de deux hommes qui se sont battus en duel, on ne peut faire le procès à l'un sans flétrir la mémoire de l'autre, sans déterrer même son cadavre, s'il est enseveli, & sans le condamner à être traîné sur la claie.

foible soulagement. Dans les momens où cette chere épouse a l'esprit plus libre, la piété fait toute sa force. Quelle piété, grand Dieu ! quels tableaux j'ai vus ! & dans leur contraste, quels argumens en faveur de la Religion ! Encore deux jours, & je vous instruirai de tout. Mais l'état d'Emilie, je vous l'avoue, m'inquiéte & m'agite trop pour me laisser la force de vous en dire davantage. Que n'ai-je suivi vos sages conseils ! ô Dieu ! que ne les ai-je suivis !

LETTRE XLIX.

Du même.

EMILIE étoit hier à l'extrêmité. Depuis long-temps elle sentoit son état, malgré la pitié barbare, disoit-elle à ses femmes, qui nous portoit à le lui cacher. Elle desiroit, dès les premiers jours de sa maladie, de recevoir les derniers Sacremens; elle les a reçus enfin, & ils ont produit sur elle un effet tout contraire à celui que j'en appréhendois. Ils l'ont rendue plus calme; ils l'ont en quelque sorte rappellée à la vie, & un rayon d'espérance luit encore pour moi. Son fils, qu'elle a redemandé avec les plus vives instances, est sous ses yeux; & plût au Ciel qu'il n'y eût pas plus à craindre pour sa mere que pour lui! Ma situation étant aujourd'hui plus tranquille, j'en profite pour vous raconter plus au long mes égaremens & mes malheurs.

Vous aviez pressenti les excès auxquels

mon caractere impétueux, mes passions vives & ardentes pouvoient me porter; je n'ai que trop justifié toutes vos craintes.

Des amis indiscrets me rapportoient sans cesse des propos ou des démarches de Lausane, qui enflammoient ma jalousie, & réalisoient à mes yeux les chimeres que je m'étois formées. Des émissaires que j'avois placés en tous lieux sur ses pas empoisonnoient encore ses discours légers, & aggravoient chaque jour mes soupçons. Il se faisoit un jeu de ma crédulité, & voulant la faire servir à d'affreux projets, que lui-même m'a dévoilés, croyant d'ailleurs qu'avec le crédit & l'autorité dont il jouissoit, je n'oserois jamais faire avec lui d'une prétendue galanterie une affaire sérieuse, il mit enfin, par la plus abominable invention, le comble à ses noirceurs. Il montra à ceux dont j'avois fait mes confidens un portrait d'Emilie, accompagné d'une lettre qui paroissoit écrite de sa main, & dans laquelle, après un préambule assez naturel sur les soins qu'elle avoit toujours apportés à déguiſer à mes yeux ſon attachement pour lui, elle lui recommandoit de nouveau de s'obſerver devant moi avec plus d'attention, & lui envoyoit un gage de ſa tendreſſe tel qu'il le deſiroit.

De tous mes amis, celui dont je me défiois le moins, fut mis en œuvre par le Baron pour me faire donner plus ſurement dans le piege qu'il me tendoit. Sur ſon récit, je n'eus pas de peine à croire Emilie coupable; cependant je me poſſédai aſſez, pour exiger de cet ami perfide qu'il me fît voir au moins la lettre, qui étoit le plus sûr garant de l'infidélité d'Emilie. Il me promit d'employer tous ſes ſoins pour la dérober à Lauſane, & dès le lendemain il me la remit. Jugez de ma fureur, lorſque je crus y reconnoître l'écriture d'une épouſe, qui ſembloit me manquer & ſe manquer à elle-même ſi indignement. N'écoutant plus dans cet inſtant que la paſſion qui me tranſportoit, je courus à ſon appartement. Malheureuſe! lui dis-je, en l'abordant, laiſſe tomber le maſque de ta fauſſe vertu; lis

& ſois confondue. Elle lut, & me rendant la lettre, c'eſt mon écriture, dit-elle; on l'a contrefaite, de maniere à m'y tromper moi-même; mais ce ne ſont, cher époux, ni mon ſtyle, ni mes ſentimens. Le ſang-froid avec lequel elle prononça ces mots, au lieu de m'éclairer, ne fit que redoubler l'horreur dont je me ſentois pénétré, & m'animer encore plus à la vengeance. Je la quittai, en oſant bien l'accuſer de s'être fait un front qui ne ſavoit plus rougir, & je courus chercher Lauſane. Suivez-moi, lui dis-je, lâche & infame ſéducteur. Oh, pour lâche & infame, c'eſt trop, me répondit-il, & il me ſuivit à l'inſtant. Dans la route, & pendant que je me faiſois mener avec lui dans un lieu écarté, expliquons-nous, me dit-il, & que de petites intrigues d'amour, ſans deſſein & ſans conſéquence, ne ſéparent pas à jamais deux amis, qui depuis tant de temps ont vécu l'un pour l'autre: il m'en coûteroit trop de vous ôter la vie, & vous vous perdez ſi vous attentez à la mienne. Je regardai comme un manque de courage ce qui n'étoit en lui que le fruit d'une réflexion plus mûre, occasionnée par mon emportement ; & je ne daignai y répondre que par le plus profond silence & le plus parfait mépris. Descendus au parc de Vincennes, & nous enfonçant aussi-tôt dans le plus épais du bois, point de quartier, m'écriai-je dans le transport qui m'agitoit ; & fondant sur le Baron sans aucun ménagement, j'en reçus une légere blessure ; mais après le combat le plus opiniâtre, je l'étendis presque mort à mes pieds. J'implore votre secours, me dit-il, en tombant ; accordez-le moi, par pitié pour vous-même, & plus encore pour votre fidele & trop malheureuse épouse. Il ne put en dire davantage. Je courus faire avancer la voiture qui nous avoit amenés, & nos valets-de-chambre, que nous avions eu la précaution d'y faire monter avec nous. Ils m'aiderent à relever le Baron, qui ordonna au sien un silence qu'il n'a pas gardé ; & on le reconduisit à son hôtel.

Pour moi, vivement frappé du peu de

mots qui lui étoient échappés, je me hâtai de rejoindre Emilie. Hélas! je craignois de la revoir presque autant que je le desirois, & dans quel état, grand Dieu! la trouvai-je à mon retour! Un accouchement subit, mais violent, causé par la trop juste frayeur qu'avoit produit en elle mon départ précipité, la mettoit à deux doigts de la mort. Elle venoit d'être délivrée, mais il lui restoit des convulsions affreuses & un transport qui aliénoit entierement sa raison. Malgré la quantité de sang qu'elle avoit perdu, l'ardeur de la fievre lui donnoit une force qu'on avoit peine à contenir; & tandis que ses femmes étoient en pleurs aux pieds de son lit, ses domestiques ne pouvoient que difficilement la retenir, au milieu des secousses vives & continuelles qu'elle éprouvoit dans tous ses membres. Je la pris moi-même entre mes bras, & à chaque instant elle étoit prête à m'échapper. On crut qu'elle alloit passer; on vouloit même me faire retirer, mais je n'écoutois rien; je ne savois ni ce qu'on me disoit, ni ce que je faiſois : toute mon attention ſe bornoit à contenir Emilie, que j'embraſſois étroitement, & avec laquelle je ne penſois plus qu'à mourir. Cependant ſon agitation ſe calma peu-à-peu ; quelques ſecours appliqués à propos lui rendirent même l'uſage de la raiſon ; mais elle ſe trouva auſſi foible alors, qu'elle étoit forte & violente quelques inſtans auparavant. Elle tourna vers moi des regards languiſſans, me tendit une main défaillante, & ne put proférer que ce peu de mots : cher époux, je vous aime toujours. Une léthargie profonde ſuccéda auſſi-tôt à cet état de langueur & d'accablement : on la fit revenir à force de ſoins ; & moi, immobile & ſtupide, je tenois ſa main preſſée dans la mienne, & ne pouvois pleurer. Après un aſſez long temps paſſé dans cet état, ſes yeux ſe rouvrirent, & ſe porterent encore plus tendrement ſur moi : je ne puis, dit-elle, cher époux, ſoutenir la ſituation où je vous vois ; & elle retomba dans ſon évanouiſſement.

On prit ce moment pour m'arracher d'auprès d'elle; on me fit passer dans la chambre voisine, où étoit mon fils: je m'assis près de lui, & l'émotion que me causa sa vue, rappellant mes esprits presque égarés, me fit enfin verser des larmes. A l'instant où je me sentois le plus soulagé, & où je retrouvois quelque force dans mes maux, on vint me dire qu'Emilie étoit mieux; mais qu'elle avoit besoin de repos, & qu'un inconnu me demandoit: c'étoit un homme que m'envoyoit Lausane, pour me dire qu'il étoit très-mal, & qu'il desiroit me parler; j'y courus. On avoit jugé sa blessure mortelle; vous m'ôtez peut-être la vie, me dit-il, après avoir fait retirer ceux qui l'environnoient; mais je l'ai mérité. La Comtesse est innocente, & la lettre que j'ai supposée étoit destinée à me rendre coupable envers vous, avec plus de succès que je ne l'avois été jusqu'ici. J'étois assez convaincu que vous la lui montreriez; mais je pensois aussi que du caractere dont je vous connois, & après des marques aussi sures en apparence de son infidélité, nulle explication de sa part ne pourroit vous empêcher de rompre avec elle. Ne croyant pas d'ailleurs, qu'avec les vues d'aggrandissement & d'élevation dont vous m'avez fait part, vous voulussiez vous mesurer avec moi, ni vous exposer au risque de tout perdre pour une femme infidele, je fondois sur votre rupture mes plus douces espérances. L'habitude qu'on a fait prendre à la Comtesse de se promener chaque jour, pour se conserver en santé, m'avoit fait concevoir le dessein de profiter d'une de ses promenades pour l'enlever. J'avois gagné pour cet effet son cocher, son coureur, La Roche, trois de ses gens que je vous avois donnés; & tout le reste étoit arrangé. Si au contraire vous preniez le parti de l'éloigner & de vous séparer, j'avois résolu de forcer sa retraite, si je ne pouvois réussir à l'enlever sur la route. Cet enlevement disois-je, de quelque maniere qu'il se fasse, ne sera point sur mon compte: après l'éclat de la rupture, on dira hautement que la Comtesse s'est jettée dans mes bras; qu'elle est venue déposer entre mes mains le fruit de nos amours; que son mari a été pris pour dupe; & quoi qu'il puisse en arriver du côté de la Comtesse, ma passion sera satisfaite, ou du moins ma vanité.

Quel monstre! m'écriai-je à l'instant. Quoi! & vous ne respectiez pas même l'état d'Emilie!.... Et maintenant elle se meurt!.... J'étois un monstre, j'en conviens, me répondit Lausane, mais je devois à sa justification, à votre repos & au mien, ce récit, hélas! si pénible & si humiliant pour moi. J'ai tout fait pour séduire la Comtesse, & j'avoue que le triomphe auquel j'aspirois intéressoit en moi autant l'orgueil que l'amour. Par de fausses délations, j'ai fait éloigner votre pere, dont la présence & les conseils m'auroient embarrassé; je vous ai rendu incrédule comme moi, pour vous rendre moins cher à Emilie, moins scrupuleux, moins délicat & moins fidele; je vous ai inspiré les passions & les préjugés les plus favorables à mes vues ; j'ai voulu employer vis-à-vis de la Comteſſe les mêmes reſſources ; mais je l'ai toujours trouvée armée par ſa ſageſſe contre toute eſpece de ſéduction. Je vous ai fait, ſans vous haïr, tout le mal que j'ai pu ; & j'en ſuis la premiere victime. Il y a un Dieu juſte, Valmont ; je le reconnois trop tard, & je ne me ſens pas encore la force de le confeſſer hautement. . . . Il y a un Dieu. . . . Lauſane ſe tut à ces mots. Une ſueur froide couloit de ſon front ; l'agitation la plus violente ſe peignoit dans ſes yeux & dans tous ſes traits. En le voyant dans cet état, la pitié ſuccéda dans mon cœur à tous les ſentimens de fureur & de haine. J'appellai pour lui faire donner du ſecours ; & me penchant vers lui, je vous pardonne, lui dis-je, aſſez bas pour ne pas être entendu ; mais puiſqu'il y a un Dieu, penſez ſérieuſement à vous réconcilier avec lui. Je vous attends demain, me répondit-il ; & pour la ſeconde fois, ayez pitié de moi. Je lui ſerrai la main avec un mêlange inexprimable

mable d'humanité, de compassion, de mépris & d'horreur.

Je me hâtai de rejoindre ma chere Emilie, l'esprit rongé d'inquiétudes, & le cœur plus rempli que jamais d'estime pour elle, de respect & d'amour. On ne me permit de la voir qu'un moment. Sa situation étoit toujours la même: elle l'étoit à mon réveil; si toutefois j'ai fermé l'œil de toute cette nuit, la plus orageuse de ma vie. J'entrai chez Emilie; je la vis un moment sans en être apperçu; j'embrassai mon fils, & je courus chez Lausane. Personne ne se défioit encore de ce qui s'étoit passé entre nous, & les raisonnemens que formoit le public, toujours mal instruit sur ces sortes d'affaires, s'arrêtoient sur tout autre que sur moi. Dès que je parus, on nous laissa seuls, comme il l'avoit ordonné.

Venez, me dit-il, venez jouir du plaisir de la vengeance.... Le Ciel vous a bien vengé.... Venez voir un malheureux, déchiré par ses remords, combattu par mille sentimens contraires, ne sachant ni ce qu'il doit croire, ni ce qu'il peut espérer, ne voyant, de quelque côté que se portent ses réflexions, que des sujets de crainte, & rien sur quoi il puisse s'appuyer. Accablante situation! O Galiléen! tu as vaincu. Mais s'il a vaincu, lui dis-je, en frémissant; comme Julien vous blasphemez: si la Religion Chrétienne est vraie, comme je commence à le croire, elle vous offre un Dieu Sauveur, des moyens de réconciliation. — Quoi! cette Religion que j'ai toujours méconnue, deshonorée, dégradée, elle seroit la ressource d'impies, de scélérats tels que moi! Hélas! quelquefois, lorsque je la blasphémois, mon cœur démentoit mes lévres. Aujourd'hui, il me suffiroit de dire, *je me repents*, pour me la rendre favorable. Va, porte tes ressources à d'autres que moi; offre-les à Emilie, qui n'en a pas besoin: pour moi, je ne me repents que d'avoir pu te paroître si foible. Eh, quel rôle veux-tu me faire jouer? J'irois demander un Prêtre, me confesser! — Eh, vous l'avez bien fait vis-à-vis de moi en me rendant le confident de vos crimes! — Oui, mais c'eſt entre nous. Dès l'inſtant où je me ſuis ſenti frappé, je n'ai pu porter tout le poids de mes remords. Depuis ce moment fatal, les réflexions n'ont fait qu'enſanglanter la plaie qui eſt au fond de mon cœur; il me falloit quelqu'un à qui je puſſe m'ouvrir ſans contrainte, & je ne pouvois le faire plus utilement qu'à l'époux d'Emilie. Cependant perſonne ne ſait quel eſt le ſujet de notre entretien, & au contraire tout le public ſauroit bientôt.... — Eh, Monſieur, qu'importe le public dans des momens ſi précieux, & où, peut-être dans peu, il n'y aura plus à vos yeux d'autre juge de vos actions que Dieu même? — Qu'importe!.. eh quoi, m'as-tu donc condamné à la mort? N'y a-t-il plus d'eſpérance pour moi? Va, fais du moins prier pour un malheureux, qui n'a pas la force de prier pour lui-même. Fais dire des Meſſes pour ſa guériſon; les plus vaillans de nos Coriphées en ont bien fait autant (*a*).... Son viſage enflammé m'annonçoit aſſez qu'il étoit temps de finir, si je ne voulois pas aigrir son mal, & augmenter le transport qui l'agitoit. Il n'étoit presque plus à lui. Je le quittai, en l'invitant à prendre du repos, & à ne se permettre que des réflexions capables de le tranquilliser & de le consoler.

Pendant plusieurs jours, je me partageai ainsi entre lui & la Comtesse. L'état d'Emilie demandoit les plus grands ménagemens, & sembloit empirer de jour en jour. Celui du Baron étoit entierement désespéré. La gangrene s'étoit mise à sa blessure; elle avoit gagné les parties les plus nobles; & on n'avoit pas craint de lui annoncer que le mal étoit sans remede, & qu'il n'avoit plus que quelques heures à vivre. Grand Dieu! quelle nouvelle pour lui! Dans quelle situation l'ai-je vu dans ces derniers momens, & où trouverai-je des couleurs assez fortes pour bien rendre cet affreux tableau? Il faut donc mourir, me dit-il, dès qu'il m'apperçut; & où irai-je? O néant que j'implore, sois mon Dieu! viens par pitié dévorer tout mon être; viens, je n'ai de ressource qu'en toi seul : je te rends ce que tu m'as donné... Hélas ! je t'implore en vain. Tu ne pouvois me rien donner ; tu ne peux me rien ôter. Dieu cruel ! Dieu impitoyable ! s'il en existe quelqu'un ; ô toi qui t'es joué de mon être, qui t'es joué de mon sort, que vas-tu faire de moi* ?... O mon ami ! lui dis-je, en l'interrompant, que faites-vous ? Quel phantôme hideux vous êtes-vous formé, pour vous tourmenter ? Il y a un Dieu bon, un Dieu clément.... même pour des coupables tels que nous. Ah ! maintenant, j'aime à m'en flatter ; oui, Lausane, il y a un Dieu Sauveur. — Qu'il fasse donc des miracles ; qu'il me fasse croire, qu'il me fasse espérer ; qu'il change en un moment mon esprit & mon cœur ; qu'il me donne la

* Un ancien Philosophe disoit : *Dubius vixi ; incertus morior ; quò vadam nescio ; Ens entium, miserere mei !* J'ai vécu dans le doute ; je meurs dans l'incertitude ; je ne sais où j'irai ; Etre des êtres, ayez pitié de moi !

force d'avouer que je me ſuis trompé, que je l'ai bien voulu, que mon incrédulité étoit plus l'ouvrage de mes paſſions que de ma raiſon, qu'elle n'étoit ſouvent qu'un maſque, dont je couvrois ma foibleſſe, qu'elle étoit un état de doute bien plus que d'aſſurance & de tranquillité. — Cette force dont tu as beſoin, ô mon ami! demandons-la enſemble. Le temps preſſe : j'ai amené avec moi un Miniſtre charitable.... Oui, s'eſt écrié en entrant un de nos Eſprits-forts, ami intime de Lauſane, & l'un de ſes diſciples d'impiété, il fera beau voir mon maître, *extrémonctié* par tous les ſens, mourir entre les bras d'un Prêtre! Eh quoi, Baron, as-tu peur de l'enfer? Il eſt permis, lui répliquai-je, de trembler à moins, & je ne conſeille pas à notre ami d'être fort en dépit de ſa conſcience, & contre Dieu même. — Oh ſa conſcience! c'eſt celle d'un malade; & toi qui te portes bien, ce qui m'étonne eſt de te trouver auſſi foible que lui. Va, Baron, dit-il, en ſe retirant & en pirouettant, va dans l'autre monde, muni de passeports qui ne sont bons que pour les sots, & fais dire à ceux qui s'apprêtoient à vanter ton courage, que tu n'y étois déja plus, avant même d'être mort.

Voilà donc, dis-je à Lausane, qui paroissoit atterré par ces froides plaisanteries, si fort hors de saison, voilà toutes les consolations & toutes les ressources que nous laissent dans ces derniers instans nos compagnons d'incrédulité. Cher Baron, permets que je te présente, dans le Ministre de la Religion, un ami plus fidele & des ressources plus réelles. — Non, s'écria-t-il avec violence, qu'il se garde bien d'entrer; qu'il sorte de ma maison; à quoi m'exposes-tu ? Me voilà donc, graces à tes soins, la fable & la risée de tous les sages. — Eh, mon ami, c'est bien de tout cela que tu dois t'inquiéter maintenant. Laisse ces faux sages faire les braves, tant qu'ils se croient loin du danger; mais pour toi, songe à ce que tu risques; prends du moins le plus certain. — Hélas! je risque tout, me répondit-il, avec un air & d'un ton de voix que je n'oublierai jamais, je risque tout, n'importe (*b*): il est trop tard, & le sort en est jetté..... Dieu! Dieu! qui te venges déja si cruellement, tu mets le désespoir & l'enfer dans mon cœur! je te défie de me faire souffrir davantage.... Je perds tout,... tout s'évanouit à mes yeux, & fond sous moi.... Quel abyme!... ô rage! ô désespoir! ô infortuné que je suis!.... Va, retire toi, funeste auteur de ma mort,... qu'on sache, dit-il, en élevant la voix, que c'est toi qui es mon meurtrier, mon bourreau; que ta conscience te le dise à toi-même à chaque instant de ta vie; qu'elle te rende aussi malheureux que moi. Reçois ce fatal adieu & mes derniers vœux; que ton Emilie, que le fruit de ses entrailles..... A ces derniers mots, la rage le suffoqua. J'appellai du secours:.. il n'étoit plus. J'avois saisi heureusement un papier qui sortoit de dessous son chevet, & qui me parut, à la premiere inspection, un plan contre la Religion, & en faveur de l'incrédulité, que je vous communi-

Pl. VIII. 3e Vol. Pag. 205.

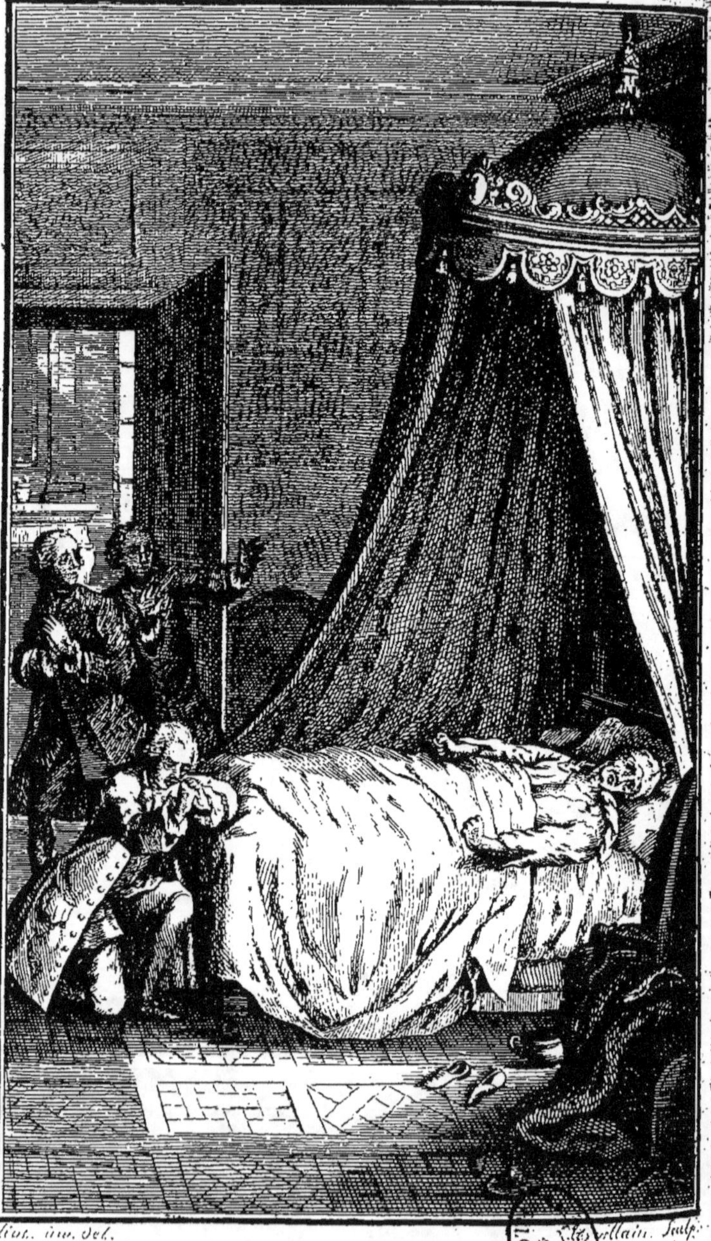

Liot. inv. del. *Le Villain Sculp.*

La mort de l'impie.

querai par la suite *. Je me jettai machinalement aux pieds de son lit, les yeux fixés sur cet infortuné.... Quel spectacle hideux que celui de son cadavre!... Les efforts violens qu'il venoit de faire en rendant les derniers soupirs, avoient défiguré ses traits. Ses yeux fixes & hagards ne respiroient que la haine, la vengeance & la fureur; ses mains étoient tordues sur sa tête; son front étoit pâle & menaçant; ses lévres étoient enflées & livides; sa bouche ouverte, sembloit vomir encore l'impiété & le blasphême.... Ses domestiques ne purent le voir, sans détourner les yeux & sans frémir (c).... Après quelques instans de saisissement & de

* Ce plan a été envoyé en même-temps que la Lettre LI, avec des réflexions du Comte de Valmont sur les objets qu'il renferme. On a rejetté le tout à la fin des Lettres comme un morceau à part, mais qu'il étoit essentiel de conserver, en y faisant d'ailleurs les additions & les changemens, dont il sera parlé.

méditation profonde, la terreur dans l'ame, la conſcience bourrelée, oppreſſée par les remords, je m'arrachai de ce lieu ſiniſtre, & précipitai mes pas vers Emilie. Quel contraſte! toute ſa maiſon étoit en pleurs, tout retentiſſoit du récit de ſes œuvres & de l'éloge qu'on faiſoit de ſes vertus; on entendoit de toute part des gémiſſemens & des regrets; & quoiqu'on ſe contraignît en ma préſence, je ne liſois ſur tous les viſages que des ſignes ſenſibles de la plus vive inquiétude & de la douleur la plus amere. Lorſque je l'abordai, elle étoit un peu moins foible, & jouiſſoit de toute la liberté de ſon eſprit & de tout le calme de ſa raiſon.

Approchez, cher Valmont, me dit-elle, dès qu'elle m'apperçut; je me ſens aſſez forte pour partager vos peines & vous aider à les porter. Mon bon ami, il n'y a que la Religion qui puiſſe nous les faire ſoutenir dignement. Cherchez en elle des lumieres & des ſecours qu'elle ſeule peut vous donner. Qu'il m'eſt doux de mourir dans ſon ſein, ſi Dieu veut que je meure!

Pl. IX. 3e. Vol. Pag. 108.

Que la mort, pour une Ame Chretienne,
perd bien de son amertume !

Elle ne me laisse regretter sur la terre que vous, notre respectable pere & mon fils.... Mais quelle consolation n'emporterai-je pas au tombeau, si je puis penser que je laisse à ce tendre gage de notre amour un pere instruit par ses malheurs, & guidé par la Religion ! Vivez, chere épouse, m'écriai-je fondant en larmes, vivez pour me la faire suivre, pour me la faire aimer, pour que j'acheve de la connoître & de l'adorer. Ma vie n'est point à moi, me répondit-elle; elle est à celui qui me l'a donnée; je la lui rends dès qu'il lui plaît de la reprendre; trop heureuse, si le sacrifice que je lui en fais, uni à celui de mon Rédempteur, peut expier nos fautes & nous le rendre propice à tous deux !... Je m'appuie, reprit-elle après quelques momens de silence, sur ses miséricordes, bien plus que sur l'innocence de ma vie & la pureté de mes intentions. Je vous ai toujours aimé, cher époux; mais ai-je bien aimé mon Dieu autant que je le devois? Je l'ai desiré du moins de tout mon cœur; & de tout mon cœur je veux mourir dans son amour.... Que la mort pour une ame chrétienne perd bien de son amertume! Elle nous ôte moins qu'elle ne nous donne; & dans cette séparation dont elle nous menace, ô mon ami! je suis moins à plaindre que vous.....C'est vous, cher Valmont, qui devez maintenant vous armer de force pour soutenir le fardeau de la vie, & pour acquitter les dettes qu'elle vous fait contracter; c'est vous qui devez vivre pour consoler votre pere, pour former à la religion & à la vertu l'enfant que le Ciel vous a donné, & pour édifier par votre retour vos vrais amis, que vos erreurs ont affligés. Me le promettez-vous? O ma vie, mon tout! lui dis-je, en me jettant à ses genoux, demande à ton Dieu de vivre encore, pour achever son triomphe sur mon esprit & sur mon cœur. Il t'exaucera; & en vivant pour toi, je commencerai à vivre pour lui. Mes erreurs ne tiennent plus à rien; trop de choses les combattent & les détruisent. Je te promets tout ce que tu voudras: car en te promettant, je ſens que je ne riſque plus rien. — Leve-toi; ... je ne crains donc plus de mourir. O mon Dieu! que votre volonté ſoit faite, & que votre ſaint nom ſoit béni. — Emilie, je t'en conjure, demande-lui de vivre. — Oui, je le lui demande; ſi c'eſt pour ſa gloire, & pour notre ſalut à tous deux. — Mon Emilie! me pardonnes-tu? — Ah! ſi je te pardonne, moi qui t'aime ſi tendrement! Va, mon cœur a toujours excuſé les foibleſſes du tien; & ce n'eſt qu'à Lauſane que j'ai beſoin de pardonner: hélas! je ſépare autant qu'il eſt en moi ſes vices de ſa perſonne, & il m'eſt cher encore, malgré les maux qu'il nous a faits. Mais, dis-moi, qu'eſt-il devenu? ... Tu te troubles, Valmont; tu gardes le ſilence. — Ma tendre amie, ſois tranquille, je ſatisferai dans peu à tes queſtions, & tu admireras alors plus que jamais les ſecrets deſſeins d'un Dieu qui veille ſur nous. Lauſane t'a pleinement juſtifiée à mes yeux, ſi tu as pu jamais avoir beſoin de l'être. — Le Ciel daigne avoir pitié de lui! ... Cher

Valmont, laisse-moi me recueillir pour l'action que je médite : demain je recevrai les derniers Sacremens. Ne t'inquiéte pas, mon bon ami ; ils sont tout à la fois & la consolation la plus douce, & le remede le plus sûr dans l'état où je suis.

Je respectai, quoiqu'à regret, la loi que sa piété m'imposoit, & je me retirai en gémissant. On m'annonça quelques heures après M. de Veymur *. Son abord étoit inquiet & embarrassé. Fuyez, me dit-il, dès qu'il put me parler sans témoins. A l'instant même de la mort de Lausane, l'un de ses valets-de-chambre, qui vous a accompagnés au parc de Vincennes, a raconté tout haut les circonstances de votre affaire, & nous venons de les apprendre en arrivant... La famille du Baron, qui perd toutes ses espérances, est désolée, & fait contre vous les plus terribles menaces. Le public est instruit, & le Roi lui-même ne tardera pas à l'être. Fuyez ; dérobez-vous à des poursuites

* Le frere du Comte.

dont vous auriez tout à craindre dans ces premiers momens. Conſervez-vous pour Emilie, & venez chez Meſdames de Veymur, qui ſont ici avec moi ſous un nom emprunté. Elles ont choiſi exprès un logement commode & retiré; & ne veulent ſe préſenter à votre épouſe qu'après qu'elles vous auront mis à l'abri de tout danger. La nuit favoriſe heureuſement votre retraite; ſuivez-moi: nous nous chargeons de tranquilliſer Emilie.

Je le ſuivis avec d'autant plus d'empreſſement, que je brûlois du deſir de voir ſa belle-ſœur & ſon épouſe, & de leur témoigner ma vive reconnoiſſance de tant de zele & de fatigues. L'entrevue fut auſſi touchante qu'elle pouvoit l'être, malgré tous mes torts. Les motifs qu'elles me propoſerent pour me faire accepter l'aſyle qu'elles m'offroient étoient aſſez preſſans pour me déterminer. Je reſtai, tandis qu'elles coururent s'emparer de ma chere & tendre amie, & colorer à ſes yeux mon abſence de prétextes propres à la calmer.

Ce qu'il y avoit de plus difficile à arranger étoit la cérémonie du lendemain. On ne vouloit pas faire penser à la Comtesse que j'avois des affaires assez sérieuses, & que je courois des risques assez grands, pour que je ne pusse pas assister, comme elle le desiroit ardemment, à la grande action qu'elle méditoit. On lui dit que la décence même ne permettoit pas que je me montrasse dans des momens si critiques, qu'un tel spectacle ne pouvoit d'ailleurs que faire sur moi l'impression la plus vive, & que du moins, pour en dérober l'effet à ses propres yeux, il étoit convenable que je me retirasse dans la garde-robe qui étoit au pied de son lit, où la porte, seulement entr'ouverte, me laisseroit toute liberté de voir & d'entendre sans être vu. Cette précaution ne lui parut point étrange. Lorsque le soir de ce jour si précieux pour elle fut arrivé, je revins le visage caché dans un manteau; &, accompagné de M. de Veymur, je rentrai sans bruit par la porte du jardin. Nous montâmes chez Emilie par un escalier dérobé. Je la vis un instant, après qu'on eut fait retirer tous ceux qui l'environnoient. Elle étoit beaucoup plus mal que le jour précédent : elle crut me dire un éternel adieu : elle me le dit avec tendresse, avec courage. Je l'interrompois par mes sanglots, je la baignois de mes larmes, je ne faisois paroître que ma douleur & ma foiblesse ; elle me ranima, elle me rendit des forces par l'héroïsme de ses sentimens & de sa piété ; elle me recommanda de nouveau les intérêts de mon ame & ceux de mon fils ; je la serrai encore une fois entre mes bras, & m'enfonçai dans le cabinet qui m'étoit destiné.

On ne tarda pas à s'assembler. Le moment que je craignois le plus, & qu'Emilie desiroit le plus vivement, arriva enfin. Elle vit entrer son Sauveur & son Dieu : quel spectacle de religion ! & de quels sentimens il a pénétré mon cœur ! On fit à mon épouse une exhortation courte & pathétique sur l'amour d'un Dieu pour elle, sur les faveurs dont il l'avoit comblée depuis l'instant de sa nais-

ſance juſqu'à ces derniers momens. On l'engagea à répondre à tant d'amour & à de ſi grands bienfaits par la plus vive reconnoiſſance, par la réſignation la plus entiere & le détachement le plus parfait.
» Oui, Monſieur, dit-elle avec fermeté
» au Miniſtre qui l'exhortoit, je bénis
» ſa tendreſſe, & lui rends les plus vi-
» ves actions de graces des témoignages
» qu'il n'a ceſſé de m'en donner. Je meurs
» à tout, puiſqu'il l'ordonne, avec l'u-
» nique deſir d'être éternellement à lui.
» O mon Dieu! recevez l'offrande de tout
» ce que vous ſavez que j'ai de plus cher,
» & daignez vous le conſacrer unique-
» ment. Soyez ma force & mon ſoutien,
» comme j'eſpere que vous allez être pour
» moi un gage d'immortalité! « On fit l'onction ſainte ſur tous ſes ſens, & elle entra dans le plus profond recueillement. On lui préſenta le Crucifix, & elle jetta ſur lui le regard le plus tendre. » Voilà,
» dit-elle, en le preſſant amoureuſement
» de ſes levres, voilà l'image ſacrée de
» celui à qui je dois mon ſalut, de celui

» qui m'a ſoutenu dans toutes les afflic-
» tions, & qui a fait mon unique eſpé-
» rance tous les jours de ma vie. « On lui fit pluſieurs queſtions, auxquelles elle répondit d'une maniere ſi touchante, que tous les aſſiſtans fondoient en larmes. On lui préſenta ſon Dieu; elle l'adora, elle le reçut: & parut comblée de joie & remplie des conſolations les plus douces.
» C'eſt à préſent, dit-elle, que je vous
» prie, Seigneur, de recevoir mon ame,
» & que je meurs en paix. «

Pendant cette ſcène ſi attendriſſante, ce qui m'a le plus frappé, c'eſt la ſérénité qui brilloit ſur ſon front. Nulle altération ne ſe faiſoit voir dans ſes traits; un feu pur & céleſte éclatoit dans ſes yeux; un tendre coloris animoit ſon viſage, & ajoutoit encore un nouveau charme à ſes attraits; ſa voix douce & perſuaſive, mais ferme & aſſurée, portoit dans le cœur une onction ſecrette & je ne ſais quoi de divin; la dignité & les graces accompagnoient ſes moindres geſtes: tout en elle reſpiroit la grandeur d'ame & le vrai courage que donnent le témoignage d'une bonne conscience & la solide piété. A l'éclat dont elle brilloit, on l'eût moins prise pour une foible mortelle, que pour un Ange descendu parmi nous sous une forme humaine : elle paroissoit bien moins s'assujettir à la mort qu'en triompher. Ah ! mon pere, que la mort du juste est donc précieuse ! & qu'il est doux de mourir ainsi dans le Seigneur ! Plaise au Ciel cependant qu'il n'ait eu dessein que de nous présenter dans Emilie cette image, sans la réaliser ! plaise au Ciel qu'elle me soit rendue, pour m'apprendre à vivre comme elle !

Après ce qui venoit de se passer sous mes yeux, & qui, malgré le courage que cet exemple m'inspiroit, m'avoit ému au point d'être prêt cent fois à éclater, je ne pensai plus qu'à me dérober en secret, & par la même route par laquelle j'étois venu. L'impression qui restoit en moi ne me permettoit pas de me montrer de nouveau à Emilie, ni de troubler la joie si douce que répandoit en elle l'action qu'elle venoit de faire.

Je vous écris le lendemain de cette scène, si intéressante pour elle & pour moi; c'est-à-dire, plutôt que je ne l'avois pensé; & vous recevrez peut-être ma dernier lettre en même-temps que celle-ci. Mon épouse est beaucoup mieux, & n'est cependant pas hors de danger. Pour empêcher qu'elle ne s'inquiéte trop vivement de ce qu'elle ne me voit plus, on lui a seulement appris que j'avois eu, il y a quelques jours, une affaire avec le Baron, qu'il avoit été blessé, que comme le bruit commençoit à se répandre que j'étois l'auteur de sa blessure, on avoit cru plus prudent de m'engager à me cacher chez Mesdames de Veymur, & que c'est pour cela même que lorsqu'elle avoit été administrée on m'avoit fourni auprès d'elle un prétexte, pour ne me montrer à ses yeux que de la maniere la plus secrette.

Ce qu'il y a de vrai, c'est que les suites de cette affaire deviennent très-inquiétantes pour moi. Le Roi, informé de la mort de Lausane, me menace, dit-on, des plus terribles effets de sa colere; je viens d'apprendre cependant que la famille du Baron, pour ne pas risquer de voir retomber sur lui-même la tache du duel & les suites que selon les loix il devroit avoir, faisoit passer auprès du Prince cette affaire pour une rencontre. Mais en même-temps elle me peint à cet égard des plus noires couleurs & met tout en œuvre pour me perdre. Si quelque chose peut me soutenir & me consoler au milieu de l'affreuse perspective qui s'ouvre devant moi, ce ne peut-être que la Religion à laquelle vous me rappellez, & qu'Emilie elle-même me prêche par ses exemples avec tant d'énergie. Vous voyez, mon pere, les dispositions où je suis. Consommez votre ouvrage; & en me peignant la sainteté du Christianisme, achevez de contraindre mon esprit à le croire, & mon cœur à l'aimer.

NOTES.

PAGE 99.

(a) *Les plus vaillans de nos Coriphées en ont bien fait autant.* Ils ont fait plus : ils ont fait apporter des Reliques de toute espece sur leur lit ; ils ont commandé qu'on fît toucher leur linge à la châsse de Sainte Genevieve ; ils se sont plu à être environnés de ces Moines qu'ils avoient autrefois honnis & méprisés ; ils ont voulu mourir entre les bras d'un Capucin ; & c'est ainsi qu'est mort un de mes amis, qui s'étoit fait un nom parmi les Gens de Lettres par ses talens, &, comme c'est aujourd'hui l'usage, par son incrédulité. C'est ainsi qu'au moindre mal se disposent à mourir les plus déterminés de nos incrédules. Eh, que d'anecdotes intéressantes je pourrois citer à ce sujet, si elles ne prêtoient trop au ridicule !

PAGE 104.

(b) *Je risque tout, n'importe.* J'ai vu, dit M. l'Abbé de Choisy, oui j'ai vu mourir un homme dans ces horribles pensées : *Je l'avoue*, disoit-il, *que je ne sais ce qui en arrivera; je n'ai jamais douté, & je doute présentement; je suis dans des horreurs que je n'eusse jamais prévues.* Mais, lui disoit-on, demandez pardon à Dieu; peut-être est-il encore temps pour vous. *Non*, répliquoit-il, *non il ne me pardonnera point; il y a trente ans que je le méprise.* « Pensées Chrétiennes par M. l'Abbé de Choisy, l'un des Quarante de l'Académie Françoise.

On a vu un événement bien plus étrange encore, & dont les témoins sont subsistans. Un homme, qui toute sa vie avoit fait profession de ne rien croire, & qui à l'article de la mort venoit de refuser tous les secours de la Religion, environné de sa famille en pleurs, demande à haute voix *quelle heure est-il?* Il est dix heures, lui dit-on. Une heure après, même demande; il la réitere l'heure suivante; & on lui répond qu'il est minuit. *Voici, donc*, s'écrie-t-il d'une voix qui glace de frayeur tous les assistans, *voici l'heure & le moment où va commencer ma malheureuse éternité.* En achevant ces mots, il se retourne, & expire.

PAGE 105.

(c) *Ses domestiques ne purent le voir sans détourner*

détourner les yeux & sans frémir. M. de*** ne put soutenir autrefois un pareil spectacle dans un de ses amis que la lecture de ses Ecrits avoit perverti. Il arriva au moment où cet ami venoit d'expirer. Misérable, lui dit l'ancien Curé de S. S., en tirant les rideaux qu'on avoit fermés sur ce malheureux, viens contempler ton ouvrage ; vois dans quel état il est mort. M. de***, frappé, consterné, se jetta à genoux, fit une espece d'amende-honorable, & bientôt après oublia sa frayeur & son repentir.

LETTRE L.

Du Marquis.

QUE te dirai-je, mon cher fils, & que répondre aux triſtes détails que ta lettre renferme? La mort de Lauſane, l'état d'Emilie, ta fortune renverſée, tes jours menacés peut-être par une famille accréditée qui ne reſpire que la vengeance, ta conſcience en proie aux remords, quels fruits d'une année de délire, d'un moment de fureur! & quel remede à tant de maux? Le même qui les eût prévenus, Valmont... La Religion. Lauſane, en te la faiſant perdre, avoit-il prévu ce qu'il lui en couteroit un jour à lui-même? J'admire comment, avec autant & plus d'eſprit que lui, mais moins d'uſage & de connoiſſance des hommes, tu te laiſſois aller d'aveuglement en aveuglement au gré de ce faux ami! Ah! c'eſt que la ſimplicité d'une ame droite encore, eſt aiſément la dupe de ruſes & de noircœurs qu'elle ne sait pas même soupçonner ; c'est qu'heureusement ton cœur n'étoit pas encore dépravé ; & que Lausane, au contraire, étoit devenu méchant par goût, par habitude, & par réflexion. Aussi, mon fils, quel discernement le juste Juge a daigné faire entre vous deux ! Lausane, frappé par la main même de celui qu'il avoit séduit, meurt dans la rage & le désespoir ; tu vis, cher Valmont, pour mettre à profit sa mort par la sagesse & le repentir. Justice, miséricorde de mon Dieu, je vous adore, jusques dans les maux que vous nous envoyez !

O mon fils ! laisse-moi oublier le Baron & son spectacle d'horreur, pour ne plus penser qu'à toi & à Emilie. Emilie ! quelle leçon tu nous donnes ; quels charmes tu répands sur la Religion & la vertu ; & que le tableau du juste, aux prises avec la mort, est encore plus touchant & plus persuasif que l'image de sa vie ! tandis que l'impie, dans ses derniers momens, n'a pour toute ressource que l'idée du néant, le deſire & l'appelle ſans oſer l'eſpérer, ſe voit comme ſuſpendu entre ce néant trop peu sûr & un avenir terrible, ſi le néant n'eſt qu'une chimere; tandis qu'il meſure d'un œil mal-aſſuré le terme de ſa carriere, qu'il eſſaye en frémiſſant l'affreuſe deſtinée qui l'attend, & ſe plonge en déſeſpéré dans l'abîme qu'il s'eſt ouvert; l'ame juſte & fidéle ne ſent alors que la fin de ſes combats & de ſes peines, n'aſpire qu'à être réunie à la Divinité, & n'entrevoit dans un avenir éternel que la perſpective des récompenſes & du bonheur. Eh, quel eſt à cet inſtant le vrai Chrétien, qui ſe repente de l'avoir été ?

O qu'il eſt donc inſenſé! cher Valmont, celui qui préfére aux eſpérances que la Religion nous donne, & aux avantages mêmes qu'ici-bas elle nous procure, les plaiſirs du moment, le ſtupide ſommeil, les ſonges inquiétans, & le triſte réveil de l'incrédulité. Ne balance donc plus à dépoſer tes doutes, à fixer ton choix; & que l'excellence de la Religion Chrétienne, jointe à ses autres caracteres, triomphe à jamais de ton esprit & de ton cœur. Quelle est belle ! quelle est sainte cette Religion, si digne du Dieu qui nous la donne, & si utile à l'homme qui la reçoit ! Quelle est belle dans les idées qu'elle nous retrace de la Divinité, & dans le culte qu'elle lui rend ! Que de sainteté, que d'excellence elle renferme dans les regles, les motifs, les encouragemens, les secours qu'elle offre à l'homme pour la vertu ; dans ce qu'elle fait tout-à-la-fois pour sa perfection & pour son bonheur !

Laissons les peuples, les philosophes, les sages, s'égarer dans les plus folles opinions *, & les plus monstrueux systêmes

* » Ce seroit en effet, dit M. Rousseau, » un détail bien flétrissant pour la philoso» phie, que l'exposition des maximes perni» cieuses & des dogmes impies de ses diver» ses sectes. . . . Et que dirons nous de la » distinction des deux doctrines, si avide» ment reçue de tous les Philosophes, &

ſur l'Auteur de la Nature. Laiſſons l'imbécille incrédulité renverſer, dans ceux qui s'y livrent, toutes les notions du ſens commun; ſubſtituer aux plus pures lumieres de la raiſon les délires d'une imagination follement exaltée; attribuer au haſard, à la néceſſité, à un concours fortuit des élémens de la matiere, les

---

» par laquelle ils profeſſoient en ſecret des
» ſentimens contraires à ceux qu'ils enſei-
» gnoient publiquement.... L'hiſtoire de
» cette fatale doctrine, faite par un homme
» inſtruit & ſincere, ſeroit un terrible coup
» à la Philoſophie ancienne & moderne.
» Mais la Philoſophie bravera toujours la
» raiſon, la vérité, & le temps même, parce
» qu'elle a ſa ſource dans l'orgueil humain,
» plus fort que toutes ces choſes. «

C'eſt d'après ces écarts ſi funeſtes que l'Apôtre S. Paul nous dit: » Prenez garde que
» perſonne ne vous ſurprenne par une fauſſe
» & vaine Philoſophie, ſelon les traditions
» des hommes, ſelon les élémens d'une
» ſcience mondaine, & non ſelon Jéſus-
» Chriſt. « *Coloſſ.* 2. 8.

ouvrages les plus réguliers; contrarier à chaque instant l'univers & notre propre cœur; nous vanter les combinaisons, les forces, l'énergie de la nature, sans pouvoir la définir; faire revivre en faveur du Matérialisme toutes les qualités occultes de l'ancienne Philosophie; anéantir toute idée d'ordre & d'intelligence, plutôt que de reconnoître un Dieu. Laissons-la, plus timide quelquefois & plus circonspecte, imaginer un Etre suprême, spectateur oisif des révolutions d'un monde qu'il a formé; jouissant de lui-même dans sa tranquille indolence, sans s'intéresser aux ouvrages de ses mains; abandonnant au caprice du sort les rênes de l'univers; sourd à nos vœux; indifférent à notre culte & à nos hommages; insensible au bien comme au mal, au vice & à la vertu : telle est l'idole de l'incrédule, quand il lui plaît de s'en faire une.

Pour nous, mon fils, consultons la Religion, pour nous faire une idée juste de l'Etre ſuprême. *Il eſt* *.... & de ſon exiſtence néceſſaire, coulent à nos yeux tous ſes autres attributs. Eternel, il a précédé tous les temps, tous les êtres, & dans ſa durée ſimple & conſtante, il les renferme tous. Immenſe, il donne des bornes à tout, & n'en ſouffre aucune. Indépendant, rien ne l'aſſujettit, rien ne le gêne, rien ne le contraint; il donne des loix à tout ce qui exiſte, & n'en reçoit que de lui-même. Infini, ſource unique de tout bien, ſeul bien digne de nos déſirs, il poſſede dans le plus haut degré tout ce qui, en genre de perfection, ne ſe trouve que partagé & limité dans les êtres qu'il a formés. Il eſt la charité par eſſence †. Il eſt le Dieu ſaint, infiniment ſaint, & ſon amour pour l'ordre eſt invariable comme ſon exiſtence. Il eſt la ſouveraine ſageſſe, il la

---

* Exod. 3, 4.

† Selon ce beau mot de S. Jean, *Deus charitas eſt.*

possede de toute éternité *; c'est par elle qu'il a reglé avant tous les temps tout ce qui existe par son pouvoir. Unique auteur de tout ce qui respire, ses soins s'étendent sur les plus petites parties de ses ouvrages comme sur celles que nous admirons davantage; ils les gouverne, il les dirige librement & sans effort, avec autant de bonté & de facilité qu'il en a mis à les créer. Seul suffisant à lui-même, il trouve en lui son bonheur; & c'est pour nous en faire part, qu'il nous prévient, qu'il nous aime, & qu'il nous invite à l'aimer. S'il exige que nous lui rendions le tribut de nos louanges, c'est pour notre propre intérêt autant que pour sa gloire. S'il veut que nous répandions devant lui notre cœur, c'est pour y porter la consolation, la paix, la force & l'espérance. S'il nous encourage, s'il nous excite à la vertu, c'est pour imprimer

---

* Voyez la description admirable qui se trouve au livre des Proverbes, chap. 8.

dans notre ame les traits les plus augustes de sa divinité, & pour couronner en nous ses dons, en couronnant nos mérites. Tel est mon fils, le Dieu des Chrétiens, & quels droits n'a-t-il pas à nos hommages ?

Mais quels hommages la Religion nous apprend-elle à lui rendre ? Le culte & l'adoration en esprit & en vérité ; l'hommage de notre entendement, par la soumission aux dogmes qu'il nous a révélés ; l'hommage de notre cœur par l'amour ; le culte extérieur que lui doivent les facultés du corps, qu'il nous a données ; le culte sensible & public que lui doit la société toute entiere, dont nous sommes membres ; le culte & l'hommage de toutes les créatures, que nous devons faire servir à l'honorer.

Ainsi la Religion Chrétienne consacre à Dieu tout notre être, & par lui tout l'univers : ainsi nous le fait-elle envisager en toutes choses comme principe & comme fin, & nous enseigne-t-elle à rapporter tout à sa gloire.

Doctrine pure & ſublime, où tout eſt animé, vivifié, conſacré par l'amour! doctrine propre au Chriſtianiſme : car enfin, où trouver ailleurs le précepte & la pratique de l'amour divin? Le Naturaliſte de nos jours, formé dès ſon enfance par les leçons & les exemples qu'il puiſe au milieu de nous, oſera bien dire qu'il aime Dieu ; mais eſt-ce dans la ſincérité de ſon cœur qu'il parle ainſi? Cette expreſſion d'amour n'eſt-elle pas dans ſa bouche un jargon vuide de ſens? Où ſont de ſa part les ſentimens, les hommages, les tendres effuſions, les gémiſſemens ineffables, & plus que tout, l'exacte fidélité d'un cœur qui aime? Idolâtre de toute beauté qui périt, où ſont ſes transports pour cette beauté ſans tache & ſans ombre, qui ne périt pas? Toi-même, cher Valmont, depuis que tu reconnois un Etre ſuprême, quels hommages lui as-tu adreſſés? quels vœux ardens as-tu fait monter jusqu'à lui? quel tribut de louanges, de ſoumiſſion & d'amour lui as-tu rendu? Interroge tous les incrédules de bonne foi ; & qu'ils te disent s'ils ont, à l'égard de la Divinité, plus d'obéissance & de zele, plus de reconnoissance, & plus d'amour que toi.

La Religion Chrétienne ne se borne pas à faire honorer Dieu par sa créature. Elle avoue sans peine que le tribut de gloire que peuvent lui rendre tous les êtres créés ne suffit pas à sa grandeur. Mais qu'elle supplée dignement à leur insuffisance! Ici reparoît son unité constante, & le rapport de ses dogmes & de ses mysteres avec son culte & sa morale. Le verbe incarné vient unir à ses abbaissemens nos adorations, nos vœux & nos hommages, pour les présenter à l'Etre suprême, & les rendre dignes de lui être offerts. En lui, l'univers s'aggrandit, s'ennoblit, & reçoit un éclat, une majesté qu'il ne peut avoir par lui-même. En lui, la création devient le chef-d'œuvre de la Divinité ; c'est un tout dont l'homme - Dieu fait partie. En lui, & par lui, se trouve comblée la distance qui est entre le fini & l'infini ; les extrémités se rapprochent, & se touchent dans un centre commun : ce n'est plus l'homme seul, si éloigné de Dieu par sa nature, qui lui rend gloire au nom de tous les êtres créés ; c'est l'homme, c'est l'univers, qui adore en Jésus-Christ. En lui encore, la plus noble victime, dont toutes celles de l'ancienne loi n'étoient que l'ombre & la figure, est offerte pour le péché ; par ses mérites, tout crime, quelque grand qu'il soit, peut être expié, réparé (*a*) ; le sacrifice le plus auguste est perpétué sur la terre, & selon l'expression de S. Léon, la croix est l'autel du monde ; le repentir de l'homme, sa satisfaction, si incertaine, si équivoque dans tout autre principe que ceux du Christianisme, porte sur des mérites suffisans, sur un fondement solide ; & le scandale du Juif & de l'infidéle devient l'ouvrage le plus sublime de la sagesse du Très-Haut, & le plus sensible témoignage de sa bonté. O mon fils ! quel plan ; quelle admirable économie que celle de la Religion ! & quelle gloire elle rend à la Divinité !

Mais ſon excellence & ſa ſainteté paroiſſent également, dans ce qu'elle fait pour la perfection & le bonheur de l'homme.

Les vains ſyſtêmes de l'incrédulité font briller l'imagination, il eſt vrai, mais aux dépens de la raiſon. Ils font ſacrifier la juſteſſe de l'eſprit à la ſingularité, & les notions les plus vraies à la fauſſe gloire de ne pas penſer comme les autres hommes. Ils émouſſent, ils dégradent le ſentiment; ils deſſechent, ils flétriſſent le cœur, & le concentrent tout entier dans la baſſeſſe du moi humain. Ils dénaturent, ils aviliſſent la vertu; ils en effacent l'auguſte caractere & en étouffent le germe dans nos ames, en ne lui donnant pour meſure & pour baſe que la ſenſibilité phyſique & l'intérêt perſonnel. Ils rompent les liens de la ſociété, en s'élevant contre toute autorité, en détruiſant toute ſubordination, en ramenant tout à une égalité chimérique. Ils ôtent à l'homme toute ſa grandeur & le rabaiſſent juſqu'à la condition des brutes; ils le privent de toutes les ressources & de tous les motifs qui peuvent le porter au bien; ils réveillent toutes ses passions; ils troublent son repos; ils le laissent sans appui, sans consolation dans ses peines, & sans espoir dans ses malheurs. O prétendus sages! qui vous donnez pour nos instituteurs & pour nos maîtres, vous êtes donc les ennemis, les tyrans du genre humain, bien loin d'en être les bienfaiteurs; & si l'un des caracteres de la vérité est d'être utile, vous ne nous offrez donc dans vos rares & sublimes inventions qu'un amas d'impostures!

Il n'en est pas ainsi de votre loi sainte, ô mon Dieu! elle ne ressemble pas aux rêves de l'impie, & ce ne sont pas des fables qu'elle nous raconte *. Et d'abord, cher Valmont, en éclairant l'homme sur ce qu'il lui importe le plus de savoir, sur son origine, sa destination, sa fin, ses devoirs & ses espérances; la Religion

---

* *Narraverunt mihi iniqui fabulationes; sed non ut lex tua.* Ps. 118.

Chrétienne fixe ses idées, les rend nettes & précises, assure la justesse de ses vues, & donne à son esprit, en le rendant conforme à la simple raison, toute la droiture dont il peut être susceptible. C'est la remarque importante & vraie que tu feras maintenant à portée de faire. Un homme que l'impiété égare peut avoir l'esprit brillant, & avec d'autant plus de facilité qu'il se permet tout & ne respecte rien; il peut même avoir un génie vaste & profond, qui embrasse les connoissances les plus étendues, & s'exerce avec succès sur les sciences les plus abstraites: mais presque toujours, sur les objets qu'il lui est le plus intéressant de bien saisir & de bien voir, il a l'esprit faux & bisarre, & une maniere de penser louche & incertaine. Revient-il à la foi du Chrétien humble & docile, ses idées sont plus exactes & plus claires, ses principes sont plus constans, ses lumieres s'épurent, sa raison s'affermit; & celui-là même, qui n'étoit souvent qu'un esprit dangereux & frivole, devient, par la Religion, un esprit droit & vrai, & un homme essentiel *.

---

* La manie du bel esprit a fait de l'irréligion le ton du jour & le langage à la mode. Et qu'est-ce que cet esprit cependant? Jugeons-en par la description naïve qu'en a faite M. d'Aguesseau. » Penser peu, parler » de tout, ne douter de rien, n'habiter que » les dehors de son ame, & ne cultiver que » la superficie de son esprit; s'exprimer heu» reusement, avoir un tour d'imagination » agréable, une conversation légere & dé» licate, & savoir plaire sans se faire esti» mer; être né avec le talent équivoque » d'une conception prompte, & se croire » par-là au-dessus de la réflexion; voler » d'objets en objets sans en approfondir au» cun; cueillir rapidement toutes les fleurs, » & ne donner jamais aux fruits le temps » de parvenir à leur maturité; c'est une » foible peinture de ce qu'il a plu à notre » siecle honorer du nom d'esprit. « Discours prononcé à l'ouverture du Parlement de Paris en 1704 par M. d'Aguesseau, alors Avocat Général, & depuis Chancelier de France.

Le croirois-tu, Valmont, cent fois en observant cette classe nombreuse d'incrédules, imitateurs futiles de quelques génies célebres dont par vanité ils empruntent la manie, j'osai les comparer avec nos bonnes femmes de village instruites par leur Curé; & je trouvois dans celles-ci mille fois plus de notions justes, de vraies lumieres en choses utiles & nécessaires, de jugement & de raison, que dans tous ces jolis diseurs de rien, que l'incrédulité a infectés de son poison. Oui, mon fils, le catéchisme du plus simple fidele lui donne plus de vraie sagesse, que n'en peut donner la moderne philosophie; & quel triomphe pour la Religion!

Mais ce qui en releve encore plus l'excellence, c'est son influence sur le cœur de l'homme, par le caractere de bienveillance qu'elle nous fait prendre, & les vertus qu'elle nous inspire. Eh, en effet quoi de plus divin que sa morale (*b*)! Quoi de plus sublime que cette charité qui en est l'ame! Aimer les hommes comme ſoi-même *; les aimer en Dieu & pour Dieu, ſans exception, ſans réſerve; aimer juſqu'à nos ennemis; oublier les injures, pardonner les offenſes, vaincre le mal par le bien; être dans la joie avec ceux qui y ſont, pleurer avec ceux qui pleurent, ſe faire tout à tous pour les gagner tous à l'amour du ſouverain bien; éclairer ceux qui ſont dans les ténebres, reprendre en ſecret & ramener avec douceur ceux qui s'égarent; ne point juger témérairement pour n'être pas jugés nous-mêmes; conſoler les affligés, aſſiſter de tout ſon pouvoir les malheureux, ne ſe conſidérer dans l'uſage de ſes talens & de ſes richeſſes que comme le diſpenſateur des dons de Dieu & l'économe de ſa providence; remplir avec

* Il eût été trop long de multiplier ici les textes & les citations. Il eſt aiſé de s'appercevoir que dans tout ce qui ſuit il n'y a pas une ſeule maxime, un ſeul mot, qui ne ſoit la ſubſtance & l'expreſſion même des Livres évangéliques.

amour, & par principe de conscience, tous les devoirs que notre condition nous impose ; respecter Dieu dans nos maîtres, & son autorité dans ceux qu'il a établis pour nous gouverner ; ne point chercher son propre intérêt, mais le sacrifier à l'intérêt général ; voilà, mon fils, ce que la Religion nous prescrit à l'égard des hommes, à l'égard de la société toute entiere, & ce que le Chrétien, qui l'est en vérité, réalise tous les jours par sa conduite. Bon, sensible, compatissant, affable, généreux, miséricordieux & clément, citoyen zélé, sujet fidéle, ami constant, digne époux, bon pere, fils tendre, respectueux & soumis, maître soigneux & vigilant, plein de charité à l'égard de tous ; il prévient tous les besoins ; il accomplit toutes les loix ; il satisfait à toutes les bienséances ; il se prête à tous les desirs honnêtes ; il se livre à toutes les bonnes œuvres ; il fait tous les genres de bien qui sont en son pouvoir : lié par sa religion à tous les hommes, il volera pour eux jusqu'aux extrêmités du monde, & nouvel Apôtre, portera, s'il le peut, la vérité, la juſtice & la paix dans tous les cœurs *. Donnez moi dans toutes les conditions, dans toute ſociété, dans toute eſpece de gouvernement, des citoyens animés de l'eſprit du Chriſtianiſme; donnez-moi un peuple, un monde de Chrétiens fidéles, & la terre ſera le ſéjour de l'innocence & du bonheur.

La Religion Chrétienne, cher Valmont, n'eſt pas moins digne de notre admiration & de nos hommages dans les vertus qu'elle nous inſpire à l'égard de nous-mêmes. Elle oppoſe au fol amour de ſoi le renoncement à notre volonté propre & une

* Ce n'eſt pas l'eſprit du Chriſtianiſme & de l'Apoſtolat, qui a porté tout enſemble la Religion & la guerre dans le nouveau Monde : mais c'eſt lui qui en pleure les déſaſtres, qui en diſſipe les ténebres, qui en répare, autant qu'il eſt en lui, les malheurs, & qui change en bien les calamités que l'intérêt & l'ambition lui ont fait éprouver.

ſainte haîne de nos penchans déréglés; à notre orgueil, la connoiſſance de notre miſere & les ſentimens d'une humilité profonde; à la cupidité, l'eſprit de détachement & l'amour de la pauvreté; à la molleſſe, la mortification & la pénitence; à un penchant trop vif pour tous les biens ſenſibles, le deſir & la recherche des biens ſpirituels & céleſtes; aux ſaillies de notre humeur, la douceur & la patience. Elle veut que nous uſions de tous les biens avec actions de graces, avec modération & avec ſageſſe; que nous ſoyons chaſtes & purs; que nous nous défendions juſqu'à la penſée du mal; que nous en évitions juſqu'à l'ombre; que nous veillons ſur tous nos ſens; que nous mettions un frein à nos levres; que nous ne nous permettions jamais les plaintes & les murmures; que nous ſoyons réſignés & tranquilles au ſein des ſouffrances; que nous conſidérions les adverſités & les croix comme un bien, & la mort comme le terme de notre délivrance. O la belle Philoſophie que celle de la Religion!

Avec des ſentimens ſi nobles & ſi purs, le vrai Chrétien vit heureux autant qu'on peut l'être ici-bas *. La paix du cœur & l'onction du divin amour le dédommagent des plaiſirs dont il ſe prive. S'il n'a pas des joies bruyantes & frivoles, il en eſt récompenſé par des joies plus pures & plus conſtantes. S'il ſe refuſe à d'infâmes voluptés, il s'en épargne pour toujours les triſtes ſuites, les inquiétudes & les remords. S'il combat ſes paſſions injuſtes & déréglées, il recueille au-dedans de lui le fruit de ſes combats & le prix de ſa victoire. La route tracée par nos faux ſages pour nous conduire au bonheur, eſt plus ſéduiſante, il eſt vrai : céder

---

* Les préceptes que la Religion renferme, dit M. d'Agueſſeau, ſont la route aſſurée pour parvenir au ſouverain bien que les Philoſophes ont tant recherché. *Œuvres de M. d'Agueſſeau*, t. 1, *Inſtr.* 1 Voyez ci-après, note (*d*), ces belles paroles de M. de Monteſquieu : *Choſe admirable ! la Religion Chrétienne, &c.*

à ses penchans pour ne pas ressentir la peine qu'il en coûte à les vaincre, se faire une sagesse de la volupté, se faire une vertu de l'amour, paroît sans doute quelque chose de plus doux à la nature. Mais si cette route est facile, si l'accès en est riant, que l'issue en est funeste! & que les fruits d'une semblable sagesse sont amers! elle enfante la discorde & la haîne, les égaremens & les fureurs de l'ivresse, la satiété & l'ennui, le dégoût de la vie, le desir du néant, & toutes les horreurs du désespoir.

O mon fils! qu'elle est différente en elle-même, & dans ses effets, la morale de l'Evangile & la sagesse de son auteur! Arrêtons-nous encore un moment à la considérer sous tous les rapports. Quelle suite & quelle liaison dans tout ce que le fils de Dieu nous enseigne! & cependant quelle nouveauté dans ses maximes, & en même-temps quelle sublimité! Jésus-Christ veut que nous soyons parfaits comme notre Pere céleste est parfait; & rend ainsi à l'homme toute sa grandeur, en le rapprochant

rapprochant de la Divinité dont il doit être l'image. Cet homme Dieu nous apprend que son Royaume n'est pas de ce monde; il nous ouvre la plus noble carriere; il nous rend citoyens d'une nouvelle patrie; & nous fait aspirer à la plus pure béatitude. Il nous fait regarder comme un mal tout ce qui nous en éloigne, & comme des biens réels tout ce qui peut nous y conduire. Il dit anathême au monde, à ce monde en qui regnent la concupiscence de la chair, celle des yeux, & l'orgueil de la vie. C'est à tout cela que Jésus-Christ dit anathême; parce que c'est tout cela qui fait la dépravation de l'homme corrompu par le péché.

De-là ses maximes*; malheur aux riches, c'est-à-dire, à ceux qui se font un

---

* Voyez sur-tout les Chapitres 5, 6 & 7 de S. Mathieu, qui renferment ce que l'on appelle *le Sermon de Jésus-Christ sur la montagne;* & qui nous offrent un précis de l'Evangile, que tout Chrétien ne sauroit relire trop souvent, ni trop souvent méditer.

mérite & un bonheur de l'être! malheur à ceux qui mettent toute leur joie & leur consolation dans ce monde ! heureux, au contraire, ceux qui sont pauvres d'esprit & détachés, ceux qui ont faim & soif de la justice, ceux qui souffrent pour elle, ceux qui sont doux & pacificiques! Soyez, nous dit-il encore, comme de petits enfans par l'humilité, portez votre croix, faites-vous violence pour le Ciel, renoncez-vous vous-mêmes. Quelle morale! & qui l'avoit apprise à Jésus-Christ? Est-ce là la doctrine de l'homme ? Elle effraye les sens, elle étonne l'imagination; & cependant depuis la pente de l'homme au péché elle est fondée en raison; elle est esprit & vie; elle forme un composé admirable; & fait des sages dans la pratique, sans avoir besoin de les faire passer par de vaines spéculations.

De-là encore cette unité de plan, de vues, de sagesse plus qu'humaine, qui se trouve dans les Auteurs sacrés du nouveau Testament. Quelques grossiers qu'ils aient été par leur état, leur naissance &

leur éducation, tous s'accordent dans un genre de connoiſſances & de lumieres ſur leſquelles Dieu ſeul a pu les réunir & les éclairer; je veux dire, ce diſcernement de l'homme ſpirituel & de l'homme charnel, de l'homme céleſte & de l'homme terreſtre, de la vie intérieure & de la vie animale & ſenſuelle. Les ſecrets principes de l'une & de l'autre, les opérations merveilleuſes de la grace & de l'eſprit de Dieu dans nos ames, ſes effets, ſes conſolations, ſes joies, ſes reſſources, les vertus qu'il inſpire, ſi oppoſées à toutes les idées du monde & ſi ſupérieures à celles d'une vaine philoſophie, ſont développées dans leurs écrits avec une préciſion admirable & digne des diſciples d'un ſi grand maître, avec un ton de ſentiment & d'onction qui nous touche & nous affecte en dépit de nous-mêmes; mais qui ne peut être bien apprécié que par des ames vraiment droites & pures.

Le plan de légiſlation & de ſageſſe, offert à l'homme par Jéſus-Chriſt & ſes diſciples, n'a pas eu beſoin de paſſer par ces degrés d'accroissement & de perfection lents & insensibles, qui se trouvent dans toute législation purement humaine, dans tous les ouvrages des hommes : il a eu dès le premier instant toute l'excellence qu'il devoit avoir. Il est d'ailleurs soutenu de tout ce qui peut nous aider à le remplir : un Dieu présent à chacun de nous, & attentif à nos moindres actions ; un Dieu qui veille en faveur du juste, qui permet pour sa sanctification & pour son bonheur les maux qu'il éprouve, qui regle seul sa destinée, & fait de toutes les créatures les instrumens & les ministres de sa volonté ; un Dieu juge & témoin, qui discutera à la face de l'univers nos pensées, nos intentions, nos desirs, & qui rendra à chacun selon ses œuvres ; un Dieu qui récompensera d'une gloire infinie, d'un bonheur éternel, le juste qui aura vécu pour lui ; mais qui, dans la même proportion, punissant par des peines infinies, par des peines éternelles, l'infraction de ses loix, offre à l'homme, toujours prêt à les violer, le contrepoids le plus propre à l'arrêter; un Dieu qui donne tout-à-la-fois la leçon & l'exemple; qui, dans l'union ineffable de la nature divine avec la nature humaine, s'abaiſſe juſqu'à l'homme, pour élever l'homme juſqu'à lui; qui ſe met à notre portée, & n'exige de nous rien de ſi pénible, que ſa vie & ſa mort ne nous aient rendu facile; un Dieu qui nous preſſe à chaque inſtant par les témoignages éclatans de ſon amour; & qui, s'ils ne ſont pas des monſtres, force les plus grands pécheurs au repentir, & les cœurs les plus durs à la reconnoiſſance; un Dieu qui nous prévient, qui nous aide, qui nous ſoutient par ſa grace, qui nous offre des Sacremens par leſquels il nous rappelle fortement à lui, en même-temps qu'il nous rappelle à nous-mêmes; quelles reſſources pour le Chrétien! quels moyens, quels motifs pour fuir le vice, & quels encouragemens à la vertu! dans les principes & les ſyſtêmes de l'incrédulité tout eſt lié pour le mal, tout favoriſe le déréglement de nos paſſions; dans la Religion Chrétienne, tout nous aide à les réprimer.

Que substituera l'incrédule à des secours si puissans ? les loix ? Elles n'ont de prise que sur les foibles, & restent sans force contre le crédit & l'autorité ; elles n'étendent leur empire que sur l'extérieur de nos actions, & n'en reglent ni les principes ni les motifs ; elles n'envisagent que les conséquences, & ne pouvant rien sur le cœur, elles ne remontent point à la vraie cause dont elles émanent. Le respect humain ? Il a les mêmes inconvéniens, & si quelquefois il empêche de paroître vicieux, presque jamais il n'empêchera de l'être. L'honneur ? Il est le fruit des préjugés, & selon les opinions reçues, il parlera quelquefois aussi hautement contre la vertu, qu'il auroit dû parler pour elle. L'éducation ? Les impressions s'effacent quand la Religion ne les soutient pas ; & que sera l'éducation elle-même si elle n'est pas réglée par la Religion ! Un sentiment intérieur du juste & de l'honnête ? Ah ! s'il nous suffit dans des circonstances où la victoire est plus facile, où l'on n'est que foiblement combattu, tiendra-t-il, au milieu des tentations les plus vives, contre la contagion de l'exemple & la violence des passions? La philosophie *? Elle s'accommode, elle se prête à tous nos penchans; elle resserre ou relâche ses principes au gré des vues & des intérêts du moment; elle a toujours en réserve, pour chaque occasion différente, quelque nouveau systême. Tout au plus, elle ne dompte une passion que par une autre, & ne corrige un vice qu'en mettant à la place un autre vice plus dange-

* » Ah! ne me parlez plus de philosophie! je méprise ce trompeur étalage, » qui ne consiste qu'en vain discours; ce » fantôme qui n'est qu'une ombre, qui nous » excite à menacer de loin les passions, & » nous laisse comme un faux brave à leur approche. « *M. Rousseau.*

» Lequel tient le mieux à la vertu, du » Philosophe avec ses grands principes, ou » du Chrétien dans sa simplicité? « *Idem.*

reux encore & plus ſubtil. Non, il n'y a que la Religion qui offre à l'homme une regle invariable, un moyen toujours prompt, un ſecours toujours préſent, & un contrepoids à ſa foibleſſe indépendant de ſes paſſions. Elle ſeule fait intérieurement & conſtamment ſur lui l'effet que produit au-dehors & par intervalle ſur le vicieux lui-même, la préſence d'un ami qu'il eſtime & qu'il révere; elle le rend attentif, elle le retient, elle l'excite, elle le transforme en un autre homme.

« Mais le joug de la Religion eſt trop » pénible; ſa morale eſt trop auſtere; la » contrainte qu'elle impoſe eſt trop gran» de, & ſes devoirs ſont trop rigoureux.« Oui, mon fils, ſon joug eſt pénible à qui n'en veut point d'autre que celui des paſſions, de l'indépendance & du caprice. Mais le vrai ſage, qui ſent qu'il eſt fait pour être conduit par la raiſon, s'eſtime heureux de trouver dans la Religion Chrétienne un frein pour le vice, & des ſecours pour la vertu, que ſa raiſon trop foible ne ſauroit lui donner. Mais le Chrétien fidéle rencontre dans ce joug & cette contrainte des dédommagemens & des douceurs, qui valent bien mieux pour sa félicité que tous les prétendus agrémens qui accompagnent le libertinage de l'esprit & les deréglemens du cœur; cent fois le jour il bénit la loi qui l'asservit: par elle, il n'étouffe pas les penchans de la nature, comme on l'en accuse; il les rend légitimes *: il ne s'abandonne pas sur tout ce qui l'environne à une indifférence aveugle & stupide; il fait mieux, il regle sa sensibilité, il modere ses desirs, il tempere ce qu'ils ont de trop ardent; & jouissant de lui-même au sein de la regle & du bonheur, dans son assujettissement & sa contrainte il trouve la paix & le liberté. Mais enfin les devoirs que l'Evangile nous impose, l'austérité

* » Toutes les fausses Religions combattent la nature; la nôtre seule, qui la suit & la regle, annonce une institution divine & convenable à l'homme. « *M. Rousseau. Lettre sur les Spectacles.*

de la morale qu'il nous prêche ; ont une proportion exacte & nécessaire avec nos penchans & nos foiblesses ; puisque ce n'est qu'en suivant la loi évangélique dans toute sa rigueur, que nous cessons d'être si foibles, si malheureux & si coupables.

Que reste-t-il donc à objecter contre l'excellence de la Religion Chrétienne ? O mon fils ! que n'objecte pas la haîne en dépit de la raison ! on oppose à la Religion les mœurs de la plupart de ses enfans, & d'un trop grand nombre de ses ministres ; comme si des enfans qu'elle désavoue, & des mœurs qu'elle réprouve, prenoient sur la sainteté de sa foi & la pureté de sa doctrine ; comme si des ministres infidéles & parjures (c) dégradoient jusques dans leur essence la vérité, la beauté de ses enseignemens, & la dignité du ministere qu'elle leur confie, par cela seul qu'ils se dégradent eux-mêmes.

Mais il y a bien plus, & s'il faut en croire nos incrédules, le Christianisme a traîné à sa suite les persécutions, les guerres, le despotisme & la servitude

Les persécutions, disent-ils ? Hélas ! tous les hommes sont naturellement persécuteurs, j'en conviens ; parce que naturellement presque tous les hommes sont méchans. Mais qui a été plus persécuté que les Chrétiens par ceux qui ne l'étoient pas ? Qui se montreroit plus persécuteur que nos Philosophes, s'ils étoient les maîtres ? Quel esprit répugne davantage à la persécution & à la violence, par sa nature même, que l'esprit du Christianisme ? Et n'est-ce pas uniquement quand on l'oublie, qu'on cesse d'être indulgent, & qu'on devient impitoyable ? Les guerres, disent-ils encore ? Mais nées avec la dépravation du genre humain, elles ont dans tous les temps presque toujours eu la même cause, l'ambition ; & ce n'est que pour leur donner un prétexte, que leurs chefs, parmi les Chrétiens mêmes, en ont fait des guerres de Religion. Le despotisme ? La servitude ? Mais où les Princes ont-ils été plus despotes, où les peuples ont-ils été plus esclaves, que dans les siecles & dans les contrées où le Christianiſme ne fleuriſſoit pas? Aujourd'hui encore, que les ennemis de la Religion comparent l'Europe chrétienne à l'Afrique, à l'Aſie, & qu'ils nous diſent, où l'humanité, les loix, les ſciences & les arts regnent avec le plus d'empire, & où ſe trouve la liberté? Ah! c'eſt le Chriſtianiſme, au contraire, qui, par une morale ſimple & majeſtueuſe, uniforme & générale, a le plus contribué (d) à détruire la tyrannie, à adoucir les mœurs, à humaniſer les Princes, à civiliſer les peuples les plus barbares (e), à abolir l'eſclavage (f), à diminuer les horreurs de la guerre, à affoiblir l'eſprit de conquêtes, à rendre la paix plus conſtante & plus ſûre, & à lier toutes les Nations par un droit des gens plus humain, plus moral, & mieux entendu.

Le Chriſtianiſme a fait tout le bien qu'il pouvoit faire malgré nos paſſions (g); & s'il leur a quelquefois ſervi de voile & de prétexte, eſt-il juſte de confondre la choſe avec l'abus qu'on en fait, & les vices de l'humanité avec la Religion même qui les condamne? Mettons plus de parité, cher Valmont, & plus d'équité dans nos raisonnemens; pour décider entre le Christianisme & l'irréligion, entre le vrai fidéle & l'esprit-fort de nos jours, opposons à celui-là, agissant d'après ses principes, un de nos sages agissant d'après les leurs, & voyons à qui des deux, dans le commerce de la vie civile, dans les intérêts & les devoirs de la société, on aimeroit le mieux avoir affaire *. Opposons ensuite à une multitude de Chrétiens, se réglant sur les loix de l'Evangile (*h*), un peuple d'incrédules vivant selon les loix arbitraires de nos réforma-

---

* La probité d'un incrédule, à moins qu'il ne reconnoisse & ne suive la loi naturelle dans toute la pureté du Christianisme, ce qui me paroît bien difficile, ne peut être tout au plus, aux yeux des gens sensés, qu'un problême; & ce que l'on a dit des Princes, on doit le dire avec bien plus de raison de nos prétendus esprits-forts, *qu'ils ont un cœur à prouver.*

Nous avons cité ces paroles de M. Rousseau;

teurs, & observons de quel côté seroient l'ordre, la justice & la paix. Faisons plus encore, donnons à ces Instituteurs modernes l'empire sur leurs semblables; mettons-les à la tête d'une société qu'ils accoutument insensiblement à leurs systêmes: je veux pour un moment que libres, indépendans, sans aucun frein audehors qui les réprime, ils puissent conserver quelque apparence de sagesse dans leur conduite & leur législation; je veux que le pressentiment des suites & des conséquences, la vanité, la crainte de se trouver en contradiction avec eux-mêmes, l'amour de leurs propres inventions les soutiennent; mais leurs opinions, telles qu'elles sont répandues dans leurs

---

» Je n'entends point qu'on puisse être vertueux
» sans religion. J'eus long-temps cette opi-
» nion trompeuse, dont je suis très-désabusé.«

Si cette remarque est vraie, qu'on nous dise de bonne foi quelle est, aujourd'hui sur-tout, la Religion, & quelle doit être, en proportion, la probité de nos incrédules.

ouvrages, une fois reçues; les choses établies sur le pied qu'ils desirent, comment se comporteront les sages qui leur auront succédé? & les peuples formés par de tels maîtres, que deviendront-ils? O mon fils! il résulteroit bientôt des principes moraux de ces prétendus sages le même effet pour le monde civil & moral, qui eût résulté de leurs principes physiques pour le monde matériel & sensible. Le hasard, le mouvement, la matiere, n'eussent produit que de la confusion & du chaos; leur maniere de penser sur Dieu, son existence, ses attributs, son indifférence à l'égard de nos actions, sur la matérialité de l'ame & la nécessité de ses déterminations, sur l'égalité des conditions, sur la vertu, sur le plaisir, sur le bonheur, que produiroit-elle, que désordre & qu'anarchie?

Avouons-le donc, cher Valmont, tout milite en faveur de la Religion Chrétienne, & tout nous offre, au contraire, les plus fortes armes contre ceux qui la combattent. Leur acharnement même contre la Religion de Jésus-Christ, préférablement à toute autre, leur haîne, leur mépris, & leur satyre à l'égard de tous ceux qui ont brillé par les vertus qu'elle fait naître, leur esprit de parti, leur accord mutuel à ne donner aujourd'hui du génie, du mérite, de la raison & de la sagesse, qu'à eux & à leurs amis, leur éloignement pour toute saine doctrine, pour tout ce qui tend à épurer les mœurs, le ton d'indépendance & le caractere licentieux qui regnent dans leurs écrits; entre eux leurs guerres sourdes & malignes, leurs basses jalousies, leurs haînes réciproques & leurs plaintes ameres; que de titres de réclamation contre la qualité de sages qu'ils se donnent & la philosophie dont ils se parent !

Ah ! que bien plus vraie est la philosophie du Christianisme ! Aussi, mon fils, sa sainteté parle-t-elle à tous les cœurs dès qu'ils ne sont pas entiérement dépravés. Cette preuve de sentiment est celle que Dieu a faite pour tous les hommes, de même qu'indépendamment de toute discussion, il rend sensible à tous l'existence d'une première cause intelligente & sage, par le spectacle de l'univers. La foi des simples n'est donc pas sans fondement & sans preuves. L'accord merveilleux qui se rencontre entre la Religion Chrétienne & de certains principes naturels qu'elle réveille, qu'elle reproduit, & qu'elle développe au fond de nos ames, avertit assez l'homme rustique & grossier que ce n'est qu'en elle que se trouvent la vérite & le bonheur, qu'elle peut seule suppléer à son ignorance & suffire à ses besoins, & qu'elle est pour nous tous le don le plus précieux de la Divinité. C'est en ce sens, mieux qu'en tout autre, qu'on a pu dire que toute ame est naturellement chrétienne. Aussi est-ce la sainteté du Christianisme qui a soumis presque tous les peuples à son empire; & si elle a été la source la plus ordinaire des combats qu'on lui a livrés, elle a été aussi la cause presque universelle de ses triomphes.

Pour toi, cher Valmont, à qui ce témoignage que la Religion se rend à elle-même ne suffisoit pas, repasse dans ton esprit tous les caracteres qui lui sont propres, son ancienneté, son unité, sa perpétuité, sa sainteté, admire l'enchaînement des faits, des dogmes & de la morale; & une fois convaincu de l'existence d'un Dieu, dis-moi, si dans le Christianisme tout seul il a pu laisser prendre à l'erreur des caracteres de vérité que l'erreur ne sauroit avoir, & que par-tout ailleurs elle n'eut jamais. Sur-tout souviens-toi que ce n'est point d'un fait particulier, d'une preuve isolée, d'un oracle, d'un prodige, du seul établissement de la Religion, que j'ai tiré la certitude de sa divinité: mais de la réunion & de l'accord de toutes ses parties. En vain donc prétendrois-tu incidenter sur quelques articles moins essentiels, sur quelques objets pris à part; c'est de son ensemble qu'elle tire sa force invincible, & c'est à son ensemble qu'il faut répondre.

O mon ami! si dans le détail, la Religion Chrétienne, comme la loi naturelle, a ses difficultés, je t'en ai dit la raison.

Il falloit que, comme elle, susceptible de contradiction pour les ames peu droites & peu sinceres, elle laissât toujours l'homme sous l'empire du mérite & de la liberté.

Mais ce n'est plus toi, mon fils, qui oseras la contredire. Cet amas de lumieres, si j'ose m'exprimer ainsi, qui maintenant brille à tes yeux, va rendre pour toujours ta raison docile, & je n'attends plus de toi que l'entiere assurance de ta soumission & de ta fidélité. Eh, que gagnerois-tu à rester incrédule? Rien pour cette vie, que de faux plaisirs peut-être, & des tourmens réels; & à coup sûr tu perdrois tout à l'égard de l'autre. Si cependant les illusions qu'on se fait pouvoient changer la nature des choses; si elles pouvoient empêcher la vérité d'être ce qu'elle est; si du moins elles pouvoient modifier, au gré de nos desirs, notre situation pour l'avenir; je te dirois, eh bien, fais-toi illusion, puisque tu le veux; laisse la réalité pour des chimeres; & puisqu'enfin les suites en seront à-peu-près ſemblables, prends des phantômes de bonheur & de ſageſſe pour la ſageſſe & le bonheur même. Mais en dépit de nos paſſions, les choſes reſteront éternellement ce qu'elles ſont; tôt ou tard la vérité ſe montrera à nous telle qu'elle eſt; & quel regret n'éprouvera pas celui qui s'y ſera refuſé, parce qu'il l'aura bien voulu, quand cet aveuglement volontaire l'aura rendu malheureux pour toujours! Ah! qu'il n'en ſoit pas ainſi de toi! puiſſe bien plutôt la Religion, en rectifiant tes idées, en réglant tes penchans, en épurant tes mœurs, aſſurer ton éternelle félicité! puiſſe-t-elle ici-bas te ſanctifier dans les épreuves que te prépare la juſtice de Dieu, ainſi que ſa clémence!

Hâte-toi de me répondre par le même Courier que je t'envoie, & tire-moi de l'état d'incertitude & de perplexité, le plus terrible de tous, pour un pere qui t'aime auſſi tendrement que moi.

NOTES.

PAGE 133.

(a) *PAR ſes merites tout crime peut être expié, réparé.* » La Religion Payenne, qui ne défendoit que quelques crimes groſſiers, qui arrêtoit la main & abandonnoit le cœur, pouvoit avoir des crimes inexpiables. Mais une Religion qui enveloppe toutes les paſſions; qui n'eſt pas plus jalouſe des actions que des deſirs & des penſées; qui ne nous tient pas attachés par quelque chaîne, mais par un nombre innombrable de fils; qui laiſſe derriere elle la juſtice humaine, & commence une autre juſtice; qui eſt faite pour mener ſans ceſſe du repentir à l'amour & de l'amour au repentir; qui met entre le juge & le criminel un grand médiateur, entre le juſte & le médiateur un grand juge: une telle Religion ne doit point avoir de crimes inexpiables. Mais quoiqu'elle donne des craintes & des eſpérances à tous, elle fait aſſez ſentir que, s'il n'y a point de crime qui par ſa nature ſoit inexpiable, toute une vie peut l'être; qu'il ſeroit très-dangereux de tourmenter la miséricorde par de nouveaux crimes & de nouvelles expiations; qu'inquiets sur les anciennes dettes, jamais quittes envers le Seigneur, nous devons craindre d'en contracter de nouvelles, de combler la mesure, & d'aller jusqu'au terme où la bonté paternelle finit. » *Esprit des Loix, liv.* 24, *chap.* 13.

PAGE 138.

(b) *Quoi de plus divin que sa morale.* Elle a plusieurs fois arraché des éloges aux ennemis même du Christianisme. C'est ainsi qu'en parle l'Auteur des Lettres Juives : « Les premiers Nazaréens ont prêché une doctrine si conforme à l'équité & si utile à la société, que leurs plus grands adversaires conviennent aujourd'hui, que leurs préceptes moraux sont infiniment au-dessus de ceux des plus sages Philosophes de l'antiquité.... La foi des Nazaréens démontrée telle que la prêchent leurs Docteurs de la premiere classe, a encore plus de brillant que la nôtre. Ils ont tous nos premiers principes, mais il semble qu'ils en aient épuré les suites. La nôtre a quelque chose de farouche; la leur semble dictée par la bouche divine. La bonne foi, la candeur, le pardon des ennemis, toutes

» les vertus que l'esprit & le cœur peuvent em» brasser, leur sont étroitement commandées. » Un véritable Nazaréen est un Philosophe » parfait. Dans les autres Religions, l'homme, » vil esclave, semble ne servir Dieu que par » intérêt. Les Nazaréens sont les seuls qui » aient le cœur d'un vrai fils pour un si bon » pere. « Voilà un portrait bien avantageux & bien fidele du Christianisme, tracé par la main d'un homme qu'on ne soupçonnera pas d'être trop prévenu en sa faveur.

» Je ne sais, dit M. Rousseau, pourquoi » l'on veut attribuer au progrès de la Phi» losophie la belle morale de nos livres. » Cette morale, tirée de l'Evangile, étoit » Chrétienne avant d'être philosophique.... » Les préceptes de Platon sont souvent très» sublimes; mais combien n'erre-t-il pas quel» quefois, & jusqu'où ne vont pas ses erreurs? » Quant à Cicéron, peut-on croire que sans » Platon ce Rhéteur eût trouvé ses offices? » L'Evangile seul est, quant à la morale, » toujours sûr, toujours vrai, toujours uni» que & toujours semblable à lui-même.

Le même Auteur avoit déja dit ailleurs; » Je vous l'avoue, la majesté des Ecritures » m'étonne, la sainteté de l'Evangile parle à

» mon cœur. « Et le reste que nous avons cité plus haut.

Selon la remarque d'un Auteur moderne, » plus on étudie la Religion Chrétienne, plus on découvre en elle de caracteres de sagesse, qui saisissent, enchantent, pénétrent le cœur d'amour, & l'esprit d'admiration. Dites moi, je vous prie un excès qu'elle ne blâme pas, un mal sous ses yeux sans remede, un crime sans punition, une passion sans frein, un désordre sans condamnation, une bonne œuvre sans récompense. Quelle admirable sagesse dans toutes les maximes de la Religion, sur l'amour qu'elle regle, sur l'amitié qu'elle sanctifie, sur les grandeurs du monde dont elle désabuse, sur les talents qu'elle ennoblit, sur l'amour propre qu'elle rectifie, sur la prospérité dont elle montre les écueils, sur l'adversité dont elle soulage le poids, sur les devoirs dont elle inspire l'amour, sur la mort dont elle modere la crainte, fait naître le désir & dissipe les horreurs !....

» Que seroit-ce, si, pénétrant avec vous dans le détail des Etats & dans l'intérieur des maisons, je vous faisois remarquer, sous les influences du Christianisme, (mieux connu de bien des Chrétiens & plus fidele-

ment

ment pratiqué) l'étonnante métamorphose de la Nation, & par elle, sa félicité, l'émulation dans les arts sans jalousie, l'activité dans le commerce sans banqueroute, la sainteté du lit nuptial mise à couvert sous le voile de la pudeur, l'union dans les mariages cimentée par une fidélité réciproque, les sources de l'éducation épurées par la vigilance des maîtres, l'ardeur pour le travail dans la jeunesse soutenue par la piété, la tempérance même dans les enfans, la bonne foi dans les Domestiques, l'innocence jusques dans les plaisirs? «

PAGE 154.

(c) *Comme si des Ministres infideles & parjures, &c.* Il faut en convenir cependant: comme la plupart des hommes se déterminent bien plus par préjugé que par raison, il est bien triste que les Ministres d'une Religion si belle offrent quelquefois aux peuples par leur exemple la source funeste d'un préjugé qui lui est si contraire. Rien ne fait réellement plus de tort à la Religion que les mauvais Ministres; & plus ils sont élevés en honneur, plus s'étend au loin la fatale influence du scandale qu'ils nous causent. Hélas! leur état est si grand par lui même, qu'il ne demanderoit d'eux, pour leur obtenir une grande considération & nous imprimer un grand respect, que de pratiquer avec une noble simplicité les vertus qui lui sont propres.

Quoi qu'il en soit de la conduite des Pasteurs, souvenons-nous qu'ils sont assis sur la chaire de Moïse & des Apôtres, & si dans quelques-uns les mœurs ne s'accordent pas avec les instructions, taisons-nous sur leurs mœurs; prions pour eux; faisons ce qu'ils nous disent, & ne faisons pas ce qu'ils font. *Matt.* 23, v. 2 & 3.

PAGE 156.

(d) *C'est le Christianisme qui a le plus contribué, &c.* » La Religion Chrétienne est éloignée du pur despotisme : c'est que la douceur étant si recommandée dans l'Evangile, elle s'oppose à la colere despotique avec laquelle le Prince se feroit justice & exerceroit ses cruautés....

„ Pendant que les Princes Mahométans donnent sans cesse la mort ou la reçoivent, la Religion chez les Chrétiens rend les Princes moins timides, & par conséquent moins cruels. Le Prince compte sur ses sujets, & les sujets sur le Prince. Chose admirable! La Religion Chrétienne, qui ne semble avoir l'objet que la félicité de l'autre vie, fait encore notre bonheur dans celle-ci.

» C'est la Religion Chrétienne, qui, malgré la grandeur de l'Empire & le vice du climat, a empêché le despotisme de s'établir en Ethiopie, & a porté au milieu de l'Afrique les mœurs de l'Europe & ses loix. Le Prince, héritier d'Ethiopie, jouit d'une Principauté, & donne aux autres Sujets l'exemple de l'amour & de l'obéissance. Tout près de là, on voit le Mahométisme faire enfermer les enfans du Roi de Sennar; à sa mort, le Conseil les envoie égorger, en faveur de celui qui monte sur le trône.

» Que l'on se mette devant le yeux, d'un côté les massacres continuels des Rois & des Chefs Grecs & Romains, & de l'autre la destruction des Peuples & des Villes par ces mêmes Chefs; *Thimur* & *Gengiskan* qui ont dévasté l'Asie; & nous verrons que nous devons au Christianisme, & dans le Gouvernement un certain droit politique, & dans la guerre un certain droit des gens, que la nature humaine ne sauroit assez reconnoître.

» C'est ce droit des gens qui fait que parmi nous la victoire laisse aux peuples vaincus ces grandes choses, la vie, la liberté, les loix, les biens, & toujours la Religion, lorsqu'on ne s'aveugle pas soi-même. » *Esprit des Loix livre 24, chap. 3.*

IBID.

(e) *A humaniser les Princes, à civiliser les peuples les plus barbares*; tels qu'étoient nos anciens Francs, sortis des forêts de la Germanie.

» Voyez dans les Gaules, dit M. Moreau, au commencement du cinquieme siecle les Loix & la Religion gouverner presque seules un pays abandonné par la foiblesse de ses légitimes Souverains; survivre à l'autorité de ceux-ci; triompher d'un peuple conquérant; adoucir ses mœurs; lui donner les principes d'une administration réglée, & servir ainsi de sauve-garde aux vaincus, contre la fureur & l'insolence des vainqueurs. « *Leçons de Morale, rédigées par les ordres & d'après les vues de feu Monseigneur le Dauphin, pour l'instruction des Princes ses enfans. A Versailles*, 1773, premier Discours.

Et plus loin : » Vous apprendrez sur-tout à respecter cette Religion bienfaisante, qui, au milieu des atrocités de ce regne, (celui de Clovis) fut presque le seul rempart de la liberté des peuples. »

Cet excellent ouvrage, qui fait desirer ardemment le livre entier dont il n'est que le Prospectus, & qui doit paroître incessamment, se trouve à Paris, chez *Moutard*, Libraire de la Reine.

IBID.

(f) *A abolir l'esclavage, &c.* » La Religion Chrétienne a détruit l'esclavage, encore plus par son esprit que par sa loi : ce qui est un grand titre d'honneur & marque beaucoup l'humanité, ou plutôt la charité de sa morale. « *L'Abbé Terrasson, la Philos. applicable, &c.*

M. Robertson, dans son Introduction à l'Histoire de Charles-Quint, t. 2, notes IX & XX, nous apprend quelle a été dans de certains temps & parmi les différentes Nations de l'Europe, la triste condition des serfs ou esclaves ; & prouve qu'en effet, l'esprit d'humanité & de douceur de la Religion Chrétienne, après avoir lutté contre les maximes & les usages reçus, contribua plus qu'aucun autre motif à leur affranchissement.

Pourquoi faut-il que, dans un nouveau monde, l'esprit de cupidité ait fait oublier à des peuples civilisés & chrétiens cette douceur évangélique, pour faire revivre les dures loix de l'esclavage contre des hommes, qui, tout negres qu'ils sont, ou tout sauvages qu'on les suppose, n'en sont pas moins nos freres! Qu'on lise le *Voyage à l'Isle de France, à l'Isle de Bourbon, au Cap de Bonne-Espérance, par un Officier du Roi*; & l'on frémira au seul récit des atrocités qu'on y fait éprouver à ces malheureux. » A la moindre né» gligence, comme une légere suspension de » travail, une porte laissée ouverte ou fermée, » le Commandeur, armé d'un fouet de poste, » leur donne sur le derriere nud, cinquante, » cent, & jusqu'à deux cent coups. Chaque » coup enleve une portion de la peau. Ensuite » on détache le misérable tout sanglant; on » lui met au cou un collier de fer à trois » pointes, & on le ramene au travail. Il y » en a qui sont plus d'un mois avant que » d'être en état de s'asseoir. Les femmes sont » punies de la même maniere. Il y a une loi » faite en faveur des Negres, mais on ne la » suit pas. « Quel affreux tableau! on ne traite pas si indignement nos Captifs en Barbarie.

» O toi! (s'écrie avec toute l'onction de » l'humanité & du sentiment, l'Auteur de ce

» Voyage) Negre infortuné, qui pleures sur » les rochers de Maurice, si une main, qui » ne peut essuyer tes larmes, en fait verser » de regret & de repentir à tes tyrans, je » n'ai plus rien à demander aux Indes ; j'y ai » fait fortune. «

Cet honnête homme a tout sacrifié, en effet, pour ne pas être plus long-temps témoin de ces horreurs. Mais que l'on y ajoute donc encore la maniere dont s'acquierent ces Esclaves. Dans des foires établies pour leur achapt, des Peres vendent leurs enfans ; des enfans plus intelligens & plus adroits les préviennent, & vendent leur pere. Ajoutez la nourriture, le genre de vie, les différentes sortes de travaux auxquels on les condamne, l'espece de logement où on les entasse ; les vêtemens dont on les couvre, les infamies auxquelles on les expose, & dites que leurs maîtres sont des hommes !

Je ne sais où j'ai lu, que depuis peu les Quakers avoient donné l'exemple, dans des Colonies Anglaises, de l'affranchissement des Negres ; qu'ils en avoient fait des serviteurs, des enfans, une famille de freres, dont ils étoient tendrement chéris, & qu'ils gouvernoient moins en maîtres qu'en peres. Puisse un tel exemple trouver dans les cœurs sensibles & les ames vraiement chrétiennes, bien des imitateurs !

IBID.

(g) *Le Christianisme a fait tout le bien qu'il pouvoit faire malgré nos passions, &c.* C'est à lui qu'on doit appliquer ces paroles de M. Rousseau. » Par les principes, la Philosophie ne peut faire aucun bien que la Religion ne le fasse encore mieux ; & la Religion en fait beaucoup, que la Philosophie ne sauroit faire. «

» Dire que la Religion n'est pas un motif » réprimant, parce qu'elle ne réprime pas » toujours, c'est dire que les loix civiles ne » sont pas un motif réprimant non plus. C'est » mal raisonner contre la Religion de rassem- » bler dans un grand ouvrage une énuméra- » tion des maux qu'elle a produits, si l'on » ne fait de même celle des biens qu'elle a » faits. « *Esprit des Loix, livre* 24. *chap.* 2. Ces paroles de M. de Montesquieu, relatives à la Religion en général, le sont sur-tout à la Religion Chrétienne en particulier. Cette expression, *les maux qu'elle a produits*, n'est pas absolument exacte ; & bien moins encore, si on l'applique au Christianisme, puisque ce n'est qu'autant qu'on agissoit directement contre sa nature, son esprit & ses maximes, qu'ils ont été produits. La Religion a été une occasion, ou même un prétexte, par rapport à ces maux, plutôt qu'elle n'en a été la cause.

PAGE 157.

(h) *Opposons une multitude de Chrétiens se réglant sur les loix de l'Evangile, &c.* » M. Bayle, après avoir insulté toutes les Religions, flétrit la Religion Chrétienne; il ose avancer que de véritables Chrétiens ne formeroient pas un état qui pût subsister. Pourquoi non? ce seroient des citoyens infiniment éclairés sur leurs devoirs, & qui auroient un très-grand zele pour les remplir; ils sentiroient très-bien les droits de la défense naturelle; plus ils croiroient devoir à la Religion, plus ils penseroient devoir à la patrie. Les principes du Christianisme, bien gravés dans le cœur, seroient infiniment plus forts que ce faux honneur des Monarchies, ces vertus humaines des Républiques, & cette crainte servile des Etats despotiques. « *Esprit des Loix*, *livre* 24, *chap.* 6. Et au chap. premier, il avoit dit: » la Religion Chrétienne, qui ordonne aux hommes de s'aimer, veut ſans doute que chaque peuple ait les meilleures loix politiques & les meilleures loix civiles ; parce qu'elles ſont, après elle, le plus grand bien que les hommes puiſſent donner & recevoir. «

LETTRE LI.

Du Comte de Valmont au Marquis.

MON pere, mon tendre & respectable pere, jouissez de votre triomphe & du retour de votre fils. Le voile est déchiré; la vérité brille à mes yeux de tout son éclat; je suis Chrétien, & c'est, après Dieu, à vos lumieres, à vos soins, à vos tendres ménagemens que je le dois. Je suis Chrétien, & je me fais gloire de l'être; & je rougis seulement de ne l'avoir pas toujours été. Quel tableau que celui de la Religion Chrétienne! & quels secours elle offre à la vertu! Ah! maintenant, trop convaincu de mes besoins & de ma foiblesse, si ma foi pouvoit chanceler encore, cette seule pensée me soutiendroit, me fixeroit pour toujours: qu'ai-je été sans la Religion? que serois-je devenu, si j'avois continué à vivre sans elle? Mais par elle au contraire, quelles ressources & quels motifs me sont offerts pour être vertueux ! O Dieu des vertus ! que j'apprends à connoître, & que j'adore dans la plénitude de mon cœur pour la premiere fois, comment le Christianisme ne seroit-il pas votre ouvrage ? lui seul nous enseigne à vous aimer, à vous adorer, à vous servir, comme vous méritez qu'on vous serve, qu'on vous adore & qu'on vous aime ; & lui seul nous aide à le faire.

Honteux égaremens de ma raison où me conduisiez-vous ? Passions aveugles, tristes délires d'une ardente jeunesse, quel abîme vous creusiez sous mes pas ! Votre main sage & bienfaisante le comble pour toujours : ô mon pere ! quelles expressions pourroient suffire à ma reconnoissance ? Je me tais, pour avoir trop à vous dire, & toute la force du langage humain me paroît impuissante à bien rendre tout ce que je sens. Ah ! du moins que voulez-vous que je fasse ? ordonnez. Pour expier mes fautes, rien ne me paroîtra trop pénible. Faudra-t-il que, sans plainte & sans murmure, je me voie enlever mes dignités & mes biens ; que, loin de mon Roi

& de ma patrie, j'aille traîner dans des régions inconnues une vie ſans gloire & ſans honneur? Car c'eſt de tout cela que je ſuis menacé: j'obéirai aux volontés du Ciel, . . j'obéirai. . . Car enfin que n'ai-je pas mérité? Mais ma chere Emilie. . . Ah! me reſtera-t-elle dans ma diſgrace? Grand Dieu! par cet endroit, du moins épargnez ma foibleſſe.

Emilie eſt encore en danger. Son état nous laiſſe toujours flottans entre la crainte & l'eſpérance. Tantôt, me dit M. de Veymur, elle reprend des forces & ſemble rappellée à la vie; tantôt, par des momens de langueur & de foibleſſe, elle ſemble toucher de nouveau aux portes du tombeau. Je ne puis haſarder de la voir, tant le péril où je ſuis devient preſſant par les continuelles recherches que l'on fait de moi. Elle s'en afflige, ſans ſe laiſſer abattre, & s'eſtime trop heureuſe, dit-elle, puiſque j'ai abjuré mes erreurs. Hélas! ſi elle vit, ſi le Ciel me la rend, avec elle, avec vous, avec mon fils, je ne ſerai plus à plaindre. . . Mais que dis-je ! ne me sera-t-il pas toujours bien triste & bien douloureux de faire partager ma situation à Emilie ? De quel rang je l'aurai fait tomber ! à quel état d'infortune & d'opprobre mes fautes l'auront condamnée ! quel avenir pour elle & pour mes enfans ! Ah ! je frémis ; toutes les plaies de mon cœur, que je croyois fermées, se rouvrent à ces tristes réflexions. Ce foible cœur saigne encore ; il s'émeut, il s'agite, & j'entends gronder au dedans de lui le sang, la nature & l'amour. Religion sainte ! soyez mon appui. Que la grace de mon Dieu, si puissante & si douce achève sa victoire. Et vous, mon pere, s'il vous reste quelques lumieres à me donner, je les attends de votre zele. Tout m'est précieux de votre part ; toute vérité qui tient à la Religion me devient chere ; daignez donc affermir ma foi & soutenir mon courage.

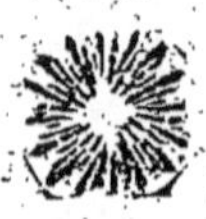

LETTRE LII.

Du Marquis de Valmont au Comte.

O mon fils ! je te retrouve donc enfin avec les mêmes ſentimens, avec la même foi que tu reçus dans tes premieres années, mais plus éclairée, plus pure & plus ſolidement établie ! Quelles actions de graces ne dois-je pas à mon Dieu, qui a daigné t'inſtruire par ma voix, & mieux encore par tous les événemens dont tu as été le triſte témoin ? Quelles larmes j'ai verſées en liſant ta Lettre ! & quelles ont ſoulagé mon cœur ! Non, une pluie douce & féconde, qui tombe ſur la plante altérée, ne lui rend pas plus de fraîcheur, plus de vigueur nouvelle, que l'aſſurance de ton entier changement n'a rendu de forces & de vie à mon ame abattue & preſque flétrie par la douleur.

Eh, qu'importent tes pertes, ſi j'en excepte celle d'Emilie, puiſque tu revis pour la vertu & pour la religion ! N'exceptons rien cependant, cher Valmont; & que le premier usage de ta foi soit de te soumettre sans réserve à la volonté toujours sage d'un Dieu qui t'a tout donné. S'il veut te reprendre ses dons, s'il veut couronner les mérites d'une épouse qui t'est chere; console-toi de ta peine par l'idée de son bonheur. S'il veut effacer tes égaremens par les pleurs qu'il te fait répandre, t'aider à expier tes fautes par les peines qu'il t'envoie, & t'unir plus intimement à lui par les sacrifices que peut-être il va exiger de toi; ah! mon ami, ne t'oppose point à ses vues de miséricorde & de clémence; bénis-le, bénis toujours son saint nom. Peut-être aussi n'attend-il de nous, comme autrefois d'Abraham, ce pere des croyans, que la préparation de notre cœur. A tout événement, ne cessons de lui dire, ainsi que ta digne épouse, que votre volonté soit faite, ô mon Dieu! & que votre saint nom soit béni.

Cette résignation si parfaite & si pure, le seul remede à nos maux, le seul qui puisse en adoucir le sentiment, & nous le rendre utile & méritoire, n'empêche pas cependant que tu ne mettes en usage tous le instrumens qu'il plaira à la Providence de t'offrir, pour demeurer dans l'état où elle t'a placé. Ce n'est pas le rang qui fait le bonheur, j'en conviens; mais enfin tu le dois à ta famille, à tes enfans, si par des moyens honnêtes tu peux le leur conserver. Fais donc parler & agir tes amis, en supposant que l'infortune t'en laisse encore; & sur le succès de leurs démarches, sois soumis & tranquille.

Tu me demandes de nouvelles lumieres, si j'en ai à te donner. Oui, mon fils; pour confirmer ta foi, il faut la fixer par une soumission entiere à la même autorité, qui t'en a transmis le dépôt sacré. Tu t'en souviens, cher Valmont, quand j'ai voulu te faire sentir le besoin d'une révélation, j'ai insisté sur le besoin essentiel d'une autorité. C'est, avons-nous dit, la voie d'instruction la plus propre à tous les hommes, peu susceptibles par eux-mêmes, & par la multitude des soins qui les occupent, de discussions épineuses & de longs raisonnemens sur les vérités, que cependant il leur importe le plus de bien connoître. Cette autorité doit être émanée de Dieu même. Celle des Philosophes, des Sages, quand ils eussent été plus éclairés qu'ils ne l'étoient en effet, n'eût jamais eu assez de force & de pouvoir pour se faire entendre des autres hommes : elle ne pouvoit leur suffire ; & par l''expérience même de tous les peuples & de tous les âges, elle ne leur suffisoit pas.

Cette autorité nous a été donnée de la maniere la plus parfaite en Jesus-Christ, à qui seul toute la Religion révélée nous ramene comme à un centre d'unité. J. C., la sagesse du Pere & la plus pure émanation de sa lumiere, nous a appris, par lui-même & par ses Apôtres, tout ce qu'il étoit nécessaire à l'homme de savoir. Il a mis dans tout leur jour les vérités purement naturelles, presque étouffées dans tous les hommes par les passions & les préjugés ; il y en a ajouté d'autres, auxquelles toutes les forces de l'entendement humain ne pouvoient atteindre, & que tout au plus un petit nombre de Sages avoient ſoupçonnées.

Mais il falloit conſerver aux hommes ces vérités précieuſes, & ce ne pouvoit être qu'en perpétuant parmi nous, dans une ſociété divinement inſpirée, la même autorité qui nous les avoit enſeignées. La raiſon toute ſeule ne pouvoit les fixer, puiſque les unes lui échappoient ſi aiſément, & que les autres étoient ſi fort au deſſus d'elle.

Cette autorité divine & permanente, qui entroit ſi néceſſairement dans le plan de la révélation, devoit par ſa nature même être viſible, ſenſible & animée; de maniere qu'on pût tout à la fois & l'entendre, & la diſtinguer de toute autorité humaine & précaire, qui oſeroit entreprendre d'uſurper ſes droits *.

---

* » La révélation devient inutile ſans une » ſociété viſible qui en conſerve religieuſe- » ment le dépôt; comme un code de loix eſt » infructeux, ſi une ſociété ne l'adopte, ne

Voilà, mon cher fils, ce que Jésus-Christ devoit à sa sagesse, pour compléter en faveur des hommes l'admirable économie de la Religion révélée, & ce que dans sa bonté il a daigné leur laisser.

» Toute puissance, dit le Sauveur du » monde à ses Apôtres *, m'a été donnée » au ciel & sur la terre. Allez donc, ins» truisez tous les peuples, les baptisant au » nom du Pere, & du Fils, & du Saint» Esprit, & leur apprenant à observer » toutes les choses que je vous ai com» mandées; & voici que je suis avec vous » tous les jours, jusqu'à la consomma» tion des siecles †. «

» le conserve, & n'en fait la base de sa po» litique. Il y a donc sur la terre une société » visible à qui la révélation a été confiée. « *Pensées Theologiques, par Dom Jamin, Religieux de la Congrégation de S. Maur.* La traduction de cet ouvrage en Allemand ramena en 1769 le Prince Palatin au sein de l'Eglise Catholique.

* Dans les trois derniers versets de S. Math.

† Voyez le développement de ce texte &

Ainsi, mon fils, Jesus-Christ, par ces paroles, établit sur un premier fondement, qui est lui-même, & sur le fondement visible de ses Apôtres, une Eglise, une société légitime de Pasteurs, qui doit leur succéder dans toute la durée des siecles, pour enseigner toutes les nations; & avec laquelle, par l'assistance de son esprit, de sa sagesse & de son pouvoir, il sera tous les jours jusqu'à la fin du monde.

Chef invisible de cette Eglise, il lui a donné sur la terre un Chef visible, pour ramener tout à l'unité *; & ce Chef,

---

fécond & si énergique dans la belle Instruction pastorale de M. Bossuet sur les promesses de J. C. à son Eglise; & remarquez que ce beau texte termine l'Evangile de S. Mathieu, comme pour nous laisser en lui le complément de tout ce que cet Evangile renferme.

* » L'Eglise doit avoir un Chef visible, » parce qu'elle est une, & que son unité ne » peut se conserver sans un centre commun, » où viennent se réunir tous ses membres. « *Dom Jamin. Pensées Théol.*

c'est celui à qui il a dit, & dans sa personne à tous ceux qui, dans le même rang, viendront après lui. » Vous êtes » Pierre, & sur cette pierre je bâtirai » mon Eglise, & les portes de l'enfer ne » prévaudront pas contre elle *. «

Je ne suis pas fait pour les discussions théologiques, cher Valmont; & sans beaucoup de théologie, je trouve tout dans ces deux textes de l'Evangile, rapprochés des courtes réflexions que je t'ai fait faire. Avec ces seules armes je puis confondre toutes les sectes qui ne sont pas la véritable Eglise de Jesus-Christ (*a*).

Quelle est, leur dirai-je, l'autorité suffisante que vous m'offrez? Est-ce celle de l'Ecriture Sainte? Toute seule, elle ne suffit pas; elle ne s'explique point d'elle-même; vous la prenez, selon vos vues, en des sens différens. Vous savez combien de sens contraires souffre parmi vous ce seul texte de l'Evangile, *ceci est mon corps*. Qui en fixera pour moi le sens véritable?

* Math. 16, 18.

Il falloit donc à l'Ecriture Sainte un interprête infaillible, vivant & animé; & Jésus-Christ me l'a donné (*b*).

Ne dites pas, au reste, que je fais ici un cercle vicieux. Quand je raisonne d'après les Livres saints contre l'incrédule, je les considere d'une maniere toute humaine, & selon les regles de critique les plus ordinaires. Quand je raisonne contre vous, qui admettez les divines Ecritures, je commence par établir, par la seule raison, la nécessité d'une autorité visible, d'un tribunal toujours subsistant; après quoi je me sers, pour achever de vous convaincre, de ces livres mêmes que vous reconnoissez pour divins, & dont les passages les plus formels déposent en faveur de ce tribunal que vous osez méconnoître (*c*) *.

Sera-ce donc l'esprit particulier de chacun de vous que je prendrai pour guide?

* » En vain nous accuse-t-on encore de » combattre la voie d'examen par la voie » d'examen même, & de rétablir ainsi d'un

Quelle autorité ! quel droit a-t-elle pour me soumettre * ? & que peut-elle m'offrir, que des contradictions ? Sera-ce du moins l'onction secrette, l'esprit intérieur qui éclaire les vrais fideles & les élus de Dieu ? Quelle source d'illusion & de fanatisme ! Et qu'a de visible pour tous les

---

» côté ce que nous cherchons à détruire de » l'autre. C'est équivoquer dans les termes » pour faire illusion. Il y a une grande diffé» rence entre la discussion dont nos Freres » séparés soutiennent la nécessité & la suffi» sance, à l'exclusion de l'obéissance à l'au» torité ; & l'examen de simple attention à » des vérités de fait & de notoriété publique, » qui établissent l'autorité. Nous combattons » le premier examen par le second : l'objec» tion des adversaires n'est donc qu'un so» phisme. « *Pensées Théol.*

* C'est ce qui fait dire à M. Rousseau dans une de ses Lettres, sur ses démêlés avec l'Eglise de Geneve : » Je dois toujours compte de mes » actions & de ma conduite aux loix & aux » hommes ; mais puisqu'on n'admet point » parmi nous d'Eglise infaillible qui ait droit

hommes

hommes une pareille autorité ? Sera-ce votre corps de société ? Je ne vois rien qui, dans sa visibilité, le distingue suffisamment de tout autre. D'ailleurs où est sa succession non interrompue, en re-

---

» de prescrire à ses membres ce qu'ils doivent » croire : donc, une fois reçu dans l'Eglise, je » ne dois plus qu'à Dieu seul compte de ma » foi. «

» Qu'on me prouve aujourd'hui, dit-il » ailleurs, qu'en matiere de foi je suis obligé » de me soumettre aux décisions de quelqu'un, » dès demain je me fais Catholique ; & tout » homme conséquent & vrai fera comme » moi. « M. Rousseau a raison ; & d'un autre côté, la preuve qu'en matiere de foi on doit se soumettre à une autorité, n'étoit pas difficile à trouver.

» L'Eglise de Geneve, dit-il encore, n'a & » ne peut avoir, comme réformée, aucune » profession de foi, précise, articulée, & » commune à tous ses membres. « Et il le montre par les principes mêmes de la réformation.

montant jusqu'aux Apôtres * ? On peut fixer depuis eux l'époque où vous avez commencé ; & dès-lors, comme toutes les autres sectes, on vous verra finir. Où est votre unité, & quel rapport avez-vous à un Chef visible, au successeur de saint Pierre, qui vous condamne avec toute son Eglise, & dont vous vous séparez ?

---

* C'est la question que Luther lui-même faisoit aux Anabaptistes : *Qui êtes-vous ? qui vous a envoyés ? où étoit l'Eglise avant vous ?* Il a fallu faire bien de la Théologie pour bien mal répondre à cela. *Hist. de François I par M. Gaillard, tom. 6.*

Cette même question, l'Eglise Catholique la faisoit vers la fin du second siecle aux différentes sectes qui s'élevoient contre elle. » Qui êtes-vous ? leur disoit-elle par la plume » de Tertullien ; quand êtes-vous venu ? d'où » êtes-vous sortis ? que faites-vous dans mon » bien, vous qui n'êtes point mes enfans ? » De quel droit, Marcion, coupez-vous ma » forêt ? Qui vous a permis, Valentin, de dé- » tourner mes sources ? De quelle autorité, » Appelles, arrachez-vous mes bornes ? La

M'offrirez-vous pour derniere ressource l'autorité des chefs du corps politique? Mais il n'est donc plus question d'une Religion donnée aux hommes par Dieu même. Il ne s'agit donc plus que d'inventions tout humaines, qui pourront en effet être modifiées, interprêtées par la même législation qui les aura établies. Car enfin, où l'autorité divine manque, il faut bien que le Législateur humain supplée, & soit le Chef de la Religion. Mais quelle Religion! quelle croyance! & qui peut en être la dupe (*d*)?

Quoi! je me suis attaché à la révélation, parce que la lumiere naturelle ne me suffisoit pas; eh, comment la révéla-

---

» possession est pour moi..... & vous au-
» tres, pourquoi semez-vous dans mes do-
» maines selon vos caprices, & y faites-vous
» paître vos troupeaux? J'ai la possession; je
» possede avant vous; j'en ai des titres au-
» thentiques que je tiens de ceux mêmes à
» qui le domaine appartenoit. Je suis l'héri-
« tiere des Apôtres. « *Tertull. de Præscript.*

tion me suffira-t-elle, si par rapport à ses dogmes je ne sais plus ni quel guide suivre pour en fixer le sens, ni quel parti prendre entre les sectes qui divisent le Christianisme * ?

---

* » Tout chemin qui ne peut conduire ni » les simples, ni les ignorans à la foi, n'y » peut conduire personne. Le caractere dis- » tinctif du chemin de la vérité est d'y con- » duire tout le monde, puisque tous sont » appellés à la connoître : or la voie d'examen » ou de discussion ne sauroit conduire les sim- » ples & les ignorans à la foi. Il n'y a que » l'autorité qui puisse la leur faire connoître. « *Pensées Théologiques.*

Autoritati credere, magnum compendium est, & nullus labor; disoit S. Augustin. *Lib. de quant. animæ, cap.* 7.

Ce n'est pas, dit-il dans le même livre, la vivacité de la conception, mais la simplicité de la foi, qui fait la sureté de la multitude dans l'Eglise Catholique.

» L'autorité est le motif déterminant du » plus grand nombre en matiere de religion, » quelque parti que l'on prenne. . . . . Dans

Ah ! que Jesus-Christ a bien mieux pourvu aux intérêts de sa gloire, à ceux

---

» l'Eglise Romaine on croit les vérités de la » Religion ; & on s'appuie sur l'autorité visi- » ble qu'elle a dans son sein. Dans les sectes » protestantes il y a plusieurs vérités qu'on ne » croit point ; & on se fonde sur l'autorité des » chefs, qu'on suit comme ses docteurs . . . . » Parmi les incrédules, la plupart ne se dé- » cident à ne rien croire que sur l'autorité de » certains hommes, qui se sont acquis de la » célébrité par leurs talens . . . . L'autorité a » toujours fait l'argument de la multitude, » même chez ses plus grands ennemis. Heu- » reux ceux qui marchent à la lumiere de l'au- » torité légitime ! Telle est celle des Catholi- » ques Romains : elle a produit ses preuves. » Mais il n'en est pas ainsi de celle que suivent » les sectaires & les incrédules : . . . . leur foi » est une foi humaine accordée à la parole de » quelques séducteurs. Au lieu que celle des » Catholiques est une foi divine accordée à la » parole d'un Dieu, & expliquée par une au- » torité qu'il a établie lui même. « *Pensées Théol.*

de sa Religion, & à nos vrais besoins! Je trouve dans l'Eglise Catholique & Romaine tout ce qui m'est nécessaire, & tout ce qui m'a été promis. J'y trouve une autorité suffisamment répandue parmi tous les peuples pour attirer toute leur attention; une autorité, qui, par son étendue, par sa hiérarchie, par ses usages & sa discipline, par la publicité & l'universalité de ses enseignemens, devient éminemment visible au-dessus de toutes les sectes qui s'élevent contre elle (*e*). Je la vois garder au milieu de ces sectes, & malgré elles, le beau nom de Catholique; ce nom que, pour la distinguer de toute autre Eglise, elles sont elles-mêmes forcées de lui laisser. Je la vois conserver dans ses principaux sieges les titres de la succession légitime de ses Pasteurs depuis les Apôtres, & rentrer ainsi dans le caractere de perpétuité, essentiel à la véritable Religion. Je la vois tenir à un centre d'unité, à un Chef, qui, uni à la pluralité visible (*f*) des autres Pontifes, soit assemblés dans des

Conciles auxquels il préside, soit dispersés parmi les nations (*g*), forme un Tribunal toujours subsistant; & auquel tous les jours, selon la promesse, je puis avoir recours, pour distinguer la vérité de l'erreur. Je la vois, inalliable avec toutes les sectes, qui toutes se rallient contre elle, retrancher tout ce qui s'oppose à son unité; rejetter sans ménagement tout ce qui altere sa doctrine (*h*); conserver sans variation tous les dogmes si bien liés de la Religion Chrétienne, tout son ensemble merveilleux, tous les moyens & les secours de salut qu'elle renferme; & par une tradition, soutenue dans ses différens sieges, attestée par ses Conciles & les ouvrages de ses saints Docteurs, me faire remonter de siecle en siecle jusqu'aux premiers Disciples des Disciples du Seigneur, & jusqu'à la doctrine des Apôtres (*i*). Que dirai-je enfin? Je la vois, soutenant tous les efforts de tant d'ennemis conjurés pour la détruire, maintenir constamment son glorieux empire, tandis que tout tombe autour d'elle;

envoyer ſeule des Miniſtres de l'Evangile dans toutes les parties du monde, pour les éclairer des lumieres de la Foi; regagner avec avantage dans de nouvelles contrées ce que dans d'autres l'eſprit de ſchiſme & d'erreur lui fait perdre; & confirmer de plus en plus cette parole de ſon divin Maître, que les portes de l'enfer ne prévaudront pas contre elle.

Quel admirable ſpectacle, & quelle ſource de reconnoiſſance pour l'ame vraiment fidele! Tranquille dans la ſimplicité de ſa croyance, elle peut ſe repoſer à l'ombre d'une autorité infaillible, & qui, par la promeſſe, devient celle de Dieu même. La voie la plus facile, la plus courte, & tout à la fois la plus ſure, lui eſt toujours ouverte, pour réſoudre toutes les difficultés qu'on lui oppoſe. Si par des raiſonnemens captieux on cherche à lui rendre ſuſpect quelque article de ſa foi; ſi ſon imagination effrayée diſpute en ſecret, & veut ramener à l'examen ce qu'elle doit croire; elle n'a beſoin pour s'éclairer, pour ſe calmer & ſe fixer, que de faire attention à l'enseignement public de l'Eglise Catholique & Romaine, à ce que nous apprennent ses solemnités, ses rites, ses prieres, ses cathéchismes, ses prédications, ses instructions journalieres, & à la croyance générale des peuples qu'elle renferme dans son sein. Si l'orgueil, si l'esprit d'indépendance, si l'amour de la nouveauté élevent des contestations, font naître des incertitudes & des doutes, partagent les novateurs en autant d'opinions différentes, que l'aveugle présomption enfante de partisans à l'erreur; elle regarde où est l'autorité visible, le corps des Pasteurs & son Chef; & ne craignant plus de flotter au gré des opinions (*k*), elle demeure ferme & inébranlable. Si à l'égard des vérités les plus importantes, elle voit des génies ardens, tous ces hommes de secte & de parti, combattre avec chaleur pour les excès contraires *; elle est assurée de

* » Il est impossible d'établir quelque chose

rencontrer dans l'autorité qui la guide ce juste milieu, qui, également éloigné des extrêmes, est le point précis où s'arrête la vérité. C'est ainsi que dans les disputes interminables sur la grace & la liberté,

---

» de certain, de l'immortelle nature par la » mortelle ; elle ne fait que se fourvoyer par» tout, mais spécialement quand elle se mêle » des choses divines ; car encore que nous lui » ayons donné des principes certains & in» faillibles, encore que nous éclairions ses » pas par la sainte lampe de la vérité, qu'il » a plu à Dieu de nous communiquer : nous » voyons pourtant journellement pour peu » qu'elle se démente du sentier ordinaire, & » qu'elle se détourne ou écarte de la voie tra» cée & battue par l'Eglise, comme tout » aussi-tôt elle se perd, s'embarrasse & s'en» trave, tournoyant & flottant dans cette mer » vaste, trouble & ondoyante des opinions » humaines sans bride & sans but. Aussi-tôt » qu'elle perd ce grand & commun chemin, » elle se va divisant & dissipant en mille rou» tes diverses. « *Essais de Montagne, liv.* 2, *chap.* 12.

l'Eglise Catholique toute seule n'a jamais rien donné à l'un de ces dogmes qui ait pu détruire la croyance de l'autre (*l*).

Non-seulement le Chrétien soumis a dans l'Eglise Catholique un guide sûr & fidele; mais il y trouve encore une mere tendre, qui, depuis le moment de sa naissance jusqu'à celui de sa mort, répare toutes ses foiblesses, & pourvoit à tous ses besoins. Il ne perd rien dans son sein des Sacremens institués par le Rédempteur des hommes, & de tous les moyens de salut les plus propres à affermir sa foi, à nourrir sa piété, & à lui faciliter la pratique des vertus. Aussi ne se borne-t-il pas à lui être soumis: son attachement pour elle, & son zele pour sa gloire, égalent son obéissance. Ses intérêts sont les siens; il est offensé lui-même de tout ce qui la blesse & qui l'offense; dans ses douleurs, elle ne sent rien qu'il ne ressente avec elle. Il adresse au Ciel en sa faveur les gémissemens les plus tendres, les vœux les plus ardens. S'il est dans un rang élevé, il maintient son autorité par ſon crédit & ſon pouvoir. Dans toute condition, il édifie par la pureté de ſes mœurs ceux qui ne craindroient pas de faire retomber ſur elle l'opprobre de ſes enfans. Il ne permet pas qu'on l'attaque impunément en ſa préſence. Il donne à tous ceux qui l'environnent l'exemple du plus grand reſpect pour ſon culte, ſes loix *, ſes Miniſtres, & d'une fermeté

---

* » Il faut ſe ſoumettre du tout à l'autorité de notre Police Eccléſiaſtique, ou du tout s'en diſpenſer. Ce n'eſt pas à nous à établir la part que nous lui devons d'obéiſſance. Et davantage, je le puis dire pour l'avoir eſſayé, ayant autrefois uſé de cette liberté de mon choix & triage particulier, mettant à nonchaloir certains points de l'obſervance de nôtre Egliſe, qui ſemblent avoir un viſage, ou plus vain, ou plus étrange; venant à en communiquer aux hommes ſavans, j'ai trouvé que ces choſes-là ont un fondement maſſif & très-ſolide, & que ce n'eſt que bêtiſe & ignorance qui nous fait les recevoir avec moindre révérence que le reſte. « *Montagne* Ibid.

inébranlable à ne point se départir de ses jugemens & de ses préceptes (*m*). Il ne regarde pas comme des choses indifférentes en matiere de foi tout ce que son Chef & ses Pasteurs ne regardent pas comme tel ; & ne croit pas que l'esprit de neutralité & d'indécision puisse être permis, dès que sa voix s'est fait entendre.

Que ses ennemis, aveuglés par la haine, crient donc, tant qu'il leur plaira, à la crédulité, à la superstition, au fanatisme ; qu'ils exagerent des scandales qui sont au milieu d'elle, & dont elle gémit ; qu'ils concluent de la corruption des mœurs, dans quelques-uns de ses membres, à l'altération presque entiere dans la foi de ses chefs ; qu'ils distillent avec art le poison de la calomnie ; qu'ils prétextent le renversement de la discipline, l'abus de l'autorité ; qu'ils en appellent aux anciens temps (*n*) ; qu'ils se montent sur un ton de réforme (*o*), afin de parer au-dehors, par l'extérieur de la piété, ce que l'esprit de révolte se permet de souiller au-dedans ; qu'ils fassent parler les divines

Ecritures au gré de leurs systêmes, ou s'étayent de l'autorité de quelque ancien Docteur, pour mieux cacher leurs héréſies sous son nom; qu'ils relevent par leurs discours & par leurs écrits l'autorité de chaque Docteur hérétique, & fassent même valoir en son honneur des prodiges marqués au coin de l'imbécillité & du mensonge; le fidele n'en sera point ébranlé. Les attaques de l'erreur, comme celles de l'impiété, ne le verront point lâche, foible & chancelant; elles ne le verront point indifférent & insensible: mais aussi elles ne le rendront point dur & impitoyable.

Le véritable enfant de l'Eglise, & qui l'est moins encore de nom que de sentiment, rempli de son esprit, pénétré de la charité qui l'anime, envisage d'un œil de compassion & de tendresse ceux qui se trompent & qui s'égarent; il les plaint; il gémit sur eux; il emploie, pour les ramener, les armes de la persuasion & de la douceur. Il ne voile point les passions & la haine, du vain prétexte des intérêts de la Religion & de la vérité. S'il ne peut parvenir à toucher & à convaincre, il ne ſe croit pas diſpenſé d'aimer & de chérir. En arrêtant, autant qu'il eſt en lui, les progrès de l'erreur, il voit toujours avec tranſport, dans ceux mêmes qui s'y livrent, des hommes & des freres.

Non, mon fils, non, ce n'eſt point la foi de l'Egliſe qui enfante des diſſenſions, des troubles, & tout ce que le fanatiſme a de cruautés & d'horreurs. Ce ſont, je te l'ai dit, l'intérêt, l'ambition, l'eſprit de révolte & d'indépendance, qui, pour favoriſer leurs projets ſacrileges & leurs honteuſes manœuvres, ſe jouent de la crédulité des peuples & de la vie des hommes. Ce n'eſt point cette foi pure de l'Egliſe de Jeſus-Chriſt qui ébranle & qui ſappe les trônes, en même temps qu'elle renverſe & briſe les autels. Ouvre nos annales & celles des peuples voiſins, & examine quels ſyſtêmes & quelles cauſes, ſous le nom & le maſque impoſant de la Religion, ont produit les révolutions, dévaſté les Etats, & flétri la personne & la dignité du Monarque. Ce n'est point la foi de l'Eglise qui arme contre l'autorité des sujets rébelles. Si, dans des circonstances rares, des Ministres peu instruits ou trop prévenus ont cru pouvoir se faire, d'après la Religion même, des droits * que la Religion & l'Eglise n'avouent pas ; si, abusant de la foiblesse des uns & de la simplicité des autres, ils ont prétendu disposer des Royaumes & des Empires ; cette même foi, dont l'Eglise nous conservoit le dépôt, réclamoit contre eux. Elle leur disoit assez hautement, pour qu'ils dussent l'entendre, que le Royaume de Jesus-Christ & de ses Ministres n'est pas de ce monde ; qu'en rendant à Dieu ce qui est

* Il paroît assez que M. de Valmont n'entend pas parler ici des prétentions que des Souverains, soit Ecclésiastiques, soit Laïcs, ont eues sur des fiefs dont ils se disoient suzerains : car c'est ici une question à part & d'une toute autre nature que celle dont il s'agit.

à Dieu, rien ne les dispense de rendre à César ce qui est à César; que chaque autorité a ses bornes; que l'une, toute spirituelle, est uniquement établie pour les choses du Ciel, comme l'autre, purement temporelle, ne l'a été que pour les choses de la terre; que toutes deux, indépendantes & soumises tour-à-tour, ont leurs droits séparés; qu'elles sont faites pour se soutenir mutuellement (p), & pour tendre d'un commun accord, quoique par des routes différentes, au même but, le bonheur des peuples; & que c'est de cette heureuse harmonie que dépendent & la sureté des Princes & la fidélité des Sujets.

Voilà ce que la foi de l'Eglise nous apprend; & c'est d'après elle, cher Valmont, que je me propose depuis longtemps de ranimer, ou d'affermir en toi tous les sentimens de soumission, de respect & d'amour que tu dois à l'autorité qui nous gouverne. Ainsi deviendras-tu en même temps, & dans la même proportion, un Chrétien docile, un Catholique zélé, un Citoyen humain & compatissant, & un Sujet fidele.

NOTES.

PAGE 190.

(a) *Avec ces seules armes je puis confondre, &c.* » On est conduit à la soumission » à l'Eglise présente, actuelle, indéfectible, » par la foi la plus simple, & par l'érudition » la plus étendue ; ce qui est une des plus » grandes preuves de sa vérité, & un effet admirable de la Providence. « *L'Abbé Terrasson, de l'Académie Françoise. La Philosophie applicable à tous les objets de l'Esprit & de la Raison, premiere partie, ch. 3, sect. 3,* précédée des Réflexions de M. d'Alembert & d'une Lettre de M. de Moncrif sur la personne & les Ouvrages de l'Auteur : chez Prault, avec approbation, & privilége du Roi.

» L'Eglise Catholique, dit le même Auteur, » est la seule qui ait un corps de preuves. » Les sectes qui se sont séparées d'elle, ne » sont fondées que sur des difficultés particulieres qu'elles lui ont faites, & dont elles

» n'ont pas voulu accepter les ſolutions. « *Ibid.*

A l'égard de ces difficultés, & des vaines accuſations de ſuperſtition, d'idolâtrie, d'innovation, qu'on n'a ceſſé d'intenter contre nous, la réfutation la plus ſimple eſt l'*expoſition de la Doctrine de l'Egliſe Catholique, par M. Boſſuet.* On n'y a répondu qu'en accuſant l'Auteur d'*adoucir* & d'*exténuer* les dogmes de ſon Egliſe. Mais ſi c'eſt à cela que ſe réduiſoit en dernier reſſort la controverſe, elle doit être bien authentiquement décidée, depuis que ce Livre eſt ſi univerſellement reçu parmi nous, comme renfermant la vraie Doctrine que nous profeſſons.

Il eſt triſte que les Sectaires s'obſtinent à calomnier l'Egliſe; que des hommes, même reſpectables par leur érudition & leurs talens, mettent ſur le compte de l'Egliſe Catholique des inſtitutions locales, des choſes purement arbitraires, quelquefois bizarres, qui n'ont eu qu'un temps, parce qu'elles ne tenoient qu'à des inventions populaires, quoiqu'adoptées peut-être par les Miniſtres eux-mêmes dans des lieux particuliers; qu'ils nous taxent ſans pudeur d'attacher le ſceau de l'infaillibilité à des cérémonies & à des objets de pure diſcipline, qui obligent dès qu'ils ſont loi, mais qui varient selon les circonstances & qu'on ne dut jamais confondre avec la croyance invariable de l'Eglise sur le dogme & sur la morale ; qu'ils ne veuillent appercevoir aucune différence entre des prétentions contestées ou de simples opinions qu'on laisse à la liberté des Ecoles, & des vérités de foi reçues par l'Eglise universelle ; qu'ils exaltent les avantages de la réforme, sans en reconnoître les sources honteuses ainsi que les funestes suites, & sans en déplorer les abus. Toutes ces marques de partialité, sans nous faire soupçonner la droiture de leur cœur, doivent nous faire gémir des malheureux effets de la prévention sur des esprits partout ailleurs si raisonnables.

PAGE 191.

(b) *Il falloit à l'Ecriture sainte un interprête, &c.* » L'Eglise est l'interprête unique » de l'Ecriture sainte, des Peres, & d'elle-» même. « *L'Abbé Terrasson.*

IBID.

(c) *En faveur de ce Tribunal que vous osez méconnoître.* Les Protestans, fatigués de leurs variations perpétuelles & de leurs longues disputes, ont si bien senti la nécessité de ce Tribunal, qu'ils ont donné au Synode de Delpht, & surtout à celui de Dordrecht, à peu de chose près, la même force & la même autorité qu'ils refusoient à l'Eglise Catholique. Etonnante contradiction dans des hommes qui n'avoient jusques-là voulu reconnoître d'autre juge de la Doctrine que l'Ecriture elle-même! Voyez l'*Histoire des Variations*, *t.* 3, *l.* 14., *n.* 75 & suivans; & *t.* 5, *sixieme Avertissement*, *n.* 67, 68, 69.

» Le maintien de la perpétuité & de l'infaillibilité de l'Eglise, dit l'Abbé Terrasson, » est quelque chose de plus important qu'aucun de ses dogmes particuliers. «

» De toutes les theses de la Théologie entiere, (dit-il, encore avec beaucoup de sens & de raison) celle de l'unité, de la visibilité, de la perpétuité & de l'infaillibilité de l'Eglise, est la plus digne d'un Théologien, qui est en même-temps homme d'esprit & homme d'Etat. «

PAGE 195.

(d) *Mais quelle Religion! quelle croyance!* Pour bien juger de la nature & des effets d'une pareille croyance, on peut voir entre autres volumes de M. Hume sur l'Histoire d'Angleterre, le cinquieme de la maison de Tudor, ſans parler de ceux qui le précedent, & le troiſieme de la maiſon de Stuart.

PAGE 198.

(e) *Eminemment viſible au-deſſus de toutes les Sectes qui s'élevent contre elle.* » Je dirois aux Réformateurs ce qu'un Pere de l'Egliſe diſoit aux Donatiſtes : *pour ſavoir où réſide l'Egliſe, demandons-le à un homme neutre ; par exemple, au Roi de Perſe.* On diroit aujourd'hui pour ſavoir où réſide l'Egliſe, demandons-le à l'Empereur des Turcs ; nous verrons s'il la mettra en Italie, ou s'il ira la chercher à Utrecht. « *L'Abbé Terraſſon.*

IBID.

(f) *Je la vois tenir à un chef, qui, uni à la pluralité viſible des autres Pontifes, &c.* » La vraie regle de la raiſon & de la foi, » dit M. Nicole, eſt d'établir ſa créance ſur » la plus grande autorité viſible. Cette regle » eſt la ſeule qui ſoit proportionnée au peu» ple, & qui puiſſe unir les fidéles en un » corps de ſociété d'une maniere raiſonna» ble. « *Eſſais de Morale ſur l'Evangile du Mardi de la ſeconde Semaine de Carême.*

» L'autorité de l'Egliſe réſidant en la plu-

» ralité visible du corps des Pasteurs unis à » leur Chef, joint toute la certitude de la » croyance à toute la tranquillité d'un gou- » vernement sage & durable. « *L'Abbé Terrasson.*

» La Religion Chrétienne, dit le même » Auteur, étant commune à des peuples qui » vivent sous des dominations différentes, » ne pourra jamais demeurer la même, à » moins qu'elle n'ait un chef unique, qui » soit autre que le Prince ou le Chef quel- » conque d'un Etat particulier. Sans cela il » arriveroit que dès la premiere querelle de » l'un de ces Etats avec l'autre, les Rois ou » les autres Chefs voudroient se distinguer » les uns des autres par quelques articles de » croyance particuliere.

Ce qu'il y a de bien singulier, c'est que Leibnitz, quoique Luthérien, & par une suite naturelle de son amour pour l'ordre & l'unité, après avoir voulu réunir le monde sous une même langue, par le projet d'une langue universelle à l'usage des Savans; après avoir désiré de réduire l'Europe sous une seule puissance quant au temporel, désira aussi vivement de la réduire sous un même Chef quant au spirituel; & pour ce dernier objet, c'est le Pape même qu'il choisissoit. » tant l'esprit » de système qu'il possédoit au souverain » degré, dit l'Historien de sa vie, avoit » prévalu, à l'égard de la Religion, sur l'es- » prit de parti; mais tous ces beaux projets » sont restés sans effet, parce que les peu- » ples ne s'accordent qu'à n'entendre point » leurs intérêts communs. « Voyez M. de Fontenelle, *Histoire de l'Académie des Sciences, année 1716.*

PAGE 199.

(g) *Des Pontifes, soit assemblés dans des Conciles, soit dispersés parmi les Nations.* » L'Eglise peut être considérée en deux états: où elle est assemblée en Concile, où elle est dispersée. Elle peut prononcer dans ces deux circonstances sur les contestations qui s'élevent dans son sein; & ses jugemens sont toujours d'une égale autorité, parce que *les portes de l'enfer ne prévaudront jamais contre elle*... Penser qu'elle ne jouit du privilege de l'infaillibilité que dans les Conciles généraux, c'est trop borner la promesse qui s'étend à tous les temps: c'est une erreur dans la foi. Jésus-Christ n'a pas dit à ses Apôtres: *je suis avec vous seulement quand vous êtes assemblés;* mais

mais *je suis avec vous tous les jours jusqu'à la consommation des siecles.* « Pensées Théologiques, par Dom Jamin.

» C'est tellement la pluralité qui fait la » décision finale, que les Conciles ne sont » pas tant censés généraux quand ils se tien» nent, que lorsqu'ils sont acceptés par l'E» glise non assemblée. S'ils sont légitimes, » ils ont dit la vérité dès le temps de leur » tenue : cette vérité existoit dès-lors comme » intrinseque ; mais elle ne devient extrin» seque que par l'acceptation postérieure. On » a eu un exemple de cette acceptation de » fait dans le Concile d'Ephese ou de Dios» core, rejetté après sa tenue, quelque nom» breux qu'il eut été. « *L'Abbé Terrasson.*

¶ » L'acceptation que fait l'Eglise dispersée, d'un Concile général, ne donne pas la certitude & l'infaillibilité à ses décisions ; mais sert seulement de témoignage de la régularité avec laquelle les choses se sont passées dans l'assemblée. L'Eglise dispersée ne juge pas l'Eglise assemblée, l'une & l'autre n'étant qu'une seule & même Eglise, considérée en des états différens. «

¶ » Les Conciles généraux sont d'une trèsgrande utilité, & peut-être pourroit-on les dire nécessaires dans certaines circonstances; mais prétendre qu'on ne puisse finir aucune controverse que par leur moyen, c'est une erreur combattue par une infinité de faits. On voit dans l'Histoire de l'Eglise peu d'hérésies pour lesquelles on ait été obligé d'assembler des Conciles généraux; le plus grand nombre a été condamné & éteint sur les lieux mêmes, comme le remarque S. Augustin. *Lib. 4, ad Bonifac. cap. ult.* «

¶ » Le Pape condamne plusieurs propositions extraites d'un livre, sous des qualifications indéterminées * : les Evêques dispersés dans le Monde Catholique connoissent la décision, y applaudissent : je dis, comme S. Augustin, *la cause est finie; Dieu a placé la doctrine de la vérité dans la Chaire de l'unité.* Je reconnois la voix de Pierre dans son successeur; je me rends, j'obéis. Mais les Evêques ont-ils examiné; ont-ils déposé l'esprit de parti? n'ont-ils pas donné leur suffrage par ignorance? La crainte ou l'espérance ont peut-être été les premiers mobiles de leur

* De la même maniere que le Concile général de Constance a condamné dans la session 8 quarante-cinq articles de Wicleff, & dans la session 15 trente articles de Jean Hus.

conduite ? Se sont-ils enfin comportés en juges de la foi ? Questions litigieuses ! Je les abandonne toutes à la discussion de ceux qui ne croient pas que Jésus-Christ ait promis d'être tous les jours avec son Eglise ; je m'attache à l'unité que je reconnois par l'unanimité morale des Pasteurs unis à leur Chef. Le Sauveur a promis son assistance à leur union, *vobiscum sum*, & il est fidéle à sa promesse : cela me suffit pour justifier mon obéissance. «

¶ » La maniere d'interpréter quelques expressions d'un décret apostolique ne peut former d'obstacle à la canonicité de son acceptation, quand d'ailleurs on se réunit dans l'objet principal : c'est ainsi qu'on n'a jamais révoqué en doute la sincérité de la soumission des Théologiens Catholiques aux décisions dogmatiques du Concile de Trente, quoiqu'ils se partagent entre eux sur l'exposition de quelques endroits. « *Dom Jamin.*

IBID.

(h) *Je la vois .... rejetter sans ménagement tout ce qui altere sa doctrine.* » Un » homme qui a lu l'Histoire de l'Eglise sans » y remarquer la fermeté, & si j'ose le dire,

» la fierté & la hauteur avec laquelle l'E-» glise a porté ses décisions sur le dogme, » peut avoir retenu les réflexions de quel-» ques Peres, les miracles de quelques Saints: » mais il n'a point conçu le véritable carac-» tere de l'Eglise Catholique depuis son éta-» blissement. « *L'Abbé Terrasson.*

IBID.

(i) *Je la vois.... par une tradition soutenue.... me faire remonter jusqu'à la doctrine des Apôtres.* Voyez *l'exposition de la Doctrine de l'Eglise Catholique*; consultez tous les Peres des cinq premiers siecles, en parcourant même la table de leurs Ouvrages à l'article de nos principaux dogmes; & vous vous assurerez sans peine de la conformité de l'ancienne doctrine avec la nôtre.

PAGE 201.

(k) *Ne craignant plus de flotter au gré des opinions, &c.* Quand on a passé les bornes, & qu'on a perdu de vue l'autorité, on ne sait plus à quel terme s'arrêter. Des Anglicans se sont formés, quoique par opposition, les Presbytériens, des Presbytériens les Indépendans, &c. *Voyez M. Hume, Maison de Stuart, t. 3, p. 204, &c.*

¶ » L'esprit de l'homme est de nature à ne » devoir se soumettre entiérement & sans » réserve, qu'à un jugement que les ténebres » de l'erreur ne puissent obscurcir : il faut » donc reconnoître dans l'Eglise une autorité » infaillible, qui termine les disputes qui » s'élevent sur la foi. «

¶ » S'il n'est point dans l'Eglise d'oracle vivant & infaillible, croyez tout ce qu'il vous plaira. Soyez Sabellien ou Arien, Nestorien ou Eutichien, Luthérien ou Calviniste ; soyez Déiste même, si le Déisme vous flatte davantage : tout vous est permis, personne n'aura le mot à vous dire. Seul juge de votre foi, vous pouvez prendre le parti qui vous plaira. Mais s'il y a dans l'Eglise un oracle vivant, une autorité inffaillible, il n'est plus de liberté dans le choix : il faut s'en tenir sans disputer à l'enseignement de l'Eglise ; parce que la raison elle-même dicte qu'on ne peut se dispenser d'adhérer à un jugement infaillible.... En matiere de religion, il faut nécessairement se déterminer pour l'un de ces deux partis : ou reconnoître avec les Catholiques une autorité à l'abri de l'erreur, qui décide les questions sans appel ; ou ne reconnoître, avec les Déistes, que la raison pour regle ſouveraine. Dans l'ordre de la Religion comme de la Philoſophie, il n'y a pas de milieu : on ne peut être ſur cet article que Catholique ou Déiſte. Un eſprit conſéquent n'apperçoit pas un tiers-parti. «

¶ » Qu'elle eſt néceſſaire cette autorité qui tire ſa preuve de la maniere d'agir de ſes plus grands ennemis ! Nos Freres errans l'ont rejettée comme une tyrannie, & ont bâti ſur ſes débris l'édifice ruineux de leur prétendue réforme : mais ils ont été obligés d'y revenir pour empêcher la diſſipation de leur ſecte naiſſante. Cette conduite contradictoire eſt atteſtée dans l'hiſtoire du temps. *Examinez*, diſoient-ils aux Peuples Catholiques pour les ſéduire ; *ne vous laiſſez pas mener comme des imbécilles par l'autorité qui eſt une vraie tyrannie. Dieu ne vous a donné une raiſon que pour vous en ſervir. — Obéiſſez à vos ſupérieurs*, diſoient-ils au contraire à leurs Freres indociles : *point d'examen après vos Docteurs. L'humilité chrétienne doit vous porter à ſoumettre vos lumieres à celles de vos conducteurs : ils ſont établis pour vous inſtruire.* Quel contraſte ! Etablir l'examen ſans ſoumiſſion pour ſéduire les Catholiques ; exiger la ſoumiſſion ſans examen pour réprimer ceux du parti qui veulent trop presser la voie de liberté; c'est avoir double poids, double mesure : ce qui est abominable aux yeux de Dieu. Quoi qu'il en soit, il résulte de la conduite de ces prétendus réformateurs, qu'ils ont reconnu la nécessité d'une autorité pour retenir les peuples, qu'ils avoient séduits, dans l'unité de doctrine. Mais ont-ils eu raison de substituer leur propre autorité à celle de l'Eglise ? « *Dom Jamin.*

» L'esprit humain, dit un Auteur célebre, reconnoît deux arbitres, la raison & l'autorité. Une des plus nobles fonctions de la raison est d'appercevoir elle-même ses bornes, & d'avouer le besoin qu'elle a souvent de l'autorité. En matiere de Religion, la raison seule n'iroit point au-delà de la Religion naturelle; les mysteres sont au-dessus d'elle; & la raison ne les admet que comme des objets de foi décidés par une autorité divine. La raison nous conduit à cette autorité, en nous prouvant, premiérement, qu'elle est nécessaire : secondement, qu'elle doit avoir des caracteres visibles, auxquels même on ne puisse pas la méconnoître. Remis ainsi par la raison même entre les mains de l'autorité, avec ce guide infaillible, nous pénétrons dans les dogmes

& dans les myſteres, nous entrons ſous l'empire de la foi. Si l'incrédule rejette ces dogmes & ces myſteres uniquement parce qu'il ne les comprend pas, je ne vois en lui qu'un téméraire, qui, ayant beſoin de deux guides, s'obſtine à n'en prendre qu'un, quoique ce guide l'avertiſſe lui-même d'en prendre un plus sûr. Il s'égare, parce qu'il donne trop à la raiſon, en ne reconnoiſſant rien au-delà du domaine de cette raiſon bornée; mais il n'eſt ni abſurde ni inconſéquent. Il ne l'eſt pas du moins au même degré que le Théologien raiſonneur, qui, avouant l'inſuffiſance de la raiſon & le beſoin de l'autorité, qui, recevant des dogmes, des myſteres, combat cette autorité, altere ces dogmes, modifie ces myſteres, de maniere qu'ils reſtent toujours myſteres, mais qu'ils ceſſent d'être appuyés ſur une autorité ſuffiſante. Il faut opter: Si l'on ne doit rien admettre au-delà de la raiſon, s'il n'eſt pas vrai qu'elle nous avertiſſe elle-même de nous ſoumettre à l'autorité, il faut rejetter entierement les dogmes, les myſteres, & donner gain de cauſe à l'incrédule; s'il faut admettre l'autorité, il n'eſt pas permis de toucher à ſes oracles, il faut adorer les myſteres ſans reſtriction, ſans modification; l'homme ne peut toucher à l'ouvrage de Dieu. Quand Luther me propose de subſtituer la conſubſtantiation à la tranſubſtantiation, à quel tribunal me renvoie-t-il? Eſt-ce à celui de l'autorité? Elle lui eſt contraire. Eſt-ce à celui de la raiſon? En quoi ma raiſon comprend-elle mieux la conſubſtantiation? Quand un autre raiſonneur me dit que Jeſus-Chriſt n'eſt préſent dans l'Euchariſtie que par la foi; qu'eſt-ce que c'eſt qu'une *préſence par la foi?* Il eſt préſent ou il ne l'eſt pas. S'il ne l'eſt pas, ma foi ne peut pas le rendre préſent, & j'ai tort de le croire préſent. S'il eſt réellement préſent, ma foi ne fait rien à cela, & il eſt également préſent, ſoit que j'aie la foi, ſoit que je ne l'aie pas. Que prétendez-vous donc? Si vous n'affranchiſſez point ma raiſon, ſi vous la laiſſez ſous le joug, que ce ſoit donc ſous un joug ſacré, non ſous votre joug profane. Myſtere pour myſtere, je ne puis croire que celui qui m'eſt propoſé par une autorité légitime. Vous entreprenez trop & trop peu. Ou ne retranchez rien, ou retranchez tout ce que la raiſon ne comprend pas, ſi la raiſon elle-même peut y conſentir. Les incrédules s'éloignent plus que vous de la voie du salut, mais ils sont plus près d'y rentrer; ils raisonnent déja mieux, & dès qu'ils sentiront le besoin de l'autorité, ils s'y soumettront entierement, sans toutes vos ridicules réserves.

» Voilà sous quel point de vue nous envisageons les idées vagues des hérétiques, & ces changemens si peu philosophiques qu'il a plu à Luther, à Calvin, & à leurs disciples d'apporter à la doctrine de l'Eglise. « *Histoire de François premier, par M. Gaillard*, de l'Académie des Inscriptions & Belles-Lettres, *t. 6, livre 7, chap. 2.*

PAGE 203.

(1) *Dans les disputes interminables sur la grace & la liberté, &c.* » L'Eglise, aux yeux » mêmes de la raison, est bien plus sage que » ses adversaires, dans la maniere dont elle » veut qu'on parle de la grace, pour conser» ver l'idée de la liberté de l'homme dans » l'esprit de la multitude, & par conséquent » le fruit de toute prédication & de toute » morale.

¶ » La puissance de Dieu & la liberté de » l'homme sont deux vérités de la Religion; » mais la premiere a souffert moins d'atteint

» que la seconde, attaquée en une infinité » de manieres différentes par les libertins & » par plusieurs sortes d'hérétiques. Là-dessus » on ne peut trop louer la sagesse de l'Eglise, » de veiller encore plus attentivement à la » conservation de la seconde que de la pre- » miere : car je ne connois point de morale » publique, ni civile, ni chrétienne, sans » une conservation soigneuse du dogme de » la liberté. »

¶ » Les gens d'un certain parti semblent » porter toute leur attention à défendre la » foi contre les attaques des Pélagiens, qui » ne sont plus : & l'Eglise porte la sienne à » la défendre contre les Luthériens & les » Calvinistes, qui existent actuellement & » qui l'environnent. Laquelle des deux atten- » tions vous paroît la plus sage ? « *L'Abbé Terrasson.*

Il est bien malheureux qu'on ait voulu faire des systêmes sur la grace & la liberté. L'Apôtre avoit tout dit par ces deux mots, LA GRACE DE DIEU AVEC MOI ; *gratia Dei mecum* *, & non pas seulement, *la grace de Dieu en moi*, ou *qui est avec moi*, comme

* 1 Cor. 15, 10.

on l'a si infidélement traduit. Tous ces systêmes, que la plupart du temps l'Eglise réprouve, n'ont pour l'ordinaire, à l'égard de ceux qui sont peu affermis dans la foi, d'autre effet que celui de leur faire haïr le Dieu des Chrétiens, au-lieu de le présenter sous des traits propres à le leur faire aimer.

PAGE 205.

(m) *D'une fermeté inébranlable à ne point se départir de ses jugemens & de ses préceptes.* Ne pas se soumettre, d'une maniere pure & simple, aux jugemens du corps des Pasteurs uni à son Chef, dans tout ce qui a rapport à la doctrine, & y opposer l'esprit particulier, c'est tout-à-la-fois une désobéissance & une présomption inexcusables. Sur quoi il faut observer que cette soumission ne peut avoir lieu par rapport aux opinions erronées, si elle n'a lieu par rapport aux Livres qui les renferment & que l'Eglise condamne.

¶ » On ne peut sans témérité, dit *Dom* » *Jamin*, refuser à l'Eglise le pouvoir de » juger du sens des Livres qui concernent la » Religion. Toute société a droit de juger du » sens de ses Loix & des Livres qui en trai» tent. D'ailleurs, l'Eglise connoît ses droits,

» & n'use que de ceux qui lui sont acquis. » Or, elle a jugé dans tous les temps des » Ouvrages Ecclésiastiques, soit pour les ap- » prouver, soit pour les condamner. C'est » ainsi qu'elle a proscrit les Ouvrages d'Arius, » les trois fameux Ecrits d'Ibas, de Théodo- » ret & de Théodore de Mopsueste; & ap- » prouvé, au contraire, ceux de Saint-Au- » gustin sur la grace. «

¶ » Le droit que l'Eglise a de juger du sens » des Livres Ecclésiastiques, emporte néces- » sairement, de la part des fidéles, l'obliga- » tion de se soumettre à ses décisions, parce » qu'une autorité à laquelle personne n'est » tenu d'obéir, n'est qu'un fantôme d'auto- » rité : c'est donc un devoir pour les fidéles » de déférer aux jugemens de l'Eglise sur les » Livres qui regardent la Religion.

¶ » Toute obéissance, qui ne répond pas à » l'intention du supérieur qui commande, est » une vraie désobéissance; tel est le com- » mandement, telle doit être la soumission : » or, l'Eglise exige de tous ses enfans une » soumission intérieure aux jugemens qu'elle » porte sur les Livres Ecclésiastiques & leurs » Auteurs.

¶ » Non, un silence qui consiste à ne rien

» dire & à ne rien faire contre les décisions » de l'Eglise sur certains faits dogmatiques, » ne remplit point l'idée de la soumission » qu'elle exige de ses enfans en pareil cas. » Théodoret offroit de garder le silence sur » le fait de Nestorius, qui consistoit à savoir » si les Ecrits de ce Patriarche contenoient la » doctrine qui reconnoît deux personnes » en Jésus-Christ. L'Eglise ne se contenta pas » de cette démarche : elle exigea, pour l'admettre à sa communion, qu'il eût dit anathême à Nestorius & à ses Ecrits.

¶ » Croyons, avec le commun des Théologiens, que Jésus-Christ n'abandonne point » son Eglise dans le jugement qu'elle porte » sur le sens des Livres qui traitent de la Religion. Cette vérité est la suite d'une autre » qui appartient au dépôt de la foi. C'est » en effet un dogme universellement reconnu, que l'Eglise est infaillible dans l'exposition de la tradition. Or, cette infaillibilité » ne peut subsister qu'en la supposant également dans la discussion & l'examen des Livres Ecclésiastiques qui ont paru en différens » siecles, puisque c'est par cet examen qu'elle » fait le discernement de la véritable tradition, & qu'un moyen sujet à l'erreur ne

» peut conduire ſurement à la connoiſſance » de la vérité. Il faut donc choiſir un de ces » deux partis, ou croire que l'Egliſe ne ſe » trompe jamais dans le jugement qu'elle » porte ſur les Livres qui ont trait à la Re» ligion, ou penſer qu'elle peut ſe tromper » dans l'expoſition de la tradition. Ce ſecond » parti eſt une erreur contre la foi. « *Penſées Théologiques, par Dom Jamin, chap. 9.*

L'Hiſtoire de l'Egliſe ne ſauroit nous offrir un plus bel exemple de ſoumiſſion que celui que renferme le beau trait de M. de Fénélon que bien du monde ſait, mais qu'on ne peut trop apprendre à ceux qui ne le ſavent pas, ni trop rappeller à ceux, qui, dans des circonſtances moins favorables que les ſiennes, ſont bien éloignés d'imiter ſon obéiſſance.

» Un Bref du Pape du 13 Mars 1699, ayant condamné le Livre des *Maximes des Saints* de l'Archévêque de Cambrai, ce Prélat ſe ſoumit ſans reſtriction & ſans réſerve. » Il » coûte, ſans doute, de s'humilier, diſoit» il, dans une lettre à l'Evêque d'Arras ; » mais la moindre réſiſtance au Saint-Siege » coûteroit cent fois plus à mon cœur.

» Il publia un Mandement contre ſon propre Livre, & annonça lui-même en Chaire sa condamnation. Pour laisser à son Diocese un monument de son repentir, il fit faire, pour l'exposition du Saint-Sacrement, un soleil porté par deux Anges, qui fouloient aux pieds divers Livres Hérétiques, sur l'un desquels étoit le titre du sien.

» Le Pape Innocent III, qui estimoit infiniment M. de Fénélon, fut moins scandalisé du Livre des *Maximes des Saints*, que de la chaleur de quelques Prélats qui en poursuivoient la condamnation. Il leur écrivit : *Peccavit excessu amoris divini ; sed vos peccastis defectu amoris proximi.* Fénélon a péché par excès d'amour divin, & vous autres par défaut d'amour pour le prochain. « *Diction. des Homm. Illust.*

Dans cette dispute entre deux des plus grands Evêques qui aient illustré la France, M. de Fénélon, que l'esprit tout seul loueroit mal, & qui ne peut être célébré dignement que par le cœur, se montra toujours semblable à lui-même, toujours plein de candeur, de douceur, de résignation, de piété & de toutes les vertus qui rendent la Religion aimable. Il triompha jusques dans sa défaite, & comme on l'a si bien observé ;

le vaincu y parut plus grand que le vainqueur.

IBID.

(n) *Qu'ils prétextent le renverſement de la diſcipline, l'abus de l'autorité; qu'ils en appellent aux anciens temps, &c.* Comme rien ne m'a paru plus utile & mieux penſé que ce que dit M. l'Abbé Terraſſon ſur les Sectes en général & ſur l'eſprit de parti, je vais réunir ici ſes diverſes réflexions ſur cet objet.

¶ » Si les Sectaires gagnoient leur cauſe » dans ce qu'ils diſent contre le gouvernement de l'Egliſe, ils parviendroient à faire » une ſociété qui n'auroit ni Supérieurs, ni » Juges, & qui par conſéquent iroit à grands » pas à ſa propre deſtruction.

¶ » Ceux qui allèguent toujours les anciens » temps, ou qui en appellent à des Aſſemblées futures, font le plan d'une ſociété » qui ne ſe gouverneroit que par des hommes qui ne ſont plus ou par des hommes » qui ne ſont pas encore : l'eſprit d'indépendance trouve là ſon compte.

¶ » Il y a des gens qui ont beaucoup lu, » qui ont tout lu, mais avec un ſeul œil; » ils n'ont jamais ouvert les deux. Les gens

» de parti, quelque ſavans qu'ils puiſſent » être, ſont de cet ordre.

¶ » Il y a une différence infinie entre ce » qu'on entend par la liberté des Ecoles ca» tholiques * & un parti. L'une ſe montre, » & l'autre ſe cache.

¶ » Le malheur de tous les gens de parti » ou de ſecte, eſt d'élever leurs enfans dans » le mécontentement de tout ce qu'ils voyent » ou qu'ils verront faire. Ils leur préparent » par-là une vie de chagrin perpétuel : de » plus, ils les expoſent à être de mauvais » ſujets du Prince ou de la République, & » par conſéquent de mauvais citoyens.

¶ » Qu'eſt-ce que c'eſt que de donner à » des enfans, dans la Religion Catholique, » l'eſprit Proteſtant, & dans une Monarchie » l'eſprit Républicain ?

¶ » Un parti, qui, par un certain degré » de ſavoir, par une grande abondance de » ſtile, par une apparence avantageuſe de

* » Diſtinguons dans la Théologie les dogmes décidés » d'avec les opinions de l'Ecole : unité dans les premiers; » liberté dans les autres, mais la charité par-tout : ſans » elle la ſcience des Ecoles, la foi même, ne ſervent de » rien. Cette vérité devroit être gravée, non ſur le bronze, » mais dans le cœur de tous les Théologiens. « *Dom Jamin.*

» réforme, s'étoit fait une réputation bril-
» lante dans un monde qui tendoit à une
» piété éclairée, est venu aboutir, en passant
» dans le petit peuple, à ce qu'il y a jamais
» eu en fanatisme de plus extravagant & de
» plus bas.

¶ » La douceur générale des derniers temps
» a épargné à plus d'un réfractaire les qua-
» lifications qu'ils auroient encourues en
» d'autres siecles.

En finissant cette note, qui renferme les pensées les plus propres, je ne dis pas à guérir de l'esprit de parti ceux qui en sont malheureusement entichés, (car, vu l'empire de la prévention, cette sorte de cure est moralement impossible) mais du moins à prémunir contre lui, ceux qui, dans un âge encore tendre & ouvert à la séduction, pourroient s'en laisser infecter; j'avouerai que s'il falloit adorer le Dieu de certaines Sectes, un Dieu qui m'ordonne des choses impossibles, & qui me punira pour ne les avoir pas faites; un Dieu, qui, tyran suprême des ames qu'il a formées, en prédestine le plus grand nombre par un décret absolu à la damnation éternelle; un Dieu, qui, sous prétexte qu'il ne nous doit rien, sera censé ne se rien devoir à lui-même ; un Dieu fait homme, qu'on m'a offert comme un Dieu Rédempteur, & qui cependant, en dépit des textes les plus formels de l'Apôtre*, n'est pas mort pour tout le genre humain, n'est pas venu pour sauver tous les hommes ; un Dieu à la grace duquel nul ne peut résister, quoique S. Etienne mourant ait si vivement reproché aux Juifs leur continuelle résistance à la grace ** ; quoique Jésus-Christ lui-même ait reproché, d'une maniere si touchante, cette résistance opiniâtre à l'infidèle Jérusalem † ; un Dieu dont la toute-puissance consiste à nécessiter, quand il lui plaît, l'action des Etres qu'il a faits pour agir librement, comme si, pour être tout-puissant, Dieu devoit changer la nature des choses, contredire les loix qu'il s'est imposées par sa sagesse, & conduire des Etres moraux par des loix physiques, ou des Etres physiques par des loix morales ; faire agir, par exemple, l'homme comme une machine, & faire agir une machine, en l'exhortant, en l'in-

* 1. Tim. II. 4, 5, 6. & IV. 10. Rom. V. 17, 18.
** Act. VII. 51.
† Mat. XXIII. 37.

vitant, en la reprenant, comme si elle étoit un être libre & intelligent; un Dieu, pour tout dire en un mot, dont l'infaillible vouloir fait tout en nous, & qui anéantissant tout vrai principe de mérite & de liberté, me feroit dire avec raison, s'il veut que je sois sauvé, je le serai, à quelque excès que je m'abandonne; si dans ses décrets il a résolu de me perdre, je suis perdu, quelques efforts que je fasse : oui, je l'avoue, un tel Dieu, bien loin d'obtenir mes adorations & mes hommages, me feroit desirer qu'il n'existât pas, ou plutôt encore, me feroit dire, il n'y a point de Dieu.

Mais avouons-le aussi, de semblables opinions que l'incrédule impute à la Religion, pour la rendre odieuse, n'ont jamais été les siennes; je dis plus, si un peuple imbécille croit ces choses, ceux qui l'instruisent ainsi, ne les croient pas. Helas ! ceux qui sont séduits méritent de la pitié; ils sont dans l'erreur : mais ceux qui séduisent sont faux; & si ce n'étoit la qualité d'hommes & de freres, qu'on doit encore chérir & respecter en eux, ils ne mériteroient que de la haine, de l'indignation & du mépris.

IBID.

(o) *Qu'ils se montent sur un ton de réforme,*

&c. Quelques pures que puissent être en effet les mœurs de ceux qui ont une autre croyance que celle de l'Eglise, elles sont malheureusement sans fruit pour eux-mêmes; & elles ne sont d'aucun poids pour les opinions qu'ils défendent. » Que la régularité extérieure de mœurs ne vous en impose jamais, dit l'Auteur des Pensées Théologiques : on ne conclut point des mœurs à la doctrine, ni de la doctrine aux mœurs. On peut vivre moralement bien & penser très-mal, comme on peut conserver la foi au milieu de ses désordres. On voit des Hérétiques réglés dans leurs mœurs, & des Catholiques débauchés. Une vie réguliere ne fait donc pas preuve pour la doctrine, ni le relâchement contre. L'enseignement public de l'Eglise est seul la pierre de touche qui discerne la vérité de l'erreur. Les œuvres peuvent être sans la foi, comme la foi sans les œuvres. » Quoi donc! s'écrie Tertullien, si un » Evêque, si un Diacre, si une Veuve, si une » Vierge, si un Docteur, si un Martyr même » s'éloigne de la regle, les Héréfies deviendront-elles des vérités? Est-ce par les personnes que nous devons juger de la foi, ou » par la foi que nous devons apprécier les personnes? Personne n'est sage s'il n'a la foi;

» personne n'est grand s'il n'est chrétien ; personne n'est chrétien s'il ne persévere jusqu'à » la fin. « *Lib. de Præscript.* 3.

De même aussi » l'esprit, la science & les talens ne déposent point en faveur de la vérité d'un sentiment. Les plus grands hommes peuvent tomber dans les plus grands égaremens. Le soleil a ses éclipses. » Ne pensez pas, » mes Freres, disoit S. Augustin à son peu» ple, que de petits esprits aient pu faire des » héréfies ; il n'y a eu que de grands per» sonnages qui aient eu le malheur d'en for» mer. L'Eglise gémit encore de la chûte de » l'austere & savant Tertullien, & des écarts » du grand Origene. *Enarr. in ps.* 124. « Pensées Théol. chap. 14.

PAGE 209.

(p) *Que chaque autorité a ses bornes . . . qu'elles sont faites pour se soutenir mutuellement.* » Chaque Puissance a sa fin particuliere à laquelle elle tend. La Puissance Séculiere se propose pour objet le bonheur des hommes dans le siecle présent ; la Puissance Ecclésiastique le prépare pour la vie future : deux objets précieux à l'humanité. « *Pensées Théologiques*, *ch.* 8.

» La Religion en elle-même est le lien d'une société spirituelle, & en même-temps une partie importante de la société civile. Dans le premier sens, c'est à ceux qui en sont les Ministres à en régler les devoirs, & à interpréter la loi sur laquelle elle est fondée. Dans le second sens, c'est au Prince à y veiller par rapport à la tranquillité de son Etat, de laquelle seule il est chargé. « *L'Abbé Terrasson, chap.* 3, *sect.* 2.

» On demande tous les jours une barriere qui sépare les deux Puissances ; la barriere est toute posée par la nature même des choses. Tout ce qui concerne uniquement la Religion & la vie future, tout ce dont on a besoin, comme Chrétien & comme Orthodoxe, forme la jurisdiction spirituelle ; tout ce qui concerne les avantages humains & temporels, tout ce dont on a besoin comme homme & comme citoyen, appartient sans partage à l'autorité séculiere. « *M. Gaillard, Histoire de François I, t.* 5.

» Dieu n'a pas établi les deux Puissances pour qu'elles fussent opposées : il est le Dieu de la paix, & non de la dissension. La sagesse divine ne sauroit être opposée à elle-même. Il a voulu, au contraire, que ces deux

deux autorités puissent se soutenir & s'entr'aider réciproquement. L'union de ces deux Puissances est un don du Ciel, qui leur donne une nouvelle force, & les met à portée de remplir les desseins de Dieu sur les hommes. Le monde est bien gouverné, si elles sont d'accord. Si elles viennent à se désunir, les institutions les plus sages sont menacées d'une ruine prochaine. *Dom Jamin.*

LETTRE LIII.

Du Comte.

DEPUIS ma derniere Lettre *, & les nouvelles plus favorables que je vous ai données sur l'état d'Emilie, nos espérances se soutiennent, sans cependant nous ôter encore toute inquiétude pour l'avenir. Les foiblesses ne sont plus si fréquentes; mais il reste une fievre lente & obstinée, qui annonce au moins que l'entiere guérison n'est pas aussi prochaine que nous l'avions pensé. Si je connoissois moins le courage & la piété de ma chere Emilie, je craindrois pour elle la plus funeste rechûte, lorsqu'elle viendra enfin à apprendre tous mes malheurs. Sur cet autre objet il ne me reste aucun espoir. Je ne trouve point d'amis, parce que je n'ai pas su les choisir, & que d'ailleurs,

* Cette Lettre ne se trouve point ici; elle paroit avoir croisé celle du Marquis.

comme vous ne l'avez que trop éprouvé vous-même, il ne reſte point à la Cour d'amis fideles à celui qui eſt tombé dans la diſgrace. La mienne me laiſſe tout à craindre ; & pourrai-je bien chérir encore l'autorité qui m'accable ? C'eſt l'effort le plus héroïque de la Religion. Elle me le commande cet effort : ô mon pere ! aidez-moi à lui obéir. Si Emilie n'a plus à partager que le ſort d'un proſcrit ; ſi tous les jours de ſa vie elle doit me reprocher le malheur de ſes enfans & ſa propre infortune, que me reſte-t-il à deſirer . . . que la mort ?

Mais non, je dois vivre pour la conſoler, puiſqu'elle daigne m'aimer encore. Je dois vivre pour vous offrir chaque jour l'hommage d'un cœur reconnoiſſant, pour mettre à profit vos ſoins & vos lumieres, pour réparer mes offenſes envers un Dieu clément & bon que j'ai méconnu, que j'ai ſi indignement blaſphêmé. . . . . Cependant ſi Emilie m'étoit enlevée ; ſi le Ciel dans ſa colere . . . . . Ah ! je ne puis ſoutenir cette idée ; & comment en ſoutiendrois-je la réalité? Que seroit pour moi le fardeau de la vie? Aurois-je jamais assez de courage pour survivre à l'épouse la plus tendrement aimée, à qui moi-même je l'aurai ravie? O mon pere! pour tant de force quelle ressource trouverois-je en moi! hélas! je ne le sens que trop; ma force est nulle & ma foiblesse est extrême. Je n'ai plus même ce feu, cette impétuosité de caractere & de sentiment, qui auroit pu me servir pour la vertu, comme elle m'a tant de fois servi pour le vice. Je m'observe, & ne me reconnois plus. Je languis, je m'abbas & me décourage; je succombe à la seule appréhension de maux qui ne seront peut-être point. Ah! ce n'est pas ainsi qu'Emilie a supporté les siens. Que ces ames si fieres, avant que l'adversité les éprouve, sont lâches quand la Religion ne les soutient pas! C'est en elle, mon pere, que vous me ferez retrouver le vrai courage dont j'ai besoin. Déja elle éclaire ma raison; mais elle ne parle encore que foiblement à mon cœur. Dans de premiers momens, je me croyois capable des plus grands ſacrifices ; & retombant avec plus de réflexion ſur moi-même, je n'en vois point dont je ne frémiſſe, & dont en ſecret je ne murmure. Grand Dieu! qu'une fauſſe démarche entraîne d'amertume, & qu'elle prépare de ſujets de repentir!

On m'interrompt..... C'eſt une foibleſſe qui vient de prendre à Emilie..... On craint, dit-on,..... J'y vole, au riſque de tout ce qui peut m'arriver..... O Dieu! Dieu que vais-je devenir!...

Toujours des terreurs nouvelles! Cette foibleſſe a duré long-temps, très-long-temps. Depuis pluſieurs jours elle n'en éprouvoit plus de ſemblable ; & il n'en faudroit qu'une de cette nature pour la faire périr. J'ai tout riſqué dans l'état où elle étoit. Malgré les précautions que j'ai priſes, on m'a apperçu ſortant de chez elle, & ce n'eſt que par un nombre infini de détours que j'ai pu échapper à ceux qui me ſuivoient. Les horreurs de la plus obſcure priſon m'effrayent moins que l'idée de ne la plus revoir, d'en être ſéparé pour toujours. Maintenant que l'on ſaura que je ſuis encore en France, à Paris, qu'il ſera aiſé de découvrir ma retraite! & toutefois il ne me ſeroit plus possible de fuir, quand je pourrois m'y réſoudre. Qu'ils faſſent donc de moi ce qu'ils voudront; qu'un coup d'autorité me plonge dans l'abîme des malheurs; que cette même autorité que vous voulez que je chériſſe, que je reſpecte, me forge pour toujours des fers.... O ma patrie! ingrate patrie! j'aurois pu te ſervir encore.. comme mon pere qui t'a ſi bien ſervi.... Va, tu n'es pas digne de mes regrets. Tu peux me priver de la lumiere du jour & de la liberté... Mais mon Emilie, mais mon pere qui vit encore en moi, mon fils, que deviendront-ils?

Ah! que l'autorité des hommes eſt dure! & que ſon joug eſt peſant! quelle eſt ſujette à l'erreur! car enfin c'eſt Lauſane qui a fait tout le mal; & c'eſt moi qui en ſerai puni.

Hélas! qu'il eſt, par rapport à la Religion, une autorité bien plus ſure que vous m'avez fait connoître ! j'en sens toute la nécessité. Elle seule peut fixer mes doutes ; elle mérite seule d'être l'arbitre de ma croyance, le juge de ma foi ; & elle le sera. Elle sera du moins la tranquillité de mon esprit, si mon ame, agitée par tant d'endroits, ne peut sur tout le reste être tranquille. Incapable qu'elle est de me tromper, cette Eglise à laquelle vous me rappellez, je marcherai d'un pas ferme à sa lumiere ; & si par impossible elle me trompoit, qu'aurois-je à redouter au tribunal du souverain Juge ? & ne serois-je pas en droit de lui dire : » Il me » falloit un guide, ô mon Dieu ! Trop » incertain, trop irrésolu par moi-même, » trop environné de mille sectes diverses, » qui prétendent toutes à la vérité, & qui » n'ont pour régle que l'opinion sous le » beau nom de l'Evangile, il me falloit » une regle plus sure, un tribunal plus » digne de ma soumission & de ma con» fiance. Vous me l'aviez promis ; vous » me l'avez donné. Et pouvois-je craindre » qu'il m'égarât ? Et ne seroit-ce pas vous,

» ô mon Dieu ! qui m'auriez égaré ? «

Non, non, Dieu ne se contredit pas lui-même ; ses promesses sont inviolables ; c'est sur elles que je me repose : & pour l'entiere conversion de mon cœur, ô mon pere ! je me repose sur vos prieres & sur votre tendresse pour moi.

LETTRE LIV.

Du Marquis à son Fils.

Malheureux jeune homme, que tu mérites de pitié! aux maux que tu éprouves, tu ajoutes le sentiment plus douloureux encore de ceux que tu crains; & il semble que pour te mieux punir d'avance, tu te plaises, par une prévoyance inutile, à faire ton propre tourment. Si Emilie te reste, comme je ne cesse de le demander au Ciel, que peux-tu perdre? Une telle épouse, ton pere, ton fils, dans quelque lieu que ce soit, si tu y conserves ta liberté, & si tu y sers le Seigneur, ne pourront-ils pas, pour ton repos, te tenir lieu de l'Univers? Toujours des préjugés, Valmont! plus de rang à la Cour & de superbe esclavage; plus de considération & de crédit; plus d'opulence, quoique dans un Royaume où les fautes sont personnelles, ce qui reste à Emilie puisse si bien vous suffire à tous deux; plus de nom & de titres dans les lieux où il te sera permis d'exiſter ; & tu en conclus ſans doute plus de paix & de félicité. O mon ami ! n'apprendras-tu jamais à mépriſer des ombres, des phantômes qui t'abuſent, & à évaluer les douceurs de la Religion & du ſentiment ? Va, ton Emilie, toute infortunée qu'elle a été juſqu'ici, ſe connoît mieux que toi en bonheur. Ne crains pas qu'elle te reproche de lui avoir fait perdre des titres, des honneurs, dont elle fait ſi peu de cas. Ton retour à Dieu, ton amour pour elle, l'honnête néceſſaire pour ſa famille, voilà les ſeuls biens qu'elle ambitionne : & ſi elle doit vivre, voilà ſeulement ce qui peut la faire vivre heureuſe, autant qu'on peut l'être ici-bas.

Je l'avoue cependant, ſon dernier état de langueur & de foibleſſe m'effraye. Son ame ſenſible & tendre a éprouvé des impreſſions trop ſubites & trop vives, pour que ſa ſanté & ſes forces ne s'en reſſentent pas encore long-temps. Daigne le Ciel réparer un tel épuiſement ! Mais, mon fils, s'il en a arrêté le décret, s'il faut qu'Emilie te soit enlevée, ce n'est point par ta mort que tu expierois tes fautes envers elle : c'est par une vie meilleure ; c'est en pratiquant les vertus dont elle t'aura laissé l'exemple ; c'est en donnant à ce gage précieux, qui te restera de son amour, l'éducation qu'elle-même eût voulu lui donner. Eh, où trouver des forces, me dis-tu, pour vivre encore, après l'avoir perdue ? où trouver des forces ?... Dans l'excès même de ton amour pour une si digne épouse : il te fait un devoir de l'imiter dans sa résignation & son courage ; il te fait un devoir de la vie, puisqu'elle te laisse un fils après elle. Et plus que tout, ne te reste-t-il pas, cher Valmont, un Dieu outragé à glorifier & à bénir ?

Tu ne trouves en toi qu'une extrême foiblesse. Ah ! tu ne connois pas encore les ressorts puissans de l'amour & de la Religion : c'est sur-tout dans celle-ci que tu trouveras des ressources ; & l'élévation qu'elle te donnera, si tu t'abandonnes à ses impressions, ne te permettra plus de ramper dans l'abattement & la douleur. Dieu lui-même te soutiendra; la croix de l'Homme-Dieu sera ta force; & ton ame, aujourd'hui lâche & pusillanime, devenue vraiment chrétienne, cessera bientôt d'être foible. O mon ami! tu te défies de tes forces, tu as raison; elles t'ont toujours manqué jusqu'ici, parce que tu n'avois en effet que les tiennes: mais que ne peut la vraie foi dans celui qui tire sa force du Seigneur?

Une seule chose me feroit frémir: ce seroit la perte de ta liberté dans la situation où je te vois. Eclairé sur la vérité du Christianisme, mais pas encore assez pénétré de ses saintes maximes, tu serois bien mal préparé pour une telle adversité. Ton caractere toujours bouillant, & qui ne te paroît éteint en quelque sorte que par l'excès même du sentiment qui t'absorbe tout entier, ne reprendroit dans un état si critique toute son activité, que pour la tourner contre toi; & son feu, attisé avec plus de violence que jamais, t'auroit consumé, avant que tu eusses pu penser à l'éteindre. Mon fils ! mon cher fils ! c'est moins encore pour ta liberté, que pour ton ame que je crains ; mais puisque la perte de l'une pourroit être si funeste à l'autre, redouble tes soins & tes précautions. Je t'en conjure, dérobe-toi mieux que tu ne l'as fait à toute recherche, & ne t'expose plus à tout perdre par de nouvelles imprudences.

Tu t'aigris contre l'autorité ; toi qui en as violé tous les droits, & qui n'as pu t'armer contre Lausane, sans commencer par t'armer contre elle. O mon fils ! avant que de te plaindre de l'abus que tu prétends qu'on en veut faire pour t'accabler, que ne commençois-tu du moins par lui rendre ce que tu lui dois. Mais que dis-je, cher Valmont, quelque innocent que je voulusse bien te supposer, lorsqu'en effet tu t'es montré si coupable ; est-ce au Sujet à demander compte à son Prince de l'usage qu'il fait de son pouvoir ? Je sais trop ce qu'une vaine & dangereuse philosophie invente de systêmes pour favoriser tes plaintes & tes murmures. Je sais ce que signifient dans l'esprit de nos Sages, & dans les conséquences qu'ils en tirent, ces conventions expresses ou tacites entre le Peuple & le Monarque; & ils ne l'énoncent aujourd'hui que trop clairement *. Mais je sais aussi ce que leur oppose une Religion sainte, qui vaut mieux que toute leur prétendue sagesse; je sais ce que nous dicte contre eux la raison même, lorsqu'on la consulte sans passion. Puisses-tu désormais, également soumis à l'une & à l'autre, ne plus en contredire les maximes, & ne plus en parler que le langage!

Aux yeux du Chrétien fidele, comme ce n'est point le hasard qui distribue les rangs, qui distingue les conditions, qui gouverne les sociétés & les hommes, qui établit l'ordre & qui le maintient dans l'Univers; ce n'est pas lui non plus, ce n'est point un aveugle choix, qui fait nos chefs & nos maîtres. C'est une dispositi-

* L'Editeur a usé dans cette Lettre, comme dans presque toutes les autres, de la liberté qu'il s'est réservée dans l'Avertissement.

tion secrette de la providence d'un Etre suprême, qui, arbitre de nos destinées, veille sur les nations, & nomme, dans sa clémence ou dans sa colere, ceux qui doivent régner sur elles. Souverain dispensateur de toute autorité, toute puissance, dit l'Apôtre, vient de lui seul. C'est donc à Dieu que résiste en effet celui qui résiste au légitime pouvoir; & le Prince, dût-il, hélas! en abuser, ce n'est point au citoyen à s'en plaindre, ni au sujet à l'en punir. Alors, que le Monarque tremble sur son trône, tandis que le peuple souffre, & lui reste soumis: il a un juge, qui l'a lui-même soumis à la loi, & qui s'en est déclaré le vengeur: il a un juge au Ciel; mais il seroit trop dangereux qu'il en eût sur la terre (*a*).

Aussi, mon fils, quelle a toujours été la conduite des vrais Disciples de Jesus-Christ à l'égard des Chefs qu'il a plu au Ciel de leur donner? Dans les beaux jours du Christianisme, dans ces siecles, où des Chrétiens sans nombre remplissoient déja les Provinces de l'Empire Romain, la Capitale, le Sénat, le Palais des Empereurs *, & par-tout étoient persécutés ; que savoient-ils ? Obéir. Et s'ils ne le pouvoient, sans manquer à Dieu même ; que savoient-ils encore ? Bénir, souffrir, & mourir.

Tel est l'esprit de l'Evangile ; & la raison la plus pure vient à l'appui de ces saintes maximes. Que seroit-ce en effet qu'un Etat où chaque particulier se croiroit en droit de juger l'autorité ; où le peuple même, au gré de ses passions & de ses caprices, au gré de l'intérêt & de l'ambition de quelques-uns de ses membres, au gré de la séduction & de l'imposture, se croiroit autorisé à changer ses chefs & ses loix, à briser le sceptre dans les mains de celui à qui il appartient de le porter, à réclamer en sa faveur un pacte primordial, qui, pour de tels excès du moins, n'a jamais existé.

Quels pactes, au reste, quelles con-

* Voyez *Hist. Rom. de Laurent Echard*, *t. 5, p. 316.*

ventions ont prétendu faire, dans l'origine des sociétés & des Empires, les peres avec leurs enfans; les conquérans avec des ennemis vaincus & asservis par les loix de la guerre; des soldats heureux, des héros de l'ancien temps avec ces mêmes hommes qui imploroient leur appui & qui couronnoient leur valeur; des hommes vertueux, reconnus pour Rois dans de premiers transports d'admiration, de reconnoissance, & avec une confiance qui ne permettoit pas même de pressentir les abus du pouvoir ? Eh, quand on les auroit prévus, ne devoit-on pas prévoir en même temps les dangers du soulevement, & tous les maux qu'entraîne la rébellion ?

O mon fils! parmi les tyrans mêmes, qui ont usurpé des droits que la constitution de l'Etat ne leur donnoit pas, quels Princes ont plus fait gémir l'humanité que les Caligulas, les Nérons, les Domitiens? & cependant qu'on oppose aux grands maux qu'ils ont faits, ceux que les Romains se sont faits à eux-mêmes, toutes les fois qu'ils se sont livrés à la fureur des partis, qu'ils ont ensanglanté l'Empire par des guerres civiles, & qu'ils se sont élevés contre leurs chefs, sous le spécieux prétexte de reprendre leur liberté.

Sans remonter à d'anciennes histoires, considere près de nous ce peuple, Roi & sujet tout à la fois, dont l'état actuel offre le préjugé le plus favorable à nos libres penseurs. Ils n'envisagent en lui que la situation du moment; mais qu'ils remontent un peu plus haut, & qu'ils observent ce qu'elle leur a coûté. Qu'ils voient par combien de calamités & de hasards il a passé, avant que de parvenir à son nouveau systême de gouvernement. Je dis plus encore; qu'ils examinent de sang-froid & sans partialité combien sa situation, maintenant si libre, si tranquille en apparence, est en effet incertaine & précaire. Eh, ne cache-t-elle pas, sous de flatteuses apparences, plus de servitude réelle que de vraie liberté, plus d'illusions que de bonheur? Chez ce peuple, tout fermente; tout y décele un levain secret de jalousie & d'aigreur; chaque espece d'autorité contraire y fait effort pour étendre sa domination, & diminuer sa dépendance; & de ce choc continuel d'intérêts opposés, que peut-il résulter par la suite que de nouveaux malheurs? Hélas! aussi inconstant, aussi facile à s'irriter que l'onde qui l'environne, le fier Républicain, l'indocile sujet y murmure toujours; & ce bruit sourd, semblable au long mugissement des vagues agitées, n'annonce pour l'avenir que des tempêtes.

Qu'ils aient trouvé cependant cette balance de pouvoirs & ce juste milieu que les choses humaines comportent si peu, ou qu'elles conservent avec tant de peine & perdent si promptement; qu'ils soient heureux enfin, autant que je les y convie, & que mon cœur le desire! Après tout, voudrions-nous pour nous-mêmes d'une félicité qui leur a tant coûté, & que nos ayeux auroient payé si cher? Quel tableau pour des cœurs sensibles, que celui de tout un Royaume en proie à ses propres fureurs (*b*))! Toutes les lumieres de la raison éteintes, tous les sentimens de la nature étouffés par l'esprit de parti, des fleuves de sang qui coulent de toute part, le fils armé contre son pere, le citoyen devenu soldat pour égorger ses concitoyens & ses freres, l'affreux pillage, l'incendie, le massacre dans les campagnes, & toute la licence des camps au milieu des villes, le fanatisme & l'hypocrisie immolant des victimes à la politique & à l'indépendance; tels sont, dans presque toute révolte contre l'autorité, les malheurs publics : & sous les plus mauvais regnes, tous les maux qu'on peut éprouver, quand les sujets sont soumis, ne sont gueres en comparaison que des maux particuliers.

Mais, mon fils, qu'avons-nous affaire de semblables images, pour nourrir dans le cœur d'un François l'amour de son Prince & de sa Patrie? Quand on aime, n'est-on pas toujours soumis & fidele? & cet amour n'est-il pas héréditaire parmi nous, comme l'eſt le trône parmi les enfans de nos Rois ? Ah ! ce ſentiment, il eſt vrai, ſe tranſmettoit autrefois de race en race ; & c'eſt lui qui forma nos héros, les Montignys (*c*), les Euſtaches de S. Pierre (*d*), les du Gueſclins, les Cliſſons, les Bayards, les Roſnys, les Crillons, les Montmorencys *, les Faberts (*e*), les Luxembourgs, les Turennes ; ces hommes que j'atteſte ; l'honneur du nom François, & qui confondirent toujours au fond de leur cœur le Prince avec la Nation. C'étoit encore le ſentiment de nos ayeux ; & pourquoi faut-il qu'une malheureuſe philoſophie vienne l'éteindre dans leurs enfans ? Lorſque mon pere ſe plaiſoit à former mes premieres années, avec quelle effuſion & quel tendre ſaiſiſſement il me faiſoit bégayer les noms ſacrés de mon Dieu, de mon Pere, & de mon Roi ! Avec quel

---

* Les deux Connétables, Anne & Henri I de Montmorency.

attendrissement j'apprenois à les répéter après lui! & à mesure que je croissois en âge; que tout ce qui intéressoit nos Princes & leur auguste famille me paroissoit intéresser la France, & m'intéressoit moi-même! Etre né sous l'empire de nos Rois, étoit une des choses dont chaque jour de ma vie je rendois grace au Ciel; & tous mes concitoyens pensoient alors comme moi. C'est ce noble enthousiasme, répandu dans tous les esprits & dans tous les cœurs, qui y faisoit circuler, en même temps que le sang dans nos veines, la valeur, l'honneur, le patriotisme, & qui soutenoit la dignité du nom François (*f*). On nous montroit nos Rois comme nos chefs, comme nos peres; toujours à notre tête pour nous conduire dans les sentiers de la gloire; toujours les premiers dans les dangers, au milieu des hasards, pour les partager avec nous; honorant la nation jusques dans leur défaite, & par la captivité même que quelques-uns d'eux ont éprouvée en combattant pour sa défense *; au sein de la paix, veillant sur nos intérêts, essentiellement inséparables des leurs †; adoucissant nos maux; gémissant sur ceux qu'ils n'avoient pu empêcher, & s'appliquant à les réparer; généreux, magnifiques, les plus aimables des Princes, les plus aimans, les plus dignes d'être aimés; &, dans l'auguste Maison qui nous gouverne, faisant toujours chérir en eux le cœur des Bourbons. Remplis de telles

* Il n'y a point, si je ne me trompe, de Nation qui ait eu un aussi grand nombre de ses Rois faits prisonniers de guerre que la nôtre; parce qu'il n'y en a point eu dont les Chefs aient eu autant de valeur

† Eh, qui ne sait en effet que le bonheur des Sujets fait essentiellement celui du Monarque; qu'il n'est vraiment riche qu'autant qu'ils le sont eux-mêmes; que l'abus du pouvoir en est la ruine; & que, comme l'a si bien dit l'Orateur le plus éloquent du dernier siecle, » tout ce qui outre l'autorité, » l'affoiblit & la dégrade? «

images, les François étoient invincibles; ou s'ils étoient malheureux, . . l'honneur leur restoit.

Aujourd'hui tous ces grands sentimens sont absorbés par un esprit particulier, par un intérêt bas & sordide, par des principes républicains, par un Anglicisme plus destructeur pour nous que le fer & la mort. Hélas! ne valions-nous pas assez par nous-mêmes? & falloit-il nous dénaturer par une ridicule imitation (g)!

Eh, mon fils, dans quel temps le Prince, la patrie eussent-ils dû nous être plus chers que dans le siecle où nous vivons? Si quelquefois nous y sommes exercés par des épreuves du moment, inévitables pour tout Empire; au moins a-t-on fait disparoître toutes les causes de nos anciennes révolutions, & de nos plus grands malheurs. Nous ne connoissons plus ces démembremens si funestes & ces partages entre les enfans de nos Rois; les grands fiefs, & la tyrannie des Seigneurs (h); ces Hauts-Justiciers, qui redoutoient les frais de la justice qu'ils devoient à leurs vassaux;

vassaux; l'énorme & dangereuse puissance des grands; cette valeur mal entendue des chefs, qui nous a fait éprouver tant de défaites, & cette rivalité entre plusieurs commandans, qui nous a dérobé tant de victoires; ces conquêtes éloignées, qui nous faisoient perdre de vue notre propre pays; le conflict des autorités; les divisions de secte & de parti, & les entreprises des sectaires, formant comme une République à part au sein de la Monarchie; nous n'avons plus d'ennemis dans le cœur du Royaume & sur nos frontieres; tout enfin parmi nous est rappellé à l'unité.

Unité précieuse, qui rend aux yeux des vrais sages notre genre de gouvernement si respectable (*i*), & qui fait de nos Rois l'image de Dieu sur la terre! Les François sont tous les membres d'une même famille; ils sont un peuple de freres, sous l'autorité d'un pere commun. C'est cette autorité sainte qui les unit entre eux, en les unissant à leur chef; & dans cette union si belle, leur amour pour la patrie s'identifie avec celui qu'ils ont pour le Monarque.

Elevés eux-mêmes dans ces maximes, nos Princes, après avoir obéi comme nous avec respect, avec tendresse, apprennent à régner un jour sur nous dans le même esprit que leur pere. Leur pouvoir transmis par droit de succession, sans altération, sans partage, les invite à le transmettre avec les mêmes avantages à leurs enfans. Les intérêts de leur propre sang leur deviennent communs avec les nôtres; assurés de l'héritage qu'ils lui laissent, & par leurs droits & par notre amour, ils ne sont point tentés comme les despotes & les tyrans d'en cimenter la durée par la violence; & leur empire se perpétue sans effort, comme il s'est établi sans contrainte. Aussi, mon fils, à bien peu de regnes près, ne comptons-nous dans nos fastes que de bons Rois (*k*).

Eh, quelle douce récompense ne trouvent-ils pas à leur amour pour nous, dans ce cri du François, si vif, si répété, quand il voit son Prince & qu'il sait qu'il en

... inv. del.

Le Patriotisme François.

C'est ainsi que nous avons toujours fait à nos Rois une loi de nous aimer et de nous rendre heureux.

est chéri ! Dans ce cri public, quel motif d'encouragement pour eux à nous aimer toujours davantage, & à nous rendre toujours plus heureux ! Quelle leçon au contraire, quand ce cri s'affoiblit ! Parmi des peuples esclaves, on a vu des Empereurs se déguiser pour savoir ce qu'on pensoit d'eux : ici le Prince n'a qu'à se montrer.

Jours brillans & fortunés, jours d'enchantement & de gloire, que ceux où nos Rois, échappés à des périls qui avoient fait la consternation & la douleur de leurs enfans, ont vu tous les cœurs voler au-devant d'eux ; des fleurs semées sur leur passage ; des arcs de triomphe disposés pour les recevoir ; le pere soulever son fils pour lui faire voir son Prince, & le fils sourire au Monarque & lui tendre les bras, ou le regarder en versant des larmes d'attendrissement ; les citoyens, pétillans de joie & d'amour, s'asseoir à la même table sans se connoître, se provoquer les uns les autres, se porter tour-à-tour une santé qui leur est devenue si chere, & joindre à de si doux transports toute l'ivresse du sentiment ; tout un peuple, au milieu des cris d'allégresse, nommer son Roi, le bien aimé & les délices de la Nation ! Ah ! de si beaux jours pour les Princes ne promettent-ils pas à leurs sujets des siecles de bonheur ; & qui a éprouvé le plaisir d'être aimé ainsi, pourroit-il être sensible à d'autres plaisirs ?

C'est ainsi, cher Valmont, que nous avons toujours fait à nos Rois une loi de nous rendre heureux : loi touchante que leur cœur se plaît à remplir (*l*), & qui leur ouvre à eux-mêmes une source de jouissance & de félicité pour tous les instans (*m*). Eh, pourquoi une nouvelle philosophie & de nouvelles mœurs nous feroient-elles perdre de si grands avantages & de si précieuses ressources ? Pourquoi, en attaquant tout à la fois la Religion & l'Autorité, le Sacerdoce & l'Empire, Dieu & nos Rois, les Philosophes de nos jours osent-ils bien se glorifier de briser dans nos mains un talisman d'imbécillité, & se félicitent-ils encore de faire le bonheur du genre humain? Quel bonheur que celui qui naîtroit de l'anarchie (*n*)!

O mon fils! soyons toujours ce qu'ont été nos ayeux. Que notre patriotisme renferme toujours l'amour de nos Rois. Tel est le patriotisme François. Que tel soit toujours le tien! Si tu n'avois pas le cœur des Valmont, ton pere te désavoueroit. Eh, que ne peux-tu mettre la main sur le mien! que ne peux-tu sentir, au moment où je t'écris, cette flamme dont il brûle, ... tout exilé que je suis!

Si des disgraces semblables à la mienne, ou plus grandes encore, doivent bientôt accroître tes chagrins, ne te laisse point aller en esclave aux plaintes & aux murmures. Fils bien né, sujet fidele, ame noble & généreuse, chéris toujours ta mere, ta patrie, qui t'a porté dans son sein; chéris ton Prince, comme ton maître & ton pere, de quelque indignation qu'il s'arme contre toi. Respecte, honore l'autorité qui t'a si long-temps, si haurement favorisé, protégé; honore-la, lors même qu'elle t'est contraire, & par ton exemple apprends aux autres à l'honorer. Des temps plus heureux pour toi renaîtront peut-être, où tu pourras lui être utile.

Sois soumis aux loix de la Religion, & tu le seras toujours à celles de l'Etat & du Prince. Le vrai Chrétien ne peut être qu'un sujet fidele.

NOTES.

PAGE 255.

(a) *Il seroit trop dangereux qu'il en eût sur la terre.* Ce que la Religion nous dicte à cet égard, M. de Voltaire l'a mis dans la bouche d'un Payen, éclairé par la seule lumiere naturelle.

> Ah! quand il seroit vrai que l'absolu pouvoir
> Eût entraîné Tarquin par de-là son devoir,
> Qu'il en eût trop suivi l'amorce enchanteresse,
> Quel homme est sans erreur? & quel Roi sans foiblesse?
> Est-ce à vous de prétendre au droit de le punir?
> Vous, nés tous ses sujets, vous faits pour obéir?
> Un fils ne s'arme point contre un coupable pere,

Il détourne les yeux, le plaint & le révere.
Les droits des Souverains sont-ils moins précieux ?
Nous sommes leurs enfans, leurs Juges sont les Dieux.
Si le Ciel quelquefois les donne en sa colere,
N'allez pas mériter un présent plus sévere,
Trahir toutes les loix en voulant les venger,
Et renverser l'Etat au lieu de le changer.

Arons dans *Brutus.*

PAGE 260.

(b) *Quel tableau pour des cœurs sensibles que celui de tout un Royaume, &c.* Je demande en effet à toute ame honnête, à tout cœur bien fait, si, pour établir en France ce gouvernement si vanté, il voudroit permettre, avant toutes choses, qu'on renouvellât parmi nous les scènes d'horreur qui se sont passées en Angleterre, en Ecosse, en Irlande, après la mort si injuste du Comte de Strafford, Ministre & Favori de Charles I. *Voyez M. Hume, t. 2, vers la fin, & t. 3, de l'Histoire de la Maison de Stuart.*

Qu'il me soit libre d'ajouter ici une réflexion que je souhaite que beaucoup d'autres aient faite avant moi : c'est que je ne pense pas qu'une ame, tant soit peu sensible aux maux de l'humanité, puisse avoir le courage de lire de suite, & sans se reposer, les tristes détails qu'offrent certains volumes de l'Histoire d'Angleterre. Il s'y trouve tant d'objets qui affligent le sentiment, la nature & la Religion, qu'on est forcé, après un certain nombre de pages, de chercher une espece de soulagement dans d'autres lectures. Ce ne sera pas sans doute la maniere de voir & de penser de nos indépendans ; mais à eux permis de penser comme il leur plaira, pourvu qu'ils nous permettent de ne pas voir & de ne pas sentir comme eux.

PAGE 261.

(c) *Les Montignys.* » Quelle douceur on » goûte, dit M. d'Arnaud, à rendre un hom» mage public à la vertu ! Et que je serois » heureux de venger de l'oubli de l'Histoire, » qui ne l'a cité qu'une fois, le nom du brave » Galon de Montigny, guerrier d'autant plus » respectable qu'il étoit dans l'indigence ! » C'est ce digne Chevalier qui portoit à la » journée de Bouvines l'étendard de France.... » Montigny, dans cette bataille, où Phi» lippe-Auguste fut renversé de cheval & alloit » être foulé aux pieds des chevaux, haussoit » & baissoit la Banniere Royale, pour donner » à toute l'Armée le signal du péril où se » trouvoit le Monarque ; ce vaillant home

» me, quoiqu'embarraſſé de ſon étendard, » fit au Roi un rempart de ſon corps, ren- » verſant à grands coups de ſabre tout ce » qui ſe préſentoit pour l'aſſaillir. (Ce ſont » les expreſſions de Velly.) J'ajouterai que » Montigny demeura toujours pauvre, mais » couvert d'une gloire immortelle, dont je » deſirerois bien étendre l'éclat. » *A la ſuite de Fayel.* Malheur à qui lira ce trait ſans en être attendri ! Quoique né parmi nous, il n'a pas le cœur d'un François.

IBID.

(d) *Les Euſtaches de S. Pierre.* M. du Belloi, par ſa Tragédie vraiment patriotique du Siege de Calais, a fait aſſez connoître ce beau nom, qui fait tant d'honneur à la France.

IBID.

(e) *Les Faberts.* » Le Roi lui ayant donné le Gouvernement de Sedan, il y fit faire des fortifications ſi ſolides & avec tant d'économie, que le Roi n'a jamais eu de Places mieux fortifiées & à ſi peu de frais. Il fit creuſer à ſes dépens le Fort de la tête de l'ouvrage à cornes du côté du Palatinat. Lorſque ſa famille lui repréſentoit qu'il dépensoit un bien qu'il étoit obligé de leur conserver : » Si, pour empêcher, leur répon- » dit-il, qu'une Place que le Roi m'a con- » fiée, ne tombât au pouvoir des ennemis, » il falloit mettre à une brêche ma personne, » ma famille & tout mon bien, je ne ba- » lancerois pas à le faire. « *Dictionnaire des Hommes Illustres.*

PAGE 262.

(f) *Et qui soutenoit la dignité du nom François.* C'est là ce qui faisoit dire à un de nos Soldats, sous le Maréchal de Saxe : » J'ai » l'honneur d'être François. « Cette dignité se perd à mesure que nos mœurs se corrompent, & que notre amour pour la constitution de l'Etat & pour notre genre de gouvernement s'affoiblit. On ne voit gueres aujourd'hui de ces traits d'héroïsme, si communs autrefois parmi nous. Puisse le soin qu'on prend depuis quelque temps de les retracer dans les livres faits pour notre jeune Noblesse, ranimer dans tous les cœurs les sentimens précieux qui en étoient le germe ! Je suis convaincu que, si nous avions parmi nous des Historiens aussi attentifs à faire valoir les traits de patriotisme & de valeur de nos François, que l'étoient les anciens Historiens à relever les traits de grandeur d'ame & de courage des Grecs & des Romains, nous ne leur céderions point à cet égard; & plus on parcourt d'anecdotes dans ce genre, que nos Ecrivains n'ont pas assez fait connoître, plus on se confirme dans cette idée. Il viendra peut-être enfin pour nous un Thucydide, un Xenophon, un Tite-Live, qui rassemblera ces différens traits épars, & qui les mettant à leur place, parmi tous les événemens de politique, de sieges & de batailles, ne les croira pas indignes de figurer dans notre histoire. Voici quelques-uns de ceux qui m'ont le plus affecté, & il y en a mille autres qui valent bien ceux-là.

Dans une guerre contre les Turcs en 1664, un nommé Sillery, qui n'étoit encore qu'Enseigne, fut blessé dangereusement. Se voyant prêt à expirer, il appella quelqu'un des siens pour lui remettre son étendard, afin qu'il ne tombât pas entre les mains des Turcs. Nul ne s'étant présenté, il s'enveloppa & se roula dedans en mourant. *Pelisson: Hist. de Louis XIV.*

Les François assiégeoient Mastricht en 1673, avec cette ardeur qui les caractérise. Un Soldat du Régiment du Roi fut dangereusement blessé à l'attaque d'une demi-lune. Comme on le plaignoit, en le voyant tout couvert de sang : *Ce n'est rien*, dit-il, *le Régiment a fait son devoir.*

Un Grenadier du même Corps, dans la même occasion, remarque qu'un homme de qualité qui le suit en grimpant, est tombé sur le ventre ; il lui tend la main droite pour le relever. En cet instant un coup de mousquet lui perce le poignet. Sans se plaindre, ni s'étonner, il lui tend la main gauche & le releve. » Les Historiens Grecs & Romains, dit Pelisson, qui rapporte ces anecdotes dans ses *Lettres historiques*, n'auroient pas oublié le nom de ces deux hommes intrépides. «

Le Prince d'Orange est battu en 1693 à Nerwinde par le Maréchal de Luxembourg. Dans la chaleur de l'action, ce Général voyant revenir du combat un Soldat aux Gardes qui a quitté son Corps, lui dit d'un ton menaçant : où vas-tu ? » Je vais Monseigneur, répondit » le Soldat, en ouvrant son habit pour faire » voir sa blessure, mourir à quatre pas d'ici, » ravi d'avoir exposé & perdu la vie pour mon » Prince, & d'avoir combattu sous un aussi » grand Général que vous : je puis vous assu- » rer, à l'article de la mort où je suis, qu'il

» n'y a aucun de mes camarades qui ne soit » pénétré du même sentiment. «

En 1694 le même Général vient couvrir, par une marche forcée, les Places maritimes de la Flandre Françoise, menacée par le Prince d'Orange. Un Soldat du Régiment de Navarre murmure de cette fatigue : Eh, courage, » camarade, lui dit un vieux Caporal ; le » Roi nous paye toute l'année pour un jour » seulement : le voici. Acquittons-nous de » notre devoir pour la gloire de notre Maî- » tre ! «

Un Officier du Régiment de Champagne demandoit, pour un coup de main, douze hommes de bonne volonté. Tout le Corps reste immobile, & personne ne répond. Trois fois la même demande, & trois fois le même silence. Eh quoi, dit l'Officier : l'on ne m'entend point ! » L'on vous entend, » s'écrie une voix ; mais qu'appellez-vous » douze hommes de bonne volonté ? nous » le sommes tous ; vous n'avez qu'à choisir. « *Encyclop.* au mot *Gloire*.

Un Lieutenant-Colonel qui étoit de tranchée, voulut, avant de mener les Grenadiers à l'attaque du chemin couvert, faire distribuer de l'eau-de-vie. Ces braves gens, blessés d'une précaution qu'ils trouvoient injurieuse, s'écrierent tous avec indignation: *Nous prend-il donc pour des Allemands?* Il n'y a personne qui, par cette réponse, ne juge que le chemin couvert fût emporté. *Dissertation sur la subordination, avec des réflexions sur l'exercice & sur l'art militaire.*

Au combat de Closter-Camp, M. d'Assas, Capitaine dans le Régiment d'Auvergne, s'étant avancé pendant la nuit pour reconnoître le terrein, fut saisi par des Grenadiers ennemis embusqués pour surprendre notre Armée; ces Grenadiers l'entourent & le menacent de le poignarder sur le champ, s'il fait le moindre cri qui puisse les découvrir. M. d'Assas, sous la pointe de vingt bayonnettes, se dévoue, crie d'une voix généreuse, *à moi, Auvergne, ce sont les ennemis,* & tombe à l'instant percé de cent coups. On sait que le Régiment d'Auvergne soutint le premier effort des ennemis, les repoussa, & qu'il s'ensuivit une victoire complette.

Le François furieux lorsqu'on lui résiste, est plein de douceur & de générosité pour un ennemi désarmé. C'est ce que le Comte de Solms, Général de l'Infanterie ennemie, & qui avoit été fait prisonnier par les François à la bataille de Nerwinde, ne put s'empêcher de reconnoître. *Quelle Nation est la vôtre*, s'écria-t-il, en parlant au Chevalier du Rozel, un des Officiers Généraux de l'armée Françoise! *Vous vous battez comme des lions, & vous traitez les vaincus comme s'ils étoient vos meilleurs amis.* Lettres de Racine.

» Le François qui compte sur son Général » est invincible. Au contraire, on en a si » bon marché quand il est commandé par » des Courtisans qu'il méprise, qu'il ne faut » qu'attendre l'occasion pour vaincre à coup » sûr la plus brave Nation du Continent. » Ils le savent fort bien eux-mêmes. Milord Malborough, voyant la bonne mine » & l'air guerrier d'un soldat pris à Blen» heim, lui dit: *S'il y eût eu cinquante » mille hommes comme toi à l'Armée Fran» çoise, elle ne se fût pas laissé battre. Hé » morbleu!* repartit le Grenadier, *nous avions » assez d'hommes comme moi; il ne nous en » manquoit qu'un comme vous.* « M. Rousseau.

PAGE 264.

(g) *Falloit-il nous dénaturer par une ridicule imitation?* A cette Anglomanie, si contagieuse, si universelle de nos jours; qu'avons-nous gagné ? Des modes souvent bizarres que les Anglois quittoient lorsque nous les prenions; un ton froid & raisonneur à la place du sentiment, & du génie peut-être; le *spleen*, la *consomption*, le dégoût de la vie, au-lieu de cette gaieté vive, l'un des plus beaux dons que la nature ait pu nous faire; le suicide, cette fureur barbare passée en systême & en principes; l'esprit d'irréligion, sous le beau nom de liberté de penser; celui de l'indépendance, & une opposition secrette à toute autorité; voilà en vérité de beaux présens qu'on nous a faits là!

IBID.

(h) *Les grands fiefs, & la tyrannie des Seigneurs.* » A quels excès monstrueux se laissoient emporter une foule de petits despotes subalternes qui désoloient la France! Il y en a eu, qui pour des haînes particulieres ont brûlé des châteaux, ont fait des prisonniers, & les ont égorgés eux-mêmes de sang froid; d'autres s'emparoient, à force ouverte, d'une femme dont ils étoient devenus amoureux, ou d'une fille que les parens leur avoient refusée en mariage; les malheureux serfs étoient les jouets & les victimes du caprice de ces Tyrans féodaux. Voilà pourtant le Gouvernement que le Comte de Boulainvilliers s'avisoit de regretter ! Qu'on juge par ces horreurs, si un corps de Monarchie n'est pas préférable à toutes ces autorités divisées & subdivisées. Connoissons bien notre bonheur, & n'allons pas demander au Ciel une autre législation. « *M. d'Arnaud à la suite de Fayel.*

» La même époque qui vit nos Rois dépouillés de leur autorité, vit l'anéantissement, ou, si vous l'aimez mieux, la suspension de toute législation politique. Nul concert pour le Gouvernement général entre le Monarque & les Vassaux. Chacun se croit maître de son territoire. Ils se font la guerre ; ils font des traités entre eux ; ils donnent des ordres à leurs Sujets. Tout ce qu'avoit possédé la Puissance publique, semble être alors une dépendance & un attribut de la propriété, & les revenus de l'Etat deviennent les produits de la Seigneurie. Plus de loix générales, plus de capitulaires. On voit des Chartes données par les Rois & par les Seigneurs, exécutées dans leurs domaines : on voit les peuples devenus esclaves, & assujettis à des coutumes barbares plus ou moins injustes, plus ou moins déraisonnables, selon que le petit despote qui les gouverne est lui-même un bon ou un mauvais maître. La législation ne reparoît en France, que lorsque nos Rois commencent à s'affranchir des entraves qu'ils avoient reçues ; & les peuples ne recouvrent leur liberté, qu'à mesure que le Souverain rentre dans ses droits. « *M. Moreau. Leçons de Morale & de Politique, &c.*

PAGE 265.

(i) *Qui rend notre genre de gouvernement si respectable.* » Le premier principe de tout gouvernement & de toute doctrine sur le gouvernement, doit être le bien public. Or, quand la premiere spéculation porteroit à préférer le Gouvernement Républicain ; l'expérience que l'on a sur les hommes, faits comme ils sont & comme ils seront toujours, apprend que le Gouvernement Monarchique est préférable, & la vraie Philosophie se rend à cela. Ainsi, quand je lis des Auteurs ennemis de la Monarchie, je dis : » Ces gens-là se ressentent de la fierté de » l'esprit humain, & suivent leur propre or- » gueil ; mais ils ne connoissent pas le bien

» public, & ne sont pas Philosophes. « *L'Abbé Terrasson, la Philosophie applicable, &c.*

¶ » Quel est le plus avantageux, ou de la liberté, ou de la tranquillité publique? La réponse qui sera faite, établira l'Aristocratie ou la Monarchie. «

¶ » L'expérience a fait voir que la Monarchie étoit le Gouvernement le plus avantageux pour la sûreté & la tranquillité publique, par la raison même de l'abrégement «.

¶ » Dans les anciens temps un Tyran étoit un monstre vivant & mourant, mais le génie populaire étoit un monstre permanent; c'est là ce qui me fait croire que dans les anciens temps mêmes, & avant l'adoucissement des mœurs humaines, le Gouvernement Monarchique étoit déja, comme aujourd'hui, le plus favorable de tous «.

¶ » Les Républiques sont exposées à passer toutes sous des maîtres, par la contrariété nécessaire des intérêts, des avis, & des passions de ceux qui les composent «. *Ibid.*

Rien ne peint mieux, ce me semble, les inconvéniens particuliers & passagers du pouvoir d'un seul homme dans un Etat Monarchique, comparés aux inconvéniens bien plus étendus, plus sensibles & plus durables, de l'autorité partagée comme elle l'est dans les autres sortes de Gouvernemens, que cette fable *des moucherons, du lion & du troupeau*.

Des moucherons voltigeoient sur des feuilles de vignes, & y trouvoient leur logement & leur subsistance. Un lion entre dans la vigne; il y excite une commotion violente; les moucherons frémissent sur les branches, ils s'ébranlent, ils tombent. Le lion passe: ils se relevent, se rassurent, retrouvent leur premiere demeure, & de nouveau se reposent. Un troupeau de moutons, animaux si doux & si paisibles, entre dans la vigne: ils broutent l'herbe, ils arrachent les branches, ils avalent & les moucherons & les feuilles.

PAGE 266.

(k) *A bien peu de regnes près, nous ne comptons dans nos fastes que de bons Rois.* On ne peut guere en attendre d'autres de l'éducation, que parmi nous on prend soin de leur donner. Aussi ne puis-je me refuser à la satisfaction si vive & si touchante d'ajouter ce beau trait d'un Prince, toujours plus digne de notre amour, à ceux que j'ai eu occasion de citer. Il étoit à la chasse & dans son carosse, lorsqu'on lui annonça que le cerf étoit prêt d'être forcé. » Qu'on se hâte, dit-il; » qu'on prenne le chemin le plus court, » pour que je puisse arriver «. Le cocher enfile à l'instant un champ qui étoit ensemencé. » Par où vas-tu donc, s'écrie-t-il, en le faisant reculer? Ce champ n'est ni à toi ni » à moi, & je ne veux arriver par le plus » court chemin, qu'autant qu'il n'en coûtera » rien à personne «.

Une autre fois, après avoir bien considéré, dans une Dame de la Cour, une étoffe précieuse, & lui en avoir demandé le prix; » elle est fort belle, lui dit-il, mais il y » auroit plus de mérite à s'en passer & à » payer ses dettes «.

Je ne parlerai pas ici de plusieurs autres traits relatifs à sa dépense même, dans lesquels ont éclaté tout-à-la-fois, aux yeux des Citoyens attendris, & l'économie du sage qui veut être le pere de son peuple, & la libéralité du Prince qui est né pour en être le Monarque. Mais qu'on me permette une réflexion sur ceux que j'ai rapportés: on y remarque beaucoup d'équité & d'amour pour l'ordre. Or, cet amour eſt la vertu eſſentielle des Princes. De la ſenſibilité toute ſeule peuvent naître, à quelques égards, la juſtice de l'homme privé, & la vertu du particulier; mais l'amour de l'ordre eſt par excellence la vraie ſenſibilité & la vertu du Souverain.

PAGE 268.

(l) *Loi touchante que leur cœur ſe plaît à remplir.* Témoin ce beau mot de Louis XV. Menin eſt attaqué en 1744 par les François. On lui dit qu'en bruſquant une attaque qui coûtera quelques hommes, on ſera quatre jours plutôt dans la Ville. » Eh bien, » dit le Roi, prenons-là quatre jours plus » tard; j'aime mieux perdre quatre jours » devant une place, qu'un ſeul de mes ſu» jets «.

IBID.

(m) *Qui leur ouvre à eux-mêmes une ſource de jouiſſance & de félicité pour tous les inſtans.* Un Monarque chéri diſoit à ſa famille, » mes » enfans, vous avez dû être bien fatigués » de la journée que vous avez paſſée à Paris. » *Non, Sire*, répondirent-ils, *nous n'en*

» *avons jamais passé de si douce de notre vie* «.

Dignes Princes qui sentez vivement, & qui savez vous attendrir sur ces François qui vous aiment, vous connoissez maintenant quelle est aussi la vivacité du sentiment dans des cœurs tels que les nôtres ! Venez donc, venez souvent visiter dans sa Capitale le plus aimable de tous les Peuples ; venez-y offrir votre encens à celui qui fait les destins des Rois & des Nations ; jouissez-y du doux spectacle d'une des premieres Villes du monde, redoublant, de concert avec vous, ses vœux & ses prieres, pour qu'il plaise au Ciel de vous donner une postérité qui vous ressemble ; & soyez toujours sans inquiétude sur la pompe & les frais du voyage : le plus beau cortege pour les Princes, comme leur plus riche trésor, c'est le cœur de leurs Sujets.

PAGE 269.

(n) *Quel bonheur que celui qui naîtroit de l'anarchie !* » Travailler au maintien de » l'autorité légitime, soit Ecclésiastique, » soit Séculiere, c'est travailler à la tran» quillité publique. « *L'Abbé Terrasson.*

Nos faux sages ne sentent que trop bien

la liaison intime qui est entre ces deux autorités, & l'opposition qu'a chacune d'elles à leurs principes : c'est pour cela qu'ils s'arment si hautement contre l'une & l'autre. Un Roi d'Angleterre la sentoit vivement cette liaison, lorsqu'il disoit *no Bishop, no King*, point d'Evêque, point de Roi.

LETTRE

LETTRE LV.

Du Comte à son Pere

QUELLE alternative de biens & de maux, de joie & de douleur ! Emilie est rendue à la vie; je ne tremblerai plus pour ses jours. Son entier rétablissement pourra être long encore ; mais du moins il est assuré, & son état présent ne nous laisse plus craindre de rechûte. Emilie revit. . . . Est-ce bien pour moi ? Hélas ! j'ai tout perdu. . . . Emilie est tout, & je ne suis plus rien. Le Roi a prononcé mon entiere disgrace. Le Comte de **** me remplace à la Cour ; ma Compagnie des Gardes est donnée ; mes pensions me sont ôtées ; & nulle sorte de traitement ne me dédommage de ce qu'on m'enleve. Ma femme, il est vrai, regagne pour elle-même une partie de ce que je perds : & le dirai-je ! c'est ce qui met le comble à mon malheur.

La Reine, trop inſtruite de ce qu'elle a ſouffert, remplie d'eſtime pour ſa vertu, veut la retenir près d'elle, & lui réſerve la place de Dame d'Honneur, vacante par la mort de la Ducheſſe de ****; tandis que, ſans paroître maintenant en vouloir à ma liberté, ce qui n'a rien de bien sûr encore, on parle de m'exiler à ſoixante lieues de la Capitale. C'eſt donc auſſi Emilie qu'on m'enleve, & pourra-t-elle bien y conſentir? On lui laiſſe ignorer tous ces arrangemens par ménagement pour ſa convaleſcence. O mon pere! elle y ſouſcrira. La difficulté qu'elle trouvera à s'en défendre, l'intérêt de ſon enfant, le mien, dira-t-elle, une eſpece de charme qui attache aux grandeurs, le ſouvenir peut-être des peines que je lui ai cauſées, la crainte de celles que je pourrois lui cauſer par la ſuite, ah! tout m'aſſure qu'elle va ſe ſéparer de moi, m'oublier pour toujours. Non, elle ne voudra point s'aſſocier à mon infortune, végéter dans un coin du Royaume, s'enſevelir dans une Province, n'être plus rien ainſi que moi, ne tenir plus à rien., qu'à moi ſeul. Quel amour, (& j'en mérite ſi peu de ſa part) ô Dieu! quel amour ſeroit capable de tels ſacrifices! D'ailleurs pourroit-elle les faire quand elle le voudroit? N'aura-t-elle pas à ſe couvrir du prétexte de l'autorité, de la néceſſité? O Emilie! Emilie! Que deviendrai-je loin de toi? Dans un âge ſi tendre, avec tant de charmes, ſans appui, ſans guide, toi-même que deviendras-tu, dans un ſéjour ſi fatal à l'innocence? Hélas! où m'emporte encore ma jalouſe paſſion? Vertu pure & ſainte! oſerai-je bien ſans ceſſe t'outrager par mes craintes, & n'apprendrai-je jamais à honorer ta force & ton pouvoir?

Cependant plus Emilie a de vertu, plus elle mérite tout mon amour, & plus j'aurai à ſouffrir de me voir éloigné d'elle. Ses exemples, qui me deviennent maintenant ſi néceſſaires pour ſoutenir ma foi, pour fortifier ma religion, pour achever mon changement, ſeront perdus pour moi. Je ne l'aurai point avec moi pour adoucir mes peines, pour me consoler de tous les biens dont on me prive, pour amortir mes autres passions. Car enfin je sens trop bien, ô mon pere, que malgré la sagesse de vos réfléxions, malgré les lumieres que vous m'avez données, je tiens de toute mon ame à ce monde enchanteur, que je suis forcé de quitter. J'en sens le vuide, & toutefois il m'attache, il me captive; tout indigne qu'il est de mes regrets, je ne m'en sépare qu'avec la plus vive douleur. L'ambition me dévore, & toutes les passions sont dans mon cœur. Changez-le ce cœur, ô mon Dieu! donnez-m'en un autre qui vous aime! Dissipez tous les vains phantômes que je me suis formés, & apprenez-moi à ne chercher qu'en vous seul le contentement & le repos!

Aidez, mon tendre pere, à cette touche puissante de la grace par de nouvelles lumieres; faites-moi trouver cette paix après laquelle je soupire; désabusez-moi des chimeres qui m'ont séduit ; déchirez le bandeau qui voile encore à mes yeux les vrais biens ; que je vous doive, après Dieu, mon entiere conversion, & je vous devrai tout mon bonheur.

LETTRE LVI.

Du Marquis à ſon Fils.

EMILIE nous eſt rendue ! Pour une telle faveur, ô mon Dieu ! quelle reconnoiſſance pourra nous acquitter envers vous ? Mon fils, mon cher fils ! tu ne ſens pas encore le prix de ce que le Ciel fait pour toi : tu le ſentiras plus vivement un jour ; & puiſſe ce jour ne pas être loin ! Rappellé à Dieu, à toi-même, oui, tu ſentiras que le ciel te laiſſe tout, en te laiſſant Emilie. Tu l'apprécieras alors bien mieux que tu ne l'as fait juſqu'ici ; tu ſauras tout ce qu'elle vaut. C'eſt au ſein de l'infortune qu'on apprend à connoître les hommes. Mais... en avois-tu beſoin pour connoître Emilie ? Je ne m'inquiete point de ce qu'elle fera ; je ne veux pas même ſavoir ce que je ferois, ſi j'étois à ſa place ; elle conſultera ſon cœur, & d'après lui elle ne peut que bien faire. Cher Valmont, ſi déſormais tu n'es pas heureux, c'eſt que tu ne voudras pas l'être; c'eſt que tu mettras toujours des chimeres à la place de la vérité ; c'eſt que tu conſerveras des paſſions, qui ne peuvent faire que le tourment des autres & ton propre ſupplice.

Tu deſires que je t'arme contre toi-même. Tu me permets de travailler plus efficacement à ta converſion. O mon ami ! par combien de gémiſſemens & de larmes je n'ai ceſſé de la demander au Seigneur ! C'eſt de lui que je l'attends : car, hélas ! que peuvent les hommes pour un ſi grand ouvrage ? Unis tes gémiſſemens aux miens, tes inſtances à mes prieres ; demande, preſſe, conjure, n'épargne rien pour obtenir. Ton repos ici bas... que dis-je ! ton ſalut en dépend.

Ton ſalut... Oui ; mon fils : éclairé maintenant par la religion, ouvre à tes idées & à tes penchans une plus vaſte carriere ; élance-toi dans l'éternité, ſondes-en les abîmes, & médite profondément tout ce que renferme ce mot, ce ſeul mot, ſi peu ſenti par la plupart des Chrétiens... le ſalut éternel.

Une éternité de bonheur, du bonheur le plus vrai, d'un bonheur immenſe, infini, immuable comme Dieu même, à acquérir, à poſſéder un jour; une éternité de malheur à craindre; telle eſt l'alternative que la foi te préſente. D'après elle, peſe bien la force de ces paroles de ton divin Maître; elles valent tous les livres, & diſent tout à qui ſait les comprendre. » Que ſert à l'homme de gagner le monde » entier, s'il vient à perdre ſon ame; & » que donnera-t-il en échange pour elle? «

O mon fils! tu tiens de toutes les forces de ton ame à ce monde qui t'a charmé. Eh! quand tous ſes biens te ſeroient donnés, quand il accumuleroit en ta faveur toutes les richeſſes & tous les honneurs; que te ſerviroit d'en avoir joui, ſi par un attachement indigne de toi, ils te conduiſoient à ta perte; & qui te dédommageroit en effet de ce que tu aurois perdu? au contraire, nud, dépouillé, banni, flétri, abandonné de toutes les créatures, mais détaché de tout, pour ne tenir qu'à Dieu ſeul; après des maux qui finiront tôt ou tard, qu'aurois-tu à regretter, lorſque dans la poſſeſſion de Dieu même, tous les vrais biens te ſeroient offerts & aſſurés pour toujours ? Ah ! mon ami, que c'eſt bien ici que tu dois comprendre toute la force de cette autre parole du Sauveur : » il n'y » a après tout, qu'une ſeule choſe de né» ceſſaire. « Non, il n'eſt pas néceſſaire que tu conſerves quelque temps encore, quelques jours, quelques momens peut-être, ces biens fragiles qui irritent tes deſirs ; mais il eſt néceſſaire... que dans l'éternité tu ſois heureux.

Eh, conſidere, pour cette vie même, ce que ſont ces biens après leſquels tu ſoupires. Prends, pour les mieux voir, un œil plus religieux & plus ſage. Emprunte le ſecours de l'expérience, & puiſe la dans toi & dans tes ſemblables. Valmont ! ces biens font-ils le bonheur ? Toujours tu te trompes, en le cherchant où il n'eſt pas. Le bonheur du vrai ſage ſur la terre eſt dans la paix, & ce ne ſont pas ces faux biens qui nous la donnent. Hélas ! de quelles inquiétudes ils ſont la ſource ! Quel vuide ils laiſſent dans l'ame quand on les poſſede (*a*) ! Quels regrets, quelle amertume quand on vient à les perdre ! Veux-tu en bien connoître la vanité ? Interroge un Monarque ſur ſon trône ; & qu'il te diſe, ſi, parmi ſes ſujets, il eſt un homme, qui connoiſſe mieux que lui la ſatiété, & l'ennui qu'elle entraîne après elle : interroge le plus renommé d'entre les Rois, & le plus heureux en apparence, celui qui ſavoit le mieux jouir, ce ſemble, & qui avoit le plus réuni, épuiſé toutes les eſpeces de jouiſſances, celles de la gloire, des richeſſes, des ſciences, des arts & des plaiſirs ? & entends-le, après la brillante énumération qu'il en fait, s'écrier : » Vanité » des vanités, tout n'eſt que vanité. « Hé, pourquoi, tout ici-bas n'eſt-il que vanité ? Ah ! c'eſt que notre cœur eſt trop vaſte pour de ſi petits objets, & qu'ils n'ont pas été faits pour le remplir ; c'eſt que Dieu, qui l'a formé ce cœur, ne l'a formé que pour lui, & qu'en imprimant dans nous le deſir néceſſaire du bonheur, il a voulu que nous ne pussions trouver le bonheur qu'en lui seul.

Mais, pour te mieux détromper, va puiser au pâle flambeau de la mort de nouvelles clartés *. Descends en esprit sous les voûtes sacrées qui couvrent les

* M. le Marquis de Caraccioli, l'illustre Traducteur des Nuits d'Young, & M. d'Arnaud dans plusieurs de ses Ouvrages, ont trop heureusement accoutumé de nos jours les esprits les plus difficiles en ce genre à la peinture des grandes & terribles vérités de la Religion, pour que l'on ait dû craindre ici, par une délicatesse mal entendue, de conserver les images que le Marquis de Valmont en retrace à son fils. D'ailleurs la Religion, dans la bouche d'un homme du monde, fait souvent plus d'effet que dans les écrits de ceux qui, par état, sont appellés à nous l'annoncer. Qu'on se souvienne, au reste, dans tout le cours de cette Lettre, que ce ne sont pas des tableaux de fantaisie que le Marquis offre à son fils, dès qu'il a prouvé, par la certitude de la Religion Chrétienne, que tout ce qu'elle nous enseigne est vrai.

tombeaux de nos Rois. Parcours en frémissant ces sombres demeures ; cherches-y le pompeux cortége qui accompagnoit autrefois ces maîtres de la terre. A la triste lueur d'une lampe sépulchrale, admire les tristes monumens de leur grandeur passée ; ou plutôt, saisi d'une religieuse frayeur, & parmi ce silence profond, vois toute leur grandeur anéantie & leur majesté réduite en poussiere (*b*).

Fais mieux encore, que ton ame se porte toute entiere aux lieux que j'habite. Dans cette même terre, l'antique héritage de tes ayeux, assieds-toi vivant, parmi ces ombres, au milieu desquelles tu reposeras après la mort : évoque-les ; & qu'elles te répondent. « Mon fils, te » diront-elles, ne crains pas que tes re» gards curieux profanent cet asyle, l'é» cole de la sagesse. Instruis-toi par notre » exemple ; fouille dans ces cercueils ; » ramasse une poignée de ces cendres : » voilà tout ce qui reste ici-bas de tes » ancêtres, de ces hommes qui t'ont pré» cédé dans la brillante carriere des hon-

» neurs & des pompes mondaines, & qui » pour la plupart en ont joui plus sûrement & plus long-temps que toi. Au moment où ils y pensoient le moins, lorsqu'ils s'endormoient avec une douce & folle sécurité au sein de la gloire & des plaisirs, tout-à-coup la mort a terminé pour eux le songe de la vie. » Nous nous sommes éveillés, ... & quel triste réveil ! Lis ces inscriptions fastueuses, ces épitaphes chargées de noms & de titres; en t'apprenant que nous avons été, elles te diront plus fortement encore que nous ne sommes plus, & que tout ce qui passe, *n'est que vanité*. Parmi ces inscriptions, un jour, bientôt, on lira la tienne; & si l'on n'a pu y joindre à de vains éloges celui d'une vertu constante & d'une piété solide, qu'annoncera-t-elle au monde ? Qu'il y a sur la terre un foible mortel de moins; & qu'il y a de plus, dans les enfers... un réprouvé. »

O mon fils ! qu'elles sont donc utiles & frappantes les leçons que nous offre la mort ! Elle instruit les voluptueux, les coupables adorateurs d'une beauté fragile, par le spectacle d'un cadavre en proie à la pourriture & aux vers : elle instruit le riche, par le spectacle de la nudité qu'elle entraîne : elle instruit le superbe, l'homme élevé en dignité & fier de sa prétendue grandeur, par les humiliations & le néant auquel elle nous réduit * : tôt ou tard elle nous instruit tous malgré nous, lorsqu'elle nous dépouille, lorsqu'elle nous frappe ; & l'unique moyen de lui arracher alors son ai-

---

* Reconnoissant au moment de la mort la vanité des grandeurs humaines, l'Empereur Severe s'écria : » J'ai été tout ce qu'un homme » peut être ; mais de quel usage me sont au» jourd'hui ces honneurs passés ? « Occupé de la même pensée, il ordonna que l'on apportât l'urne où ses cendres devoient être enfermées ; & lorsqu'il la vit, il la prit en ses mains, & dit : » Petite urne, tu vas donc renfermer ce» lui que le monde entier n'a pu contenir. « *Histoire Romaine de Laurent Echard*, t. 6.

guillon, de lui dérober ſon triomphe, c'eſt de la forcer par nos œuvres à nous rendre dans le Ciel, bien plus qu'elle ne peut nous ôter ſur la terre.

Il viendra pour toi, cher Valmont, ce moment fatal, où touchant aux portes du trépas, tu peſeras dans une juſte balance toutes les choſes humaines; où voyant la figure trompeuſe de ce monde s'évanouir, tous les biens ſenſibles fondre ſous toi, & ne te laiſſer d'autre fruit de ton attachement pour eux que le repentir, tu reconnoîtras qu'il n'y a de réel que le bien qu'on a fait, & dont on peut attendre en paix la récompenſe dans le ſiecle à venir *.

Mais quel autre moment, quand on

---

* C'eſt ainſi que le Maréchal de Luxembourg, étendu ſur le lit de mort, & dans les regrets que lui arrachoit le ſouvenir d'avoir mieux ſervi ſon Roi que ſon Dieu, s'écria : » Qu'il auroit préféré à l'éclat de tant de » victoires, qui lui devenoient inutiles au » Tribunal du ſouverain Juge des Rois & des

ne l'a pas prévu, quand on ne s'y est pas préparé, quand, par une bonne vie, on n'a pas appris à bien mourir, quel moment, que celui qui nous aura fait passer du temps à l'éternité, des prestiges & de l'enchantement du monde à la lumiere de Dieu même ! O lumiere vive & pure ! qui dissipera tout le charme de nos passions, toutes les illusions de notre orgueil, tous les préjugés de l'exemple & de la coutume, & qui ne laissera appercevoir à l'homme coupable que la loi & la vérité ! Sorti de ce séjour du crime, suspendu entre le

---

» Héros, le mérite d'une verre d'eau donné » aux Pauvres pour l'amour de Dieu. «

» Le Maréchal de Villeroi, toujours dégoûté de la Cour & des grandeurs, par le vuide qu'il y ressentoit, toujours rappellé & retenu par l'ambition, fut enfin surpris d'une maladie qui l'emporta en trente heures, ne cessant de répéter ces paroles, qui marquoient plus son erreur que sa sagesse, *ô monde que tu es trompeur !* « Histoire de Marie de Médicis & de Louis XIII.

ciel & la terre, entre le ciel & l'enfer; parmi tous ces globes immenſes qui révelent la puiſſance & la gloire d'un Dieu créateur, ne voyant la terre que comme un point; ſeul avec ſon juge, ſans appui, ſans défenſe, n'ayant pour ſe juſtifier que ſes œuvres; jugé déja par ſa propre conſcience, jugé par la regle immuable de l'ordre, du vrai, du juſte & de l'honnête; ſe comparant malgré lui à la ſource ineffable de toute beauté, au modele de toute perfection, dont il devoit être l'image; juſques-là avili, dégradé par de honteux penchans, par des penſées baſſes & terreſtres, par des actions indignes de l'homme; réduit à ſa propre valeur; conçois, ſi tu le peux, ſa ſurpriſe, ſon ſaiſiſſement, ſon trouble & ſon déſeſpoir.

Cependant une ſcene bien plus terrible encore s'ouvre à mes yeux, & porte dans mon ame l'épouvante & l'horreur. La foi, toujours plus digne de nos reſpects, à meſure qu'on s'en pénetre davantage, me découvre dans l'avenir le plus grand, le plus majeſtueux, & le plus effrayant de tous les ſpectacles. Elle me tranſporte à la fin des temps, au dernier des jours; jour ſolemnel, pour lequel tous les autres ont été faits; jour mémorable à jamais, auquel finiront de ſe développer toutes les merveilles du Très-Haut, tout le plan de ſa ſageſſe, toute l'économie de ſa Religion, tous les ouvrages de la nature & de la grace; jour de manifeſtation & de gloire pour Dieu & pour ſes élus, de confuſion & de douleur pour les hommes injuſtes & pervers (c).

Quels tableaux il offre à ma penſée! quelles images bien propres à m'élever au-deſſus de moi-même! La mort d'une aîle rapide parcourant l'univers, détruiſant, dévorant tous les êtres, pour en faire hommage à l'unique Auteur de la vie; le déſordre, la confuſion dans tous les élémens; le ſoleil égaré de ſa route; les mondes errans dans l'eſpace, ſe heurtant, ſe briſant dans leur courſe; la terre enflammée, les montagnes qui s'écroulent, les abîmes entr'ouverts; des monceaux de cendre, à la place des couronnes, des trônes & des empires; au son aigu de la trompette, les tombeaux rendant leur proie; & les hommes tous confondus, tous peuple & sujets, tous égaux.. disons mieux, distingués seulement par leurs vertus ou leurs vices, par la forme brillante ou hideuse de leur résurrection, les hommes, dans l'attente du juste Juge, témoins de ces grands changemens; quelle révolution! quel spectacle!

Alors le Juge paroîtra. Le fils du Très-Haut, son verbe, la splendeur de sa gloire, annoncé par ses Anges, environné d'un tourbillon de feux, au milieu des éclairs & des foudres, porté sur les nuées & les tempêtes, viendra interroger à haute voix les ouvrages de ses mains. Sa croix, le scandale du Juif & de l'impie, la consolation du vrai fidele, le discernement des élus & des réprouvés, l'étendart de sa croix brillera dans les airs, & fera le plus bel ornement de son triomphe.

» Approchez, s'écriera-t-il, esprits au-

» dacieux & ſuperbes, vous les ennemis
» de mon pouvoir, de ma bonté, de ma
» ſageſſe, & de tous mes attributs, vous
» les ennemis de mon pere & les miens,
» approchez, & ſoyez juges entre vous
» & moi. « Ici, mon fils, que l'orgueil de l'eſprit humain ſera abaiſſé ! Que les voies de Dieu paroîtront grandes, & ſes œuvres admirables ! Que ſes ſecrets dévoilés le juſtifieront dignement, & confondront nos plaintes & nos murmures ! Que les argumens entaſſés de nos prétendus Eſprit-forts, oppoſés à tout l'enſemble de la création, paroîtront petits & miſérables !

Dieu ainſi jugé & juſtifié par ſes ouvrages, quel ſera à ſon tour le jugement de l'homme rébelle à ſon Dieu ! Que les ſources honteuſes de l'incrédulité de nos faux ſages, miſes dans tout leur jour, les couvriront d'opprobre ! Que les héros du monde, paroiſſant à leur rang, laiſſeront appercevoir en eux d'indignité & de baſſeſſe, quand le maſque tombera ! Que les grands événemens rapprochés de leur cause inspireront d'horreur & de pitié ! Que les ressorts si vantés de la politique & ses profondes noirceurs, donnés autrefois pour des traits de génie, mais éclairés alors des rayons de la divine sagesse, causeront d'indignation & de mépris ! Que de conquérans homicides gémiront sur leurs lauriers teints de sang, lorsqu'ils entendront des voix lamentables leur reprocher leurs combats & leurs victoires, comme les plus criantes injustices & les plus énormes forfaits ! Que de Chefs de secte & de parti frémiront des ravages que leur orgueil a entrainés, & du sang que leurs longues disputes ont fait répandre ! Que d'hommes à talens rougiront de l'abus qu'ils en ont fait ! Que de vertus fastueuses & empruntées, que de vertus fausses dans leur principe & leurs motifs seront remises au rang des vices ! Que de cœurs doubles & hypocrites, sous les dehors affectés d'une morale sévere, ne laisseront voir au grand jour que la plus honteuse nudité ! Que d'injustes projets, que de desirs effrénés, que d'actions odieuſes, enſevelies dans l'ombre & le ſilence, ſe reproduiront à la face de l'univers, pour l'éternelle infamie de ceux qui s'y ſeront livrés !

Mais auſſi, que la vertu ſimple & modeſte, que le vrai mérite obſcur & ignoré, que les combats intérieurs livrés à la chair & au monde ſous les yeux de Dieu ſeul, que le juſte mépriſé, calomnié, perſécuté, raparoîtront avec honneur & recevront de gloire & d'éloges de ceux qui ſur la terre les ont déshonorés !

O Valmont ! dans ce jour quels ſeront les objets de ton ambition & de tes deſirs ? Quelle place voudrois-tu tenir alors ? Quel rang voudrois-tu occuper ? Entends cet arrêt définitif, ce mot irrévocable qui conclut tout, qui finit tout : » venez les » bien-aimés de mon pere, entrez en poſ» ſeſſion du Royaume qui vous eſt pré» paré ; & vous maudits, allez au feu » éternel qui vous eſt réſervé. «

Un feu éternel ! Ici la paſſion, le libertinage, l'impiété ſe recrient. Pour des fautes d'un moment, une éternité de ſupplices ! Oui, impies ! voilà le frein le plus puissant, & le seul suffisant sans doute, que la Religion ait pu mettre au vice, & que vous voudriez lui ôter. Mais qui croirai-je davantage, d'un Dieu, qui nous ménace pour nous rendre vertueux & nous sauver, ou de vous, qui cherchez à nous rassurer, il est vrai, mais pour nous rendre plus vicieux encore & pour nous perdre ? Que croirai-je le plus, des textes formels d'un Evangile si divinement annoncé, si clairement interprété par la tradition & par l'Eglise, cette autorité la plus respectable de toutes & la plus sainte, ou de vos raisonnemens captieux, dont l'incertitude toute seule suffiroit pour nous désespérer ? Des récompenses éternelles & sans bornes ne vous étonneroient pas ; & des tourmens sans fin vous paroissent une absurdité : cependant c'est la même équité qui doit distribuer les uns & les autres ; & si la vertu peut bien mériter à l'homme une éternité de bonheur, pourquoi le crime, par une égale proportion, n'auroit-il pas la force de le rendre digne d'un éternel châtiment ? Ah ! vous ne connoiſſez pas ce que c'eſt qu'un Dieu vivement outragé par une volonté rebelle & qui l'eſt avec lumiere & avec choix ; ce que c'eſt qu'une majeſté ſuprême offenſée, bravée dans ſes loix les plus préciſes & ſes plus ſaints commandemens ; ce que c'eſt qu'une bonté infinie méconnue, mépriſée par l'être le plus redevable envers ſon Créateur : vous ne ſavez pas quel eſt le prix du ſang d'un Dieu fait homme, de ce ſang adorable profané par l'infidélité conſtante de ces mêmes hommes qu'il eſt venu racheter.

Oui, mon fils, il y a un enfer ; & les hommes, ſi ardens à la pourſuite des objets qui les flattent, ſont faits de maniere que la crainte des maux à venir, quelque terribles qu'ils duſſent être, miſe en balance avec l'appas d'un plaiſir préſent, les toucheroit peu, dès que ces maux ne devroient pas durer toujours. Il y a un enfer : que celui-là tremble, cher Valmont, qui l'a tant de fois mérité,

rité, & qui continue chaque jour de sa vie à le mériter encore. Ses feux matériels & sensibles, allumés par la juste colere d'un Dieu, puniront par les douleurs les plus vives un corps impur & souillé, comme le repentir le plus amer tourmentera par les plus accablans reproches l'ame infidele *. Il y a un enfer, des feux & des démons; c'est-à-dire des esprits rebelles, qui, les premiers, se sont révoltés contre la majesté du Très-

* On sait assez que, si c'est pour l'ordinaire à l'occasion du corps & par ses organes, que l'ame souffre ici-bas, elle n'a pas d'ailleurs essentiellement besoin de ce corps pour souffrir: on sait que tous les jours en songe, ou même en veillant, elle éprouve une douleur imaginaire dont le corps n'est pas l'instrument; & que, par exemple, elle rapporte dans de certains cas le mal qu'elle ressent à un membre, que cependant on vient de retrancher. Il n'est donc pas nécessaire que nos corps soient ressuscités pour que l'ame pécheresse endure tous les tourmens de l'enfer.

Haut; qui, dégradés par leur orgueil & rendus malheureux par leur faute, ont porté envie à notre sort, & ont voulu nous associer à leur malheur; qui, triomphant de notre infidélité, sont devenus les ministres des jugemens de Dieu à l'égard de l'homme coupable, & lui feront porter sans cesse, par des inventions dignes d'eux, la peine de sa désobéissance. Dans l'affreux séjour qu'habitent ces esprits de ténebres, les réprouvés, liés les uns aux autres par une chaîne de calamités & d'infortunes, n'appercevront de toute part que des objets de consternation & d'horreur, n'entendront que des imprécations & des blasphêmes, ne verront couler que des pleurs, ne pousseront que des gémissemens & des cris; se reprocheront tour-à-tour les occasions, les exemples, les moyens de séduction, les lâches condescendances, les folles amours, toutes les passions qui les ont mutuellement égarés; se reprocheront à eux-mêmes l'abus des lumieres & des graces, l'oubli des devoirs, leur perte volontaire, leur éternité de contentement & de gloire sacrifiée à une satisfaction d'un moment; se demanderont en vain quand l'éternité finira; souleveront leurs chaînes brûlantes pour étancher leur soif, pour rafraîchir leur ardeur, pour s'élancer dans le sein de la félicité suprême; tandis qu'une main vengeresse les repoussera à chaque instant pour les tenir plongés dans l'abyme du désespoir *.

Ah! mon fils, il y a un enfer; & tu as joué tant de fois l'auguste vérité; tu as tourné en dérision la loi sainte de ton Dieu; tu as blasphemé ce que tu ne connoissois pas; tu as brûlé d'une flamme adultere; tu t'es rendu homicide; tu as dévoué ton semblable à l'anathême, tu t'y es dévoué toi-même; & tu vis!...

---

* C'est d'après ces tristes, mais importantes vérités, qu'un Pere de l'Eglise s'écrioit: *Un moment.... & une éternité!* S. Chrys.

» Le plaisir attaché au péché passe, dit un au» tre Pere, mais les suites du péché ne passent » pas. « *Peccare transit, peccasse manet.* S. Aug.

Et la patience du Très-Haut ne s'est point lassée (*d*)! Et tu peux encore, par le repentir & la pénitence, t'épargner le triste sort qui t'étoit réservé! Et sensible à ton état, frémissant sur tes dangers, l'ame tendre & compatissante d'un pere a volé toute entiere au-devant de tes malheurs! Et ton Dieu, cher ami, te rappellant par ma voix, te sollicitant, te pressant, t'éclairant par de grands exemples, te ménageant des revers, t'offrant par-tout des leçons & des motifs de conversion, veut bien t'ouvrir le sein de sa miséricorde, te tend les bras, te montre encore la perspective du bonheur, te fait envisager le Ciel comme le terme de tes travaux, & te promet dans cet heureux séjour une récompense digne de lui! Quelle récompense? la jouissance de toutes ses perfections, la connoissance de toutes les vérités dont il est la source, le développement de toutes ses merveilles, la société de ces esprits immortels qui brillent de son éclat & brûlent de ses feux, l'enivrement de son amour, des torrens d'une ſainte volupté, une touchante & céleſte harmonie, une paix ineffable, un Royaume ſtable, une couronne immortelle, une béatitude enfin (e) que l'Apôtre n'a pu rendre qu'en diſant, que » l'œil n'a rien vu, que l'oreille n'a » rien entendu, que l'eſprit ne peut concevoir, & que le cœur ne peut ſentir » ici-bas, rien qui approche de ce que » Dieu a préparé à ceux qui l'aiment. «

O bonté! ô clémence d'un Dieu ſi long-temps, ſi indignement outragé! & qui, pour te pardonner, pour te rendre heureux, ne te demande que le ſentiment d'un cœur contrit & humilié. Ah! pourrois-tu bien, cher Valmont, ne pas être ſenſible à ſa tendreſſe? Rappelle-toi tout ce qu'il a fait en ta faveur; l'être qu'il t'a donné, les facultés dont il t'a orné, les biens dont il t'a fait jouir, les momens, les années qu'il a daigné te laiſſer, lorſqu'en te les ôtant, il te perdoit pour toujours: rappelle-toi le bienfait de la Rédemption, tout ce qui l'a précédé, annoncé, préparé pendant tant de ſiecles,

& toutes les graces qui en ont été l'heureux fruit : considere Jesus-Christ devenu victime pour tes péchés : & si tu as le cœur tant soit peu susceptible de sentiment, ose encore être ingrat & demeurer infidele.

Mais peut-être, c'est la grandeur même de tes fautes qui retient dans cet instant l'effusion de ta reconnoissance, & qui, par le découragement & l'abattement où elle te jette, empêche ton retour. Ah! tes crimes, tes crimes fussent-ils plus grands encore, jamais ils n'égaleront la miséricorde de ton Dieu & les mérites de son Fils. Que l'impie se fasse du Dieu des Chrétiens un phantôme odieux, pour se dispenser de l'adorer; qu'il le peigne aux autres & à lui-même, vindicatif, jaloux, cruel, inexorable, lorsqu'il n'est que juste, & que sa jalousie, sa colere & ses vengeances ne sont en lui que l'amour de l'ordre & la souveraine équité; qu'il le voie seulement comme un Dieu terrible, & qu'il oublie sa miséricorde & sa bonté; tu ne dois pas en être surpris:

c'eſt ainſi que la paſſion peint tout de ſes propres couleurs. Mais, formé maintenant à l'école de la vérité, conſulte la Religion, ouvre nos Livres ſacrés, & tu y retrouveras par-tout le vrai Dieu, ennemi du péché, & ne puniſſant qu'à regret le pécheur; le menaçant en pere, pour ne pas le frapper en juge; ne voulant pas la mort de l'impie, mais qu'il ſe convertiſſe & qu'il vive. Tu l'entendras nous dire, qu'autant ſa majeſté eſt grande, autant eſt grande ſa clémence; & que dans l'exercice qu'il en fait, elle eſt encore bien au-deſſus de toutes ſes œuvres. Tu l'entendras rappeller ſon peuple par les paroles les plus tendres, par les motifs les plus touchans, & lui faire ſentir qu'en abandonnant ſon Créateur, ſon bienfaiteur, le principe de tout bien, il s'eſt mépris, il a changé une ſource d'eaux vives, de joies pures & inaltérables, contre les eaux bourbeuſes d'une citerne entr'ouverte, contre de faux plaiſirs & d'infâmes voluptés. Plus que tout encore, tu entendras ton divin Maître te dire, qu'il n'eſt pas venu pour que les pécheurs périſſent, mais pour qu'ils aient la vie; pour juger le monde, mais pour le ſauver. Tu le verras, ſous la forme du bon Paſteur, courir après la brebis égarée, & à travers les ronces & les épines la ramener au ſein du troupeau. Tu le verras, dans les paraboles les plus conſolantes & les plus vives images, te tracer en traits de feu & la honte de tes égaremens & la facilité du retour. Il t'offrira à toi-même ſous la forme de l'Enfant prodigue; & te montrera les ſentimens d'un pere, qui, du plus loin qu'il apperçoit ſon fils, court au-devant de lui, ſe penche ſur ſon cou, le ſerre entre ſes bras, le couvre de baiſers, & le comble de ſes faveurs.

Aimable peinture! tableau fidele, où ſont exprimés avec tant de graces & d'énergie les douceurs & les charmes de la converſion! Oui, mon fils, crois en ma propre expérience, rien n'eſt ſi doux que le moment du retour. La pénitence eſt dure & pénible que pour un cœur ...iblement touché, & qui ne la fait qu'à demi; mais lorſque le cœur eſt bien pénétré, lorſqu'il s'ouvre tout entier au repentir & à l'amour, ah! que les larmes que ce repentir fait répandre ſont douces! & que l'onction qui les accompagne, que la touche ſecrette de la grace qui éleve l'ame & la ravit, lui laiſſent peu regretter les faux biens qu'elle ſacrifie *! Fais-en toi-même l'épreuve, mon fils, & tu béniras mille fois l'heureux moment qui t'aura rendu à ton Dieu; & au ſein du détachement qu'il inſpire, tu reconnoîtras qu'on eſt plus heureux à ſon ſervice, par les privations mêmes que le devoir exige, que ne le ſont les mondains par leurs jouiſſances & leurs plaiſirs (*f*).

---

* » On s'imagine ordinairement que la vie » ſpirituelle n'a de douceurs qu'à la fin, & » qu'encore faut-il les acheter par de grandes » peines : cela n'eſt pas vrai quand l'amour » s'en mêle. Il donne, il eſt vrai, à l'ame » qui en a beſoin, des remedes amers; mais » il la fortifie ſecrettement dans ſa ſouffrance, » & la couronne dans ſes travaux. *M. l'Abbé de Choiſy.*

NOTES.

PAGE 298.

(a) Q*uel vuide ils laissent dans l'ame quand on les possede ! Quels regrets, &c.* Je ne vois rien qui doive plus contribuer à modérer l'attachement trop vif que nous avons pour les biens sensibles, que ces deux caracteres qui leur sont propres ; leur impuissance à nous rendre heureux, & leur instabilité. Dans quelque degré qu'on les possede, ils ne nous satisfont pas ; quand ils seroient de nature à nous satisfaire, il faudra les perdre : ces deux réflexions bien méditées suffiroient, ce me semble, pour réprimer toutes les saillies de nos passions.

On ne peut mieux peindre la vanité des biens de ce monde, que l'a fait Madame de Maintenon, lorsque dans la situation la plus brillante, & qui paroissoit ne devoir lui laisser rien à desirer, elle écrivoit à Madame de la Maisonfort : » Que ne puis-je vous donner » mon expérience ! Que ne puis-je vous faire » voir l'ennui qui dévore les Grands, & la » peine qu'ils ont à remplir leurs journées !

» Ne voyez-vous pas que je meurs de tristesse, » dans une fortune qu'on auroit eu peine à » imaginer ? J'ai été jeune & jolie ; jai gouté » des plaisirs ; j'ai été aimée par tout. Dans » un âge plus avancé, j'ai passé des années » dans le commerce de l'esprit ; je suis venue » à la faveur ; & je vous proteste, ma chere » fille, que tous les états laissent un vuide » affreux. « Si quelque chose, ajoute, M. de Voltaire, en citant ces paroles, pouvoit détromper de l'ambition, ce seroit assurément cette Lettre. *Siécle de Louis XIV.*

» Madame de Maintenon, qui pourtant n'avoit d'autre chagrin que l'uniformité de sa vie auprès d'un grand Roi, disoit un jour au Comte d'Aubigné, son frere : » Je n'y puis » plus tenir ; je voudrois être morte. « On sait quelle réponse il lui fit : *Vous avez donc parole d'épouser Dieu le pere.* « Ibid.

L'ambitieux, dit Young, dédaigne ses succès, & sa gloire lui fait pitié. » Est-ce là tout ? s'écrie César monté sur le trône de l'univers. « On a vu les plus grands Monarques abdiquer l'Empire, pour chercher dans une vie privée un repos, que sans une piété solide, elle ne peut encore nous donner.

La grace se sert souvent de cette insuffiſance des créatures, pour nous attirer : c'eſt ainſi qu'elle a touché le cœur d'un homme fort connu dans le Diocèſe de Ch..... par ſon zele & par ſes vertus.

Il étoit Officier dans le Régiment de.... & donnoit un bal à quelques Dames de la ville où il étoit en garniſon. Au milieu de la nuit, & parmi les plaiſirs bruyans auxquels on ſe livroit autour de lui, il ſe ſentit une laſſitude, un dégoût qu'il ne pouvoit vaincre. Sa mélancolie devint ſi forte, qu'il pria un de ſes amis de faire pour lui les honneurs du bal, & fut ſe promener ſur le bord de la mer dont le rivage bordoit les remparts de la Ville. Le ſpectacle d'un Ciel étoilé, celui d'une mer tranquille, dont les flots venoient ſe briſer à ſes pieds, le ſilence & le calme de toute la nature, ſolliciterent vivement ſon cœur, & donnerent un libre cours à ſes réflexions. » Que fais-je, diſoit-il, & où cherchai-je un » bonheur qui me fuit ! Pourquoi m'arrêter » aux objets créés, tandis que celui qui a fait » ce monde ſi magnifique, s'offre tout entier » lui-même pour remplir mes vœux : ô mon » Dieu ! s'écria-t-il enſuite comme S. Auguſ- » tin, que c'eſt bien en vain que notre cœur » ſe tourne & ſe retourne de tous côtés

» puiſqu'il n'éprouve par-tout qu'inquiétude » & que tourment, lorſqu'il ne ſe repoſe pas » en vous ! C'en eſt donc fait, c'eſt à vous » ſeul que je veux m'attacher pour toujours. « Dès qu'il fut de retour chez lui, il mit ordre à ſes affaires; & ſe conſacrant au ſervice des Autels, il devint ce qu'il eſt aujourd'hui, un homme puiſſant en œuvres & en paroles, qui, touché juſqu'aux larmes des vérités qu'il annonce, opere les plus grandes converſions par ſes diſcours & par ſes exemples.

PAGE 300.

(b) *Vois toute leur grandeur anéantie, & leur majeſté réduite en pouſſiere.* C'eſt ce ſpectacle qui convertit François de Borgia, Duc de Gandie, & en fit un ſaint. Nommé par Charles-Quint, pour conduire de Tolede à Grenade, & y faire inhumer le corps de l'Impératrice Iſabelle, » lorſqu'il fallut, dit l'Auteur de ſa vie, le délivrer au Clergé de Grenade, & ouvrir le cercueil de plomb, pour atteſter que c'étoit le corps de cette Princeſſe, ce fut une ſpectacle effroyable pour tous ceux qui étoient préſens, de n'y rien voir qui pût la leur faire reconnoître, & de n'y trouver qu'un amas hideux de pourriture & de corrup tion. Les personnes qui devoient servir de témoins d'une ressemblance dont il ne restoit plus aucuns vestiges, refuserent de le faire, & se retirerent bien loin pour s'épargner l'horreur que leur causoient la vue & l'odeur du corps de cette maîtresse de tant de grands Etats, qui peu de jours auparavant passoit pour la plus belle, aussi-bien que pour la plus puissante & la plus heureuse Princesse du monde. François de Borgia compara l'état où il voyoit cette Princesse avec celui où il l'avoit vue peu de temps auparavant, le soin qu'on prenoit de la fuir avec l'empressement que chacun avoit de l'approcher & de lui faire sa cour, ces restes affreux d'elle-même qu'on n'osoit regarder avec la pompe & la magnificence dont elle étoit environnée, & comprenant mieux que jamais la vanité des grandeurs humaines & des soins que l'on prend pour y parvenir, il apprit à ne plus tenir à tous les objets qu'on peut perdre par la mort.

PAGE 306.

(c) *Jour de manifestation & de gloire &c.* Rien de plus digne de Dieu & de la Religion, rien de plus grand que l'idée du Jugement dernier, telle que la foi nous la donne. Dieu se manifestant à l'Univers dans tout l'éclat de sa grandeur ; nous montrant toute la dépendance & tout le néant des objets créés ; nous dévoilant tout le système de la création, les voies ineffables de sa providence, les trésors de sa bonté, les décrets de sa justice, la chaîne immense de tous les êtres, l'ordre & la fin de tous les événemens ; plaçant chaque homme vis-à-vis du monde entier ; éclairant tous les esprits des plus purs rayons de sa lumiere, dissipant toutes les illusions, confondant tous les prétextes, mettant à découvert tous les cœurs ; rendant à chacun de nous la gloire ou l'opprobre que nous aurons mérité ; prononçant un jugement définitif, une sentence sans appel ; discernant de la maniere la plus solemnelle ; le juste & l'injuste, le vice & la vertu ; quelles sublimes idées pour qui sait les méditer ! Je ne suis pas étonné qu'un Roi Bulgare se soit fait Chrétien, pour avoir vu & s'être fait expliquer un tableau du Jugement dernier.

PAGE 316.

(d) *Et la patience du Très-Haut ne s'est point lassée !* Dans l'accord de sa miséricorde & de sa justice, nous ne pouvons dire, quel est de ces deux attributs celui que Dieu va exercer à notre égard, si nous continuons à lui résister.

Il est le maître de ses graces, & nous n'en savons pas la mesure par rapport à chacun de nous. Quelquefois il daigne encore nous attendre; souvent aussi il nous frappe, lorsque nous y sommes le moins préparés; & rien n'est plus absurde que de hasarder son salut sur un peut-être, & de mettre son éternité à la merci du lendemain. Témoin un jeune homme, dont la personne de qui je tiens ce fait, connoissoit particulierement toute la famille. Depuis long-temps, une mere tendre & éclairée le pressoit de changer de conduite, & de suivre plus régulierement les principes de la Religion qu'il n'avoit pas cessé de croire. » Je suis disposé, dit-il à sa mere, à suivre » vos avis; je commence à me lasser de la vie » que je mene. Je ne vous demande pour tout » délai, que ces trois jours qui vont finir le » Carnaval, & je vous promets que le lende- » main vous me trouverez tout différent. « L'insensé, selon l'usage de tant de Chrétiens aveugles, se prépare par la jouissance de tous les plaisirs à la pénitence qu'il devoit faire le premier jour de Carême. Les trois jours se passent. Le Mardi il rentre chez lui très-tard à son ordinaire. Le Mercredi des Cendres de grand matin, on entend du bruit dans sa chambre. Un domestique entre : il le trouve étendu sur le plancher, & suffoqué par un coup de sang avant qu'on eût eu le temps de le secourir.

PAGE 317.

(e) *Une béatitude enfin que l'Apôtre n'a pu rendre qu'en disant*, &c. Sans faire de comparaison, puisqu'en effet, le bonheur du Ciel est autant au-dessus des plaisirs de la terre, que le fini est au-dessous de l'infini, il n'y a point d'homme un peu sensible aux plaisirs de l'esprit & du cœur qui n'ait eu dans sa vie quelque moment délicieux ; qui n'ait éprouvé le doux effet d'un sentiment vif, ardent, d'un transport brûlant qui le faisoit sortir de lui même, qui l'enivroit de contentement & de joie ; & si c'étoit un transport de l'amour Divin, il sait quelle en étoit l'ineffable douceur ! Que cet homme se considere comme fixé, par la puissance de Dieu même, dans ce transport si ravissant & si doux, dans la contemplation de cette vérité si aimable à ses yeux, dans ce sentiment si agréable & si vif, qui n'a duré pour lui qu'un instant ; qu'il envisage cette situation, trop courte à son gré, trop rapidement, trop facilement écoulée, comme un état permanent; & il aura du Ciel une idée telle qu'on peut l'avoir sur la terre.

PAGE 321.

(f) *Plus heureux .... que ne le sont les Mondains par leurs jouissances & leurs plaisirs.* Plusieurs traits de Madame de la Valiere prouvent bien ces grandes vérités. Un jour elle communiqua à Madame Scaron le dessein qu'elle avoit de se faire Carmélite. C'est un dessein, lui dit-elle, que je médite depuis long-temps, & pour me préparer aux austérités de l'état que je vais embrasser, je porte un cilice: on ne peut trop expier le crime d'avoir trop aimé. Eh comment soutiendrez-vous, lui dit Madame Scaron, la vie d'une Carmélite, vous, accoutumée dès l'enfance à la mollesse & aux plaisirs? » Ah! Madame, lui répondit Madame de la Valiere, en montrant le Roi & Madame de Montespan, quand j'y trouverai des peines, je n'aurai qu'à me rappeller toutes celles que ces deux personnes m'ont fait souffrir. «

Quelque temps après qu'elle eût accompli sa résolution, Madame de Montespan, étant allée aux Carmélites avec la Reine & Madame de Maintenon, proposa une loterie, & fit apporter tout ce qui pouvoit convenir à des Religieuses. Ces saintes filles entrerent en scrupule. Les Agnus, les Crucifix, les Guimpes, les Chapelets, leur parurent tenir quelque chose de la main impure qui les leur offroit. Pour se rassurer, elles permirent à Madame de Montespan de payer les lots, & prierent Madame de Maintenon de les distribuer. Sœur Louise de la Miséricorde gagna une Magdeleine. Madame de Montespan jetta les yeux sur l'image, & en fut touchée. Ces cheveux épars, ces mains jointes, ces yeux épuisés de larmes, ce front plein de confusion, d'amour, de crainte, d'espérance, la présence de Madame de la Valiere qui étoit tout cela, la honte d'être ce que la Valiere avoit été, un premier desir d'imiter dans sa pénitence celle qu'elle avoit plus qu'imitée dans ses égaremens, jetterent Madame de Montespan dans un trouble mal dissimulé par une gaieté forcée, & augmenté par les questions qu'elle fit à Madame de la Valiere. Tout de bon, lui dit-elle, êtes-vous aussi satisfaite qu'on le dit ? Non, répondit la Carmélite ; je ne suis pas satisfaite, mais je suis contente. Et vous, Madame ? Pour moi, je ne suis ni l'un ni l'autre.

C'eſt cette même Madame de la Valiere, qui lorſqu'on lui annonça la mort du Comte de Vermandois qu'elle avoit eu de Louis XIV, répondit : » Je dois pleurer ſa naiſſance encore plus que ſa mort. «

LETTRE LVII.

D'Emilie au Marquis.

UN nouveau jour luit donc pour moi! non-seulement le Ciel me ramene des ombres de la mort, des portes du trépas; non-seulement, ô mon pere! je puis encore vous écrire, vous exprimer mes tendres sentimens, apprendre de vous à faire un saint usage de la vie, de la santé que Dieu a daigné me rendre, & que je crois devoir à vos vœux & à vos prieres; mais votre fils, votre cher fils est tout entier à la Religion, à la vérité, à la vertu. Votre derniere Lettre vient d'achever pour sa conversion & son bonheur ce que les précédentes n'avoient fait qu'ébaucher. Quels détails j'ai à vous faire! & que vous allez partager vivement toute la joie que je ressens!

Je sortois à peine de l'état de foiblesse qui accompagne les beaux jours de la convalescence, lorsque des circonstances imprévues m'ont appris toutes les pertes que faisoit mon mari, & le rang dont la Reine vouloit m'honorer. Valmont risquant toujours d'être arrêté, & ne pouvant me voir que difficilement, je me sentis assez de forces pour me faire conduire à l'instant chez Madame de Veymur, où j'eus avec lui l'entretien le plus intéressant. Dès qu'il me vit, il se jetta à mes genoux, & ce ne fut qu'en le menaçant de prendre la même posture que lui que je parvins à le faire relever. Il me témoigna, comme il l'avoit déja fait tant de fois, les plus tendres regrets des maux qu'il m'avoit causés; mais en même temps les plus grandes inquiétudes sur son sort & sur ce que j'allois devenir. Ses craintes jalouses perçoient de nouveau à travers la vive expression de ses sentimens & de ses allarmes. Nous allons être séparés, me disoit-il; la faveur vous retient à la Cour, & elle m'abandonne. Au moment où mon cœur vous rend toute la justice qui vous est due, où j'allois réparer tous mes torts par la plus constante fidélité, vous m'êtes ravie ; & lorsqu'une fois on aura prononcé mon exil, peut-être, hélas! vous m'oublierez pour toujours. Cher époux, répondis-je à Valmont, est-ce donc ainsi que vous me rendez justice ? Est-ce en outrageant ma tendresse que vous prétendez me prouver la vôtre ? Ignorez-vous que vous faites le charme de ma vie, & qu'elle ne peut m'être agréable sans vous ? Eh, que puis-je, s'écria-t-il avec l'accent de la douleur la plus amere, que puis-je maintenant pour votre bonheur, moi, qui n'en connoissois plus d'autre que celui de vous rendre heureuse ? Que me reste-t-il à vous offrir ? quel bien est encore en ma puissance ? — Votre cœur, cher Valmont. De tous les biens, il est le seul que je desire que vous me conserviez ; & si j'en crois le mien, non, nous ne serons pas séparés. — Ah ! il le faut, Madame, reprit-il vivement, il le faut, & on vous y contraindra. Vous le devez d'ailleurs à votre fils, vous vous le devez à vous-même ; & pourquoi vous associeriez-vous à mes malheurs ? Vous les avez si peu mérités !

— O mon ami ! qu'appelles-tu des malheurs ? Tu me connoîtras donc toujours bien peu ! Quoi ! ne plus te voir décoré de titres fastueux, ramper dans la foule des Courtisans, encenser la fortune & ses caprices, courir après des ombres ; idolâtrer un monde qui t'a perdu ; quoi ! te posséder en assurance au sein du calme & de la sagesse ; voilà ce que tu nommes des malheurs. Eh, Valmont, ne t'ai-je donc jamais aimé pour toi-même ? T'ai-je paru dans aucun temps si fort éblouie de la brillante chimere des richesses & des honneurs ? Est-ce donc, lorsqu'ayant vu au printemps de mes années la mort de si près, j'ai puisé à son école de nouvelles lumieres ; lorsque ses menaces & tout son appareil m'ont si bien instruite sur le néant & l'instabilité des choses humaines ; lorsque mon ame a repris de nouvelles forces pour repousser leurs dangereux attraits ; que je serai portée davantage à les regretter ? Va, mon doux ami, ce que je demande au Ciel pour le contentement de tous deux, est que tu ne les regrettes pas plus

plus que moi. — Chere Emilie, me répondit Valmont avec transport, ne cesseras-tu de me faire rougir de moi-même ?... Mais enfin l'autorité ? — L'autorité, mon ami, je la crois trop équitable pour me contraindre, & repose-toi sur ma tendresse des moyens que j'emploierai pour la fléchir. — Fais donc ce que tu voudras, me dit mon mari. Tendre Emilie ! dispose de toi, de moi, de tout mon être; car je ne veux plus vivre que pour toi. — Pour Dieu par-dessus tout, cher Valmont, pour Dieu qui t'a fait & qui peut seul te rendre heureux. — Eh bien, ma bonne amie, tu m'apprendras à vivre pour lui; & pourrois-je ne pas l'aimer, quand tu me le rends si aimable ?

Je laissai mon mari ainsi préparé à la démarche que j'allois faire; & dès le lendemain je courus me jetter aux pieds de la Reine. Je lui rendis les plus vives actions de graces de l'intérêt qu'elle avoit daigné prendre à ma situation, & de la haute faveur qu'elle vouloit bien me faire ; mais je la conjurai de ne pas me forcer d'accepter ses dons, quelque prix qu'ils eussent à mes yeux par mon respect & mon attachement pour elle. Quoi! vous refusez le Roi, me dit-elle ; & lorsqu'à ma demande, il vous laisse à la Cour & près de moi, vous me refusez moi-même ! O Madame ! lui répondis-je pénétrée de ses bontés, je vous l'avouerai dans la sincérité de mon cœur ; de toutes les faveurs de la Cour & de tout ce qu'elle a de plus attrayant, je ne regrette que la douceur que j'aurois éprouvée à vivre près de vous, à me former sous vos yeux & par vos exemples, & à vous prouver par mes soins tout mon zèle & toute ma reconnoissance. Mais M. de Valmont . . . . . Eh bien, reprit la Reine, M. de Valmont . . il est on ne peut pas plus coupable ; c'est lui qui a fait tous vos maux : il ne pourroit que vous rendre plus malheureuse encore : & c'est pour vous soustraire à de nouveaux chagrins que je vous retiens près de moi. — Ah ! Madame, il m'est cher ; il est toujours mon mari ; & ſon ſort doit être le mien. On vous l'a peint d'ailleurs ſous de trop noires couleurs : ſon eſprit eſt naturellement droit, ſon cœur eſt bon ; il m'aime, & on l'avoit égaré. — On l'avoit égaré . . . & qui ? Le meilleur de ſes amis, Lauſane, qui vous rendoit tant de juſtice, qui penſoit ſi bien de vous, & que l'indigne jalouſie du Comte nous a ſi malheureuſement ravi ? Ah ! quelle que ſoit la funeſte rencontre qui l'a rendu ſi criminel, le Roi ne lui pardonnera jamais. — Il eſt cependant, repris-je en verſant quelques larmes, bien digne de pardon. — Vous prétendriez le juſtifier ! — Non, Madame ; en ſe livrant tout entier à un emportement qu'il devoit réprimer, & en ſe rendant ſon propre vengeur, il a manqué aux loix, au Prince, à la Religion ; & peut-on dès-lors ne pas être coupable ? Mais il eſt jeune, vif & ſenſible ; & ſa ſenſibilité a été miſe à de trop rudes épreuves. . . . . J'en dis trop peut-être, & je riſquerois de devenir coupable comme lui. — Parlez, me dit la Reine, je l'exige, & vous l'ordonne.

Après toute la résistance qu'il m'étoit possible de faire, je me vis contrainte d'obéir & d'entrer dans tous les détails de la conduite du Baron envers moi, envers mon mari. Je la repris depuis votre exil, & je finis par les aveux que Lausane avoit faits au Comte avant de mourir, & que la jeune Madame de Veymur, instruite par Valmont, m'avoit rapportés. La Reine fut frappée du plus grand étonnement au récit de tant de noirceurs, & ne put se refuser aux preuves que je lui en donnois. Qu'ai-je entendu! me dit-elle; & qui n'eût été la dupe de tant de ruses & de duplicité! Ma plus grande peine, continua-t-elle du ton le plus affectueux & le plus tendre, est maintenant, en partageant vos malheurs, de ne pouvoir les terminer. Dans ce moment sur-tout, le Roi ne voudroit rien entendre; il ne cesse de regretter le Baron qu'il aimoit, & qui avoit surpris avec tant d'art sa confiance & sa religion. Il est outré contre votre mari; & ce n'est que parce qu'on l'a assuré qu'on ne savoit ce qu'il étoit devenu, & qu'on le croyoit passé dans les pays étrangers, qu'il s'est contenté de le dépouiller de ce qu'il possédoit à la Cour. Aujourd'hui, comptant vous y retenir, & par une suite de cette bonté que vous lui connoissez, il est déterminé, non plus comme auparavant à faire enfermer le Comte, s'il venoit à reparoître, mais à le tenir exilé au loin & pour toujours. Tout ce que je puis donc vous promettre, est d'obtenir pour vous la permission d'aller le joindre, & de vous réunir tous deux au Marquis de Valmont, que j'ai toujours regretté comme mon meilleur ami. Des momens plus favorables renaîtront un jour, où je pourrai plaider votre cause avec avantage; & si le Roi vous rappelle à la Cour, avec la façon de penser que je vous connois, je croirai y avoir gagné plus que vous. Elle me dit adieu, en m'embrassant, & les yeux mouillés de pleurs. Sa bonté fit couler les miennes, malgré la joie que je ressentois de toutes les bonnes nouvelles que j'allois porter à mon mari.

Je le trouvai méditant sur votre derniere Lettre qu'il venoit de recevoir. C'en est fait, me dit-il, du plus loin qu'il m'apperçut; ton mari ne vit plus pour le monde: le monde n'est plus rien pour lui. Ses faux biens ne méritoient pas de captiver mon cœur; ils ne seront plus l'objet de mes regrets. Dieu est tout, ma chere Emilie, & mon unique douleur est d'avoir pu l'offenser: puisse-t-il du moins agréer mon repentir & le reste de mes jours! Emilie, que Dieu est bon! & que je suis coupable! Eh bien, mon ami, lui répondis-je en le serrant entre mes bras, mon cher ami, puisque tu le reconnois, Dieu te pardonne: il ne rejette jamais un cœur contrit & humilié. Ah! qu'il acheve, s'écria-t-il, de briser le mien! Pourrai-je jamais expier par trop de gémissemens & de larmes les outrages que je lui ai faits? Pourrai-je expier .... O Dieu! quel triste souvenir vient augmenter ma peine! quelle affreuse image me suit par-tout!

cruel homicide ! à quel excès je me suis porté ! Lausane ! cher Lausane ! aux dépens de mes jours, que ne puis-je te rendre la vie ! . . . J'ai écarté de Valmont, autant qu'il étoit en moi, ce souvenir douloureux qui l'accable, qui m'accable moi-même ; & pour le rendre plus calme, en le ramenant à des idées moins tristes, qui le préparassent insensiblement à tout ce que j'avois d'heureux à lui annoncer, je lui parlai le langage de la tendresse. Emilie, me dit-il, en m'interrompant, comment peux-tu m'aimer encore, tout indigne que je suis ? Mériterai-je jamais le pardon que tu m'accordes ? & quels que soient à l'avenir mes sentimens & mes mœurs, m'acquitteront-ils envers mon pere, le plus tendre, le meilleur de tous les peres, de ce qu'il a fait pour moi ? O que je me repens de n'avoir pas toujours cru ses sages conseils, de n'avoir pas toujours pensé comme lui !—Eh, mon bon ami, qu'est-ce que le repentir n'efface pas ? Puisque le tien est sincere, viens en recueillir les fruits dans les bras de ton pere & dans les miens : nous allons tous être réunis. Et à l'inſtant je lui ai fait part de l'entretien que je venois d'avoir avec la Reine, de la liberté qu'elle me laiſſoit, & de ſes bontés pour nous. O Dieu ! s'écria t-il à la fin de mon récit, & en levant les yeux & les mains vers le Ciel, Dieu bon ! Dieu infiniment bon ! eſt-ce donc ainſi que vous me puniſſez ? Ah ! Emilie, mon cœur ne peut ſuffire à ma reconnoiſſance envers le Seigneur, & à ce que je dois à ton amour. Quoi ! Valmont te tiendra lieu de tout : ma tendre amie ! ah ! je ſuis trop heureux ! Allons, me dit-il, en ſe levant avec tranſport, allons faire part à la jeune Veymur, à ſa belle-ſœur, à ſon mari, du ſort qui nous attend ; allons leur apprendre que nous ne ferons plus avec eux qu'une même maiſon, qu'une même famille ; allons mettre en commun avec des amis ſi chers & ſi fideles, nos ſentimens, nos joies & notre félicité.

Vous jugez, mon pere, de l'impreſſion que fit ſur eux une ſi douce nouvelle.

Ma chere Veymur, ma chere Senneville, car c'eſt le nom que j'aime encore à lui donner, tomba preſque pâmée entre mes bras; nos larmes ſe confondirent; & ce moment fut pour nous le prélude des momens plus délicieux encore que nous nous promettons près de vous. Ah! mon pere, eſt-il ici-bas des plaiſirs plus vrais que ceux qui naiſſent de la religion & du ſentiment?

Nous attendons avec impatience l'effet des promeſſes de la Reine, & le moment de notre départ; mais juſques-là nous pouvons encore recevoir une de vos Lettres. Nous profitons du temps qui nous reſte pour mettre ordre à nos affaires; Valmont, tout occupé de celle de ſon ſalut, abandonne les autres à Peycour, dont il eſt sûr comme de lui-même, & s'eſt remis, avec la plus juſte confiance, entre les mains de ſon Curé, qui lui fait faire une confeſſion générale en pleurant de joie ſur ſon retour. Je vous écris pour nous deux, puiſqu'il a bien voulu ſe repoſer ſur moi de ces détails, & vous prie en ſon nom, ainſi qu'au mien, de mettre le comble à vos ſoins, en nous traçant par écrit les caracteres d'une piété ſolide, & ce qu'il faut faire pour l'acquérir & pour y perſévérer. Nous joindrons cette Lettre à toutes les autres; elles feront notre code de Religion & de Morale; nous les relirons ſans ceſſe; & elles auront toujours pour vos enfans un mérite que tout autre qu'un pere ne pourroit leur donner.

LETTRE LVIII.

Du Marquis.

Mes enfans! mes chers enfans! en qui je vis, je respire; la consolation, le charme de mes dernieres années; ô mes enfans! peut-on éprouver les transports que vous me causez, & ne pas mourir de saisissement & de plaisir? Digne épouse! ma fille! hâte-toi de venir recueillir sur le sein de ton pere les larmes de joie que tu lui fais verser. Mon cher fils! précipite avec elle ton départ, pour jouir de mes embrassemens & me faire jouir des tiens. Doux embrassemens! vives étreintes! pourrez-vous suffire à ma tendresse? Laisse, mon bon ami, laisse ce monde, si peu digne d'être regretté, & viens puiser dans la retraite toutes les forces dont tu auras besoin un jour, pour le braver avec tous ses usages, avec tous ses dangers; disons mieux.. pour lui être utile. Viens faire ici l'essai de la sagesse, du contentement & du bonheur. Que tu vas me payer avec uſure les inquiétudes que tu m'as données ! Tu es donc à Dieu ſans partage ; tu lui offres après tes fautes le ſacrifice du repentir & de l'amour ; pourroit il ne pas l'agréer ?

O mon fils ! tu me fais demander par Emilie des avis propres à régler & à nourrir en toi la piété. Eh, que ſuis-je pour t'inſtruire ſur des objets ſi relevés ? un vieil enfant, qui ne peut que bégayer avec toi les premiers élémens d'une ſi haute ſcience. N'importe, mon propre guide, mon Paſteur va m'aider dans un ſi grand ouvrage, & par la ſuite il achevera, en converſant avec toi, ce que le tien aura ſi heureuſement commencé. Que ces Anges de paix, ces dignes conſolateurs des hommes (*a*), leur refuge dans leurs peines, leur ſoutien dans leurs foibleſſes, leur reſſource après leurs égaremens, leur guide & leur ami fidele dans les ſituations les plus critiques de la vie, rempliſſent à notre égard un précieux miniſtere ! Et quand ils le rempliſſent dignement, ah! qu'ils méritent bien notre confiance & nos hommages!. Celui que, dans ſa clémence, le Ciel nous a donné, à moi & à toutes les bonnes gens de nos hameaux, eſt leur pere & le mien. Il ſera le tien, mon fils, & je lui verrai ſans peine partager avec moi ce titre ſi flatteur & ſi doux. Son ame tendre & ſenſible s'ouvre à tous les genres de miſeres, & ſa charité ingénieuſe trouve pour toutes, les remedes néceſſaires. Le meilleur des Princes ſe plaignoit d'avoir perdu un jour; mon Paſteur ſe reprocheroit d'avoir paſſé une heure, & moins encore, ſans avoir fait du bien. Si tu ſavois, cher Valmont, combien il a pris part à ma peine, comme il s'eſt intéreſſé à ton retour vers Dieu, combien il m'a fourni de lumieres pour te ramener & t'éclairer; non, tu ne croirois jamais pouvoir aſſez lui marquer de tendreſſe & de reconnoiſſance. O que j'ai béni le Seigneur du choix qu'il m'a fait faire, en le nommant pour mon Curé! & que l'on connoît mal les avantages dont on ſe prive, & les comptes dont on reſte chargé, lorſqu'on abandonne ce choix à la faveur ou au haſard !

Soutenu, guidé par ſes leçons, je vais donc, mon fils, répondre à tes deſirs. Je vais m'entretenir avec toi de l'objet le plus intéreſſant dont l'homme puiſſe s'occuper, du ſeul objet qui offre à l'ame un aliment digne d'elle.

Oui, mon fils, c'eſt pour la piété, la ſolide piété, que l'homme eſt fait; & c'eſt faute d'en analyſer le ſentiment & d'en connoître l'excellence, qu'on oſe dans un certain monde en ridiculiſer juſqu'au nom même (*b*). Eh, qu'eſt-ce que la piété, ſinon le culte de la reconnoiſſance & de l'amour envers le plus aimable de tous les Etres & le plus bienfaiſant? Pour quelle plus noble fin l'homme a-t-il été placé ſur la terre, que pour ſervir de Miniſtre & d'Interprête à toute la nature, & en célébrer le Créateur? Qui jouit plus que lui de tous les tréſors qu'elle renferme? Qui en ſaiſit mieux tous les rapports? Qui en goûte mieux tous les charmes? & quel être ici-bas rendra ce tribut de gloire à l'Etre ſuprême, ſi, au nom de toutes les créatures, l'homme ne le glorifie pas? Quoi! notre cœur eſt capable d'aimer, & il lui ſera permis d'être indifférent pour l'Auteur de ſon exiſtence, pour celui qui nous a fait tout ce que nous ſommes, & qui nous a tout donné? Quoi! la reconnoiſſance ſera la premiere vertu des belles ames, le lien qui attache le plus ſurement au devoir par le ſentiment, le caractere eſſentiel des cœurs bien nés; & ce n'eſt qu'envers Dieu, le premier & le plus grand de tous les bienfaiteurs, qu'il nous ſera permis d'être ingrats? Quoi! nous ſommes portés à louer, à bénir, à honorer la bonté, l'équité, la ſageſſe, & tout ce qui porte un caractere d'ordre, de beauté, de perfection dans nos ſemblables; & nous ne le bénirons pas dans l'Etre ſouverainement parfait qui en eſt la ſource? Ah! notre cœur nous en puniroit. Eh, comment arrive-t-il en effet, qu'à parler en général, tout retour ſur ſoi, toute vue, tout ſentiment d'intérêt, d'ambition, d'orgueil, d'envie, de paſſion déréglée, ait quelque choſe de turbulent, d'inquiétant, de fatiguant pour notre ame; & que les retours vers Dieu, de confiance, de réſignation, d'offrande, de louange & d'amour, aient quelque choſe de tranquilliſant, de doux & de conſolant, qui la mettent comme dans ſon centre? Non, ce n'eſt qu'en aimant bien Dieu, que l'on peut dire avec vérité que l'aliment, la vie, le bonheur d'un être intelligent, c'eſt l'amour (*c*).

Mais dans quelle meſure doit-on l'aimer? Ah! il n'y en a point d'autre, diſoit une ame pieuſe & tendre, que de l'aimer ſans meſure. N'eſt-ce donc pas ainſi que lui-même nous a aimés? & le Chrétien, qui ne voit plus ſeulement dans ſon Dieu le Dieu de la nature, mais l'Auteur de la grace, mais un Dieu qui s'eſt montré aſſez grand, aſſez rempli d'amour, aſſez bon, pour conſentir que ſon verbe s'unît à la nature humaine; pour s'immoler dans la perſonne de ſon Fils au ſalut des hommes; pour ſe choiſir en lui une victime digne de ſa juſtice, & propre à ſervir d'inſtrument à ſa miſéricorde; le Chrétien qui n'aimeroit pas un tel Dieu de tout ſon cœur, de toute ſon ame, de toutes ſes forces, ne ſeroit-il pas le plus dénaturé de tous les êtres? ne ſeroit-il pas un monſtre? Mais, ſi c'eſt ainſi qu'on l'aime, on eſt pieux, on eſt dévôt, on lui eſt conſacré, dévoué tout entier * (*d*). C'eſt donc à dire que ſes intérêts deviennent les nôtres; que ſa gloire ſeule

---

* AIMER DIEU DE TOUT SON CŒUR, DE TOUT SON ESPRIT, DE TOUTE SON AME, DE TOUTES SES FORCES, ET SON PROCHAIN COMME SOI-MEME, pour l'amour de Dieu; (*Marc*, XII, 31.) Ce n'eſt pas un conſeil, c'eſt un précepte; c'eſt le premier commandement de la Loi, c'eſt l'abrégé de toute la Morale évangélique, de toutes les Leçons de notre divin Maître. O vous donc qui croyez à Jéſus-Chriſt, & qui ſavez que votre Dieu exige de vous un tel amour, oſez bien dire que la dévotion, que la piété n'eſt pas un devoir!

nous touche & nous émeut ; qu'on le retrouve par-tout & dans tous ses ouvrages ; qu'on jouit avec transport de ses dons, par cela même qu'ils nous viennent de lui ; qu'on lui est soumis dans les épreuves qu'il nous envoie ; qu'on observe avec soin ses préceptes ; qu'on est zélé pour son culte ; qu'on cherche à étendre son nom ; qu'on va au-devant de ce qui peut lui plaire ; qu'on écoute & qu'on suit avec joïe ses inspirations & ses conseils ; qu'on n'a en toutes choses d'autre volonté que la sienne.

Eh, quels sentimens sont plus propres à honorer Dieu, & plus dignes de l'homme ? Qu'est ce qui peut mieux élever l'ame & la rendre vraiment sublime ? Ah mon fils, si Dieu existe, si avec toutes nos facultés nous sommes son ouvrage, la piété droite & sincere, bien loin d'être une superstition, un ridicule ou une foiblesse, est le premier de tous les devoirs ; & sa divine flamme est, après Dieu, ce qu'il y a de plus grand au Ciel & sur la Terre.

Malheur, mon fils, malheur à ces ames foibles & pusillanimes, que le nom seul de la piété effraye, que le moindre obstacle arrête, que le plus léger sacrifice épouvante! Malheur à ces demi-Chrétiens, dont la Religion est une routine; dont le culte est une cérémonie; qui honorent du bout des lévres celui qui n'est dignement honoré que par le cœur! Malheur à ces hommes qui croient d'une maniere & qui agissent de l'autre (*e*); qui démentent leur croyance par leur conduite; qui font blasphemer leur foi par leurs œuvres; qui tiennent au monde, au temps, à la terre, lorsqu'ils font profession d'avoir Jesus-Christ pour Chef & pour modele, l'éternité pour fin, le Ciel pour patrie; & qui font ainsi de l'Evangile du salut la matiere de leur jugement & de leur condamnation! Malheur, malheur enfin à ces Chrétiens de nom, retenus ou excités seulement par la crainte; presque toujours en-deçà de la loi, pour ne pas risquer de faire plus qu'elle ne commande; raisonnant, équivoquant sur le précepte, pour se dispenser de l'accomplir; mesurant, compassant leur plus ou moins de fidélité sur le seul danger de se perdre; esclaves sous l'empire d'un maître, & jamais enfans bien nés sous la douce loi d'un pere. Hélas! ils traînent le joug du Seigneur, qu'ils n'ont pas la force de porter; leurs pratiques mortes & stériles, parce qu'elles ne sont pas vivifiées par l'amour, forment autour d'eux un cercle laborieux & pénible, qu'ils se fatiguent vainement à parcourir; n'appartenant, à proprement parler, ni à Dieu, ni au monde, ils sont un objet d'horreur pour l'un, & la fable de l'autre; ils ne goûtent ni les douceurs de la Religion, ni les plaisirs de la vie, & sont également malheureux par les choses qu'ils se permettent, & par celles qu'ils se refusent.

O que bien plus sage est l'ame pieuse & fidele! sa ferveur la soutient & l'anime; rien ne la gêne, rien ne l'asservit, rien ne lui paroît difficile; elle fait les plus grandes choses, & les trouve encore trop petites; elle avance toujours, & ne se lasse jamais ; elle court de vertus en vertus ; & les pratiques de piété, embrassées avec joie, bien-loin de lui paroître un fardeau pesant, ont pour elle toute la douceur du joug aimable de Jesus-Christ *.

O mon fils ! suis donc la noble carriere qui s'ouvre à tes desirs. Enflamme-toi pour l'objet qui mérite le mieux de t'enflammer ; & ne ressemble pas à ces adorateurs sacrileges de la Divinité, qui profanent les beaux noms d'amour & de charité ; qui osent dire : j'aime . . j'aime Dieu de tout mon cœur, & qui l'oublient à chaque instant, ou ne s'en souviennent que pour chercher des prétextes à leur révolte, que pour le méconnoître ou pour l'outrager.

Mais que doit t'inspirer envers lui une piété sincere ? Je te l'ai dit, cher Valmont ; par-dessus tout, elle doit te con-

---

* Portez mon joug sur vous. . . . . dit le Sauveur à ses Disciples ; car mon joug est doux & mon fardeau léger. *Matt. XI.*

duire à la recherche de ses intérêts & de sa gloire. Il faut que cette gloire de ton Dieu soit le mobile & la regle de toutes tes actions, comme elle a été par rapport à lui-même la fin de toutes ses œuvres *. Glorifier Dieu †, le glorifier au nom de Jesus-Christ ¶, c'est la source des mérites de l'homme & du Chrétien, le grand secret de la Religion, & ce qui peut seul rendre tes moindres actions dignes d'une récompense éternelle. Eh, qu'y a-t-il de plus capable de les sanctifier & de les ennoblir qu'une pareille fin ! Elle renferme

---

* Dieu a tout fait pour lui-même. *Prov.* 16.

Je suis le principe & la fin, nous dit le Seigneur dans les Livres saints. *Apoc.* 1, 8.

† Soit que vous mangiez, soit que vous buviez, quelque chose que vous fassiez, faites-le pour la gloire de Dieu. 1 *Cor.* 10.

¶ Quoi que vous fassiez, en parlant, ou en agissant, faites-le au nom de N. S. J. C., rendant graces par lui à Dieu le Pere. *Coloss.* 3.

Rendant graces en tout temps, & pour toutes choses, à Dieu le Pere, au nom de N. S. J. C. *Ephes.* 5, 20.

éminemment la poursuite constante du plus grand bien que tu puisses faire, & le meilleur usage de toutes tes facultés : elle rectifiera par elle-même tes jugemens & ta conduite, si tu te souviens que la gloire de ton Dieu ne peut se procurer dignement que par le soin que tu prendras de te perfectionner de jour en jour, & par le plus grand bonheur possible que tu t'efforceras d'apporter à tes semblables : elle te fera sortir des vues fausses, étroites & bornées qu'inspirent l'orgueil & les passions, des vues serviles & destructives de l'ambition, des vues sombres & louches d'une politique purement humaine, des vues misérables & sordides d'un intérêt personnel & momentané, pour te faire enfanter les desseins les plus vastes & les plus généreux, pour t'attacher à un plan fixe d'ordre, d'équité & de bienfaisance, pour t'élever jusqu'aux sacrifices les plus magnanimes, lorsque l'intérêt de la vérité & le bien commun l'exigeront : elle donnera à ton ame un ressort vraiment durable, un courage qui ne s'épuisera jamais; elle portera son élan sublime jusqu'à la Divinité, & l'armera toute entiere, cette ame, des forces du Tout-puissant: elle lui assurera à elle-même une gloire immortelle & une véritable grandeur. Oui, Valmont, si tu aimes la gloire (*f*); si ce feu sacré, ce desir inquiet des belles ames te dévore; cherches en du moins une qui soit vraie & qui ne puisse périr: & c'est dans le zele pour la gloire de Dieu qu'elle se trouve.

Soutenu par un si beau motif, guidé par une fin si pure, tu joindras à ce premier principe d'une vraie & solide piété la soumission pleine de confiance qu'il entraîne, la conformité à la volonté du Très-Haut. Heureuse soumission! aimable conformité! qui fait le caractere essentiel du vrai juste, & son bonheur dès cette vie même. C'est cette conformité qui place la pratique des devoirs bien avant celle des œuvres de simple conseil & de surérogation; qui, parmi les différentes obligations de la vie civile, donne le premier rang à celles que notre état nous

nous impose; qui tient tout dans l'ordre, ramene tout au vrai, saisit en toutes choses le juste milieu, & retranche également les abus de la superstition & les excès de la singularité (*g*). C'est elle qui nous met à l'abri du trouble dans les événemens contraires, des craintes & des inquiétudes pour l'avenir, des plaintes & des murmures sur le présent, ces especes de blasphêmes contre la Providence, ces désaveux tacites de l'équité, de la sagesse & de la bonté du Tout-puissant *. C'est elle qui nous fait goûter les fruits de la patience †; qui, en nous soumettant aux

---

* Le vrai Chrétien n'oublie point ces belles paroles de son divin Maître : » Ne vous inquiétez point comme les Payens, car votre » Pere, *qui est aux Cieux*, sait vos besoins » Cherchez, avant toutes choses, le Royaume » de Dieu & sa Justice, & tout le reste vous » sera donné par surcroît. « *Matt. 6.*

† La racine de la patience est amere, a dit un Auteur moderne; mais que les fruits en sont doux !

loix du plus grand de tous les Maîtres, nous fait reposer en paix dans le sein du meilleur de tous les peres; qui ne permet pas que nous trouvions du mécompte dans notre attente, de l'erreur dans nos desirs; & qui, dans toute circonstance, nous laisse toujours également satisfaits.

C'est elle encore, c'est cette conformité sainte, qui, ne se bornant pas à nous prescrire l'accomplissement des devoirs les plus essentiels, nous rend fideles dans les choses mêmes les plus légeres. Que dis-je! elle ne nous permet pas de distinguer, pour la direction de notre propre conduite, entre les petites fautes & les grandes. Rien n'est petit pour une ame chrétienne, rien n'est léger de ce qui peut offenser son pere, son ami, son Dieu. Ne se laisser jamais aller à la moindre faute avec réflexion, c'est la premiere loi d'un amour délicat & tendre; & pour qui, ô mon Dieu! sera toute la délicatesse du sentiment, si elle n'est pas pour vous? C'est d'ailleurs, cher Valmont, cette attention scrupuleuse à ne se rien permettre de ce que l'amour nous défend, qui nous met le plus ſurement à l'abri des [illegible], & qui nous conduit par degrés aux plus hautes vertus. Car c'eſt un oracle du Sauveur, que » celui qui eſt infidele dans » peu le ſera dans beaucoup; & que celui » au contraire qui eſt fidele dans les pe- » tites choſes, le ſera également dans les » grandes. « *Celui qui craint Dieu*, dit l'Ecriture, *ne néglige rien :* à plus forte raiſon celui qui l'aime *.

---

* Rien n'eſt plus néceſſaire qu'une grande délicateſſe de conſcience, pour nous mettre par la ſuite à l'abri des illuſions, des crimes, de l'aveuglement, de l'endurciſſement & de l'impénitence. Si l'on n'apporte pas beaucoup de ſoin à former & à entretenir en ſoi une conſcience tendre, exacte & timorée, on pourra bien, d'après les premiers principes d'éducation, reſſentir pendant quelque temps de l'horreur pour certaines fautes; mais enſuite on ſe familiariſera inſenſiblement avec elles : on aura conçu le péché avec peine, avec remords, & bientôt on l'enfantera ſans douleur.

O toi! mon fils, pourrois-tu maintenant ne pas sentir le prix d'une vie entiere passée dans cette fidélité constante? pourrois-tu du moins ne pas en commencer l'époque à ces instans de lumieres où le Dieu des miséricordes se montre à toi avec tous ses charmes; à ces momens de grace & de réconciliation où il te fait si heureusement rentrer sous son empire? O la belle vie! qu'on peut terminer en se disant à soi-même: » Depuis que j'ai » appris à connoître mon Dieu, & à » goûter combien il est doux, j'ai eu des » foiblesses, j'ai fait des fautes, mais elles » m'ont échappé; & avant de les faire, » & en les faisant, je ne les voyois pas; » & si je les avois entrevues, si je les » avois seulement soupçonnées, ô mon » Dieu! mon cœur me rend ce consolant » témoignage que je ne les aurois pas » faites. « L'heureuse mort! où Dieu acheve de tout perfectionner par le sacrifice entier de nous-mêmes, de tout purifier par ce dernier trait de sa justice, de tout pardonner par sa clémence; & où l'on peut ainſi remettre tranquillement ſon ame entre les mains de ſon Créateur.

Mais elle ſuppoſe, cette mort ſi précieuſe, que l'on a tout fait de ſon côté, pour ſatisfaire, ſelon ſes forces, à ſa gloire outragée. Juſqu'ici, cher Valmont, tu as contracté des dettes envers le Seigneur; & c'eſt à la pénitence à les acquitter. Un Homme-Dieu, victime pour tes péchés, en donnant du mérite à ton repentir, du prix à la réparation de tes offenſes, ne t'a pas en effet diſpenſé de les réparer. Membre de cet auguſte Chef, il faut que tu accompliſſes en toi ce qui manque, non de ſa part, mais de la tienne, à ſes ſouffrances *. Les ſaintes rigueurs de la pénitence, ſi décriées par la fauſſe ſageſſe & la prudence de la chair, ſont conſacrées au tribunal de la raiſon même: elles le ſont par la voix de la conſcience & le cri de la nature. Oui, tous les hommes, dans tous les lieux & dans tous les temps,

* Coloſſ. 1, 24.

par un instinct naturel, ont respecté les droits de la justice divine violés par le péché, & le soin qu'on prend d'y satisfaire. Par-tout, ce soin de venger sur soi la Divinité offensée par nos crimes se concilie, en dépit de nous, la vénération la plus profonde; & la pénitence a tellement paru une loi du zele & de l'amour, que nul peuple dans sa religion n'a fait des Saints de ceux qui ne s'étoient pas montrés pénitens.

Je n'ignore pas cependant combien ici les abus sont communs, & les excès sont fréquens. Je sais distinguer la démoniaque & cruelle folie du Bonze & du Fakir, l'hypocrite vanité du Derviche, l'affectation & les dehors de la réforme (*h*), de l'humble & sage austérité d'une pénitence vraiment religieuse, chrétienne & raisonnable. Je sais quelles sont les bornes qu'a posées la Religion (*i*); mais en respectant ces bornes, en respectant une santé, des forces, une vie, qui ne sont point à nous, je sais aussi combien les rigueurs de la pénitence sont saintes, combien elles sont justes & nécessaires *. De plus, mon fils, la mortification chrétienne donne à l'ame une force & une vigueur, que sans elle il est comme impossible d'acquérir. Quiconque se croiroit en droit de se satisfaire dans toutes les choses innocentes & permises, risqueroit aisément d'être trop foible dans des occasions importantes, pour pouvoir se refuser aux choses mêmes qui lui seroient défendues. Tel est l'oracle du sage: » Si vous accordez à votre ame tout » ce que les sens lui demandent, elle » vous rendra bientôt la joie de votre » ennemi †. « Telle est aussi la maxime

* Malheur à toi, Corozaïn, s'écrie le Sauveur; malheur à toi, Bethsaïde; parce que si les miracles qui se sont opérés au milieu de vous avoient été faits dans Tyr & dans Sidon, il y a long-temps qu'elles auroient fait pénitence dans le sac & dans la cendre. *Math. XI.*

Je châtie mon corps, & je le réduis en servitude, dit le grand Apôtre, de peur qu'ayant prêché aux autres je ne sois réprouvé moi-même. 1 *Cor.* 9.

† Eccli. 18, 31.

de l'Apôtre : » Mortifiez vos membres . . » portant ſans ceſſe dans notre corps la » mortification de Jeſus-Chriſt, pour que » ſa vie ſoit manifeſtée en nous *. «

Mais, mon fils, la vraie piété, en nous rendant ſéveres pour nous-mêmes, nous rend bons, indulgens, charitables pour les autres. Loin d'elle cette rigidité exceſſive, cette vertu ſauvage, cette dureté de caractere, qui déshonore, qui fait blaſphémer la dévotion. Loin d'elle cet orgueil Phariſaïque, cette complaiſance ſecrette, qui fait dire au faux juſte réprouvé par Jeſus-Chriſt, » je ne ſuis pas » comme le reſte des hommes. » Loin d'elle ces vivacités d'humeur & de tempérament, ſi contraires à l'eſprit de l'Evangile, ces ſenſibilités d'un amour propre toujours exigeant, toujours inquiet, que tout offenſe, que tout irrite, & que rien ne calme & ne fléchit; cet eſprit pointilleux & jaloux, implacable dans ſes haines & dans ſes vengeances; cet eſprit

* Col. 35, & 2 Cor. 4, 10

caustique & mordant *, toujours prompt à juger, à censurer & à reprendre; cette inflexibilité dans la conduite, cet entêtement dans les opinions, d'où naît si souvent le mépris des plus légitimes & des plus saintes autorités. Loin d'elle une vie oiseuse & stérile, si hautement condamnée par notre divin Maître; l'unique oc-

---

* Le penchant à critiquer & à médire accompagne presque toujours la fausse piété. La médisance, si abominable aux yeux de la Divinité, selon l'expression de l'Ecriture sainte, (*J'ai en abomination*, dit le Seigneur, *celui qui médit & celui qui écoute médire.*) est en horreur même aux gens du monde, en qui il reste encore quelque vertu morale. En effet elle est la peste de la société; elle est le vice le plus funeste dans ses conséquences, le plus difficile à réparer dans ses suites. Hé quoi de plus meurtrier qu'un coup de langue! Qu'on se souvienne au reste que l'empreinte du ridicule fait quelquefois plus de tort que l'imputation même d'un défaut considérable. Bacon a dit quelque part, en parlant de la raillerie: » Le bon sel est sans amertume. «

cupation de nous-mêmes ; une ſorte d'apathie, d'inſenſibilité pour tout autre intérêt que les nôtres ; une ſtupide & barbare indifférence aux beſoins des malheureux . . qui ne penſent pas comme nous. Ce ſont là, mon fils, les triſtes caracteres de cette fauſſe dévotion qui décrédite la véritable (*k*). On oſe la confondre, ainſi que les vaines formules ſur leſquelles elle s'appuie, avec un ſentiment qui eſt le plus beau don du Ciel, l'objet des complaiſances du très-Haut, l'eſprit de la Religion, & la gloire de l'humanité. On traite la piété comme on traiteroit dans le monde un honnête homme, qui, par accident ou par contrainte, ſe trouveroit mêlé, confondu avec une troupe de ſcélérats (*l*). Cependant la piété en pleurs réclame ſes droits, & ceux de la Divinité qu'on outrage ; elle gémit, elle parle pour ſes enfans ; elle nous les montre, moins répandus, moins expoſés aux regards des hommes, que ne le ſont ceux d'après leſquels on la juge & on la condamne, mais livrés en ſecret &

ſans faſte à la pratique des plus aimables comme des plus hautes vertus. La charité la plus compatiſſante & la plus tendre eſt l'ame de leurs ſentimens & de leurs actions : ils voient tous les hommes comme des freres ; ils voient en eux Dieu même qui les a créés à ſon image, & le Fils de Dieu qui les a rachetés de ſon ſang. Ils ſupportent leurs foibleſſes & leurs erreurs ; ils pardonnent leur injuſtice ; ils volent à leur ſecours ; ils les ſoulagent ſans acception du rang ou de la perſonne ; ils s'immolent à leurs beſoins. Ils ſe conſiderent comme redevables à ceux qu'ils obligent. Ils ne s'arrogent aucune ſorte d'empire ; ils mettent la perſuaſion à la place de la violence & de l'autorité. Ils ſont affables, ſans chercher à le paroître. Par de continuels efforts ſur eux-mêmes, ils commandent à leurs paſſions & à leur cœur. Ils acquierent un caractere heureux, une humeur égale, une douceur conſtante. Ils ſont humbles, & petits à leurs propres yeux ; mais ils ſont grands aux yeux du vrai ſage, & plus grands encore aux yeux du Seigneur.

Aimable douceur! précieuſe humilité! charité ſainte! c'eſt vous en effet qui formez les caracteres diſtinctifs de la vraie piété. Et que ces caracteres ſont auguſtes! qu'ils méritent bien nos hommages! La douceur acquiſe par l'habitude eſt le charme le plus vrai; elle eſt à la vertu ce que le poli eſt au diamant; elle en releve la beauté & lui donne tout ſon éclat. L'humilité, qui la fait naître & qui l'accompagne, ſource des vrais mérites & la baſe eſſentielle ſur laquelle ils repoſent, eſt le ſel de la ſageſſe & l'héroïſme de la vertu. Elle apprécie l'homme ce qu'il vaut par lui-même; elle le rappelle à ſon origine, lui montre ſon néant, & lui fait ſentir ſon impuiſſance & ſa miſere: elle l'éleve enſuite juſqu'à ſon Créateur, & lui apprend à chercher en lui ſa force & ſa grandeur. L'ame humble, petite & foible de ſon fonds, devient grande & forte par celui ſur lequel elle s'appuie. Sans préſomption, comme ſans puſillanimité

& ſans baſſeſſe, elle croit ne rien pouvoir par ſa propre énergie, & peut tout par ſon Dieu. Elle emprunte de lui une lumiere vive & ſure, une grace puiſſante & victorieuſe *; qui l'éleve au-deſſus de toutes les pompeuſes chimeres de l'orgueil & de la vanité; on ne la voit point ramper devant la faveur; elle ne ſuit point en eſclave le char brillant de la fortune; elle ne ſe laiſſe point éblouir par le faux éclat des grandeurs humaines; la vérité & la juſtice forment ſon plus riche appanage. Ses plus belles victoires ſont celles qu'elle remporte ſur elle-même: de tous les triomphes, le plus vrai comme le plus difficile, c'eſt celui de l'humilité ſur l'amour propre. Cette vertu ſi digne de nos vœux & de nos efforts contribue eſſentiellement au bonheur de l'homme, même ici-bas. Elle nous délivre des tourmens preſque continuels qu'é-

* Dieu réſiſte aux ſuperbes & donne ſa grace aux humbles. *Jac.* 4, 6.

prouve un cœur vain & ſuperbe *; elle nous rend les abaiſſemens, les contradictions moins ſenſibles; elle nous les épargne ſouvent : car l'humilité nous

---

* » La vanité de l'homme eſt la ſource de » ſes plus grandes peines ; & il n'y a per- » ſonne de ſi parfait & de ſi fêté à qui elle » ne donne encore plus de chagrins que de » plaiſirs. — Si jamais la vanité fit quelque » heureux ſur la terre, à coup sûr cet heu- » reux-là n'étoit qu'un ſot. « *M. Rouſſeau.*

C'eſt en effet la vanité, c'eſt l'amour déréglé de nous-mêmes, qui, en nous rendant encore plus ſenſibles aux diſtinctions & aux égards qu'on nous refuſe, qu'à ceux qu'on nous accorde, en nous aigriſſant, en nous révoltant à la moindre contradiction comme à la moindre offenſe, nous remplit à chaque inſtant de dégouts & d'amertumes, & eſt la cauſe la plus ordinaire de nos emportemens & de nos fureurs.

» L'amour propre, ſelon la penſée de M. » de Voltaire ; eſt un ballon plein de vent. » Faites-y une piquure, il en ſortira des tem- » pêtes. «

ſauve bien des humiliations. La paix eſt le fruit de ſes combats & le prix de ſa victoire. » Apprenez de moi *, dit le Fils de Dieu, fait homme pour nous ſervir de modele, que je ſuis doux & humble de cœur, & vous trouverez le repos de vos ames †. «

Si ces caracteres de la vraie piété, tels que nous les retracent la Religion Chré-

---

* Mat. 11, 29.

† Jéſus-Chriſt nous dit encore, en parlant de l'humilité : » Si vous ne devenez comme » de petits enfans, vous n'entrerez pas dans » le Royaume des Cieux. « *Mat.* 18, 3. Mais il ne faut pas croire pour cela que l'humilité chrétienne nous faſſe prendre un caractere de baſſeſſe & d'abjection ; qu'elle renverſe l'ordre de la ſociété ; qu'elle nous rende dépendans de ceux à qui nous devons commander ; que la ſimplicité qu'elle nous inſpire ſoit foibleſſe & imbécillité. Le même Dieu qui nous a dit, *ſoyez petits comme des enfans*, nous a dit, *ſoyez prudens comme des ſerpens, & ſimples comme des colombes.* Il y a plus, la même Religion qui nous dit, ſoyez hum-

tienne & l'exemple des vrais juſtes, ne ſe trouvent pas dans tous ceux qui font

---

bles, nous dit en mille manieres différentes, ſoyez grands, ſoyez courageux, ſoyez généreux & magnanimes. Il y a dans toute ame vraiment chrétienne une noble fierté, auſſi éloignée de l'aviliſſement & de la baſſeſſe, qu'elle l'eſt de l'enflure & de l'orgueil.

L'humilité du Chrétien l'éleve bien-loin de l'avilir. C'eſt pour Dieu ſeul qu'il s'abaiſſe devant les hommes; & il ne le fait qu'autant que Dieu veut, & comme il le veut. Oppoſez-le aux perſécuteurs & aux tyrans, au monde & à ſes amorces flatteuſes, au reſpect humain & à ſes lâches complaiſances, à la ſervitude honteuſe des paſſions & des vices, à la baſſeſſe de l'adulation & du menſonge, à la cabale, aux intrigues, au manege des Cours & à toutes les indignes manœuvres des Courtiſans, à tout ce qui avilit & qui dégrade; ſon ame grande & généreuſe ſans hauteur & ſans faſte, déploie toute ſa force & tout ſon courage. Elle dédaigne tout ce qui n'eſt pas digne d'elle, s'éleve au-deſſus de tout, & ſacrifie tout pour le véritable honneur & pour la vertu.

profession d'être dévôts; ô mon fils! qu'on s'en prenne à eux seuls *, & non à cette piété qui les désavoue, qui les reprend & les condamne, qui les réforme, autant qu'il est en elle. Otez à ces ames, pieuses à quelques égards, mais trop peu éclairées dans leur piété & trop imparfaites, ôtez-leur ce sentiment de religion qui les retient, & vous reconnoîtrez alors ce qu'est l'homme abandonné au feu de ses passions & à l'impétuosité de son caractere: il étoit vif encore malgré sa dévotion, & vous le verrez emporté & furieux; il étoit sensible & pointilleux, & vous le verrez fier & arrogant; il étoit rigide & sévere, & vous le verrez cruel & dénaturé. Monde injuste & bizarre!

* L'amour propre est la source de cet alliage impur, qui se trouve si souvent dans la piété même; ce qui a fait dire, avec tant de vérité, que » par-tout où Dieu a une Eglise, » le Diable veut avoir une Chapelle. « *Were God has à Church, the Devil wil have a Chapel.*

vous lui eussiez pardonné ses vices, s'il eût été sans loi, sans frein, sans religion comme vous ; & parce qu'il s'efforce de devenir pieux & fidele, vous ne daignerez pas même excuser ses foiblesses *!

Laissons, mon ami, laissons le monde invectiver contre la piété, & en travaillant à la former en nous, mettons tous nos soins à la rendre solide & exempte de reproche. Mais que faut-il faire pour l'acquérir & pour y persévérer ? En deux mots Jesus-Christ nous l'a dit. » Veillez » & priez.

Ah ! sans doute Dieu connoît nos maux ; il voit nos miseres ; & pour les soulager, il n'a pas besoin de nos prieres. Mais pour nous dispenser de les faire, est-il, mon fils un plus foible argument ? Dieu veut

* Respecter les personnes pieuses avec leurs défauts, rien de plus conforme à l'équité naturelle. » J'ai vécu cent ans, disoit M. de » Fontenelle, & je mourrai avec la consolation de n'avoir jamais donné le plus petit » ridicule à la plus petite vertu. «

être prié, sollicité, pressé, parce qu'il ne veut pas que nous oublions notre dépendance, que nous perdions de vue l'hommage que nous lui devons, & les droits qu'il a sur nous. Dieu se doit à lui même l'aveu que nous lui faisons de notre impuissance, le tribut de nos louanges; & c'est justice en lui de l'exiger. Il nous assure un remede puissant contre notre foiblesse par le sentiment qu'il veut que nous en conservions; & il est de notre intérêt que l'expression continuelle de ce sentiment, si nécessaire à l'homme, soit pour nous un devoir *. Prions donc sans nous lasser jamais. Tout est promis à la priere, lorsqu'elle est le gé-

---

* » Il n'est point de Langue où ne se trouve » cette exclamation, ô mon Dieu! point de » Peuple chez qui un homme que la calomnie » opprime, ou un pere & une mere, qui sont » privés de leurs enfans, ne levent les yeux au » Ciel, & ne forment dans leur douleur une » aspiration secrette vers l'Etre suprême. « *M. d'Arnaud. Lettre sur Euphémie.*

Ce cri du cœur, ce cri de la priere, si na-

missement d'un cœur qui sent ses besoins ; qu'elle est animée par la foi, & qu'elle est soutenue de la persévérance *.

Eh, quoi de plus doux que ces tendres gémissemens, ces entretiens affectueux, ces soupirs enflammés par lesquels l'ame s'élance vers son Dieu ; lui expose ses desirs ; lui peint son amour ; le loue de ses perfections ; lui rend graces de ses bienfaits ; lui parle des peines qu'elle ressent, des maux qu'elle éprouve, des dan-

---

turel à l'homme, doit-il être moins vif pour les biens de l'éternité que pour ceux du temps, pour les besoins de l'ame que pour ceux du corps ? Et devons-nous prier avec moins de constance & de ferveur, lorsqu'il s'agit de trouver un remede à nos passions, nos vices & nos erreurs, que lorsqu'il sera question de guérir nos infirmités, & d'obtenir quelque soulagement à nos douleurs ?

* » Demandez, & l'on vous donnera ; » cherchez, & vous trouverez ; frappez, & » l'on vous ouvrira. « *Mat.* 7, 7.

» Il faut toujours prier, & ne se lasser » jamais. *Luc.* 18, 1.

gers qu'elle craint, des tentations qui l'affligent; implore son secours; se console, se délasse en sa présence; s'oublie, se perd délicieusement en lui; & reprend dans son sein une vigueur nouvelle (*m*)!

Mais en priant, veillons constamment, & combattons avec courage *. Le grand ouvrage de notre sanctification suppose l'heureux concours de deux causes qui y sont également nécessaires, Dieu & l'homme; de Dieu par sa grace, & de l'homme par sa vigilance & ses efforts.

Ces deux moyens essentiels, la vigilance & la priere, renferment tous les autres (*n*); — le recueillement & la retraite (*o*), autant qu'elle est compatible avec notre état & les obligations que nous avons à remplir: douce retraite!

* » Si la vie est courte pour le plaisir, » qu'elle est longue pour la vertu! Il faut être » incessamment sur ses gardes. L'instant de » jouir passe & ne revient plus; celui de mal » faire passe & revient sans cesse: on s'oublie » un moment, & l'on est perdu. « *M. Rousseau*.

qui nous fait jouir en paix de nous-mêmes; qui nous rappelle à Dieu, à nos devoirs, à la vérité; qui nous aide à revenir de sang-froid sur les fausses opinions du monde, sur ses entretiens contagieux & funestes, où chaque idée que l'on reçoit est un préjugé, où chaque principe que l'on adopte est une source d'erreurs; — la fuite des occasions qui peuvent nous porter au mal; car celui qui aime le péril, dit l'Ecriture, y périra; — le choix des livres, des conversations *, des sociétés, qui décide pres-

---

* » Les entretiens polissons préparent les » mœurs libertines. « *Ibid.*

Et les discours impies gâtent tout-à-la-fois & l'esprit & le cœur.

Ce qui fait le plus gémir toute ame honnête & sensée, est de voir des hommes, qui d'ailleurs pensent bien & ne mènent point une vie libertine, hasarder, uniquement pour plaisanter, les propos les plus irréligieux & les maximes les plus licentieuses. Ils se croient pleinement justifiés, lorsqu'à la fin d'un paque infailliblement nos ſentimens & nos mœurs, & qui ſouvent même nous fait perdre en un jour le fruit de bien des années *; — le ſentiment de la préſence

reil entretien ils ont fait une eſpece de rétractation. Mais outre qu'il eſt toujours bien criminel & bien indécent de plaiſanter ſur des matieres auſſi ſérieuſes, & de ſe rendre, même en jouant, l'écho du vice, ou l'apôtre du menſonge; le poiſon que renferment leurs diſcours a déja produit ſon effet ſur des imaginations tendres & ſuſceptibles; ſur des cœurs à moitié corrompus, & qui n'attendoient, pour l'être entiérement & ſans retour, que cette facilité qu'on leur donne de ſe juſtifier à eux-mêmes le déreglement de leurs paſſions; ſur de jeunes perſonnes dont l'eſprit s'ouvre ſans peine aux impreſſions dangereuſes, & qui retiennent bien plus aiſément un ſophiſme ingénieux qui les flatte, qu'elles ne ſont frappées d'un déſaveu qui répond foiblement aux raiſonnemens captieux qu'on a pu faire.

Voyez la note qui eſt au bas de la page 128, tom. 2.

* *Una giornata di compagnie alletatrici hà*

de Dieu (*p*), qui nous met en garde contre les ſaillies des paſſions, qui nous ſoutient dans les maux de la vie & nous les rend plus faciles à ſupporter, qui nous fait jouir des vrais biens avec ſageſſe & avec reconnoiſſance; — l'heureux choix d'un guide éclairé, qui veille avec nous ſur nous-mêmes, qui voit ſans prévention, ſans illuſion, ce que l'aveuglement de l'amour-propre pourroit nous dérober, qui joint à nos foibles lumieres celles que l'expérience lui donne & les graces attachées à ſon miniſtere; — la fréquentation des ſacremens, qui, par l'épreuve qui les précede, les diſpoſitions qui les accompagnent, les ſecours abondans qu'ils nous procurent, les faveurs & les dons qu'ils renferment, entretiennent notre vigilance, ſoutiennent notre exactitude, augmentent notre ferveur, deviennent pour nous le ſanctuaire de la ſageſſe & l'école de la vertu (*q*); — les

forza di guaſtare tutte le buone lezioni d'anni parecchi. Muratori.

actes

actes contraires aux tentations qui nous assiégent, ces pratiques de renoncement & d'abnégation, (r) qui donnent de la vigueur à notre ame, affoiblissent la violence de nos penchans, déracinent nos vices, nous préparent des armes pour le combat, & sont déja comme des présages de la victoire; — le réglement général de notre conduite qui met de la justesse dans nos vues, de l'ordre dans nos actions, de la fermeté & de la constance dans nos résolutions; — les occupations journalieres, le travail assidu *, le bon emploi du temps, si opposé à celui qu'en font tous les jours ces agréables de l'un & de l'autre sexe, pour qui la vie n'est qu'un cercle ennuyeux de toilette, de visites, de promenades, de specta-

* On ne sauroit trop le répéter; l'oisiveté est la mere de tout vice. » Envoyez-le au » travail, dit l'Ecriture, de peur qu'il ne soit » oisif; car l'oisiveté enseigne beaucoup de » mal. « *Multam malitiam docuit otiositas.* Eccli. 33, 29.

cles, de jeu, de repas, de lit encore plus que de sommeil, de soins minutieux & frivoles, d'occupations stériles, d'importantes bagatelles; eh, quelle vie pour un être pensant! — L'accomplissement de toutes les devoirs de Religion, & en particulier de ceux d'un paroissien zélé, devoirs si ignorés, & si nécessaires cependant, puisqu'ils contribuent essentiellement à l'édification publique, qu'ils nous réunissent beaucoup mieux que tout autre exercice dans l'adoration commune & l'observance d'un même culte, qu'ils nous assurent des instructions aussi simples que solides *, qu'ils influent efficacement sur les mœurs par le bon exemple, & que d'ailleurs ils nous sont prescrits par l'Eglise (*s*); — l'offrande assidue de ce sacrifice adorable par lequel se perpétue sur

* » L'antiquité ne nous offre rien de semblable en ce genre. C'est une belle institution que celle de rassembler les citoyens dans un temps & en un lieu marqué, pour leur exposer, d'une maniere claire, solide

nos autels celui de la croix, de ce sacrifice dont l'homme-Dieu est tout à la fois le premier Prêtre & la victime, & qui dès-lors, par sa nature même, est aux yeux du souverain Etre & du Chrétien fidele l'acte le plus excellent de la Religion; — enfin toutes les pratiques de piété, propres à la nourrir dans notre ame & à l'accroître; telles que sont l'examen de prévoyance pour la journée, dans la priere du matin; l'examen de conscience le soir; les saintes lectures; les aspirations fréquentes vers le Ciel; la visite des malades; le soulagement des malheureux; les aumônes abondantes, par lesquelles nous prêtons à usure au Seigneur; l'empressement à établir le regne de Dieu dans les ames, en éclairant ceux qui sont dans les ténebres, en sou-

---

» touchante, les regles de conduite les plus » propres à procurer le bonheur de la société, » & celui de chacun de ses membres. C'est, » pour ainsi dire, semer la vertu. « *Journ. Encycl.* du 15 Octobre 1761.

tenant ceux qui ſont foibles ; en dérobant à la ſéduction ceux qui ſont en danger de ſe perdre, en ramenant ceux qui s'égarent : telles que ſont encore les témoignages de confiance envers les amis de Dieu ; les marques de compaſſion, d'intérêt pour l'Egliſe ſouffrante ; ces effets vraiment reſpectables de l'union ſi belle, qui lie dans l'Egliſe Catholique l'ame vraiment Chrétienne à tous les êtres intelligens & ſenſibles, deſtinés à procurer la gloire du Très-Haut ; qui la lie à la terre, au Ciel, à tout l'Univers par une chaîne d'amour, dont le terme eſt Dieu même : pratiques ſaintes & ſublimes ! que l'irréligion du ſiecle traite de petiteſſes & de minuties ; qui le ſont en effet, ſi on en prend mal l'eſprit & ſi on les ſépare du culte eſſentiel de la vertu ; mais qui ſeront toujours grandes, dès qu'elles conduiront aux grandes choſes *.

* » J'admire plus la Religion dans les pe-
» tites pratiques qu'elle inſpire aux gens d'eſ-

Mais, Valmont, pour faire uſage de ces moyens qui menent à la piété, ou qui la ſoutiennent & qui l'augmentent, il faut de la force, j'en conviens *; il faut braver le reſpect humain... Le reſpect humain ! le plus dangereux obſtacle à la piété, le plus fatal ennemi de tout bien, celui qui en étouffe, qui en arrache le germe dans ſa naiſſance ; lui, mon fils ! le tyran des ames foibles & lâches, qui leur laiſſant oublier que » la vraie » gloire eſt de ſuivre le Seigneur, « leur fait apoſtaſier la Religion, trahir leur conſcience, rougir de Jeſus-Chriſt, & renier ſes plus ſaintes maximes ; lui cependant, qui ne nous rend le monde ſi redoutable que par la frayeur qu'il nous en donne, tandis que la cenſure du

» prit, que dans les grandes choſes qu'elle » fait entreprendre au commun des hommes. « *Le Roi de Pologne. Réflexions ſur divers ſujets de morale.*

* » Il n'y a point de vertu ſans force, & le » chemin du vice eſt la lâcheté. *M. Rouſſeau.* «

monde est si peu à craindre pour quiconque l'affronte & le méprise; lui enfin, qui n'est fort contre nous, qu'autant que nous le voulons bien *. Ah! Valmont, pour apprendre à le vaincre, souviens-toi des égaremens auxquels il t'a conduit, des vils préjugés sur lesquels il s'appuie, des principes honteux qui le font naître & le fortifient, de cette bassesse d'ame qui l'accompagne, de l'opprobre qui le flétrira un jour, lorsqu'aux yeux de l'Univers assemblé, Jesus-Christ rougira de quiconque aura rougi de lui & de son Evangile. Eh, que t'importent les éloges ou les censures d'un monde insensé, qui, jugé lui-même, sera forcé de rendre hommage à la vérité, à la vertu, qu'il aura méconnues ou déshonorées?

Les plus grands intérêts, les plus grands soins, mon fils, doivent t'occuper aujourd'hui. Tu éleves le plus important & le

* Le monde est un tyran dont j'ai fait mon esclave.
Du poids de sa censure accablant qui le craint,
Il se laisse enchaîner par celui qui le brave.

DESMAHIS.

plus noble édifice, celui de ta perfection. Travailles-y ſans crainte, ſans foibleſſe, ſans relâche : c'eſt élever en même temps le monument le plus durable à ta gloire & à ton bonheur.

J'ai tout fait, avec la grace de mon Dieu, pour te procurer ce bonheur que je te deſire ſi ardemment. Daigne le Ciel couronner mes vœux, comme il a daigné prévenir & ſeconder mes efforts!

O mon fils! pour répondre dignement à ſes deſſeins ſur toi, ne perds point de vue les grandes vérités que nous avons diſcutées; médites-en ſouvent les preuves, & ſur-tout les preuves eſſentielles qui les démontrent; celles de l'exiſtence de Dieu, d'après la nature & l'exiſtence de l'être néceſſaire; — de la ſpiritualité de l'ame, d'après ſa faculté de raiſonner & de comparer; — de la loi naturelle, d'après les attributs de l'Etre ſuprême, & la différence intrinſeque du bien & du mal, ainſi que des effets qui en réſultent; — de notre immortalité, d'après le plan de la légiſlation divine; — de la

Religion Chrétienne, d'après son ensemble & ses principaux caracteres, la nécessité, l'ancienneté, l'unité, la perpétuité, l'excellence ou la sainteté *; —de l'Eglise,

---

* Et n'oublions pas que cet ensemble renferme Jésus-Christ, comme l'unique terme de toute la Religion, & le centre de réunion de l'un & l'autre Testament : qu'il renferme, comme garans de la divinité de ce Jésus; Premierement, *les promesses* qui l'ont annoncé; *les Justes* qui en ont été la figure; *les Prophêtes* qui l'ont prédit, qui ont vu le mêlange étonnant de sa divinité & de son humanité, de sa grandeur & de ses ignominies; qui, à cause de lui, & pour rendre d'avance leurs Prophéties plus sensibles, ont prédit également les révolutions des plus grands Empires; secondement, *Jésus-Christ même*, si distingué du reste des hommes par son caractere tout divin, par l'étendue de son pouvoir, par la sublimité de sa morale; troisiemement, *les Apôtres*, d'abord timides, grossiers, charnels, sans éducation, sans lettres; transformés bientôt après en des hommes nouveaux; se partageant l'univers, pour l'éclairer & le renou-

d'après le beſoin d'une autorité ; — de l'obligation indiſpenſable d'une piété ſolide, d'après ſa nature & les vertus qu'elle

---

veller ; & ſur des faits qui ſe ſont paſſés publiquement & ſous leurs yeux, ſcellant avec tant d'autres Diſciples, leur témoignage de leur ſang ; quatriemement, *l'établiſſement du Chriſtianiſme*, par des moyens ſi foibles, ſi peu naturels, ſi peu humains, & qui n'avoient ſelon le cours ordinaire des choſes, aucune proportion avec une ſi grande entrepriſe ; cinquiemement, *les Juifs*, qui voient ſe vérifier en eux, depuis plus de dix-ſept ſiecles, cette imprécation de leurs peres, lorſqu'ils demanderent avec tant d'inſtances la mort de Jéſus-Chriſt ; *que ſon ſang retombe ſur nous & ſur nos enfans* ; les Juifs, c'eſt-à dire, la plus grande merveille aux yeux d'un ſage qui n'eſt pas prévenu par la plus aveugle & la plus ſtupide incrédulité ; ſixiemement, *l'état de la ſociété chrétienne*, ſous la conduite d'un Chef, ſucceſſeur du premier des Apôtres, & ſous celle des Evêques, qui d'âge en âge leur ont également ſuccédé ; ſociété dans laquelle s'accompliſſent avec tant de fidélité les promeſſes

renferme. Ramené ainsi à de meilleurs principes, tu retrouveras par-tout l'heureux accord de la Religion avec la saine & véritable philosophie *.

Pour donner à ces preuves tout l'éclat dont elles étoient susceptibles, & te persuader plus promptement, que n'ai-je pu emprunter la plume & le génie de quelques-uns de nos incrédules! mais qu'ils changent de rôle; qu'ils emploient, pour faire valoir la Religion Chrétienne, toute cette magie de stile, toute cette force d'expressions, toute cette richesse de détails, tout l'art que quelques-uns emploient à embellir l'impiété & à orner le mensonge; qu'ils fassent pour la vérité,

---

du Sauveur; société toujours subsistante dans une si grande partie de l'univers, toujours visible, toujours une, toujours triomphante; malgré tant d'ennemis conjurés pour la détruire.

* En effet, » la Religion, comme l'a très-bien dit M. d'Aguesseau, est la vraie Philosophie. « *Tome* 1 *de ses Œuvres. Instr.* 2.

de ſuite & par principes, ce qu'ils font quelquefois pour elle, par un ſentiment involontaire ou par caprice; quelle cauſe ils auront à défendre! quelle vive perſuaſion ils feront naître! quels chefs-d'œuvre ils enfanteront! & qu'ils mériteront de notre part d'admiration, d'éloges & de reconnoiſſance!

Peut-être, mon fils, cette eſpece de révolution eſt-elle plus prochaine qu'on ne ſe l'imagine. Les extrêmités ſe touchent. Nos incrédules ont été trop loin; ils ont renverſé tous principes; ils ont ôté à l'irréligion ſon maſque, & montré trop à découvert ſes triſtes & affreuſes conſéquences. Maintenant on ſait à quoi s'en tenir, & ils portent en quelque ſorte leur contre-poiſon avec eux. Il ne leur reſte donc plus, pour ſe donner un nouveau relief & ſe fonder un nouvel empire, qu'à revenir ſur leurs pas, & à ſe porter en ſens contraire. D'ailleurs, tout eſt affaire de mode parmi nous, & j'ai cru m'appercevoir que, parmi les gens de lettres d'un certain mérite, la mode de paroître ne pas avoir de religion n'etoit plus si générale. Quelques-uns même en portent depuis quelque temps le ton dans leurs ouvrages, de maniere à faire croire qu'ils se sentent assez de force d'esprit pour s'élever au-dessus du préjugé philosophique qui s'attachoit à la dégrader. Puisse leur exemple influer sur le reste de la nation, & ramener parmi nous les plus beaux jours du Christianisme !

Adieu, mes chers enfans ; je vous attends avec le plus vif empressement, & mon ame vole toute entiere au-devant de vous.

NOTES.

PAGE 348.

(a) Q*UE ces Anges de paix, ces dignes consolateurs des hommes.* J'ai vu avec joie, même dans des ouvrages de pure Littérature & de simples Journaux, que le ton de notre siecle, en dépit de son incrédulité, s'élevoit à une sorte d'enthousiasme en faveur de la noble fonction des Curés. M. Rousseau de Geneve, le Traducteur des Nuits d'Young & des Méditations d'Hervey, en célebrent la dignité & les avantages, chacun à leur maniere. Quant à moi, qui l'envisage sur toutes choses par son rapport à la Religion, je suis persuadé que la confiance que nous avons en eux, quand ils en sont dignes, est ce qui soutient parmi nous le peu de foi qui nous reste.

Je crois d'ailleurs l'image que M. le Tourneur a tracée de leur soin Pastoral trop intéressante & trop utile, pour ne pas l'offrir ici aux Curés de nos Campagnes, comme le plus beau modele. » Je ne connois point sur la » terre de dignité plus touchante & plus res» pectable que celle d'un Curé, qui va porter » une raison saine & un cœur sensible au mi» lieu d'une cinquantaine de chaumieres ; y » fixe le domicile de sa vie ; adopte ces famil» les de laboureurs ; vit & se plait avec eux » comme un pere avec ses enfans ; les rassem» ble à de certains jours réglés, pour les en» tretenir du Dieu qui féconde leur champ, » en présence de ses bienfaits dont ils sont » entourés ; abaisse à leur portée, & traduit en » leur simple langage les idées trop sublimes,

» ou les principes trop abstraits de la Morale
» & de la Religion ; leur apprend à sentir le
» bonheur facile de leur condition paisible, &
» à ne point envier les fortunes agitées des
» Villes ; dîme sur la portion des riches, la
» part du pauvre dans la sienne ; goûte leurs
» fêtes, & rit à leur joie ; les soulage & les
» console des fléaux qui tombent sur eux ; ré-
» jouit pour plusieurs jours la mere de famille,
» en caressant un moment son jeune enfant ;
» encourage au travail le jeune homme robus-
» te, en lui montrant son pere décrépit, pour
» qui le temps de se reposer est venu ; se pro-
» mene avec le veillard dans la saison des
» beaux jours, & lui parle gaiement de la mort
» sous le vieux arbre qui reverdit encore ; ap-
» planit au mourant l'entrée du tombeau, &
» l'approche doucement de ce terme désirable
» de ses infirmités & de ses douleurs. «

» Un bon Curé, a dit M. R. est un Ministre de bonté, comme un bon Magistrat est un Ministre de Justice. Un Curé n'a jamais de mal à faire ; s'il ne peut pas toujours faire le bien par lui-même, il est toujours à sa place quand il le sollicite ; & souvent il l'obtient, quand il sait se faire respecter. «

Ce que l'on dit ici des Curés doit s'appliquer par proportion à tous ceux qui participent plus ou moins à leurs fonctions, & n'exclut point l'hommage de respect & de reconnoissance que l'on doit à l'état religieux, qui souvent même leur offre les plus dignes coopérateurs.

Que l'irréligion lui déclare une guerre ouverte, & fasse de cet état l'objet le plus ordinaire de ses invectives & de ses déclamations; le vrai Fidele, le Citoyen éclairé ne voient en lui que d'utiles ressources, lorsqu'il est renfermé dans ses justes bornes, & ramené à son véritable esprit. Honorer l'Etre suprême par l'exercice & les pratiques régulieres d'une piété fervente; renoncer aux douceurs du siecle & au commerce du monde pour lui donner, dans une distance convenable, le spectacle édifiant des plus hautes vertus; ne point tenir aux hommes selon la chair, pour s'y unir plus étroitement par l'esprit; dans des Ordres studieux & savans éclairer la société par des ouvrages profonds; dans quelques-uns la servir par des travaux pénibles; dans d'autres l'instruire par le ministere de la parole, ou former des éleves à l'Etat & à la Religion; dans tous fléchir par de saints gémissemens & une priere assidue le

Ciel irrité par nos crimes, lever vers lui des mains pures, l'intéresser à nos succès, à nos besoins & à nos miseres ; dans les Communautés de Filles, où ne s'est pas introduit l'esprit du monde, offrir un asyle à l'infortune, un refuge à l'innocence, une ressource même au repentir, une école de piété & de vertu à la Jeunesse, pour en faire sortir par la suite d'honorables épouses & de dignes meres de famille : voilà l'objet & les fruits précieux de cet état si calomnié de nos jours ; & voilà ce que le vrai Sage & le Chrétien fidele admirent en lui, lorsque la regle y est en vigueur, & que les abus y sont réformés.

Sur ses avantages purement civils, on peut voir ce qu'en a écrit en plusieurs endroits l'*Ami des Hommes*. Je me contenterai de citer ici ce que dit, en partie d'après lui, un de nos plus éclairés & de nos plus sages Littérateurs. » Il ne faut pas croire ce que la » secte des Novateurs économiques répete » avec emphase sur l'inutilité des Monasteres ; » c'est à un Marquis de Mirabeau à prononcer sur une pareille matiere, parce qu'il l'a » approfondie, & non à cet essaim d'Agronomes modernes qui veulent tout innover dans » l'Agriculture, comme les Philosophes dans

» la Religion & dans les mœurs. Or vous » savez, Monsieur, ce que pense l'*Ami des* » *Hommes* sur les avantages politiques des » Maisons Religieuses dispersées dans les Cam- » pagnes. Les Anglois eux-mêmes ont avoué » cent fois que la destruction des Monasteres » avoit été parmi eux une des principales » époques de la décadence de l'Agriculture ; » & leurs Historiens attestent unanimement » que les Moines seuls ont défriché près du » tiers de l'Angleterre. Que l'on gémisse donc » avec le saint Réformateur de la Trappe sur » la cessation du travail des mains dans les Or- » dres Religieux, & sur les désordres où l'oi- » siveté & le séjour des Villes * ont plongé » quelques-uns de leurs membres ; que l'on » s'efforce de ramener, par la douceur, les » Ordres Monastiques à leur ancien esprit de » régularité & de clôture ; mais que l'ingra- » titude & l'amour des nouveautés ne porten

---

* Ajoutons, pour les Provinces, la trop grande aisance & le trop petit nombre de Religieux dans un même Monastere : car pourquoi tairions-nous ce qui, dans de gros Prieurés & de riches Abbayes, donne lieu à des excès si préjudiciables à la Religion, & qui deviennent un scandale pour tout le monde. Hélas ! les enfans le diroient, si je ne le disois pas.

» pas une main homicide sur ces anciens
» asyles des lettres & de la vertu. « *M. Fréron. Année Littéraire.*

C'est-à-peu près de la même maniere que s'exprime l'Abbé Velly, qu'on ne soupçonnera pas d'être trop favorable aux Religieux. Après avoir parlé des exemptions dangereuses & des privileges, qui dans de premiers temps les ont soustraits à la jurisdiction de l'Ordinaire; » quoi qu'il en soit, ajoute-t-il, le Gouvernement retira de grands avantages de tant de pieux établissemens. Ils ont donné des saints à la Religion, c'étoient des écoles de vertus; des Historiens à la postérité, ce sont eux qui nous ont conservé les fastes de la Nation; des Citoyens utiles à l'Etat, c'est à leur industrie que la France doit une grande partie de sa fécondité. Elle étoit désolée par les fréquentes incursions des barbares; on ne voyoit par-tout que campagnes arides, que vastes forêts, que bruyeres, que marécages. On crut donner très-peu, en cédant aux moines des biens qui n'étoient d'aucun rapport. On leur abandonna autant de terres qu'ils en pouvoient cultiver. Ces saints Pénitents ne s'étoient point consacrés à Dieu pour vivre dans l'oisiveté; ils essartoient, défrichoient, desséchoient, semoient, plantoient, bâtissoient. Le Ciel bénit un travail si pur. L'intérêt n'y avoit aucune part : c'étoit la frugalité même. La plus grande partie de ce qu'ils recueilloient étoit employée au soulagement des pauvres. Bien-tôt ces solitudes incultes & désertes devinrent des lieux agréables & fertiles. *Hist. de France T. 1.*

PAGE 350.

(b) *Qu'on ose en ridiculiser jusqu'au nom même.* M. Rousseau fait dire à Madame de Wolmar : » Je suis donc dévote à votre compte, ou prête à le devenir! Soit; les dénominations méprisantes changent-elles la nature des choses ? Si la dévotion est bonne, où est le tort d'en avoir ? Mais peut être ce mot est-il trop bas pour vous ? La dignité philosophique dédaigne un culte vulgaire; elle veut servir Dieu plus noblement; elle porte jusqu'au Ciel même ses prétentions & sa fierté. O mes pauvres Philosophes! «

On se plaint dans le monde que la dévotion fait tourner la tête. Il est vrai; elle devient délire dans les têtes mal-organisées, qui tournent en extravagance & en folie tout ce qui les affecte vivement. Elles sont devenues folles dans la dévotion ; & elles l'auroient été dans la galanterie, si elles s'étoient portées de ce côté-là.

PAGE 352.

(c) *Ce n'est qu'en aimant bien Dieu, &c.* Tel est encore le langage que fait tenir M. R. à Madame de Wolmar ; & que ces aveux sont précieux, de quelque part qu'ils nous viennent, puisqu'il est aisé de sentir que c'est la raison même qui les arrache ! » Une autre sera-t-elle plus sensible que moi ? Menera-t-elle une vie plus de son goût ? Aura-t-elle plus de liens qui l'attachent au monde ? Et toutefois j'y suis inquiete ; mon cœur ignore ce qui lui manque ; il désire sans savoir pourquoi. Ne trouvant donc rien ici bas qui lui suffise, mon âme avide cherche ailleurs de quoi la remplir ; en s'élevant à la source du sentiment & de l'être, elle y perd sa sécheresse & sa langueur : elle y renaît, elle s'y ranime, elle y trouve un nouveau ressort, elle y puise une nouvelle vie, elle y prend une autre existence qui ne tient point aux passions du corps ; ou plutôt elle n'est plus en elle-même, elle est toute dans l'Etre immense qu'elle contemple, & dégagée un moment de ses entraves, elle se console d'y rentrer, par cet essai d'un état plus sublime, qu'elle espere être un jour le sien. «

» A ne consulter que la saine Philosophie, » n'est-il pas aisé de s'appercevoir, dit M. » d'Arnaud, du peu de solidité des affections » terrestres? Où sont les amitiés désintéressées » & constantes, les plaisirs véritables, les » fortunes qui ne soient pas soumises à des » revers? Où est le bonheur réel? Envain le de- » manderions-nous à tout ce qui nous entoure: » & dans nos malheurs, qui accourt nous con- » soler, quand tout nous abandonne & nous » laisse un vuide affreux de nous-mêmes? » Quelle main est empressée à essuyer nos » larmes? Qui nous soutient dans les horreurs » de la pauvreté, spectacle si effrayant pour » le monde? Quel est enfin l'ami que nous » trouvons toujours prêt à nous recevoir, à » nous entendre, à verser des soulagemens » dans notre ame affligée? Ai-je besoin de » le dire? Il n'y a que l'idée de Dieu qui » puisse nous faire supporter la vie; c'est » devant cette grande image que s'évanouis- » sent tous les autres objets aux yeux mêmes » du *raisonneur* qui apprécie tout sans le » secours de la Religion. « *Lettre sur Euphémie*.

PAGE 353.

(d) *On lui eſt conſacré, dévoué tout entier.* C'eſt ainſi que M. R. peint une ame pieuſe : pourquoi faut-il que de ſi belles images ſoient dans un Livre, où, ſans une miſſion particuliere, perſonne, d'un peu ſage, n'ira les chercher. » Tout devient ſentiment dans » un cœur ſenſible. Julie ne trouve dans l'uni- » vers entier que des ſujets d'attendriſſement » & de gratitude. Par-tout elle apperçoit la » bienfaiſante main de la Providence ; ſes » enfans ſont le cher dépôt qu'elle en a reçu ; » elle recueille ſes dons dans les productions » de la terre ; elle voit ſa table couverte par » ſes ſoins ; elle s'endort ſous ſa protection ; » ſon paiſible réveil lui vient d'elle ; elle ſent » ſes leçons dans les diſgraces, & ſes faveurs » dans les plaiſirs ; les biens dont jouit tout » ce qui lui eſt cher, ſont autant de nouveaux » ſujets d'hommages ; ſi le Dieu de l'univers » échappe à ſes foibles yeux, elle voit par- » tout le Pere commun des hommes. Honorer » ainſi ſes bienfaits ſuprêmes, n'eſt-ce pas » ſervir autant qu'on peut l'Etre infini ? «

PAGE 355.

(e) *Malheur à ces hommes qui croient d'une maniere, & qui agissent de l'autre, &c.* » Il » y a des gens qui se bornent à une Religion » extérieure & maniérée, qui, sans tou- » cher le cœur, rassure la conscience ; à » de simples formules : ils croient exactement » en Dieu à certaines heures, pour n'y plus » penser le reste du temps. Scrupuleusement » attachés au culte public, ils n'en savent » rien tirer pour la pratique de la vie. Ne » pouvant accorder l'esprit du monde avec » l'Evangile, ni la foi avec les Œuvres, ils » prennent un milieu qui contente leur vaine » sagesse ; ils ont des maximes pour croire, & » d'autres pour agir : ils oublient dans un lieu ce » qu'ils avoient pensé dans l'autre ; ils sont dé- » vôts à l'Église, & philosophes au logis. Alors » ils ne sont rien nulle part ; leurs prieres ne » sont que des mots, leurs raisonnemens des » sophismes, & ils suivent pour toute lumie- » re, la fausse lueur des feux errans qui les » guident pour les perdre. « *M. Rousseau.*

Il ne se rencontre malheureusement que trop de ces sortes de personnes, qui veulent allier ce qu'il y a de plus incompatible ; Dieu & Bélial, comme parle l'Ecriture ; la lumiere & les ténebres ; le vice & la religion. On peut en donner pour exemple ce trait de la célebre Marquise de Montespan. » Elle s'étoit fait une morale trop relâchée pour une Chrétienne, trop sévere pour la Maîtresse d'un Roi. Ses belles mains ne dédaignoient pas de travailler pour les pauvres. Elle croyoit que des aumônes, l'assiduité au service divin, quelques pratiques extérieures, rachetoient auprès de Dieu le déréglement de sa conduite. Elle approchoit de la table sacrée à la faveur de quelques absolutions, surprises à des Prêtres mercénaires ou ignorans. Un jour elle essaya d'en obtenir une d'un Curé de Village, dont on lui avoit vanté la facilité. Mais cet homme de Dieu lui dit : » Quoi ! Vous êtes cette Madame » de Montespan, qui scandalise toute la France ? Allez, Madame, renoncez à vos coupables habitudes, & vous viendrez ensuite » à ce Tribunal redoutable. « Elle sortit furieuse, alla se plaindre au Roi, & lui demanda justice de la généreuse fermeté du Confesseur, comme d'un outrage : mais le Monarque ne crut pas que son autorité s'étendît jusqu'à juger, dans les Sacremens, ce qui se passe entre l'homme & Dieu. « *Dictionn. d'Educ.*

PAGE

PAGE 360.

(f) *Si tu aimes la gloire, si ce feu sacré, ce desir inquiet des belles ames, &c.* Il y a dans la Vie de S. Ignace un trait qui m'a toujours frappé. Il entreprit de gagner à Dieu Xavier qui enseignoit la Philosophie. Xavier avoit l'esprit beau, l'humeur agréable, l'ame noble & les mœurs très-pures; mais il étoit naturellement un peu vain, & aimoit l'éclat. Ignace qui observoit tous ses mouvemens, le voyant un jour disposé à l'écouter, le pressa plus vivement que jamais. » Xavier, lui » dit-il, que sert à l'homme de gagner l'uni» vers, & de perdre son ame? S'il n'y avoit » point d'autre vie que la vie présente, ni » d'autre gloire que celle du monde, vous » auriez raison de ne songer qu'à paroître & à » vous élever parmi les hommes : mais s'il y » a une éternité, comme il y en a une assu» rément, à quoi pensez-vous de borner ici » vos desirs, & pourquoi préférez-vous ce qui » passe comme un songe à ce qui ne finira ja» mais? Croyez-moi, les vains honneurs de » la terre sont trop peu de chose pour un » cœur aussi généreux que le vôtre. Le seul » Royaume du Ciel est digne de vous. Je ne

» prétends pas éteindre l'ardeur que vous avez
» pour la gloire, ni vous inspirer de bas sen-
» timens : soyez ambitieux, soyez magnani-
» me ; mais portez votre ambition plus haut,
» & faites paroître la grandeur de votre ame,
» en méprisant tout ce qui est périssable. «
Xavier, touché de ces paroles, se rendit enfin, & consacra à Dieu le reste de ses jours.

PAGE 361.

(g) *Retranche également les abus de la superstition & les excès de la singularité.* » Ceux qui parlent des vertus chrétiennes, sans être bien instruits des vertus morales & civiles, auxquelles les premieres sont supérieures sans leur être jamais contraires, tombent dans des méprises, dont s'apperçoivent aisément ceux qui savent les principes. Les méprises viennent pour la plupart de la prévention commode pour le déclamateur paresseux, qui lui fait croire qu'on ne sauroit pécher en disant trop. Il arrive quelquefois de là que les esprits scrupuleux qui les écoutent, se jettent, sur tout à l'égard des autres, (*très-souvent à l'égard d'eux-mêmes*) dans des excès pernicieux. Mais il arrive presque toujours, que les Auditeurs moins timides confondent l'essentiel avec le sur-ajouté ; & ne pouvant atteindre à celui-ci, se dispensent aussi de l'autre. « *L'Abbé Terrasson. La Philosophie applicable, &c.*

PAGE 366.

(h) *L'affectation & les dehors de la réforme.* L'esprit de mortification est nécessairement joint à la véritable dévotion : mais il n'y a rien de plus trompeur que ses dehors. On peut dire en un sens, que si de toutes les vertus, la mortification est une des plus utiles, elle est aussi une des plus équivoques, celle qui prouve le moins à l'extérieur, & qu'il est le plus aisé de contrefaire. Elle est souvent le masque de l'hypocrite ; elle est l'affiche de presque toutes les Sectes ; elle est le piége auquel se laisse prendre le plus généralement la crédulité des hommes, parce qu'elle frappe le plus vivement les sens. Cependant les Religions les plus extravagantes l'ont imitée, & aucun de nos Sectaires, que je sache, n'a approché dans ce genre de ce que font tous les jours, par vanité ou par superstition, les Bonzes & les Talapoins. Un air hâve, un visage triste & sévere, une tête inclinée, tout cet appareil de pénitence & de réforme, que J. C. a repris si vivement & par des peintures si naïves dans les Pharisiens, ne fait pas à beaucoup près la vertu, s'acquiert sans peine, & forme à peu de frais un saint de la Secte & du Parti; tout cela même s'allie très-bien avec le mensonge, la duplicité, la médisance, la calomnie, la dureté, l'orgueil, l'opiniâtreté; mais ce qui ne s'allie pas si aisément avec les vices, ce qu'il est trop difficile de bien contrefaire, & ce qu'aucune Secte ne sut jamais imiter, ce sont l'humilité, la docilité, le renoncement à soi-même, la douceur & la bonté.

IBID.

(i) *Je sais quelles sont les bornes qu'a posées la Religion.* » Cette Religion sublime & » bienfaisante, dit M. d'Arnaud, qui, accou- » rant toujours au secours de la nature, lui » défend de se nuire, & lui fait même un » devoir sacré de sa propre conservation. «

On accuse les Saints d'avoir passé ces bornes. Me seroit-il permis de hazarder ici une réflexion, que je soumets à la critique des ames pieuses & éclairées. Dans des siecles peu instruits, quelques-unes de nos Vies des Saints, pas aussi exactes à beaucoup près, ni aussi précises qu'elles devroient l'être, ont moins été faites d'après les vues & la conduite des Saints eux-mêmes, que d'après les idées particulieres & l'imagination trop vive de ceux qui en ont bien ou mal rapproché les traits; d'où il est arrivé quelquefois que par un zele mal entendu, ils ont inventé le modele qu'ils nous présentoient, bien plus qu'il ne l'ont copié; & ont jetté sur la Religion, aux yeux de bien des gens, un louche que par sa nature elle n'eut jamais.

Il s'en faut bien d'ailleurs que je prétende en aucune maniere, donner atteinte à la croyance de l'Eglise sur les effets merveilleux de la grace à l'égard de quelques ames privilégiées, dans lesquelles Dieu a agi d'une maniere toute spéciale, & en qui il a voulu manifester, par des voies extraordinaires, sa puissance. Mais je voudrois que ces sortes d'exemples ne fissent pas loi pour une foule de personnes, qu'un zele inconsidéré engage, que la présomption guide, que quelquefois même la vanité séduit, & qui, se rendant homicides d'elles-mêmes, sont souvent la victime de l'illusion & de l'amour-propre, en croyant l'être de la pénitence & de la charité. La modération est le caractere du sage; elle l'est encore plus du Chrétien humble & docile.

Parmi les Conférences de Cassien, il y en a

une dans laquelle un Solitaire demande aux autres, quelle est de toutes les vertus, celle qui conduit le plus sûrement à Dieu. Chacun d'eux dit son sentiment; & celui qui préside, après avoir recueilli toutes les opinions, fait voir que cette vertu est la discrétion, » parce » que c'est elle, qui, s'éloignant également » des deux extrémités, nous apprend à mar» cher par la voie droite, & ne permet pas » que l'esprit s'égare, ni d'un côté, en passant » les bornes d'une juste continence, par une » ferveur excessive & une indiscrette pré» somption, ni de l'autre, en nous laissant » aller au relâchement & à la tiédeur, sous » prétexte de ne pas accabler le corps. « *Seconde Conférence, chap.* 2.

PAGE 370.

(k) *Ce sont-là les tristes caracteres de cette fausse dévotion qui décrédite la véritable.* » Ce qui donne le plus d'éloignement pour les dévôts de profession, (les faux dévôts) c'est cette âpreté de mœurs qui les rend insensibles à l'humanité; c'est cet orgueil excessif qui leur fait regarder en pitié le reste du monde. Dans leur élévation sublime, s'il daignent s'abaisser à quelque acte de bonté, c'est d'une maniere si humiliante ; ils plaignent les autres d'un ton si cruel ; leur justice est si rigoureuse, leur charité est si dure, leur zele est si amer, leur mépris ressemble si fort à la haîne, que l'insensibilité même des gens du monde est moins barbare que leur commisération. L'amour de Dieu leur sert d'excuse pour n'aimer personne ; ils ne s'aiment pas même l'un l'autre. Vit-on jamais d'amitié véritable entre les faux dévôts ? Mais plus ils se détachent des hommes, plus ils en exigent ; & l'on diroit qu'ils ne s'élevent à Dieu, que pour exercer son autorité sur la terre. « *M. Rousseau.*

IBID.

(1) *On traite la piété, comme on traiteroit dans le monde, &c.* C'est ainsi que le monde juge les Ministres mêmes de la Religion. Il voit ceux qui se produisent impunément au milieu de lui, lorsqu'ils devroient se cacher & rougir ; ceux, qui, sous un habit, dont le reflet, si je puis parler ainsi, met dans une plus grande évidence & rend plus odieux encore le scandale de leur conduite, affichent avec la plus criminelle indécence, le ton du siecle, les mœurs & les opinions du jour ; il les voit & il les méprise, car on n'est estimable

aux yeux du monde même, qu'autant qu'on a l'esprit de son état. Mais il ne voit pas ceux qui s'enveloppent dans la sainte obscurité de leur ministere, & qui pourroient se montrer avec avantage. Il ne voit pas le Prêtre, le Religieux qui s'ensevelissent dans la retraite, uniquement occupés de l'étude, de la priere, des devoirs que leur état leur impose; & il les confond avec ceux qu'il a malheureusement sous les yeux, & qui lui font illusion sur leur petit nombre, parce qu'ils se reproduisent en tous lieux, & qu'on les rencontre à chaque pas. Il ne voit point, du moins souvent & de près, le Pontife vraiment digne de nos hommages par son zele & la pureté de ses mœurs, le Pasteur vigilant, borné au soin de son troupeau. S'il les connoissoit mieux, ah! sans doute, tout injuste qu'il est, il respecteroit & leurs fonctions & leurs personnes.

Par-tout, au reste, il y a des hommes qui s'abusent, il y en a qui abusent les autres, qui abusent même de ce qu'il y a de plus saint au ciel & sur la terre; & Dieu les jugera : mais qu'on écoute à ce sujet les sages avis que l'Auteur du Tartuffe met dans la bouche de Cléante.

... Toujours d'un excès vous vous jettez dans l'autre.
Vous voyez votre erreur, & vous avez connu
Que par un zele feint vous étiez prévenu ;
Mais pour vous corriger quelle raison demande
Que vous alliez passer dans une erreur plus grande,
Et qu'avecque le cœur d'un perfide vaurien
Vous confondiez les cœurs de tous les gens de bien ?
Quoi ! parce qu'un frippon vous dupe avec audace,
Sous le pompeux éclat d'une austere grimace,
Vous voulez que par-tout on soit fait comme lui,
Et qu'aucun vrai dévôt ne se trouve aujourd'hui ?
Laissez aux libertins ces sottes conséquences.
Démêlez la vertu d'avec ses apparences.
Ne hazardez jamais votre estime trop tôt,
Et soyez pour cela dans le milieu qu'il faut.
Gardez-vous, s'il se peut, d'honorer l'imposture ;
Mais au vrai zele aussi n'allez pas faire injure.

PAGE 381.

(m) *Et reprend dans son sein une vigueur nouvelle.* » Si quelquefois mon cabinet m'est » nécessaire, c'est quand quelque émotion » m'agite, & que je serois moins bien par- » tout ailleurs. C'est-là que, rentrant en moi- » même, j'y retrouve le calme de la raison. » Si quelque souci me trouble, si quelque » peine m'afflige, c'est-là que je les vais dé- » poser. Toutes les miseres s'évanouissent de- » vant un plus grand objet. En songeant à » tous les bienfaits de la Providence, j'ai

» honte d'être sensible à de si foibles chagrins, » & d'oublier de si grandes graces.... Si la » tristesse m'y suit malgré moi, quelques pleurs » versées devant celui qui console, soulagent » mon cœur à l'instant. Mes réflexions ne sont » jamais ameres ni douloureuses ; mon repen- » tir même est exempt d'allarmes..... O » Dieu de paix ! Dieu de bonté, c'est toi que » j'adore ! C'est de toi, je le sens, que je suis » l'ouvrage ; & j'espere te retrouver au der- » nier Jugement, tel que tu parles à mon » cœur durant ma vie.

» Je ne saurois vous dire combien ces idées » jettent de douceur sur mes jours & de joie » au fond de mon cœur. En sortant de mon » cabinet ainsi disposée, je me sens plus lé- » gere & plus gaie. Toute la peine s'évanouit, » tous les embarras disparoissent, rien de rude, » rien d'anguleux ; tout devient facile & cou- » lant ; tout prend à mes yeux une face plus » riante ; la complaisance ne me coûte plus » rien ; j'en aime encore mieux ceux que » j'aime, & leur en suis plus agréable. Mon » mari même en est plus content de mon » humeur. « C'est ainsi que M. Rousseau fait parler Madame de Wolmar.

IBID.

(n) *Ces deux moyens essentiels, la vigilance & la priere, renferment tous les autres.* On peut voir le développement de ces vérités dans un Livre de dévotion, qui n'est pas assez connu, *le Combat Spirituel*; Ouvrage excellent, qui conduit à la pratique, & qui est le Livre de ceux qui commencent, comme celui de l'Imitation est le Livre des parfaits. Il ne sera jamais le Manuel des gens du monde; mais il l'étoit de S. François de Sales, qui reconnoissoit lui devoir tout ce qu'il avoit acquis de lumieres en genre de pitié, & qui s'est lui-même montré un si grand maître, dans son *Introduction à la Vie dévote* & dans toutes ses Œuvres spirituelles, dont on méprise la naïveté pleine de bon sens, l'ancien langage rempli de grace & d'énergie, & l'aimable simplicité, tandis qu'on admire par tous ces endroits les essais de Montaigne. Ceux au reste qui aiment à voir réunies jusques dans les livres de piété, les pensées & la diction, trouveront abondamment de quoi se satisfaire dans les *Pensées de Bourdaloue*, peut-être plus admirables encore que le reste de ses Œuvres.

IBID.

(o) *Le recueillement & la retraite, &c.* » La ſolitude eſt la diete de l'ame, » a dit ingénieuſement un Auteur moderne.

» Il faut une ame ſaine pour ſentir les » charmes de la retraite; on ne voit gueres » que des gens de bien ſe plaire au ſein de » leur famille, & s'y renfermer volontairement; s'il eſt au monde une vie heureuſe, » c'eſt ſans doute celle qu'ils y paſſent : » mais les inſtrumens du bonheur ne ſont » rien pour qui ne ſait pas les mettre en œu- » vre, & l'on ne ſent en quoi le vrai bon- » heur conſiſte qu'autant qu'on eſt propre à » le goûter. « *M. Rouſſeau.*

Rien de plus philoſophique & de plus chrétien que ce que dit à ce ſujet le Pere Bourdaloue. « Il n'eſt point d'état plus digne d'envie, » il n'en eſt point de plus tranquille ni de plus » aſſuré que celui d'un homme, qui, dans » une retraite volontaire, ſert Dieu & le » Prochain, ſans éclat, ſans nom; content » d'un travail obſcur, pourvu qu'il ſoit utile » & conforme aux vues de la Providence. « Penſées, t. 2. *Illuſion & danger d'une grande réputation.*

PAGE 384.

(p) *Le ſentiment de la préſence de Dieu.* Ce ſouvenir habituel de la Divinité, ce ſentiment vif & profond de ſa préſence, eſt une des marques les moins équivoques que nous aimons Dieu, ſelon l'idée auſſi vraie qu'ingénieuſe d'un Auteur Italien; *La memoria è come il polſo dell' amore :* il eſt d'ailleurs un des moyens les plus ſurs de bien régler nos penſées, nos ſentimens & nos actions. Quoi de plus propre à nous porter au bien & à nous détourner du mal, que cette penſée, *Dieu me voit ?* » Si vous voulez pécher, diſoit » S. Auguſtin, cherchez un lieu où Dieu ne » vous voie pas.

Pour que ce ſentiment s'imprime plus fortement en nous, & acquiere plus d'empire ſur notre ame, il faut non-ſeulement ſe bien remplir de la majeſté & de l'immenſité de Dieu; mais s'accoutumer à le voir dans tous ſes dons; & la nature nous en offre de toute part. Il faut de plus ne parler jamais de lui qu'avec le plus profond reſpect. » Je me ſouviens, dit M. de Voltaire, que dans pluſieurs conférences que j'eus en 1726 avec le » Docteur Clarke, jamais ce Philoſophe ne

» prononçoit le nom de Dieu qu'avec un air » de recueillement & de respect très-remar- » quable. Je lui avouai l'impression que cela » faisoit sur moi, & il me dit que c'étoit » de Newton qu'il avoit pris insensiblement » cette coutume, laquelle doit être en effet » celle de tous les hommes. « *Métaph. ch.* 1.

IBID.

(q) *La fréquentation des Sacremens, qui devviennent pour nous le sanctuaire de la sagesse & l'école de la vertu.* C'est ainsi que l'on devroit considérer en particulier le Tribunal de la Pénitence, lorsqu'il est rempli par un Ministre qui réunit tout-à-fois les lumieres & la piété. Les démi-Chrétiens, qui démentent leur foi par leurs œuvres, envisagent la Confession comme un joug intolérable; ceux qui n'ont qu'une foi partielle, ou qui se glorifient de n'en point avoir, la regardent comme une institution arbitraire : mais le vrai Fidele, pour qui d'ailleurs elle est suffisamment prouvée par la tradition la plus ancienne, ou plus simplement encore par l'autorité de l'Eglise, la voit, au contraire, comme une des ressources les plus utiles & les plus consolantes que la sagesse & la bonté divine aient réservées à la foiblesse humaine.

Rien en effet n'eſt plus propre à tranquilliſer nos ames, à nous rappeller à nous-mêmes, à corriger nos vices, à nous former à la pratique des vertus, que l'uſage fréquent du Sacrement de Pénitence, reçu avec les diſpoſitions convenables, & ſéparé des abus qui ſe gliſſent dans les plus ſaintes inſtitutions. Chez les Proteſtans eux-mêmes, quelques-uns de leurs Miniſtres n'ont pas fait difficulté d'avouer que le retranchement de la Confeſſion parmi eux avoit eu par rapport aux mœurs les plus funeſtes ſuites. L'humble aveu de nos fautes, quand il nous reſte quelque ſorte de droiture, eſt lui ſeul capable de faire naître en nous les plus ſérieuſes réflexions ſur nos égaremens, de nous en découvrir la ſource, & de diſſiper l'illuſion des prétextes, ou celle même des faux principes que nous nous étions formés juſqu'alors. Je citerai pour garant de ce que j'avance un trait que les perſonnes les mieux inſtruites à cet égard m'ont atteſté, & qui prouve en même-temps que l'incrédulité eſt plus ſouvent encore dans l'eſprit que dans le cœur.

Un Lieutenant-Général, plein d'eſtime pour un Officier que le Maréchal de Saxe honoroit de ſa confiance, lui avoit fait part de ſes doutes ſur la Religion. Cet Officier, auſſi diſtingué par ſa piété que par ſa valeur, l'avoit porté à s'éclairer ſur un objet ſi important. Vaincu par ſes ſollicitations, il s'étoit déterminé à conférer, à pluſieurs repriſes, avec le Pere Neuville, le Pere Renaud; &, malgré la ſolidité de leurs raiſonnemens, il n'avoit pu parvenir à la conviction, lorſque l'Officier, faiſant un dernier effort, l'engagea à s'adreſſer à un Eccléſiaſtique qu'il avoit choiſi pour ſon Confeſſeur. Le Lieutenant-Général fut le voir de ſa part. Il lui dit ce qui l'amenoit, & les démarches infructueuſes qu'il avoit faites pour diſſiper ſes doutes. Monſieur, lui répondit l'Eccléſiaſtique, que pourrois-je vous dire de plus que ce que vous ont dit un Pere Neuville, un Pere Renaud? & quels raiſonnemens pourrois-je faire, qui euſſent plus de force que ceux qu'ils ont employés pour vous convaincre? Il ne me reſte qu'une reſſource, daignez en faire l'épreuve. Entrez dans mon Oratoire; prions le Seigneur qu'il éclaire votre eſprit, qu'il touche votre cœur; & commencez par vous confeſſer. — Moi! Monſieur; & à peine crois-je en Dieu. — Vous y croyez, Monſieur, & à toute la Religion plus que vous ne penſez,

Mettez-vous à genoux ; faites le ſigne de la Croix ; je vais vous rappeller votre *Confiteor* & vous interroger. Après bien des marques d'étonnement qui ne paroiſſoient que trop fondées, bien des répétitions ſur ſes doutes & même ſur ſon incrédulité, bien des conteſtations & des difficultés, notre Militaire obéit enfin, & répondit naïvement aux différentes queſtions qu'on lui fit. On fixa avec lui l'époque de ſes premiers égaremens ; on entra dans quelque détail ſur les déſordres qui en avoient été la ſuite. Inſenſiblement le cœur de cet homme s'ouvrit ; ſa voix commença à s'altérer ; quelques larmes s'échapperent de ſes yeux malgré lui : l'Eccléſiaſtique s'appercevant de ſon trouble, ceſſa les queſtions, & ſe livrant à toute l'ardeur de ſon zele, fit une exhortation vive & touchante qui acheva ce que ſes interrogations & de premiers aveux avoient commencé. O mon Pere ! lui dit le Pénitent à travers mille ſanglots, vous avez pris l'unique route qui pouvoit conduire à mon cœur ; je ſuis un malheureux que les paſſions ſeules avoient égaré, qui portoit ſon juge au fond de ſa conſcience, & en étouffoit la voix, qui n'oſoit s'avouer ſes crimes à lui-même, & qui aimoit mieux ne rien croire que d'être forcé de bien vivre. Dès demain je reviendrai vous trouver, & je vous demanderai une confession plus étendue. Il la fit avec les sentimens de la componction la plus vive, & mourut quelques années après dans tous les exercices de la Pénitence & d'une vie vraiment chrétienne.

PAGE 385.

(1) *Ces pratiques de renoncement & d'abnégation, &c.* » Notre liberté, comme toutes nos autres facultés, a besoin d'être aggrandie, dirigée & perfectionnée. Pour aggrandir & fortifier la liberté, il faudroit s'accoutumer dès la plus tendre enfance à ne rien faire que par choix, à ne parler, à ne se taire, à n'agir qu'après se l'être commandé à soi-même, à bannir tout empressement, toute ardeur, toute impétuosité qui nous entraîneroit hors de nous; enfin à consulter sans cesse la raison, & à lui être docile. Ainsi pour dompter un coursier généreux, pour lui donner plus de force & de souplesse, une main habile le dirige; tantôt elle précipite ses pas, tantôt elle l'arrête tout-à-coup au milieu de sa course; à chaque moment elle lui donne une allure nouvelle. Malheur à ces hommes, qui,

ſemblables à des machines animées, ſuivent ſans réflexion la pente de l'habitude. Cette habitude fût-elle indifférente, & même eût-elle quelque utilité dans ſes effets, elle devient néanmoins funeſte en accoutumant la volonté à la ſervitude, & en énervant les forces de la raiſon. C'eſt dans ces occaſions faciles que notre raiſon doit faire l'apprentiſſage de l'empire qu'elle doit exercer dans des occaſions difficiles. Ah! ſi tandis qu'il ne lui en coûte rien que de commander, elle obéit ou reſte oiſive, comment dans les occaſions difficiles ſe déterminera-t-elle à exercer un pouvoit onéreux? Le Pilote, qui, dans un temps favorable & ſerein ne s'accoutume point à manier le gouvernail, quelle facilité aura-t-il pour manœuvrer au milieu de l'orage?..... O vous! qui êtes épris du deſir de la ſageſſe, exercez les forces de votre liberté ſur les paſſions naiſſantes, étouffez tous les dangereux deſirs dans leur berceau, n'oubliez jamais le précepte du Sage: écraſez contre la pierre les lionceaux quand ils ſont à la mammelle, ſi vous attendez qu'ils ſoient plus grands, vous deviendrez en gémiſſant leur proie. « *La vraie Philoſophie.*

PAGE 386.

(s) *Et que d'ailleurs ils nous sont prescrits par l'Eglise.* Il est vrai que l'assistance à sa Paroisse est prescrite par les Canons. Elle l'est spécialement (au moins de trois Dimanches l'un) quant à la Messe Paroissiale & aux Instructions qui s'y font. Mais que sont aujourd'hui pour la plupart des Chrétiens les préceptes de l'Eglise ? Il en est de plus formels encore, dont tout le monde est instruit, & dont la violation, sans cause réelle & suffisante, est un péché mortel ; ceux, par exemple, du jeûne & de l'abstinence dans de certains jours, de la sanctification des Dimanches & des Fêtes * par la cessation de la vente ou du travail & l'assiduité aux divins Offices & à la Priere ; & qui est-ce aujourd'hui qui les remplit comme il faut ? On se dit Chrétien ; on veut tenir par quelque endroit à Jésus Christ.

* Il faut convenir cependant qu'il seroit à desirer que dans quelques Dioceses le nombre des Fêtes fût notablement diminué. En général on les rempliroit mieux ; le Peuple s'y porteroit moins à des excès aussi honteux que nuisibles ; le travail, si utile au Public & aux Particuliers, seroit moins interrompu ; & si les Traitans y gagnoient un peu moins, l'Etat & la Religion y gagneroient davantage.

& à son Eglise ; d'après cela on réserve un jour dans la semaine pour faire abstinence ; on en réserve deux ou trois par semaine dans le Carême ; on ne se permet pas de vendre ou de travailler dans des jours privilégiés que l'on détermine à son gré ; on jeûne le Vendredi saint ; & à la faveur de mille prétextes dictés par la cupidité, par la sensualité, par le soin excessif d'une santé qui n'est délicate & foible que pour le devoir, mais qui est toujours forte & robuste pour les plaisirs, que dis-je ! à la faveur même de quelques passages de l'Ecriture sainte, aussi mal entendus que maladroitement appliqués contre la teneur du précepte, on se rassure, on se tranquillise, on s'approche même une fois l'an des Sacremens. C'est un arrangement qu'on a prétendu faire avec Dieu, avec l'Eglise, avec sa conscience, une espece de composition que quelques Ministres ont la bonté d'agréer dans le Tribunal de la Pénitence, ou pour laquelle on croit pouvoir se passer d'eux s'ils sont trop difficiles. En vérité, pour une telle conduite, est-ce bien la peine de se dire Chrétiens ? O Hommes ! qui dans vos opinions & dans vos mœurs n'êtes qu'absurdité & que contradiction, n'y aura-t-il donc point d'appel de vos jugemens ? & les illusions que vous vous faites justifieront-elles au grand jour les infidélités dont vous vous serez rendus coupables ? Ah ! cessez de mentir à votre propre cœur. Ou soyez Chrétiens dans toute la rigueur du terme ; ou abjurez, en dépit de ses preuves & de vos lumieres, une Religion qui vous condamne & que vous deshonorez.

LETTRE LIX.

Du Comte de Valmont.

SANS le triste châtiment que vous m'aviez fait pressentir, sans cette douloureuse image de mon malheureux ami, qui souvent me poursuit, & qui dans bien des momens vient altérer ma joie la plus vive, je serois, ô mon pere! le plus fortuné de tous les hommes. Déja je sens, je goûte tous les avantages & tous les charmes de la Religion. Mes passions sont plus calmes; mon esprit est plus tranquille; ma conscience est en repos, autant qu'elle peut l'être; & mon cœur est satisfait. O mon Dieu! pourquoi vous ai-je connu si tard! & qu'aveugles sont ceux qui cherchent loin de vous la vérité & le bonheur!

Dans le silence de la retraite, à l'aide d'un guide aussi tendre que sage, j'ai médité les objets que vous m'avez retracés; ces puissans motifs d'un parfait retour vers Dieu; ces grandes vérités, dont le premier éclat, dès le moment où je reçus votre Lettre, m'avoit si vivement frappé. Quels heureux traits de lumiere elles ont porté en moi! quels sentimens elles y ont développés! Ah! que Dieu m'a paru grand & miséricordieux! mais que je me suis trouvé criminel! que devant lui je me suis vû petit & misérable! J'ai repassé mes années dans l'amertume de mon âme; j'ai remonté à la source vile & impure de mes désordres & de mes erreurs; j'en ai suivi la trace; & qu'ai-je apperçu, grand Dieu! qui ne fût propre à m'humilier & à me confondre! Courbé sous le poids de mes infidélités, j'ai dévoilé ma honte & confessé mes crimes. Le Ciel daignoit m'entendre. Par le secours de son Ministre il aidoit à ma mémoire ainsi qu'à ma foiblesse; il touchoit, il brisoit mon cœur, par l'opposition touchante de ses bienfaits & de mon ingratitude; il excitoit mes gémissemens & faisoit couler mes larmes. Larmes plus douces qu'ameres! Elles soulageoient ce cœur

cœur oppressé ; elles étoient pour mon ame ce qu'est dans les ardeurs de l'été une rosée abondante pour la terre aride & desséchée. Le Ministre d'un Dieu Sauveur a vu mon repentir ; il m'a imposé des œuvres de satisfaction, propres à servir de remedes pour le passé & de précautions pour l'avenir ; il m'a donné les plus sages conseils ; il m'a fortifié, consolé ; &, déterminé enfin par la proximité de mon départ, il a ouvert en ma faveur tous les trésors de la miséricorde de mon Dieu : il m'a reconcilié.

O jour heureux ! qui m'a rendu tous mes droits à la félicité, & m'a remis en possession des titres les plus glorieux, puissé-je ne t'oublier jamais ! Non, mon pere, l'infortuné captif, qui tout-à-coup voit rompre ses liens & briser ses fers, n'éprouve pas un contentement si vif que celui qu'une telle faveur m'a fait éprouver. Vous aviez bien raison de le dire ; si la pénitence a ses rigueurs, si elle exige des privations & des sacrifices, ah ! qu'on en eſt bien dédommagé par l'onction de la grace qui les accompagne !

Mais que dis-je ! des ſacrifices. C'eſt ma chere Emilie, qui en fait un à ſa tendreſſe & à notre union, qui foule aux pieds les richeſſes & les grandeurs, lorſqu'elle pouvoit en jouir avec tant de ſageſſe : mais pour moi, à qui on les arrachoit, bien plus que je ne conſentois à les perdre ; moi, dont elles n'avoient que trop empoiſonné les penchans & déréglé la conduite ; moi, mon pere, qui en uſois ſi mal, & qui, par mes deſirs inſatiables, en faiſois mon tourment ; de quels ſacrifices puis-je me glorifier ? & quelle perte fais-je en perdant de tels biens ? Ah ! je gagne tout, puiſque je commence à connoître le bonheur. Ce n'eſt donc pas, dans l'accompliſſement de nos vœux toujours renaiſſans, dans la réuſſite de nos projets ſi mal concertés, qu'il ſe trouve, mais dans la modération de nos deſirs ; & c'eſt la Religion qui nous la donne.

O quel ſouvenir pour moi, que celui

des excès, de l'aveuglement & des malheurs auxquels je me vois échappé! quelles passions m'agitoient! quels vices je m'étois faits! quels systêmes bizarres j'adoptois tour-à-tour! quelle habitude de fausseté j'avois contractée! Vous seul me contraigniez à une sorte de respect pour la vérité: mais que je conçois maintenant de quel prix est l'amour que vous vouliez m'inspirer pour elle, combien nous est nécessaire la droiture de l'esprit & du cœur, & quelle influence elle a, pour le bien, sur nos sentimens & sur nos mœurs! Oui, mon pere, le caractere de l'homme vrai est devenu à mes yeux le plus saint, le plus auguste de tous les caracteres; & si je l'eusse conservé tel qu'on avoit pris soin de le former en moi, jamais, ah! jamais je n'eusse cessé d'être fidele.

De faux amis, aidés de la fougue de mes penchans, m'ont entraîné, m'ont perverti: eh, de quelles voies Dieu s'est servi pour me ramener! Il me conservoit une épouse tendre & sage, dont le caractere doux & insinuant, dont les charmes toujours simples & purs m'attachoient, lors même que je semblois m'en éloigner davantage; dont les exemples m'en imposoient, dont la vertu me maîtrisoit avec empire, lorsque j'étois assez vil pour oser la soupçonner. Il me conservoit un pere, bon, indulgent, plein de zele, mais d'un zele éclairé, prudent & circonspect; un pere, un ami, qui avoit égard à ma foiblesse; qui soutenoit ma confiance; qui ménageoit avec art l'emportement & le feu de mes passions. Sans un tel pere, sans un tel ami, le retour à la vérité, à la vertu, m'étoit fermé pour toujours. Ce Dieu bon me préparoit encore des événemens malheureux, mais utiles, des leçons, des revers. Hélas! que n'a-t-il pas fait pour moi? Après de telles faveurs, quelles grandes choses ne doit-il pas attendre de ma reconnoissance! & qui doit mieux que moi célébrer ses miséricordes, par la constance à le servir!

Aujourd'hui même j'attends de son infinie bonté une nouvelle grace, qui va mettre le ſceau à toutes les autres. Dans ces jours de ſalut, où, par un précepte formel, l'Egliſe appelle à la table ſainte ſes enfans, on me permet, tout indigne que je m'en ſuis montré juſqu'ici, de m'y aſſeoir avec eux. On m'aſſure que Dieu a égard à la ſincérité, à la vivacité de mon repentir; que vaincu par mes gémiſſemens & mes larmes, il me preſſe, il m'ordonne d'approcher; & cependant je redoute ce moment qui s'apprête, autant que je le deſire. Je ne vois mon indignité qu'avec frayeur; je n'enviſage la majeſté de mon Dieu qu'avec ſaiſiſſement & avec trouble. D'un autre côté ſa bonté me raſſure; les paraboles ſi touchantes de l'Evangile me raniment, par la confiance qu'elles m'inſpirent; le prix du bonheur dont je vais jouir me tranſporte & me ravit.

Ah! le croiriez-vous? Je ſentois encore tout le prix d'un tel bonheur, après m'en être privé par ma faute, & dans les premiers temps de mes égaremens. Oui, mon pere, il y a un an à pareil jour que celui où je vous écris, que combattu par un reste de foi & par mes doutes, j'entrai dans le Temple, sans trop savoir ce que j'allois y faire. Je vis l'heureux concours des Fideles qui environnoient les saints Autels, & s'y nourrissoient du pain des Anges. Leur foi, leur piété, leur contenance modeste, une expression de contentement & de joie répandue sur tout leur extérieur, le souvenir des douceurs ineffables que j'avois goûtées dans cette action sainte, lorsque je la fis pour la premiere fois; tout se réunissoit en ce moment pour faire sur moi les plus vives impressions. Je me cachai pour verser des pleurs. Je me plaignis à moi-même de l'état de doute où je m'étois plongé, des perplexités que j'éprouvois; je me reprochai une conduite si différente de ce qu'elle étoit avant que j'eusse perdu la foi; je regrettai mes premiers sentimens; il sembloit que j'allois les reprendre plus vifs & plus purs que jamais. Hélas! je revis Lausane, Senneville; & tout fut oublié.....

Tandis que je vous écris, le jour commence à paroître. L'aurore du plus beau jour brille enfin pour moi; je l'ai prévenue, pour épancher mon cœur & m'entretenir avec vous. L'union la plus sainte va mettre le comble à mon bonheur. Ah! fasse le Ciel que les suites en soient durables, que rien à l'avenir ne me rende ingrat & parjure; que rien au monde ne soit capable d'altérer ma fidélité! Je m'appuie sur la grace de mon Sauveur, beaucoup plus que sur mes résolutions & mes promesses: mais ce que je crois pouvoir assurer, c'est que maintenant Jesus-Christ est tout pour moi. Sa doctrine m'enchante; ses exemples m'enflamment; sa vie, sa mort, son sacrifice, le don qu'il me fait, tout ravit mon cœur & l'embrase de son amour. Je médite ses bienfaits & ses loix; je le contemple; je l'admire; & désabusé que je suis de toutes les fausses idées de grandeur & d'héroïsme que je m'étois faites, de tous les vains objets de mon culte & de mes hommages, mon Dieu, mon maître, mon modele, mon héros, c'est Jesus-Christ.

Que je chéris, que je révere les vertus que cet Homme-Dieu m'enseigne! & que je suis disposé à les suivre! ô mon pere! quel spectacle à mes yeux que celui du vrai Chrétien! vraiment vertueux, parce que toutes ses vues, ses actions, sont dirigées vers cette unique fin, la gloire de son Créateur; vertueux, malgré les passions, malgré l'exemple, malgré les préjugés & la coutume; sans cesse luttant contre le monde, contre le démon, contre sa propre foiblesse; & toujours vainqueur, toujours rapportant à Dieu ses triomphes, toujours droit, équitable, tempérant, bienfaisant, toujours ferme dans ses principes, toujours d'accord avec lui-même; sa vie se déploie comme un systême uniforme de conduite & de sagesse, consacré tout entier à l'honneur & à la louange de son Dieu.

Quel contraste avec le caractere des incrédules, tels que je les ai vus, tels que je les ai connus pour la plupart! sans principes fixes, sans frein, sans regle de mœurs & de conduite, sans autre loi que leurs penchans, sans autre but que le plaisir, sans autre mobile que l'intérêt du moment, presque tous sans jugement & sans raison ; ai-je bien pu les avouer pour mes maîtres, ou me glorifier quelquefois de les avoir pour disciples ? Hélas ! quels systêmes que les leurs ! quels affreux systêmes ! qui sont tels, qu'en les exposant, on ne voudroit pas être pris pour un homme qui les réduisît en pratique, & qui en admît, pour lui-même & dans le cours de sa vie, les horribles conséquences.

Aujourd'hui que je me rappelle tous leurs sophismes, tous leurs vains raisonnemens, je crois voir cet amas d'impostures fuir & disparoître devant l'éternelle vérité, comme les ombres de la nuit disparoissent & s'éclipsent au grand jour. Je crois entendre le pere des lumieres, dissipant ce foible nuage qu'ils osent élever devant lui, & tout indigné de leur présomption & de leur audace, leur dire comme au livre de Job, » quel est celui- » là qui mêle des sentences avec des dis-

» cours pleins d'ignorance & de folie! «
Ce sont cependant ces hommes que j'ai vus former une ligue contre le Seigneur & contre son Christ; traiter d'esprits foibles & superstitieux, de fanatiques & d'enthousiastes, tous ceux qui ne pensoient pas comme eux; repousser à haute voix & sans ménagement les traits qu'on lançoit contre l'irréligion, & affrontant tout à la fois, Dieu, les hommes & les loix, se donner sans honte pour les apologistes du vice & de l'impiété. O mon Dieu! daignerez-vous oublier que j'ai pris part à leurs blasphêmes, & que j'ai pu m'asseoir au milieu d'eux! Ah! pardonnez, Seigneur, les égaremens de ma jeunesse; pardonnez-moi des erreurs que je cours rétracter aux pieds de vos Autels, & que mon cœur désavoue pour toujours.

Il s'approche le moment fortuné après lequel je soupire, & je vais m'y préparer de nouveau. Bientôt après, ô mon pere! je vole dans vos bras avec ma chere Emilie & toute l'aimable famille que vous nous avez envoyée. Tout est disposé pour notre départ. Demain j'abandonne un séjour où je n'aurai rien à regretter, puisque je trouverai tout auprès de vous.

Adieu, monde trompeur, qui m'aviez séduit, qui m'aviez promis le bonheur & ne me l'avez point donné! Adieu toutes les faveurs de la Cour, qui étiez autrefois le plus vif objet de mes vœux, & qui l'êtes aujourd'hui de mon indifférence! Je vais apprendre loin de vous à être vrai, sage & vertueux. Sous les auspices du meilleur des Citoyens, comme du plus tendre des peres, je vais apprendre à devenir Citoyen moi-même, à me rendre digne, par mon étude & par mes soins, de servir un jour mon Roi, ma Patrie, si mon Roi daigne me pardonner; & si je meurs dans sa disgrace, j'aurai du moins appris à mes enfans à le servir & à l'aimer. Adieu, mes anciens amis, mes compagnons d'incrédulité! Mon changement vous sera connu; car je ne craindrai pas de le manifester. Vous en plaiſanterez, & je n'en rougirai pas; à l'aide de vos ingénieuſes ſaillies, vous mettrez les rieurs de votre côté, & vous n'y mettrez pas la raiſon. Vous me plaindrez, & je plaindrai encore plus votre aveuglement; & je prierai le Ciel qu'il diſſipe vos ténebres; & je me féliciterai chaque jour de ne plus penſer comme vous. Graces à la Religion, je vais avoir des principes, des mœurs, & je n'en avois pas.

ENVOI

Qui se trouvoit à la suite de la Lettre LI que le Comte de Valmont a écrite à son Pere, en se rendant aux preuves de la Religion. Voyez la note de la Lettre XLIX, page 105.

Je vous envoie la copie du projet que le malheureux Lausane avoit mis sous le chevet de son lit, & que j'y apperçus au moment de sa mort. Il n'est pas écrit de sa main ; & je ne crois pas qu'il soit de lui, quoique j'y reconnoisse son esprit & ses principes. On l'aura sans doute entrepris par son ordre, & j'ai lieu de penser que son dessein étoit, après l'avoir médité à loisir, de l'appuyer par la suite & de le répandre. Quelque jour peut-être daignerez-vous me le renvoyer avec les apostilles qui lui conviennent. Grand Dieu ! quel monstre que l'incrédulité du siecle, lorsqu'on le voit sans déguisement * !

* Cette copie a été trouvée sans apos-

LE GRAND ŒUVRE.

Le secret de transformer les métaux en or est une chimere ; c'est l'œuvre du préjugé : mais le grand œuvre en effet, l'œuvre par excellence, & pour tout dire

---

tilles. On a cru pouvoir, par un petit nombre de changemens & par de légeres additions, en faire le résumé des ouvrages & des systêmes du jour ; & l'on a mis en note les remarques les plus nécessaires. Presque toutes ces additions, sur-tout la plupart de celles qui sont entre deux parenthèses, sont prises de l'*Encyclopédie*, du Livre de l'*Esprit*, du *Systême de la Nature*, que l'on cite spécialement, ainsi que l'*Interprétation de la Nature*, qui, quoique beaucoup plus ancienne que le Systême, lui a servi comme de prélude. On nous saura gré d'avoir substitué des passages pris de nos Auteurs modernes à des citations de Bayle, de Spinosa, & de tous ceux, qui dans des temps plus reculés, ont levé au sein de la Religion Chrétienne l'étendard de l'incrédulité.

en un mot, le chef-d'œuvre de la philosophie, eſt d'établir la liberté des opinions ſur la ruine des ſuperſtitions, d'ôter aux hommes leurs entraves, de briſer leurs idoles, d'élargir pour eux la voie du bonheur, de légitimer leurs plaiſirs, & de faire taire leurs craintes & leurs remords.

Il faudroit, pour y parvenir, que les plus éclairés d'entre nos ſages concertaſſent un plan uniforme qui embraſsât les moyens les plus sûrs d'avancer cet œuvre unique, le remede à tous nos maux, & le ſalut du genre humain. En attendant qu'ils ſe réuniſſent ſur un objet ſi important (*a*), voici un plan que je crois pouvoir offrir à ceux qui ſe ſentiront aſſez de forces & de lumieres pour tra-

---

(*a*) Il falloit auſſi qu'ils puſſent ſe réunir ſur l'enſeignement ; & c'étoit le point le plus difficile. Depuis long-temps on leur demandoit un corps de doctrine, & ils ne pouvoient le donner. Toujours prêts à ſe démentir les uns les autres, ils établiſſoient des

vailler dans ce genre, & dont j'ose leur garantir le succès.

Premierement, il est naturel qu'ils ménagent leur sureté personnelle; & je vais leur enseigner les moyens de le faire, en leur indiquant quelques ruses qu'ils pourront employer selon les circonstances.

Lorsque leur nom sera à la tête de leurs ouvrages, où qu'ils craindront d'être trop aisément reconnus, ils affecteront un grand respect pour la loi naturelle, pour les mœurs, pour la Religion en général, & ne l'attaqueront en particulier que sous le nom de préjugé, de superstition, d'enthousiasme & de fanatisme. Ils se donne-

---

principes absolument contraires, ou en tiroient des conséquences tout-à-fait opposées. Mais il paroît enfin qu'ils ont pris le plus court parti, & que se rapprochant par degrés, ils s'accordent assez maintenant à renverser tout principe, à détruire toute vérité, à ne plus voir en tout que le mouvement & la matiere; & c'est là ce qu'ils appellent *le Systême de la Nature*.

ſont même dans de certains cas, pour ne pas compromettre leur réputation ou leur intérêt, une demi-teinte de Chriſtianiſme, qui n'en impoſera qu'aux ſots dont le Public abonde; & ils nageront, comme on parle, entre deux eaux. Ils enverront ſeulement à la découverte quelques vérités hardies, qui, ſi elles paſſent, prépareront un libre accès par la ſuite à des vérités plus hardies encore. Si elles ne paſſent pas, & qu'on vienne à en découvrir l'Auteur, il en ſera quitte, pour chanter humblement la palinodie, & pour faire ſans honte une de ces rétractations que la néceſſité arrache, que ſigne la main ou que la bouche prononce, mais que le cœur déſavoue; & qu'au fond le vrai ſage ne déſapprouvera jamais: car enfin eſt-il rien de plus ſacré que notre propre intérêt?

Je ne blâmerois pas même ceux, qui, contraints par de puiſſans motifs, ſe prêteroient au culte public, demanderoient à participer à la ſainte Cêne, & forceroient le peuple à croire qu'ils penſent comme lui. Quelques-uns crieront à l'horreur, à l'idolâtrie, à l'imposture; mais ne nous laissons pas étourdir par ces vaines clameurs : il n'y aura de dupes que ceux qui sont faits pour l'être. Eh, qu'est-ce après tout qu'idolâtrie pour des sages, qui, pour la plupart, ne croient pas en Dieu? Qu'est-ce que fausseté, quand avec tant de raisons de douter, on ne croit pas même à la vérité? S'il y a un moment où je voulusse être brave, en laissant tomber le masque, c'est celui de la mort, où il faut laisser après soi un exemple de courage, & où l'on n'a plus rien à risquer.

Une ruse plus adroite encore, pour pouvoir tout se permettre & tout dire impunément, seroit de faire paroître ses ouvrages sous un autre nom, de les présenter comme » l'ouvrage le plus hardi & » le plus extraordinaire que l'esprit humain ait osé produire jusqu'à présent, « de les donner comme le livre posthume de quelque Académicien célebre, quelle qu'ait été d'ailleurs sa maniere de penser

Systême de la Nat. Avis de l'Editeur.

& d'écrire, & de profiter ainſi de ſa célébrité pour accréditer nos opinions. Les bonnes gens pourront s'indigner de cette ſupercherie ; mais que nous importe l'antique bonhommie de ces ames prudes & ſimples ? L'Auteur de cet écrit ſuppoſé ne ſe nommera qu'à ſes amis.

En ſecond lieu, pour obtenir ſur la ſuperſtition un triomphe plus facile, & pour propager plus ſurement la lumiere, nous nous prêterons la main, nous ferons corps, & nous nous répondrons d'un bout du monde à l'autre (*b*).

Nous nous ferons des proſélytes à quelque prix que ce ſoit. Nous leur promet-

---

(*b*) Les Philoſophes & les incrédules ſont réellement devenus, ſelon la remarque de M. Yon, » une ſecte que l'ignorance admire, que le libertinage protege, que l'ambition de l'eſprit-fort prône, avec laquelle » il faut tâcher de n'avoir rien à démêler, » parce que c'eſt une ſecte, & qu'elle en a » l'emportement & l'eſprit de vengeance. «

M. Duclos a dit une vérité un peu dure, & que l'on a peine à répéter, quoique d'après

trons, ou nous leur ferons du moins envisager comme récompense la protection, la faveur, la considération, la fortune, & les places qu'on est à portée de leur procurer. Secrétaires, Précepteurs, Gouverneurs, Instituteurs, Académiciens, Correspondans de toutes les Académies, en France, en Angleterre, en Prusse, en Suede, en Russie, nous nommerons tout, nous disposerons de tout par nous & par nos émissaires. Nous aurons un bureau d'adresse, où l'on tiendra registre de toutes les places vacantes, & de tous ceux qui, avec l'affiche de la nouvelle philosophie & sous la garantie de nos plus fideles associés, se présenteront pour les remplir. Ce seront autant d'Apôtres que nous enverrons en tous lieux, sans peine, sans gêne, sans péril, & sans avoir à craindre d'en faire des martyrs. Nous au-

---

lui : » Il n'y a malheureusement que les fripons qui fassent des ligues, les honnêtes » gens se tiennent isolés. *Considérations sur les Mœurs*, chap. 3.

rons même, pour les besoins urgens, une cassette philosophique, & à notre solde de petits Auteurs faméliques, qui formeront comme des troupes légeres, toujours prêtes à nous servir.

Nous exalterons à l'envi ceux qui pensent comme nous; & pour peu qu'il se rencontre parmi eux quelque homme à talent, nous en ferons, par des éloges pompeux & répétés de bouche en bouche, un génie rare & un homme extraordinaire. Nous déprimerons au contraire, avec le ton du plus parfait mépris, quiconque se feroit un nom en dépit de nous, & en montrant sur la Religion d'autres opinions que les nôtres. Nous ne paroîtrons pas même avoir lu ses écrits, ou s'il faut que tout le monde en parle, nous ne les prendrons que du côté du plaisant & du ridicule. Nous aurons à son égard, & en général à l'égard de tous les hommes, cette sorte de morgue qui sied si bien au vrai sage, le ton fier & le stile emphatique : » Jeune homme, » prends & lis. « Souvent aussi nous em- Interprét. de la Nature.

ploierons ces termes rares, sentencieux & sublimes, devant lesquels le commun des hommes s'extasie, ces phrases entortillées, empoulées qu'il admire, qu'il fait valoir avec d'autant plus de chaleur, qu'il a plus de peine à les comprendre. » Le » génie tend naturellement à s'élever, & » cherche la région des nues. «

Nous reviendrons sur les siecles passés, de maniere à faire sentir que les génies de ces temps-là étoient restés bien en-deçà de la sphere de nos lumieres, » qu'ils » avoient seulement éclairé quelques ar- » pens de la nuit immense qui environne » les esprits médiocres; que les centres » de ténebres commençoient à la vérité » à devenir plus rares, & à se resserrer; » mais que les centres de clarté n'étoient » à beaucoup près ni assez multipliés, ni » assez étendus, « & que c'est à nous, que c'est au flambeau de nos » concepts « qu'ont commencé les grandes lumieres. Nous prouverons au genre humain que nous sommes ses instituteurs & ses maî-

Interprét. de la Nat.

tres, & toujours ſes bienfaiteurs (c).

Troiſiemement, je ſerois aſſez d'avis qu'on fît quelque grand ouvrage, qui devînt comme le répertoire de nos découvertes & de nos connoiſſances, & où,

(c) Pour peindre nos Philoſophes avec un peu plus de vérité, on ne peut mieux faire que d'emprunter la plume de M. Rouſſeau, qui les a ſi bien connus, & que, graces à la petite envie philoſophique & littéraire, ils ont, depuis dix à douze ans, ſi vivement perſécuté. » Je conſultai les Philoſophes : je » feuilletai leurs livres ; j'examinai leurs di- » verſes opinions ; je les trouvai tous fiers, » affirmatifs, dogmatiques même dans leur » ſcepticiſme prétendu, n'ignorant rien, ne » prouvant rien, ſe moquant les uns des au- » tres ; & ce point, commun à tous, me » parut le ſeul ſur lequel ils ont tous raiſon. » Triomphans quand ils attaquent, ils ſont » ſans vigueur en ſe défendant. Si vous peſez » les raiſons, ils n'en ont que pour détruire ; » ſi vous comptez les voix, chacun eſt réduit » à la ſienne ; ils ne s'accordent que pour » diſputer : les écouter n'étoit pas le moyen de

par des renvois sagement ménagés, où tâchât d'accorder les choses les plus opposées, qui ne manqueront pas de se rencontrer dans une si immense production; d'expliquer celles qu'on n'aura pas voulu

---

» sortir de mon incertitude. Je conçus que » l'insuffisance de l'esprit humain est la pre» miere cause de cette prodigieuse diversité » de sentimens, & que l'orgueil est la se» conde. « Hélas ! que ne concevoit-il, par une juste conséquence, la nécessité d'une révélation !

» Fuyez, dit-il ailleurs, ceux qui, sous » prétexte d'expliquer la nature, sement dans » le cœur des hommes de désolantes doctri» nes, & dont le septicisme apparent est cent » fois plus affirmatif & plus dogmatique que » le ton décidé de leurs adversaires. Sous le » hautain prétexte qu'eux seuls sont éclairés, » vrais, de bonne foi, ils nous soumettent » impérieusement à leurs décisions tranchan» tes, & prétendent nous donner, pour les » vrais principes des choses, les inintelligi» bles systêmes qu'ils ont bâtis dans leur » imagination. Du reste, renversant, foulant

énoncer

énoncer trop clairement; & de donner ainsi aux esprits intelligens le mot de l'énigme, qui restera toujours telle pour les esprits ordinaires. » Les renvois, pré-» vus de loin, & préparés avec adresse, » ont la double fonction de confirmer & » de réfuter, de troubler & de concilier. » L'ouvrage entier en reçoit une force in-» terne & une utilité secrette, dont les » effets sourds sont nécessairement sensi-» bles avec le temps. « Il pourroit arriver qu'à bien des égards les renvois fussent plus dans les mots que dans les choses; Encyclop.

» aux pieds tout ce que les hommes respec-» tent, ils ôtent aux affligés la derniere con-» solation de leur misère, aux puissans & aux » riches le seul frein de leurs passions; ils » arrachent du fond des cœurs le remords du » crime, l'espoir de la vertu, & se vantent » encore d'être les bienfaiteurs du genre hu-» main. Jamais, disent-ils, la vérité n'est » nuisible aux hommes, je le crois comme » eux, & c'est à mon avis, une grande » preuve que ce qu'ils enseignent n'est pas » la vérité. «

mais cette méthode ; annoncée avec une ſorte de confiance, en impoſera du moins aux ignorans. Je voudrois qu'un ouvrage ſi important, & qui, » malgré le déſordre » des matieres, ſera l'étonnement des » ſiecles, « eût une eſpece d'uniformité dans les vues, dans les principes, dans les enſeignemens, & ne paſsât pas par toute ſorte de mains. Mais ſi l'unité dans aucun genre ne peut s'y trouver (*d*) ; ſi même on déſeſpere d'y mettre la vérité, qui au fond n'eſt nulle part, ſi elle n'eſt pas parmi nous, il faudra du moins le bien vanter, l'étayer de la faveur des gens en place, & en faire, s'il ſe peut, le

Ibid.

(*d*) Nous avons un ouvrage à peu près dans ce goût. Voyez la critique qu'en a faite M. D. . . . . lui-même, & qui ſe trouve dans le recueil ſinguliérement intéreſſant des *Mémoires de M. Luneau de Boisjermain, au ſujet de l'Encyclopédie.* Il faut, pour ſe le procurer, s'adreſſer directement à l'Auteur, près de l'ancienne Comédie Françoiſe, même maiſon que *Delalain*, Libraire.

dictionnaire de la nation, même en dépit d'elle.

Quatriemement, pour la plus prompte destruction de tout genre de fanatisme, il est essentiel d'établir dans tous nos ouvrages, sans distinction aucune de tolérance religieuse & de tolérance civile, » car cette distinction est une chimere, « le tolérantisme universel, excepté pour les intolérans ; & ce mot s'entend assez. Avec ceux-ci seulement, point d'accord, point de paix ni de trêve. Les plus sanglantes invectives, les plus piquantes ironies, le plus méprisant persifflage (*e*), les

(*e*) Ce n'est pas seulement à l'égard de ceux qui croient à la Religion & qui la défendent, qu'on emploie ce stile railleur & plaisant, c'est à l'égard de la Religion elle-même ; & nos esprits-forts ne l'attaquent gueres que comme cela. Pour moi, je l'avoue, toutes les fois que je les entends s'égayer ainsi aux dépens des vérités les plus respectables, donner leurs fades plaisanteries & leurs prétendus bons mots pour des démonstrations,

injures les plus groſſieres, s'il le faut, & la juſte imputation de tout ce que nous les jugerons capables de faire, quand même ils ne l'auroient pas fait; voilà, par rapport à eux, la ſeule conduite & l'unique langage qu'il nous importe de tenir.

Tout eſt bon & nous convient, quand il eſt queſtion de réhabiliter les vrais principes, & de renverſer l'idole du Chriſtianiſme, érigée par la ſuperſtition. C'eſt

---

nous parler de Moyſe herboriſant ſur les bords de la Mer Rouge, & nous dire mille autres gentilleſſes de cette force-là; je ſuis toujours tenté de leur appliquer ce mot de M. de Sully, lorſqu'appellé à la Cour par Louis XIII, & voyant autour de lui les jeunes Courtiſans railler ſon habillement, qui pour eux n'étoit plus de mode, ſon maintien & ſes manieres, il dit au Roi : » Sire, quand le Roi votre » pere, de glorieuſe mémoire, me faiſoit » l'honneur de me conſulter ſur ſes grandes » & importantes affaires, au préalable il faiſoit ſortir tous les bouffons de Cour & les » Baladins. «

contre lui qu'il faut diriger tous nos efforts; c'eſt ſur ſon compte qu'il faut mettre l'ignorance, la crédulité, le fanatiſme, les gueres, la tyrannie, & tous les fléaux qui affligent le genre humain. Nous dégraderons tous ſes héros, un Conſtantin, un Théodoſe, un Louis IX; nous exalterons au contraire les ennemis du nom Chrétien, un Julien, par exemple, malgré ſes ſuperſtitions ridicules aux yeux des Payens mêmes (*f*), & l'horreur de ſes ſacrifices humains. Nous tirerons le

(*f*) Julien croyoit tout, dit M. le Beau, excepté l'Evangile. Jaloux cependant de cet eſprit de lumiere, de ſageſſe, & de charité qu'il étoit forcé d'admirer dans l'Egliſe de J. C., il cherchoit à copier, du moins à l'extérieur, juſques dans le Paganiſme, les pratiques de la Religion Chrétienne; & c'eſt avec beaucoup de juſteſſe que Saint-Grégoire de Nazianze l'appelle le Singe du Chriſtianiſme. *Voy. l'Hiſt. du Bas-Empire*, cet ouvrage ſi bien fait, ſi intéreſſant, & ſi digne de ſon Auteur.

paganiſme lui-même de l'aviliſſement où il eſt tombé ; nous releverons ſes dieux ; nous donnerons à toute ſa mythologie un ſens raiſonnable & les plus ſpécieuſes couleurs, & nous en ferons un ſyſtême de religion bien ſupérieur à celui de la Religion Chrétienne.

Pour ſapper plus ſurement celle-ci, nous inventerons des fables ; nous ramaſſerons des contes Perſans, Indiens ou Chinois ; nous réchaufferons de vieilles hiſtoires ſans fondement, que nous mettrons gravement à côté des ſiennes ; nous donnerons aux choſes les plus abſurdes, aux plus groſſiers menſonges, un air de vérité, pour les faire contraſter avec ce qu'elle nous enſeigne ; & nous anéantirons toutes ſes preuves, en niant du ton le plus aſſuré les titres ſur leſquels elle ſe fonde.

Devenus Phyſiciens, Hiſtoriens, Géographes, pour la contredire par-tout avec ſuccès, nous porterons par-tout l'eſprit ſyſtématique & la marche ſavante de l'incrédulité (*g*); nous ferons des tableaux d'hommes & de mœurs, pleins d'art &

(*g*) Il est vrai que, par cette marche savante, les Ouvrages *historiques*, *philosophiques* & *politiques* de nos Sages sont exactement devenus les Romans de la philosophie moderne. Tout y est calqué sur leurs vues & leurs faux principes; & pour peu que l'on soit instruit de la maniere de penser de l'Historien, on peut dire d'avance, à chaque événement qui se présente, la tournure que son imagination y donnera, & les réflexions toutes neuves qui vont suivre.

Dans d'autres genres encore plus propres à faire illusion, on ne peut trop s'étonner, en considérant tout cet appareil de science, cette pompe d'expressions, cette richesse de détails, cette profondeur de calcul, cet air imposant de démonstration que nos philosophes employent pour étayer les suppositions les plus gratuites & les plus déraisonnables systêmes. Ils vont parler, dans l'étendue de deux ou trois cent pages, tout le jargon de la Physique & des Mathématiques, pour établir une opinion bisarre, un fait controuvé, une cause imaginaire, tandis que deux ou trois réflexions

d'imagination (*h*), nous arrangerons les faits au gré de nos opinions, & toujours, pour prouver contre la Religion quelque grande vérité.

Cinquiemement, ensuite de cette tolérance universelle nous donnerons pour premier article de croyance, pour premier moyen de salut, » de penser & » d'agir librement; « de douter de tout, & de ne rien croire; d'admettre tous les systêmes, hors celui de la Religion, comme ayant tous leurs raisons & leurs vraisemblances; de fonder la plus haute sagesse

---

simples & communes, que la moindre teinture de ces deux sciences, peut faire naître, vont tout renverser. Ces systêmes si bien étayés semblent, au premier coup d'œil, former le plus sublime & le plus solide édifice : soufflez sur un si bel ouvrage, & il ne reste pour tout fondement que des absurdités.

(*h*) » Ce ne sont point les Philosophes qui » connoissent le mieux les hommes; ils ne les » voient qu'à travers les préjugés de la philo- » sophie, & je ne sache aucun état où l'on » en ait tant. « *M. Rousseau.*

ſur le plus modeſte pyrrhoniſme ; & de faire évanouir ainſi tout l'orgueil dogmatique & toute la confiance théologique. Tolérer tout, parce qu'on n'eſt sûr de rien ; deux principes qui tiennent l'un à l'autre, & qui, dans la pratique, feront de la terre le ſéjour de la paix & de la concorde, ou comme les ſuperſtitieux l'appellent, un paradis anticipé.

En établiſſant la liberté de penſer, il eſt clair que nous nous réſerverons la liberté de tout dire. En effet, que ſerviroit à nos vues qu'on nous laiſsât l'une, ſi l'on prétendoit nous ôter l'autre ? & comment ſe feroit la communication des lumieres, s'il ne nous étoit pas libre de les répandre ? On appellera cette heureuſe hardieſſe effronterie, licence ; mais » le Public » éclairé ſait qu'il eſt utile de tout penſer » & de tout dire (*i*) ; & que les erreurs » mêmes ceſſent d'être dangereuſes, lorſ- Préface du Livre de l'Eſprit.

(*i*) Un homme connu par ſon eſprit & ſes lumieres, a dit cependant avec aſſez de fon-

» qu'il est permis de les contredire; .... » elles se déposent bientôt d'elles-mêmes » dans les abîmes de l'oubli; & les vérités » seules surnagent sur la vaste étendue » des siecles. « Si quelques-unes de ces vérités sont nécessaires, ce sont sur-tout les nôtres, puisqu'elles rompent toutes les chaînes de la contrainte & de l'esclavage (*k*).

Sixiemement, après avoir endormi

---

dement, » il est dangereux d'apprendre au » peuple à raisonner. « (Sur-tout lorsqu'on risque de lui apprendre à raisonner si mal.) » Il » ne faut pas l'éclairer trop, parce qu'il est » impossible de l'éclairer assez. « *L'Abbé Trublet.*

(*k*) Oui, sans doute, & avant toutes choses les liens de la Religion. Toutefois, à en croire M. de Voltaire, dans le *Traité* même *de la Tolérance*, *chap.* 20. » Par-tout où il y » aura une société établie, une Religion sera » nécessaire. Les loix veillent sur les crimes » publics, & la Religion sur les crimes secrets. « On veut nous ôter la Religion : hé quoi, » la Religion! cet objet grand & sublime, la

pendant quelque temps les hommes par les beaux noms de grand être, de loi naturelle, & les avoir amusés de tous ces rêves brillans, il faut, autant que nous le pourrons sans nous compromettre, laisser tomber ce voile transparent, par lequel nous gazions nos véritables sentimens, & nous affoiblissions aux yeux encore timides du profane vulgaire l'éclat de la vérité.

» sanction la plus inviolable des loix, la seule » loi que l'homme porte toujours avec lui, » la seule qui place le supplice à côté du crime » dans le cœur du méchant, aussi réprimante » dans la nuit du secret qu'à la face de la terre, » aussi redoutable à celui qui peut tout, qu'à » celui qui habite sous le chaume, frein nécessaire, frein universel, cent fois l'écueil » des emportemens d'un peuple aveugle, cent » fois couvert d'écume par le despote étonné de » trouver une Puissance supérieure à la sienne. « *Eloge de Dumoulin, par M. Henrion.*

On veut nous ôter la Religion, & pour chacun de nous en particulier, quelle perte

» Il eſt temps que la raiſon injuſtement » dégradée quitte un ton puſillanime qui » la rendroit complice du menſonge & » du délire. La vérité eſt une; elle eſt » néceſſaire à l'homme, elle ne peut ja- » mais lui nuire *. « Voici le moment où elle doit briller de toute ſa lumiere : c'eſt l'heureux temps de la révolution prédite par nos ſages : c'eſt le grand ſiecle où l'univers entier va devenir philoſophe. Il faut donc que quelqu'un de nos chefs faſſe paroître un de ces ouvrages vraiment

---

peut être comparée à celle-là ? Quelle reſſources reſte-t-il à celui qui ſe refuſe à ſes tendres impreſſions & à ſon éclatante lumiere ? » De » combien de douceurs n'eſt-il point privé ? » Quel ſentiment peut le conſoler dans ſes » peines ? Quel ſpectacle anime les bonnes » actions qu'il fait en ſecret ? Quelle voix » peut parler au fond de ſon ame ? Quel prix » peut-il attendre de ſa vertu ? comment doit- » il envisager la mort ? « (Quel bon uſage peut-il faire de la vie ?) *M. Rouſſeau.*

(*) Voyez les dernieres lignes de la note (*c*) ci-deſſus.

philoſophiques & penſé fortement, où ſans détour on prêche le matérialiſme; cette doctrine déja préparée, annoncée par tant d'écrits, mais pas encore auſſi hautement publiée, auſſi parfaitement développée, qu'il ſeroit à deſirer.

Là, au mot *Dieu*, cet épouvantail des foibles & des imbécilles, (& juſqu'ici preſque tout l'univers l'a été) on ſubſtituera le grand mot de *nature*, en tâchant de le définir un peu clairement, s'il eſt poſſible (*l*).

(*l*) En voici après tout une définition aſſez nette, & même aſſez complette pour quiconque ne veut appercevoir dans l'univers que du mouvement & de la matiere. C'eſt dommage que, ne nous offrant que des effets, elle rappelle à l'eſprit l'idée même de la cauſe qu'on veut détruire. A l'égard de l'exemple qui la ſuit, il ſerviroit plutôt, ce ſemble, à l'obſcurcir qu'à la rendre plus ſenſible.

» La nature, dans ſa ſignification la plus » étendue, eſt le grand tout, qui réſulte de » l'aſſemblage des différentes matieres, de

Qu'on y prenne garde ; c'eſt ici l'article important. Si on laiſſe au peuple ce phantôme de la Divinité, ce vieux préjugé, le plus ancien, le plus univerſel, le plus enraciné de tous, nous ne tenons plus rien. Les attributs de ſageſſe, de juſtice, d'amour pour l'ordre & pour le bien reparoîtront toujours ; & avec eux renaîtra la loi naturelle ; avec eux ſe repro-

---

» leurs différentes combinaiſons, & des différens mouvemens que nous voyons dans l'univers. La nature, dans un ſens moins étendu, ou conſidérée dans chaque être, eſt le tout qui réſulte de l'eſſence, c'eſt-à-dire, des propriétés, des combinaiſons, des mouvemens ou façons d'agir, qui le diſtinguent des autres êtres. C'eſt ainſi que l'homme eſt un tout, réſultant des combinaiſons de certaines matieres, douées de propriétés particulieres, dont l'arrangement ſe nomme *organiſation*, & dont l'eſſence eſt de ſentir, de penſer, d'agir, en un mot de ſe mouvoir d'une façon qui le diſtingue des autres êtres avec leſquels il ſe compare. « *Syſtême de la Nat. chap.* I.

duiront les idées de châtimens & de récompenſes après cette vie; par eux le Chriſtianiſme lui-même reprendra une nouvelle force. Car enfin, il y a entre l'idée de Dieu, telle qu'on l'avoit imaginée, & la loi naturelle, entre celle-ci & la Religion du Chrétien, plus de liaiſon qu'on ne croit ordinairement. L'idée de perfection, qui ſemble attachée à cette derniere, paroît comme un ſupplément néceſſaire à l'inſuffiſance de l'autre. Dieu une fois ſuppoſé, il ſeroit aſſez naturel de penſer que ce qui eſt le plus conforme à ſa ſainteté & à ſa gloire, tire de lui ſon origine.

Il eſt donc de la plus grande conſéquence de bien faire ſentir que ce que nous admirons le plus dans l'univers, peut être expliqué (*m*) par des combinai-

(*m*) » C'eſt une manie commune aux Philo» ſophes de tous les âges de nier ce qui eſt, » & d'expliquer ce qui n'eſt pas. « *M. Rouſſeau.* Voyez au reſte ſur toutes ces explications ſi heureuſes, dont *le Syſtême de la Nature* eſt

ſons fortuites, ou pour parler plus juſte, par l'eſſence néceſſaire des choſes, par les loix du mouvement & les propriétés de la matiere (*n*).

---

rempli, l'ouvrage de M. Holland : il eſt vrai qu'en fait de Phyſique, de Géométrie, d'Aſtronomie, & dans tout ce qui concerne les hautes ſciences, dont l'Auteur du ſyſtême emprunte ſouvent les termes pour faire illuſion, celui-ci eſt traité poliment par ſon adverſaire comme un enfant; mais il faut avouer qu'il le mérite bien; &, qu'à l'extrême différence de raiſonnement qu'on remarque entre eux, on croit voir dans M. Holland un Athlete vigoureux, un Géant, qui ſe joue d'un Pigmée.

(*n*) » L'univers, ce vaſte aſſemblage de » tout ce qui exiſte, ne nous offre par-tout » que de la matiere & du mouvement. « *Syſt. ch.* 1. » Mais nous dira-t-on d'où la nature a-» t-elle reçu ſon mouvement ? Nous répon-» drons que c'eſt d'elle-même, puiſqu'elle eſt » le grand tout, hors duquel conſéquemment » rien ne peut exiſter. « *Syſt. ch.* 2.

Pour faire tout ſortir de ces deux principes, le mouvement & la matiere, l'Auteur du Syſ-

Ici reviennent ces grandes questions, énoncées par de grands mots déja tout propres à étonner & à faire impression par eux-mêmes : » Si la matiere morte se

Interprét. de la Nature.

---

tême de la Nature, cet ouvrage si vanté par ceux qui osent tout lire & n'approfondissent rien, qui prennent des mots pour des idées, & des déclamations pour des preuves, établit premierement, que » c'est à la physique & à » l'expérience que l'homme doit recourir dans » toutes ses recherches ; que c'est par nos sens » que nous sommes liés à la nature univer- » selle, que c'est par eux que nous pouvons » la mettre en expérience & découvrir ses se- » crets ; & que toutes les erreurs des hommes » sont des erreurs de physique. « Mais quelle physique, quelle expérience, quels sens, nous montrent *la nature universelle*, le grand tout, hors duquel rien ne peut exister ? Quelle expérience, quels sens nous montrent notre ame, & nous apprennent, en dépit des preuves invincibles que nous avons de sa spiritualité, qu'elle n'est elle-même qu'une combinaison du mouvement & de la matiere ? Quelle expérience, quels sens, quelle physique, un peu

Chap. [illegible]

» combine avec la matiere vivante ? com-
» ment se fait cette combinaison ? quel
» en est le résultat ? si les moules sont les

---

plus éclairée que celle qui de l'eau & de la farine fait naître des êtres organisés, nous disent que les loix du mouvement & les propriétés de la matiere suffisent, & ont dû suffire par elles-mêmes dès l'origine, pour mettre de la vie, du sentiment, de l'ordre, de l'intelligence, de la sagesse dans l'univers & dans les combinaisons sans nombre qu'il nous présente ? Quel nouveau chef-d'œuvre ces loix & ces propriétés enfantent-elles sous nos yeux ; & quel être organisé produisent-elles, qui n'ait son germe ? Quel est celui de nos sens qui a pu nous apprendre que la matiere est éternelle ? Quelle expérience, quelle physique, & quels sens nous disent qu'il n'y a point de Dieu ? Ah ! s'il falloit que les hommes, afin d'éviter les erreurs de physique, attendissent pour se déterminer, pour juger, pour faire usage du sentiment & de la raison, les expériences de nos Sages, où en seroit le genre humain ?

Pour ne pas nous laisser séduire par leurs

» principes des formes? ce que c'est qu'un
„ moule? si c'est un être réel & préexis-
» tant, ou si ce n'est que les limites in-
» telligibles d'une molécule vivante unie

---

faux principes, reconnoissons que l'expérience & les sens ne nous apprennent que des vérités particulieres dont on ne peut former une proposition générale, sans risquer de se tromper, tandis que l'évidence au contraire nous conduit surement, & par sa propre lumiere, aux propositions les plus universelles. Qu'un homme, par exemple, qui, dans les temps les plus reculés & parmi d'anciens peuples, n'eut jamais vu de Negre, & qui n'en eut jamais entendu parler, eut dit d'après une expérience constante & uniforme par rapport à lui & à tous ceux qui l'environnoient, que tous les hommes sont blancs, il se seroit certainement trompé; mais que ce même homme, partant d'un principe évident par la nature même des idées qu'il renferme, eut affirmé que le tout est plus grand que sa partie, il eut avancé une vérité incontestable & que rien ne peut démentir. Tant il est vrai que l'évidence toute seule est infaillible, & que sans son secours l'ex-

» à de la matiere morte ou vivante; limi-
» tes déterminées par le rapport de l'éner-
» gie en tout ſens, aux réſiſtances en tout
» ſens? « Queſtions ſavantes & profondes,

---

périence même ne l'eſt pas; c'eſt ce que démontrent toutes les vérités géométriques, qui ſont telles à nos yeux, ſans qu'il ſoit beſoin d'inſtrumens ni d'expériences pour les vérifier, & à qui il ſuffit d'être des corollaires évidens de propoſitions évidentes par elles-mêmes.

En ſecond lieu, l'Auteur du ſyſtême établit dans ſon ſecond Chapitre, que *le mouvement eſt une façon d'être qui découle néceſſairement de la matiere, qu'elle ſe meut par ſa propre énergie, qu'il eſt de l'eſſence de la matiere de ſe mouvoir;* & il le prouve par cette unique aſſertion, que toute particule de matiere eſt en mouvement. Mais en accordant cette aſſertion ſi peu démontrée, il ne s'enſuivroit nullement, de ce que toute matiere ſe meut, qu'elle ſe meut néceſſairement.

Troiſiemement, l'Auteur établit dans le même Chapitre, que *tout ce qui ſe meut eſt mû par un autre être; enſorte qu'à parler ſtricte-*

par lesquelles nous aurons si heureusement préludé dans d'autres ouvrages.

Ici encore nous aurons grand soin d'établir, » qu'il n'y a point d'ordre proprement dit dans la nature . . . . que ce que

Syst. de la Nat. ch. 5.

---

ment, il n'y a point de mouvemens spontanés dans les différens corps de la nature; c'est-à-dire, selon la définition même de l'Auteur, de ces mouvemens, *qui font qu'un corps agit & se meut par sa propre énergie*; car *s'il existoit*, dit-il ailleurs, *un tel être, il auroit la force d'arrêter ou de suspendre lui seul le mouvement dans l'univers?*

Chap. [illegible]

Mais voilà dès le commencement, & dans tout ce qui fait la base du systême, une terrible contradiction. Rapprochez ces deux principes établis dès le second Chapitre : quoi! selon le premier, *la matiere se meut par sa propre énergie*; & selon l'autre, *il n'y a point de mouvemens spontanés*, & nul corps ne se meut ainsi!

Mais, en insistant sur les contradictions de l'Auteur du Systême, si *tout ce qui se meut est mû par un autre être*, s'il ne se meut pas par lui-même, le mouvement ne lui est donc pas

» l'on appelle *ordre*, n'est jamais que
» l'enchaînement uniforme & nécessaire
» des causes & des effets, ou la suite des

---

essentiel, il n'est donc pas de l'*essence de la matiere de se mouvoir*.

Mais encore, si *tout ce qui se meut est mû par un autre être*, avant que d'être mû, il étoit donc en repos : dans la nature des choses, l'idée du repos seroit donc antérieure à celle du mouvement ?

Mais enfin, comment un être, qui ne se meut pas par lui-même, a-t-il eu, dans les principes de l'Auteur, la force de se mouvoir & celle d'en mouvoir d'autres ? Cette force, d'où l'a-t-il reçue dans l'origine, & où l'a-t-il puisée ? Si tout ce qui est dans la nature n'a, comme il s'exprime, que des mouvemens *acquis* & communiqués ; si, selon lui, tels sont même les mouvemens *internes & cachés* ; si *la nature est le grand tout, qui comprend tout*, ensorte qu'il n'y ait rien hors d'elle qui ait pu donner le mouvement à la matiere ; comment a-t-elle pu se le donner à elle-même ? & que signifie une suite de mouvemens produits, sans aucune cause

» actions qui découlent des propriétés des
» êtres, tant qu'ils demeurent dans un

---

qui ait eu, hors de cette ſuite infinie, la force de les produire ?

D'après toutes ces contradictions, que devient un ſyſtême tout entier qui ne porte que ſur elles ? Au reſte, ce qu'il y a de plus eſſentiel à obſerver, c'eſt que ces contradictions ſont inévitables dans tout ſyſtême, tel que celui-là : car, ou la matiere, & toute partie de matiere, ſe meut néceſſairement ; ou elle eſt mue par un autre. Si c'eſt néceſſairement qu'elle ſe meut, elle ne peut avoir de mouvemens *communiqués* ; parce qu'elle ne peut changer, modifier celui qu'elle a, ſans altérer ſa maniere d'être néceſſaire, ſans altérer ſon eſſence ; & dès-lors rien ne peut s'expliquer ; rien, ainſi que nous l'avons déja dit, ne peut être comme il eſt dans la nature. Si au contraire toute partie de matiere n'a que des mouvemens *acquis* ; il faut donc recourir à une cauſe ſupérieure & étrangere, qui les lui ait donnés.

On oſe bien prétendre que Dieu *eſt un être inutile* : quel être inutile, que celui, ſans lequel on ne peut rendre raiſon de rien, &

» état donné * .... que l'intelligence est
» une façon d'être & d'agir propre à quel-
» ques êtres particuliers ; & que, si nous
» voulons l'attribuer à la nature, elle ne
» seroit en elle que la faculté de se conser-
» ver par des moyens nécessaires dans son
» existence agissante. Ainsi en refusant à
» la nature l'intelligence dont nous jouis-
» sons nous-mêmes, en rejettant la cause
» intelligente que l'on suppose son mo-
» teur ou le principe de l'ordre que nous y
» trouvons, nous ne donnons rien au ha-
» zard,

---

tout n'est plus en nous, & hors de nous, que fiction & qu'absurdité ! On parle sans cesse des loix nécessaires du mouvement : oui, sans doute, le mouvement a des loix nécessaires, mais d'une nécessité conditionelle, hypothétique, comme on l'appelle, & relative à la volonté du premier moteur : or, c'est d'une nécessité absolue, qu'il falloit prouver que ces loix sont nécessaires.

* » Il est dans l'ordre que le feu nous brûle, » parce qu'il est de son essence de brûler ; il » est dans l'ordre que le méchant nuise, parce » qu'il est de son essence de nuire. « *Ibid. c. 5.*

» sard, ni à une force aveugle; mais nous » attribuons tout ce que nous voyons à des » causes réelles ou faciles à connoître (*o*).

» Chaque être, dirons-nous encore, » est un individu, qui, dans la grande » famille, remplit sa tâche nécessaire dans

Ibid. ch. 4.

(o) On voit assez combien tout cela est lumineux. Et pour surcroit de lumieres, l'Auteur du système prévient ainsi une des plus fortes objections qu'on puisse lui faire. » On » nous dira, sans doute, que la nature, ren» fermant & produisant des êtres intelligens, » ou doit être intelligente elle-même, ou doit » être gouvernée par une cause intelligente. » Nous répondrons que l'intelligence est une » faculté propre à des êtres organisés, c'est» à-dire, constitués & combinés d'une ma» niere déterminée, d'où résultent de cer» taines façons d'agir, que nous désignons » sous des noms particuliers, d'après les dif» férens effets que ces êtres produisent. « *Ibid.* Il faut avouer que cet Auteur est extrêmement heureux dans ses solutions, & qu'il ne pouvoit mettre plus de force & de clarté dans ses réponses.

» le travail général. Tous les corps agissent suivant des loix inhérentes à leur » propre essence, sans pouvoir s'écarter » un seul instant de celles suivant lesquelles la nature agit elle-même : force » centrale, à laquelle toutes les forces, » toutes les essences, toutes les énergies » sont soumises, elle regle les mouvemens de tous les êtres; par la nécessité » de sa propre essence, elle les fait concourir de différentes manieres à son plan » général; . . . elle les accroît & les altere, les augmente & les diminue, les » rapproche & les éloigne, les forme & » les détruit, suivant qu'il est nécessaire » pour le maintien de son ensemble, vers » lequel cette nature est essentiellement » nécessitée de tendre (*p*).

(p) *Essentiellement nécessitée. . . . par la nécessité de sa propre essence. . . . Force centrale, à laquelle toutes les forces, toutes les essences, toutes les énergies sont soumises. . . .* Des essences soumises ! soumises à une autre essence ! des essences par-tout ! Quelle heu-

C'est d'après ces éclatantes vérités, que nous ferons voir que c'est sans ordre, sans intelligence, & seulement en conséquence des loix nécessaires du mouve-

reuse maniere de philosopher, de tout expliquer ; & quel nouveau jour cette méthode répand sur toute la nature ! Mais ce qu'il y a de plus admirable, c'est cette nature ; qu'on a définie ; *le grand tout, qui résulte de l'assemblage des différentes matieres, de leurs différentes combinaisons, & des différens mouvemens que nous voyons dans l'univers* ; cette nature, qui n'est dès-lors qu'une idée abstraite, qu'un mot vuide de sens, si on l'applique à un être particulier ; cette nature dénuée d'intelligence ; & qui cependant se trouve essentiellement nécessitée de tendre vers un but, vers un plan général, qui est *le maintien de son ensemble*, le maintien du tout par *le changement continuel de ses parties, qu'elle force de concourir au bien général de la grande famille.* Parmi tant de merveilles, tant de mystérieuses contradictions, qui ne s'écrieroit avec nos Sages : ô nature ! ô ma mere ! que tu dis de choses à mon esprit & à mon cœur !

Chap. 1.

Chap. 4.

ment, & des propriétés de la matiere, que le soleil, par exemple, ce globe ardent & lumineux a été formé par l'embrâsement d'une planete, qui s'est si justement trouvée à telle distance plutôt qu'à telle autre : que par une suite des mêmes loix notre terre pourroit bien s'enflammer à son tour, & devenir soleil pour un autre monde, qui, dans le temps précis, se trouveroit avoir besoin de sa chaleur & de sa lumiere : que tous les astres s'attirant, se repoussant en raison de leur masse & de leur distance, gravitant les uns vers les autres, & vers un centre commun, suivent par des loix si simples leur marche constante & réguliere, sans que ces loix aient d'autre principe qu'elles-mêmes, sans que cet arrangement, ce rapport des astres entre eux, leur distance & leur masse réciproque, si justement combinées pour les effets qui en résultent, aient été réglés d'une maniere si précise, autrement que par la nécessité des choses ; nécessité qui, comme nous l'avons dit plus haut, n'est pas une force aveugle, mais qui n'est pas non plus une force intelligente : que sur notre globe les plantes, les arbres, les animaux, les hommes, les insectes, les fruits, les fleurs, toutes les productions de la terre qui nous ravissent par les rapports innombrables, & si heureusement rencontrés, que nous y appercevons, ne sont en effet que des rencontres nécessaires de germes, de molécules organiques, de parties similaires, sans que les molécules, les germes primitifs, les moules intérieurs aient d'autre cause que l'essence & les propriétés de la matiere (q).

(q) C'est donc ainsi, & par les propriétés de la matiere, que les différentes sortes d'abeilles, de guêpes, de chenilles, de teignes, que tous les animaux & tous les insectes, ont dès leur naissance, & sans les avoir jamais appris, des procédés si analogues à leurs besoins, si industrieux, si dignes d'admiration aux yeux de l'observateur fidele ? O que cette matiere, cette force non-intelligente, qui les a si heureusement organisés pour de telles ressources & de tels moyens, avoit d'art &

Ici, comme sur tout le reste, il s'agit moins de raisonner, de prouver, que d'embrouiller, d'envelopper, de nier, d'affirmer, de répéter & de conclure; & au fond le poste le plus tenable pour nous, c'est le scepticisme. Nous aurons contre nous des Géometres profonds, les plus savans Astronomes, les Physiciens les plus éclairés; car ceux-ci croient tous en Dieu: mais à coup sûr ils se sont trompés, puisque tout homme est sujet à l'erreur. Nous ferons valoir en notre faveur le systême de Newton & ses principes, quoiqu'il ait été si religieux envers la Divinité; quelque phrase de Descartes, quoiqu'elle suppose une intelligence qui dispose avec sagesse le mouvement & la matiere; quelque expérience de Needam, que nous donnerons comme une démonstration des générations équivoques, si propres à no-

d'esprit. Voyez l'*Histoire Naturelle des Insectes*, *de M. de Réaumur*, *la Théologie des Insectes*, *de M. Lesser*, *& la Contemplation de la Nature*, *de M. C. Bonnet*.

tre systême, quoique cet Auteur ne soit nullement favorable au matérialisme (*r*); quoique cette expérience, telle qu'il l'a rendue, ne prouve en aucune maniere ce qu'on lui fait prouver; quoiqu'il n'ad-

(*r*) Voici en effet ce qu'il dit dans sa Préface sur ses *Observations Microscopiques*, pag. xvj, & son témoignage honore trop la Religion révélée pour ne pas le rapporter ici tout entier. » Depuis quelques années que » je me suis amusé à ce genre d'étude, je » n'ai jamais trouvé aucuns principes oppo» sés à la Religion que ceux qui étoient faux » en Philosophie : il est naturel de croire » que j'ai la liberté de rendre ce témoignage » dans un siecle où tant de demi-Philoso» phes traitent avec si peu de ménagement » une Religion dont ils paroissent encore » moins instruits que de leur prétendue Phi» losophie. J'ai de plus cité fort souvent » les propres paroles de l'Ecriture-Sainte, » & quelque extraordinaire que cela puisse » paroître dans un Philosophe moderne, je » n'ai pas honte d'avouer que j'y trouve plus » de sublimité que dans tous les Ouvrages

mette pas même cette ſorte de génération, conſidérée par les meilleurs Obſervateurs comme une des plus monſtrueuſes productions des ſiecles d'ignorance, ou une des reproductions les plus bizarres de la moderne philoſophie (*s*).

Il importe peu que ces gens-là ſoient

» des Philoſophes, & que c'eſt à l'Ecriture » Sainte que je dois les plus hautes idées » auxquelles j'aie jamais été capable de » m'élever. « Voyez de plus une réclamation bien authentique, & une réponſe directe contre l'Auteur du *Syſtême de la Nature*, dans une note ajoutée par M. Needam lui-même, à l'excellent Livre qui a pour titre *la vraie Philoſophie*, qui ſe trouve chez *Valade*, Libraire, rue S. Jacques, & dont il a été l'Editeur.

(*s*) Voyez, ſur les générations équivoques, *la Contemplation de la Nature* de M. Bonnet, tom. 1, ſeptieme partie, chap. 8 & ſuivans; les *Conſidérations ſur les Corps organiſés*, du même Auteur, t. 1, ch. 7, 8, 11; le *Mémoire* de M. Haller, *ſur la Formation du cœur dans le Poulet*; les *Lettres à un Amé-*

pour nous, pourvu que sur notre parole on parvienne à le croire. Et d'ailleurs, nous serons bien forts, quand nous au-

---

ricain, Lettre onzieme & suivantes. Les *Mémoires* de M. de Réaumur.

» Pendant combien de siecles, dit un Savant mieux instruit & plus sage que l'Auteur du *Systême de la Nature*, n'a-t-on pas soutenu dans les Ecoles, que la putréfaction donnoit naissance aux insectes & à plusieurs plantes qui paroissoient imparfaites? Les expériences de *Rhédi* & de *Micheli* firent en peu de temps ce que le raisonnement n'avoit pu opérer; & celles de MM. de *Réaumur* & *Linné*, en nous faisant connoître de plus en plus combien l'imagination avoit besoin d'être reglée par l'observation, ont fait rougir ceux qui avoient soutenu les systêmes sur la génération univoque & équivoque. Le hazard n'est plus qu'un vieux mot dépourvu de sens, incapable de produire aucun être organisé. La formation du plus petit des insectes, d'un moucheron, si bien proportionné dans toutes ses parties, n'est pas plus le résultat d'un mouvement confus ou d'un arrangement fortuit, que celle d'un éléphant. La mousse, ainsi que le

rons parlé de l'énergie de la nature, de son laboratoire secret, de ses filieres, &c. &c.; quand nous en aurons appellé si hautement à l'expérience *; que nous aurons

chêne, est l'enfant de la nature, & la putréfaction n'est qu'un principe destructeur. Aujourd'hui le bled, l'orge, l'avoine, ne sont plus capables de produire de mauvaises herbes dans un champ. On n'en accuse que les graines superflues, mêlées avec les semences ou transportées par les vents, & les terres surchargées de racines inutiles. Les insectes, ainsi que les plantes, deviennent le produit nécessaire d'autres végétaux ou animaux de même espece. La nature, aussi avare dans la dépense, qu'elle est magnifique dans l'exécution, soumet à ses loix immuables jusqu'aux plus petites parties de la matiere, perpétue constamment les êtres par d'autres êtres semblables, & sa grandeur se reconnoît jusques dans les plus petits objets. « *M. Durande.*

* » Nous n'avons, dit l'Auteur de l'Interprétation de la Nature, qu'une expérience lente & une réflexion bornée. Mais avec ces deux leviers, la Philosophie s'est proposée de remuer le monde. «

tout ramené à la Physique, que si peu de gens savent assez pour relever nos méprises; que nous aurons placé quelques termes de Géométrie, quelques propositions que personne n'ignore, & que nous aurons appliquées bien ou mal; que nous aurons équivoqué sur les infiniment grands & les infiniment petits. Par-là du moins nous aurons fait un étalage d'érudition, qui en impose presque toujours; & comme c'est la prévention qui décide, nous aurons tout fait quand nous aurons prévenu en notre faveur.

Septiemement, la connoissance la plus nécessaire à l'homme, ont très-bien dit les sages de tous les temps, c'est celle de l'homme même; & c'est à nous encore qu'il étoit réservé de peindre l'homme tel qu'il est. Par-là nous lui ôtons les fausses espérances qui le trompent sur l'avenir, & l'empêchent de jouir du présent; les craintes religieuses & les vaines terreurs qui le rendent lâche & pusillanime, qui l'empêchent de se délivrer de la vie lorsqu'il commence à s'ennuyer de vivre, qui par l'idée d'un mal chimérique le privent souvent d'un bien réel, qui circonscrivent son être & l'usage de ses facultés au lieu de les étendre, qui bornent sa jouissance & empoisonnent ses plaisirs.

L'homme est une machine mieux organisée peut-être que celles qui l'environnent, mais toujours machine. » Il peut » être comparé à une harpe sensible qui » rend des sons d'elle-même, & qui se » demande qui est-ce qui les lui fait rendre ? Elle ne voit pas qu'en sa qualité » d'être sensible elle se pince d'elle-même, & qu'elle est pincée & rendue sonore par tout ce qui la touche. «

Syst. de la Nature, premiere partie, chap. 7.

» Et qu'on ne dise point que c'est dégrader l'homme que de réduire ses fonctions à un pur méchanisme ; que c'est » honteusement l'avilir que de le comparer à un arbre, à une végétation abjecte. . . Le Philosophe exempt de préjugés n'entend point ce langage inventé » par l'ignorance de ce qui constitue la » vraie dignité de l'homme. Un arbre est » un objet qui dans son espece joint l'utile

Ibid. ch. 12.

» à l'agréable; il mérite notre affection » quand il produit des fruits doux & une » ombre agréable. Toute machine est pré- » cieuse dès qu'elle est vraiment utile, » & remplit fidelement les fonctions aux- » quelles on la destine. «

O homme! laisse donc ces vaines prérogatives dont te flattoit un stupide orgueil, & souffre que le sage te ramene à ta véritable dignité.

L'homme tient son rang dans l'échelle des êtres; il est précisément dans le degré au-dessus de l'Orang-Outang *; il n'a que deux facultés » la sensibilité physique & » la mémoire; ces deux facultés lui sont » communes avec les animaux. Il leur est » supérieur seulement par la différence » d'organisation, parce qu'il a des mains, » par exemple, & non des pattes; « ce qui, comme on le voit assez, ne l'empêche pas d'être lui-même un pur animal, un être purement physique. C'est ce que

De l'Esprit. Discours I, chap. I.

Ibid.

---

* Singes d'une très-grande espece. Voyez tom. I, pag. 542, note (*c*).

nous prouverons sans difficulté, en faisant dériver toutes ses facultés intellectuelles & morales, comme on les appelle, de la faculté de sentir & des opérations de la matiere.

Syst. de la Nature, premiere partie, chap. 8.

» Et d'abord vous trouverez que *sentir* » est cette façon particuliere d'être remué, propre à certains organes des » corps animés, occasionnée par la présence d'un objet matériel qui agit sur » ces organes, dont les mouvemens ou » les ébranlemens se transmettent au cerveau. Nous ne sentons qu'à l'aide des » nerfs répandus dans notre corps, qui » n'est, pour ainsi dire, qu'un grand » nerf, qui ressemble à un grand arbre, » dont les rameaux éprouvent l'action des » racines communiquée par le tronc.... » Si on nous demande d'où vient à la » matiere la *sensibilité*, nous dirons » qu'elle est le résultat d'un arrangement, » d'une combinaison propre à l'animal, » en sorte qu'une matiere brute & insensible cesse d'être brute & insensible en » *s'animalisant*, c'est-à-dire, en se com-

» binant avec l'animal. Toute *ſenſation* » n'eſt qu'une ſecouſſe donnée à nos or- » ganes; toute *perception* eſt cette ſecouſſe » propagée juſqu'au cerveau ; toute *idée* » eſt l'image de l'objet à qui la ſenſation » & la perception ſont dues. La *réflexion* » eſt l'exercice du pouvoir qu'a notre or- » gane intérieur de ſe modifier lui-même, » de ſe replier ſur lui-même. Le *jugement* » eſt la faculté qu'a le cerveau de compa- » rer entre elles les modifications ou les » idées qu'il reçoit, ou qu'il a le pouvoir » de réveiller en lui-même, afin d'en dé- » couvrir les rapports & les effets.

» Les molécules de la matiere qui pro- » duiſent toutes les opérations de l'enten- » dement, peuvent être comparées à des » dés pipés, c'eſt-à-dire, produiſent tou- » jours certains effets déterminés; les mo- » lécules étant eſſentiellement variées par » elles-mêmes & par leurs combinaiſons, » elles ſont pipées pour ainſi dire d'une » infinité de manieres. La tête d'Homere » ou la tête de Virgile n'ont été que des » aſſemblages de molécules, ou ſi l'on

Ibid. ſec. part. chap. 5.

» veut, des *dés pipés par la nature*, c'est-» à-dire, élaborés de maniere à produire » l'Illiade ou l'Enéide. «

Toutes ces notions sur l'entendement humain sont claires, nettes, précises, & ne supposent évidemment que du mouvement & de la matiere (*t*). De même » ce n'est qu'une secousse distincte ou la » modification marquée qu'éprouve le

Ibid. prem. part. chap. 8.

(*t*) En effet, tout cela est, on ne peut pas plus évident. Qu'y a-t-il, par exemple, qui explique mieux ce que nous appellons *sentir*, que cette façon particuliere d'être remué, propre à certains organes des corps animés, & ce grand nerf, qui ressemble à un grand arbre, dont les rameaux éprouvent l'action des racines communiquée par le tronc? Qu'y a-t-il qui se ressemble davantage que la *secousse* donnée à mes *organes* & la *sensation* qu'elle me fait éprouver; que la *secousse* propagée jusqu'à mon *cerveau* & la *perception* qu'elle occasionne; que le *repliement de l'organe intérieur sur lui-même* & ma *réflexion?* Secousse, organe, cerveau, matiere qui se modifie, qui se replie; & sensation, idée,

» cerveau, qui constitue la *conscience*. On » nomme *esprit*, *sagesse*, *bonté*, *pru- » dence*, *vertu*, des dispositions ou des » modifications constantes ou passageres de » l'organe intérieur qui fait agir les êtres » de l'espece humaine. *L'amour de soi* n'est » qu'une tendance ou direction, qu'une » *gravitation sur soi*, qu'une *force d'iner- » tie*; le *penchant* pour un objet quel-

---

perception, réflexion, c'est exactement la même chose. Une matiere brute & insensible, qui, en s'animalisant, forme la sensibilité de l'animal; une harpe qui rend les sons d'elle-même, qui se pince elle-même, & se demande qu'est-ce qui la rend sonore; une modification de l'organe intérieur, qui forme la prudence; une secousse qui se sent elle-même; qui réfléchit sur elle-même, & qui forme la conscience; quelles lumieres & quelle philosophie! Des dés pipés; des molécules pipées pour former l'*Illiade;* une infinité de molécules qui se pipent les unes les autres par leurs combinaisons; toute une nature qui se pipe, qui est pipée par elle-même : ah! quelle piperie que tout cela!

» conque, qu'une *attraction* telle qu'elle » est répandue dans toute la nature ; la » *haine* qu'une *répulsion* : car c'est ainsi » que l'attraction rapproche tous les êtres, » lorsqu'ils sont dans la sphere de leur » action réciproque, & la répulsion les » sépare. «

Ce système physique, si simple, si lumineux, si fécond, explique tout, & répond à tout. C'est celui de la sympathie & de l'antipathie, ramené à des principes évidens ; ce ne sont plus les qualités occultes de l'ancienne philosophie, ce sont les vraies propriétés de la matiere.

De-là il résulte que tout est nécessaire dans l'homme comme dans le reste du monde physique ; qu'en lui il n'y a point de liberté, que tout y est sujet aux mêmes effets, aux mêmes loix, aux mêmes mouvemens que le reste de la nature ; « avec

Ibid. » cette différence cependant qu'il est mu » par un organe intérieur, qui a ses loix » propres, & qui est déterminé nécessai- » rement en conséquence des idées, des » perceptions, des sensations qu'il reçoit

„ des objets extérieurs.... Les hommes „ deviennent bons ou méchans d'après la „ maniere dont ils agissent les uns sur les „ autres *. " Tout ceci équivaut à une démonstration ; & rien sur-tout ne me paroît mieux imaginé que cette doctrine de l'*organe intérieur*. Elle porte avec elle, pour caracteres essentiels, la clarté, la simplicité & la précision.

Si l'homme n'est pas libre, il n'y a point pour lui de bien & de mal moral, point de vice ni de vertu ; & dès-lors tous les fers sont rompus, toutes les entraves sont brisées ; l'homme n'a plus qu'à suivre son penchant, qui d'ailleurs le détermine nécessairement. Aussi ne pouvons-nous trop élever les passions. Nous leur donnerons en toute rencontre l'avantage sur la froide & imbécille raison ; nous les présenterons comme le mobile des grandes actions, & la source unique du vrai bonheur.

---

* Oui ; c'est-à-dire, en proportion de leur masse & de leur distance.

Ibid. c. 17. Et après tout, » si nous examinons les » choses sans prévention, nous trouve» rons que la plupart des préceptes que la » Religion, ou que sa morale fanatique » & surnaturelle, donne aux hommes, » sont aussi ridicules qu'impossibles à pra» tiquer. Interdire les passions aux hom» mes, c'est leur défendre d'être hommes; » conseiller à une personne d'une imagi» nation emportée de modérer ses desirs, » c'est lui conseiller de changer son orga» nisation, c'est ordonner à son sang de » couler plus lentement; dire à un hom» me de renoncer à ses habitudes, c'est » vouloir qu'un Citoyen, accoutumé à se » vêtir, consente à marcher tout nu «. Ici cependant, & lorsqu'il est question de vérités qui ont rapport aux mœurs, il pourroit suffire, dans de certains cas, de poser les principes, sans en tirer les conséquences. Que dis-je! il seroit peut-être encore nécessaire, pour adoucir aux yeux du vulgaire une doctrine si relevée & si contraire à ses préjugés, d'inviter fortement les hommes à la vertu, de déclamer contre leurs vices, de leur faire sentir combien ils se sont détournés des sentiers de la vérité & du bonheur, de leur parler de l'honnêteté, de la bienfaisance, de l'empire des mœurs & de la sagesse.

Je ne vois en tout ceci qu'une difficulté : c'est la contradiction qu'on pourroit trouver entre nos principes & nos raisonnemens. Si tout est nécessaire, nous dira-t-on, si l'homme est lui-même sous l'empire de la nécessité, pourquoi faire un livre pour l'éclairer ? Il est ce qu'il doit être : des causes nécessaires ont amené son état actuel, & toujours pour le bien de la grande famille, pour le maintien du tout, auquel la nature qui soumet toutes les forces, toutes les essences, tous les êtres, est essentiellement forcée de tendre ; il est, comme tout le reste, dans l'ordre de la nature, où tous les êtres ne font que suivre les loix qui leur sont imposées. Ce sont les essences des choses qui ont amené ses idées, ses vues, ses penchans, & jusqu'à sa religion que vous voulez détruire. La nature est-elle donc *Ibid. c. 12.*

contraire à elle-même ? Prétendez-vous contrarier vous-même son ouvrage, sous prétexte de le rétablir ? L'homme, qui n'a point de mouvemens spontanés, qui n'est point libre, peut-il se dépraver lui-même ? La nature se déprave-t-elle ? Empêcherez-vous d'ailleurs la pierre d'être pesante, le feu de brûler, l'homme d'être méchant, si par son tempérament & son organisation il est nécessité à l'être ? » Il » est dans l'ordre que le méchant nuise, » parce qu'il est de son essence de nuire. « Pourquoi donc, & à quoi bon tant d'instructions, d'exhortations, d'éloquentes déclamations ? Instruisez la pierre qui tombe, & invitez-la à suspendre sa chûte; reprenez le feu qni brûle, & exhortez-le à réprimer son activité. Si l'homme est un être purement physique, quel plus grand pouvoir prétendez-vous sur lui ?

A tout cela cependant il y a une réponse, & la voici. La même nécessité qui vous force à être bon ou méchant, me contraint à vous exhorter, à vous éclairer, à vous reprendre, à faire un bon ou mauvais livre. Nous avons tous raison, puisque nous sommes tous sous le fatal empire de la nature & de la nécessité.

Au reste, il est aisé de sentir » combien » nos principes sont les seuls qui puissent » donner à la morale une solidité iné» branlable.... Il ne s'agit que de la fon» der, ainsi que nos devoirs sur la nature » de l'homme, sur les rapports subsistans » entre des êtres intelligens, qui, chacun » de leur côté, sont amoureux de leur » bonheur.... En un mot, il faut don» ner pour base à la morale la nécessité » des choses. « Ibid. sect. part. chap. 9.

C'est ainsi que nous pourrons dire avec autorité & avec fruit : » sois bon, parce » que la bonté enchaîne tous les cœurs... » Sois doux, parce que la douceur attire » l'affection... Sois reconnoissant, parce » que la reconnoissance alimente & nour» rit la bonté. Sois modeste, parce que » l'orgueil révolte des esprits épris d'eux» mêmes. Pardonne les injures, parce que » la vengeance éternise les haines... Sois » retenu, tempéré, chaste, parce que la Ibid. c. 14.

» volupté, l'intempérance & les excès
» détruiront ton être & te rendront mé-
» prisable. «

Toute cette morale établie en dernier ressort sur notre propre intérêt, porte, comme on le voit assez, sur le seul fondement raisonnable, le seul que rien ne puisse ébranler (*u*). On n'aura pas besoin

(*u*) Non, rien ne l'ébranlera ce fondement, que le desir même du bonheur, par lequel on prétend nous *obliger*. Combien de circonstances où l'intérêt de la vie présente se trouve en opposition réelle, ou du moins très-apparente avec nos devoirs! *Sois reconnoissant*, dites-vous, *parce que la reconnoissance alimente* & *nourrit la bonté*. Mais il y a telle occasion, où je gagnerois plus en un moment à être ingrat, qu'à prétendre me ménager pour la suite de nouveaux bienfaits par la reconnoissance : mais encore que devient ce fondement inébranlable de la morale, si je suis » assez malheureusement né pour faire consister mon bonheur à faire le malheur de mes semblables? « Si d'ailleurs j'adopte cette loi fondamentale d'un de nos de

de recourir aux chimeres théologiques pour régler sa conduite dans ce monde visible. On sera en état de répondre à ceux qui prétendent que sans un Dieu il ne peut y avoir de morale. La nôtre, étant

---

Sages, » de faire mon propre bien avec le moindre mal d'autrui qu'il est possible : « Mais enfin, quant à la regle de mes devoirs, prise de la nature de l'homme & des rapports subsistans entre des êtres intelligens, qu'est-ce qui déterminera d'une maniere précise ces rapports, par exemple, ceux du fils à son pere; sur-tout lorsque j'entends les Philosophes nous dire, que » l'âge qui amene » la raison met les enfans hors du pouvoir » paternel, & les rend maîtres d'eux-mêmes; » que l'obligation de leur être soumis n'est » que pour le temps où les enfans sont dans » un état d'ignorance & d'ivresse? «

Discours sur l'origine, &c.

Hélas! on prétend se passer de Dieu dans le moral comme dans le physique; & sans Dieu, sans la Religion, tout porte exactement sur rien. O que la Philosophie qui pose Dieu pour principe est une bien plus sage & plus douce Philosophie!

prise de la nécessité des choses, a encore un autre avantage : dans les maux de la vie, elle nous console efficacement. *Nous souffrons*, pouvons-nous dire avec les plus doux sentimens de confiance & de résignation, *parce qu'il est de l'essence de quelques êtres de déranger l'économie de notre machine.*

Ibid. Prem. part. c. 12.

Huitiemement, enfin, pour la perfection du grand œuvre que nous entreprenons, il nous reste à ôter aux hommes le joug onéreux de la société civile, & sur-tout à les tirer du dur esclavage où les retiennent la puissance & la politique des Souverains.

A l'égard de la société, » il est impossi- » ble d'imaginer pourquoi, dans l'état pri- » mitif, un homme auroit plutôt besoin » d'un autre homme qu'un singe ou un » loup de son semblable. « Il faut donc, s'il se peut, ramener tous les peuples à cet état où nos bons ayeux ne connoissoient ni les nœuds du mariage, ni les liens du sang. » Leurs unions se formoient » au hasard, ... & ils se quittoient avec la

Voyez le Discours sur l'origine, &c.

» même facilité. La mere allaitoit d'abord » ses enfans pour son propre besoin; puis » l'habitude les lui ayant rendus chers, » elle les nourrissoit ensuite pour le leur; » sitôt qu'ils avoient la force de chercher » leur pâture, ils ne tardoient pas de quitter la mere elle-même; ... ils en étoient » bientôt au point de ne pas même se » reconnoître les uns les autres. « Heureux état! » Il semble que le genre humain étoit fait pour y rester toujours, » & que cet état est la véritable jeunesse » du monde.... Le fer & le bled ont civilisé les hommes & perdu le genre humain. « Dans sa premiere origine, avec cette maniere de vivre simple & solitaire, il n'avoit point à réfléchir, à raisonner; il n'étoit fait que pour sentir; & » j'ose » presque assurer que l'état de réflexion est » un état contre nature, & que l'homme » qui médite est un animal dépravé (*x*). «

(*x*) Ce n'est pas tout-à-fait dans les mêmes termes que s'en explique ailleurs M. Rousseau lui-même, lorsque dans un endroit du

Mais enfin ſi les liens de l'habitude ſont trop forts, ſi le préjugé eſt trop enraciné, s'il ne nous eſt pas poſſible d'arracher les hommes à cette dépravation, à cette contrainte, auxquelles les a réduits la ſociété civile qui les a ſi fort

---

contrat ſocial il dit, en contrariant un peu ſon ſyſtême : » Le paſſage de l'état de nature » à l'état civil, produit dans l'homme un » changement très-remarquable, en ſubſ» tituant la juſtice à l'inſtinct.... Ses fa» cultés s'exercent & ſe développent, ſes » idées s'étendent, ſes ſentimens s'ennobliſ» ſent; ſon ame s'éleve à tel point que ſi » les abus de cette condition nouvelle ne le » dégradoient ſouvent au-deſſous de celle dont » il eſt ſorti, il devroit bénir ſans ceſſe l'inſ» tant heureux qui l'en arracha pour tou» jours, & qui d'un animal ſtupide & borné, » fit un être intelligent & un homme. «

Il eſt triſte que ce qu'on a cité plus haut ſoit ſorti de la même plume, qui, ſur d'autres objets, nous a tracé de ſi ſages maximes, & qu'un homme qui a dit tant de choſes bonnes & utiles, mieux que qui que ce ſoit n'eût pu les dire,

rapprochés ; il faut du moins tout dire & tout oser, pour rompre les fers honteux que forgent aux nations ceux qui les gouvernent. Et n'est-il pas bien étrange que » l'homme se soit soumis sans réserve » à des hommes comme lui, que ses pré- » jugés lui firent reconnoître comme des

Systême de la Nat. premiere partie, chap. 1.

---

ait donné prise sur lui par tant d'endroits.

C'est ainsi, au reste, que s'exprime à son sujet l'Auteur d'une Lettre qu'on a insérée, si je ne me trompe, dans une Edition de ses Œuvres. » M. Rousseau ne nous a pas » appris à quoi peuvent servir ses systêmes, » & quel a été son but en écrivant. J'ai écrit, » dira-t-il, pour donner aux Genevois de » fortes raisons d'aimer leur Gouvernement, » pour leur inspirer l'humanité, l'amour de » la Patrie & de la liberté, & l'obéissance » aux Loix.

» Je crois donc entendre M. Rousseau » parlant ainsi à ses concitoyens : Aimez votre » Gouvernement ; car l'homme auroit beau- » coup mieux fait de n'en point établir. Ai- » mez vos semblables ; car nous avons eu » tort de sortir de cet état ancien où nous

» êtres d'un ordre ſupérieur, comme des » Dieux ſur la terre ? "... C'eſt le triſte effet de l'ignorance. » C'eſt faute de con- » noître ſa propre nature, ſa propre ten-

---

» n'aimions que le repos, une femelle & la » nourriture. Aimez votre Patrie, puiſqu'il » eſt vrai que nous devrions n'en avoir ja- » mais eu d'autre qu'une caverne ou le pied » d'un arbre. Soyez libres, attendu que nous » ſommes à plaindre de n'être plus dépen- » dans d'un lion ou d'un ours, qui nous » auroit fait fuir devant lui. Enfin obéiſſez » aux loix, puiſque vous étiez faits pour » n'obéir à aucune. « Si les hommes n'a- voient pas de meilleures raiſons pour être bons citoyens, qu'aurions-nous droit d'en attendre ?

Eh, pourquoi faut-il que l'égoïque manie d'avoir ſon ſyſtême à part ait enlevé à la vérité le mortel le plus propre à la peindre en traits de feu, & à la graver dans tous les cœurs ? Puiſſe-t-il y revenir bientôt ! Il ſera ſans doute une de ſes plus belles con- quêtes ; mais, à coup sûr, il recevra d'elle plus d'honneur encore qu'il ne pourra lui en faire.

» dance, ſes beſoins & ſes droits, que
» l'homme en ſociété eſt tombé de la li-
» berté dans l'eſclavage : il méconnut ou
» ſe crut forcé d'étouffer les deſirs de ſon
» cœur, & de ſacrifier ſon bien-être aux
» caprices de ſes chefs.... Ils profiterent
» de l'erreur de l'homme pour l'aſſervir,
» le corrompre, le rendre vicieux & mi-
» ſérable. «

C'eſt donc contre eux qu'il faut déclamer avec une nouvelle force & un noble enthouſiaſme. Il faut ſouffler l'eſprit Républicain dans les Monarchies, armer par nos écrits & nos diſcours les Sujets contre leurs Princes, faire la guerre aux Rois de la Terre comme aux Dieux du Ciel, briſer le ſceptre dans leurs mains,
» rendre à la ſociété le pouvoir de révo-
» quer celui qu'elle accorde à ſes Souve-
» rains, à ſes Légiſlateurs, à ſes Magiſ-
» trats, à ſes Repréſentans, quand ſon
» intérêt l'exige; de changer la forme de
» ſon gouvernement; d'étendre ou de li-
» miter le pouvoir qu'elle confie à ſes
» chefs, ſur leſquels elle conſerve tou-

Syſtême de la Nat. premiere partie, chap. 9.

» jours une autorité ſuprême dont elle
» ne peut ſe deſſaiſir (*y*). «

Pour y parvenir, ne craignons pas de

(*y*) Indépendamment de ce que nous enſeigne la Religion révélée que ces prétendus Sages ne reconnoiſſent pas, & en ſuppoſant même qu'à la prendre dans ſon origine, toute autorité dans les Chefs porte eſſentiellement ſur le conſentement & la volonté des membres, il faudroit prouver, en effet, que la ſociété, pour ſon propre intérêt & la plus grande aſſurance de ſa tranquillité, n'a pu conſentir, d'une maniere expreſſe ou tacite, à s'interdire l'exercice du pouvoir ſuprême, dont l'uſage entraîneroit tant de maux ſous le prétexte toujours ſpécieux d'un plus grand bien ; & à le dépoſer tout entier, ſous la garantie des loix, entre les mains du Souverain. *Voyez la Lettre LIV. ci-deſſus.*

Plus, d'ailleurs, on affirmeroit que les lumieres naturelles n'ont pu ſuffire pour produire ce conſentement de la multitude à ſe deſſaiſir de la ſouveraine puiſſance, plus on devroit reconnoître la juſteſſe de cette obſervation de M. Rouſſeau : » Les diſſenſions » affreuſes, les déſordres infinis qu'entraîne-

dire des Souverains tout le mal que nous pourrons (z); de les calomnier, s'il le faut, dans nos histoires & aux yeux de

---

» roit nécessairement ce dangereux pouvoir, » montrent plus que toute autre chose combien les Gouvernemens humains avoient » besoin d'une base plus solide que la seule » raison, & combien il étoit nécessaire au » repos public que la volonté divine inter» vînt pour donner à l'autorité souveraine un » caractere sacré & inviolable, qui ôtât aux » sujets le funeste droit d'en disposer. Quand » la Religion n'auroit fait que ce bien aux » hommes, c'en seroit assez pour qu'ils dussent » tous la chérir & l'adopter, même avec ses » abus, (*& il faut se souvenir qu'on abuse* » *de tout*) puisqu'elle épargne encore plus de » sang que le fanatisme n'en fait couler. « *Discours sur l'origine, &c.*

(z) » Supposons, dans une Chaire de Paris, un Orateur élevé à l'école du patriarche des impies du temps, qui débite devant un peuple nombreux cette singuliere doctrine: Ecoutez, & soyez attentifs; » Les Souverains » sont incapables d'aimer, de connoître &

l'univers; de leur parler à eux-mêmes en instituteurs & en maîtres; de leur dire à tout propos les injures les plus outra-

» de récompenser la vertu. Leur science est » d'être injuste à la faveur des loix; leur » art consiste à opprimer la terre; ce sont » des barbares sédentaires; des animaux, » pour lesquels ceux qui défendent la Patrie » ont la folie de se faire égorger; c'est eux » qu'il faut punir personnellement, & non » pas les Troupes qui dévastent les campa- » gnes; enfin tel homme qu'il plaira au » peuple de mettre sur le trône, en jouira » à plus juste titre que celui qui l'occupoit » par le droit de sa naissance *. « Si cet Orateur trouvoit des auditeurs dociles, je dirois à votre Majesté: O grand Roi! tremblez pour votre trône; craignez qu'une main téméraire, enhardie par ces discours séditieux, ne vous enleve la couronne de dessus la tête; craignez encore.... Mais que dis-je? Rassurez-vous: la Religion que vous protégez tient un

* Toutes ces horreurs sont répandues dans les Ouvrages de M. de V... & de la plupart de nos autres Sages.

geantes; de les appeller le vulgaire, la populace des Rois; de dégrader leur majesté; de peindre, d'exagérer par-tout les abus du pouvoir, sans en reconnoître, avec les vils Politiques & les froids Moralistes, la prétendue nécessité & les avantages; de sapper le trône & de renverser du même coup l'autel sur lequel il s'appuie.

L'autorité des Rois & celle des Pontifes

---

autre langage à vos Sujets. *Mes enfans*, leur dit-elle, *la puissance de votre Prince vient de Dieu, de qui émane tout pouvoir. Qui résiste aux Puissances résiste à l'ordre de Dieu même. Vous devez leur obéir, non-seulement par crainte, mais encore par devoir.* (Rom. c. 13. ℣. 1, 2, 5,) *Rendez à César ce qui appartient à César, & à Dieu ce qui appartient à Dieu.* (Matt. 22, 12.) *Soyez donc soumis au Roi, comme dominant sur tous, & à ses Ministres, comme étant envoyés par lui pour protéger le bien & punir le mal; parce que tel est l'ordre de la Providence.* C'est par de telles leçons, ô Roi! que la Religion établit votre trône dans la conscience même de vos Sujets. « *Dom Jamin.*

ſe ſoutiennent réciproquement ; il faut donc frapper en même temps ſur l'une
Ibid. ſec. part. ch. 9. & ſur l'autre (*aa*). » Les Miniſtres du
» Très-Haut, toujours tyrans eux-mêmes,
» ou fauteurs des tyrans, ne crient-ils
» pas ſans ceſſe aux Monarques qu'ils ſont
» les images du Très-Haut ? . . . Les tyrans
Ibid. » & les Prêtres n'ont-ils pas combiné avec

(*aa*) J'avoue que ceci, par exemple, me paroît mal-adroit. Nos Philoſophes ſe ſont trop preſſés de confondre les intérêts des deux puiſſances. C'étoit trop d'en vouloir à la fois à Dieu & au Monarque, aux Miniſtres de la Religion & au Miniſtere Public. Par-là ils les uniſſent plus fortement encore, au-lieu de les ſéparer & de les diviſer. Ils leur apprennent à connoître & à craindre leurs plus dangereux ennemis. Il falloit s'attacher uniquement à déraciner toute idée de Religion dans l'eſprit des Peuples ; & bientôt après les Peuples ſe ſoulevant contre l'autorité, l'anarchie ſeroit venue toute ſeule. O Philoſophie ! quelle révolution tu nous préparois, ſi tu n'euſſes pas laiſſé tomber le maſque ſi promptement !

» succès leurs efforts, pour empêcher les » nations de s'éclaircir, de chercher la vé- » rité, de rendre leur sort plus doux, & » leurs mœurs plus honnêtes? « Décrions donc à la fois & les Rois & les Prêtres: appellons-les des oppresseurs, des brigands, des insensés, des fourbes, des méchans; & nous au contraire, nous prouverons que l'esprit philosophique est le grand pacificateur des Etats, & que nous sommes les sages par excellence, & les amis de la vérité.

Au bas du Projet, le Comte reprend & continue ainsi :

O mon pere! quelle sagesse que la leur! ou plutôt, quels monstrueux excès! & quelle frénésie! Il n'y a donc plus rien de sacré pour la nouvelle philosophie! Voilà donc réunis sous un même point de vue les systêmes que j'adoptois, & les moyens dont ces amis de la vérité se servent pour les répandre! Voilà tous les délires que leurs passions enfantent, & qu'ils mettent à la place des clartés vives

& pures que la Religion nous présente! L'exposition même qu'ils nous font de leurs dogmes insensés & pervers, dégagée de toutes les précautions dont ils usent pour les adoucir, de tout l'étalage qu'ils emploient pour les faire valoir, ne suffiroit-elle pas pour les réfuter? Le Christianisme a ses preuves, en même temps qu'il a ses mysteres; mais eux, que nous offrent-ils? Des mysteres sans preuves, accompagnés des plus grandes absurdités. La matiere & le mouvement formant de toute part des chefs-d'œuvre par des combinaisons que rien ne produit, que rien ne combine, si ce n'est une aveugle & fatale nécessité; des effets sans cause proprement dite; une nature par-tout en contradiction avec elle-même; des suppositions toutes gratuites; des définitions arbitraires posées en principes; des organes de nos sensations, de nos perceptions, confondus avec la sensation & la perception qu'ils occasionnent; toute vérité morale anéantie; toutes les passions mises en liberté; l'homme réduit à vivre dans les forêts, comme les animaux dont il fait ſeulement la plus noble partie, ou, ſelon quelques-uns, la partie la plus dépravée; la confuſion à la place de l'ordre, & l'anarchie ſubſtituée à l'autorité civile & à la ſageſſe du Gouvernement: c'eſt donc là à quoi ſe réduit toute leur doctrine! La fauſſeté dans le caractere & les démarches; la hauteur dans les enſeignemens & les procédés; l'ironie, l'invective, ou la ſéduction dans le langage; la bizarrerie, l'affectation dans les mots; l'entortillement & l'enflure dans les penſées; l'enthouſiaſme & les délires dans l'imagination; la hardieſſe & l'inconſéquence dans les raiſonnemens; la tyrannie dans les opinions, tout en prêchant le tolérantiſme; une charlatanerie perpétuelle; voilà ſur quoi ſe fondent leurs ſuccès: & ils ont pu faire des dupes! & ils ont pu trouver de la conſidération & du crédit! & ils n'ont pas encore révolté contre eux le genre humain! Ah! en effet, le genre humain eſt donc bien ſtupide & bien dépravé! Mais que dis-je! leur ſecte est si peu nombreuse, malgré leur prétendu triomphe & leurs clameurs! elle se décrédite si heureusement de jour en jour *! Encore quelques ouvrages dans

* Il n'est pas étonnant que, dans l'esprit des gens sensés & raisonnables, les Philosophes soient tombés dans un si grand discrédit & une sorte de mépris. A quoi s'est réduite en effet leur Philosophie ? On ne sauroit trop le redire : après de grandes promesses, ils n'ont offert que des paradoxes ; ils ont tout réduit en problême ; ils se sont élevés contre toute autorité ; ils ont détruit tous principes, & étouffé dans les cœurs tout germe de sagesse & de vertu : ils ont flétri tout mérite ; ils ont répandu le fiel & les injures ; ils ont employé l'intrigue & la cabale, la satyre & la calomnie ; ils se sont mordus & déchirés les uns les autres ; ils ont multiplié dans leurs Ouvrages, comme dans leurs entretiens, les images licentieuses & les propos indécens : ils ont dégradé les talens, ruiné le goût, corrompu les mœurs : ils ont flatté bassement les protecteurs, & déclamé contre les protégés, lorsqu'eux-mêmes ne l'étoient pas : ils ont écrit pour la liberté de la Presse, lorsqu'il étoit question de

le goût de celui qu'ils proposent, dans le genre qu'ils ont essayé avec tant de témérité, & l'illusion se dissipera entierement. Avec un peu de droiture & de principes

---

répandre librement leurs opinions, de détruire la Religion & le Gouvernement ; & ils ont crié contre elle, lorsqu'on a entrepris de leur répondre & de les démasquer : ils ont publié sur les toits leurs erreurs, dès qu'ils se sont sentis soutenus & encouragés ; & ils se sont honteusement retractés, quand ils ont eu peur : ils en ont imposé aux simples par le ton équivoque qui régnoit dans leurs écrits ; tandis qu'ils imbiboient du venin de la séduction & de l'erreur ceux, qui, plus au fait de leur langage, avoient le don de les entendre ; ils ont eu l'imagination vive, ardente, la tête chaude, & le cœur froid, inaccessible à la compassion, à l'amitié pure, à l'amour de l'ordre & de la vertu, à un tendre intérêt pour le bonheur des autres hommes ; la sensibilité de l'égoïsme a fait mourir en eux le sentiment : ils ont affecté quelquefois, il est vrai, les grands mots d'honnêteté, de mœurs, de bienséance ; ils ont parlé le langage hypocrite du zele, de l'humanité & de

dans ceux qui les lisent, non, je ne voudrois que leurs livres pour achever de les décrier.

---

la bienfaisance ; ils en ont fait sonner bien haut quelques œuvres apparentes ; & ceux qui ont vécu dans leur intimité, qui ont entendu entre eux leurs discours, qui ont suivi de l'œil leurs démarches, que des circonstances particulieres ont associés pour un temps à leurs travaux, à leur conduite, à leurs erreurs, n'y ont apperçu, après tout, que déraison, que désordre, qu'emportement, qu'indifférence pour leurs semblables, & qu'un amour exclusif de leurs folles inventions, de leur gloire, de leur intérêt & de leurs plaisirs. Le Public lui-même s'est désabusé sur leur compte ; & comme l'a si bien dit un de leurs plus célebres Antogonistes, » on a compris » enfin que ces syrenes perfides ne cherchoient » à flatter les hommes par leurs chants, que » pour les conduire à des écueils, & se re» paître du spectacle de leurs naufrages. Les » breuvages qu'ils présentoient n'ont paru » propres, comme ceux de Circé, qu'à chan» ger en brutes ceux qui seroient assez im» prudens pour en approcher les lévres. «

Mais les principes ſont ſi rares, on ſe laiſſe ſi aiſément ſéduire ! Auſſi, mon pere, je viens de donner ma clef à Veymur pour qu'il brûle ſans pitié tous les ouvrages de cette nature que j'avois pris ſoin de recueillir. Eh, de quel malheur ne ſerois-je pas la cauſe, ſi, pendant ma vie ou après ma mort, quelques-uns de ces livres tomboient par ma faute entre les mains d'un infortuné ! Un accès de fureur, une mort violente ſeroit le triſte fruit qu'il retireroit de leur lecture ; & en les brûlant, je la lui aurois épargnée. Ah ! quel fléau pour l'humanité, que nos ſages ; ſi ſelon la réflexion que vous en avez faite, la nature n'avoit mis dans le cœur des hommes cet inſtinct moral, qui combat avec force leurs dogmes impies ; & ſi d'ailleurs ils ne finiſſoient par ſe combattre & ſe détruire eux-mêmes ! Quelle perte pour nous que celle de la Religion, s'ils avoient pu réuſſir à nous la ravir pour toujours ! Hélas ! ſans elle, nulle croyance à laquelle on puiſſe ſe fixer ;

nulle félicité à laquelle on puisse s'attendre, & encore moins à laquelle on puisse s'arrêter : on est entraîné par une pente rapide, on va de desirs en desirs, de jouissance en jouissance, se perdre dans tous les excès, & s'abîmer le plus souvent dans toutes les horreurs de l'infortune & du désespoir : on perd de vue tout ce qu'il y a de plus consolant, pour ne se réserver d'autre espoir que le néant, & d'autres motifs de résignation que la dure loi de la nécessité : tandis que dans la Religion tout porte à la modération, à la tempérance, à la sagesse ; tout concourt à entretenir l'égalité d'ame, le contentement & la paix, au sein même des souffrances ; tout nous soutient, nous anime, nous console, & nous conduit au bonheur.

Vous croiriez, me disiez-vous, ô mon pere ! à la Religion Chrétienne, à ne l'envisager que par son rapport à la vertu ; & moi, j'y croirois aujourd'hui, à ne l'envisager que par son rapport à la véritable félicité.

Nos Philosophes, pour mieux jouir, s'ôtent les plus surs moyens d'être heureux. Ils s'ouvrent une source intarissable de chagrins & de peines; & l'unique remede qu'ils préparent à leurs maux, est de se délivrer de la vie. Mais dans leurs principes mêmes, sont-ils donc bien certains qu'il n'y a rien au-delà? Y a-t-il donc plus de difficulté à présumer que la nature, si prévoyante en apparence, & si sage dans sa marche, toute aveugle qu'on la suppose dans le principe de ses opérations; cette nature, qui a réuni tous les hommes dans le penchant uniforme à admettre de certains principes, comme nécessaires au maintien de l'ordre & de la société; qui leur a donné universellement les notions du bien & du mal moral; qui leur a imprimé l'idée & le sentiment de l'immortalité; qui déja même a uni si heureusement ici-bas le trouble & les remords au vice, la paix & le contentement à la vertu; aura aussi, par ses combinaisons diverses, fait un Paradis pour les bons, & un Enfer pour le Ma térialiſte, penſant comme il penſe, agiſſant comme il agit; qu'il n'y a de difficulté à croire avec ces faux ſages que tout ce que je vois de ſi bien enchaîné, de ſi bien ordonné dans l'univers, a été produit ſeulement par une fatale néceſſité?

Fin du troiſieme Volume.

TABLE

DES LETTRES

DU PREMIER VOLUME

ET

DES PRINCIPALES MATIERES QU'ELLES RENFERMENT.

Fin de la Table du premier Volume.

TABLE
DES LETTRES
DU SECOND VOLUME.

Fin de la Table du second Volume.

TABLE
DES LETTRES
DU TROISIEME VOLUME.

Fin de la Table des Lettres.

TABLE

TABLE
ALPHABÉTIQUE.

Le chiffre Romain marque le Tome ; les chiffres Arabes marquent les Pages ; l'n renvoie à la Note au bas des Pages, & lorsqu'elle est suivie d'une lettre italique, elle désigne une des Notes qui sont à la fin des Lettres. On n'a cité qu'un très-petit nombre de noms propres, & seulement pour les choses nécessaires, afin de ne pas donner trop d'étendue à cette Table.

A

E.

F.

Fin de la Table Alphabétique.

www.ingramcontent.com/pod-product-compliance
Lightning Source LLC
LaVergne TN
LVHW011248110826
845149LV00001B/74

9782013725910